용의자 X의 헌신

용의자 X의 헌신

초판 1쇄 펴낸 날 2017년 8월 30일 **23쇄** 펴낸 날 2024년 12월 10일

지은이 히가시노 게이고 **옮긴이** 양억관 **펴낸이** 박설림 **펴낸곳** 도서출판 재인 **디자인** 오필민디자인

등록 2003. 7. 2. 제300-2003-119 **주소** 서울시 강남구 언주로 30길 13 대림아크로텔 1812호

전화 02-571-6858 **팩스** 02-571-6857

ISBN 978-89-90982-70-4 03830 ©pyright ⓒ 재인, 2017 Printed in Korea.

책값은 뒤표지에 표시되어 있습니다. 잘못된 책은 바꿔 드립니다.

용의자 X의 헌신

히가시노 게이고 지음 · 양억관 옮김

재인

1

아침 7시 35분, 이시가미는 평소처럼 연립 주택을 나섰다. 3월로 접어들었지만 아직도 바람이 꽤 차갑다. 머플러에 턱을 파묻고 걸었다. 큰길로 나서기 전에 자전거 거치대 쪽으로 힐끔 눈길을 준다. 자전거가 몇 대 있었지만 그 가운데 그가 찾는 녹색 자전거는 보이지 않는다.

남쪽으로 20미터 정도 걷자 넓은 도로가 나왔다. 신오하시 거리다. 이곳에서 왼쪽, 즉 동쪽으로 가면 에도가와구이고 서쪽으로 향하면 니혼바시가 나온다. 니혼바시 바로 앞에는 스미다강이 흐르고 그 강을 건너는 다리가 신오하시교다.

이시가미가 직장으로 가려면 이대로 곧장 남하하는 것이 최단 거리다. 몇백 미터만 걸어가면 '기요스미 정원'이라는 공원에 닿게 된다. 그 바로 앞에 있는 사립학교가 그의 직장이다. 그는 거기서 수학을 가르친다.

눈앞의 신호등이 빨강으로 바뀌는 것을 보며 이시가미는 오른쪽으로 굽어들어 신오하시교를 향해 걸었다. 맞바람에 코트가 펄럭였다. 그는 양손을 호주머니에 찔러 넣고 몸을 웅크린 채 발걸음을 옮겼다.

두꺼운 구름이 하늘을 덮고 있다. 그 하늘빛이 비쳐 스미다강도 칙칙하게 가라앉았다. 작은 배 한 척이 상류로 거슬러 올라가고 있었다. 그 모습을 바라보면서 이시가미는 신오하시교를 건넜다.

다리를 건넌 그는 다리 끝자락에 나 있는 계단으로 내려갔다. 그리고 다리 밑을 가로질러 스미다강을 따라 걷기 시작했다. 강 양쪽 기슭에는 산책로가 조성돼 있다. 하지만 가족끼리, 또는 커플이 산책을 즐기는 곳은 저 앞 기요스바시 근처에서부터이고 이 신오하시교 근처는 휴일에도 찾는 사람이 별로 없었다. 그 이유는 이곳에 와 보면 금방 알 수 있다. 파란 비닐 시트로 뒤덮인 노숙자 주거가 죽 늘어서 있는 것이다. 그 바로 위를 고속도로가 지나가므로 비바람을 피하기에 더없이 좋은 장소이기 때문일지도 모른다. 그 증거로, 강 반대편에는 파란 비닐 오두막이 하나도 없었다. 물론 그들 나름대로 집단을 형성하는 편이 살아가기에 더 좋다는 사정도 있을 것이다.

이시가미는 그 파란 비닐 오두막들 앞을 덤덤히 걸어갔다. 비닐 오두막은 커 봐야 겨우 사람 키만 한 높이고 개중에는 허리 높이밖에 안 되는 것도 있었다. 오두막이라기보다는 차라리 상자라고 부르는 편이 더 어울릴 것이다. 그렇지만 잠만 자는 공간이라면 그것으로 충분할지도 모른다. 오두막, 또는 상자 옆에는 약속이라도 한 듯 빨랫줄이 매여 있어 그곳이 생활공간임을 말해 주었다.

제방 끝 난간에 기대어 이를 닦는 남자가 있었다. 이시가미가 자주 보는 남자다. 60을 훌쩍 넘긴 나이에 백발 섞인 머리를 뒤로 묶었다. 아마 일할 마음이 없을 것이다. 육체노동이라도 할 생각이라면 이 시간에 이렇게 어슬렁거리지 않는다. 그런 일의 알선은 새벽에 이루어지기 때문이다. 또한 공공 직업 안정소에 갈 계획도 없을 것이다. 가서 일자리를 소개 받는다 한들 저런 봉두난발로 면접 자리에 나갈 수는 없는 노릇이다. 물론 저 나이에 일자리를 소개 받을 가능성도 제로에 가깝겠지만.

자신의 보금자리 옆에 잔뜩 쌓인 캔을 찌부러뜨리고 있는 남자도 있다. 이시가미는 이 길을 오가면서 그런 광경을 여러 번 봤다. 그래서 혼잣속으로 그에게 '깡통남'이라는 별명을 붙여 주기도 했다. '깡통남'은 50세 전후로 보였다. 생활에 필요한 물건들을 웬만큼 갖추었고, 자전거도 있었다. 아마도 캔을 모을 때 자전거가 기동성을 발휘할 것이다. 이 집단 거주 지역의 맨 끝, 거기서도 좀 더 후미진 이곳이 여기서는 특등석일 텐데, 그런 자리를 차지한 것으로 보아 '깡통남'

은 이 집단의 최고참일 것이라고 이시가미는 짐작했다.

　파란 비닐 시트 주거 대열이 끝나는 곳에서 조금 더 가면 벤치에 앉아 있는 한 남자가 보인다. 원래 베이지색이었을 코트가 낡고 더러워져 회색에 가까워 보였다. 코트 밑에는 재킷을 입었고 그 속에는 와이셔츠다. 넥타이는 아마도 코트 호주머니에 들었을 거라고 이시가미는 추측했다. 이시가미는 그에게 '기사'라는 이름을 붙였다. 어제 공업 계통의 잡지를 읽고 있는 모습을 보았기 때문이다. 짧게 자른 머리에 수염도 말끔히 깎았다. 그러니까 '기사'는 아직 재취업의 길을 포기하지 않은 것이다. 그가 일자리를 찾으려면 우선 자존심을 버려야 할 것이다. 이시가미가 '기사'를 처음 본 것은 열흘쯤 전이었다. '기사'는 아직 이곳 생활에 익숙하지 않은 듯했다. 파란 비닐 시트 생활과는 선을 긋고 싶어 하는 것처럼 보였다. 그러면서도 노숙자로 살아가야 하는 모순된 현실에 어찌할 바를 모르고 저런 곳에 있는 것이다.

　이시가미는 스미다강을 따라 계속 걸었다. 기요스바시교 바로 앞에서 개 세 마리를 데리고 산책하는 노부인을 만났다. 개는 미니어처닥스훈트로 각각 빨강, 파랑, 분홍 목줄을 매고 있다. 가까이 다가가자 그녀는 이시가미를 알아보고 미소 지으며 가볍게 고개를 숙였다. 그도 고개를 숙여 답한 후 "안녕하세요." 라고 말을 건넸다.

"오늘 아침은 꽤 춥네요."

"정말 그렇군요."

그는 얼굴을 찡그려 보였다.

노부인 옆을 지나치려는데 "조심해서 다녀와요."라고 그녀가 덧붙인다. 예, 하고 그는 고개를 크게 끄덕했다.

이시가미는 그녀가 편의점 봉지를 든 모습을 본 적이 있다. 봉지 속 내용물은 샌드위치 같았다. 아마도 아침 식사였을 것이다. 그래서 혼자 사는 여자일 것이라고 짐작했다. 집은 여기서 그리 멀지 않다. 전에 그녀가 샌들 신은 모습을 보았던 것이다. 샌들을 신고서는 차를 운전할 수 없다. 인생의 반려를 여의고 요 근처 아파트에서 개 세 마리와 함께 살고 있을 것이다. 집이 꽤 넓지 않을까. 그렇지 않고서는 개를 세 마리나 기를 수 없을 테니까. 개 세 마리 때문에 더 작은 집으로 이사할 수도 없다. 은행 융자금은 다 갚았을지 모르지만 관리비가 많이 든다. 그래서 그녀는 절약해야 한다. 이 겨울, 그녀는 마침내 미장원에 발길을 끊었다. 염색도 하지 않는다.

기요스바시교 바로 앞에서 이시가미는 계단을 올랐다. 학교로 가려면 여기서 다리를 건너야 한다. 그러나 그는 반대 방향으로 걷는다.

잠시 후 '벤텐테이'라는 간판이 보였다. 조그만 도시락 가게다. 이시가미는 유리문을 열었다.

"어서 오세요. 아! 안녕하세요?"

카운터 안쪽에서 이시가미의 귀에 익은, 그리고 그의 기분을 늘 상쾌하게 해 주는 목소리가 들렸다. 하얀 모자를 쓴 하나오카 야스코가 웃고 있었다.

가게 안에 다른 손님은 없었다. 그것이 그를 가슴 두근거리게 했다.

"저, 오늘의 도시락을⋯⋯."

"네, '오늘' 하나요. 감사합니다!"

그녀가 밝은 목소리로 대답했지만, 어떤 표정을 짓고 있는지는 이시가미도 모른다. 얼굴을 똑바로 바라보지 못하고 지갑 속을 들여다보고 있었기 때문이다. 바로 옆집에 사는 이웃이니 도시락 주문 말고 다른 이야기라도 꺼내 볼까 했지만 도무지 할 말이 떠오르지 않았다.

돈을 지불할 때가 되어서야 겨우 "날이 춥네요."라고 말해 보았다. 그러나 중얼거리는 듯한 그 소리는 다른 손님이 들어오면서 문을 닫는 소리에 묻혀 버렸다. 야스코의 주의도 그쪽으로 쏠리고 말았다.

도시락을 손에 들고 이시가미는 가게를 나섰다. 그리고 이번에야말로 기요스바시교 쪽으로 향했다. 그가 길을 멀리 돌아가는 것은 오로지 '벤텐테이' 때문이다.

아침 출근 시간이 지나자 '벤텐테이'도 한가해졌다. 그러나 그것은 가게를 찾는 손님이 없다는 것일 뿐, 가게 안에서는 점심 준비에 들어간다. 계약을 맺고 있는 몇 개 회사에는 12시까지 도시락을 배달해야 한다. 손님이 없는 시간에는 야스코도 주방 일을 거든다.

'벤텐테이'에는 야스코를 포함해 4명이 일하고 있다. 요리를 만드는 사람은 경영자이기도 한 요네자와와 그의 아내 사요코다. 배달은 아르바이트 직원 가네코의 일이고, 도시락 판매는 야스코가 도맡아서 한다.

이 일을 시작하기 전, 야스코는 긴시초의 클럽에서 일했다. 요네자와는 가끔 그곳에 술을 마시러 오는 손님 중 하나였다. 그 클럽의 고용 마담인 사요코가 요네자와의 아내라는 사실을 야스코가 알게 된 것은 사요코가 가게를 그만두기 직전의 일이었다. 야스코는 그 말을 본인에게 직접 들었다.

"술집 마담에서 도시락 가게 주인으로 변신하다니, 인생이란 정말 모를 일이야."

손님들은 그렇게 쑤군거렸다. 그러나 사요코는 도시락 가게를 경영하는 것이 부부의 오랜 꿈이었으며 그녀가 술집에서 일하게 된 것도 그 꿈을 실현하기 위해서였다고 털어놓았다.

'벤텐테이'가 문을 연 후 야스코는 가끔씩 짬을 내어 그곳에 놀러 가곤 했다. 가게 경영은 순조로워 보였다. 그녀가 일을 도와 달라는 제안을 받은 것은 가게를 시작한 지 1년이 지났을 무렵이었다. 모든 것을 부부 둘이서 하기에는 체력적으로나 물리적으로나 무리가 있다고 했다.

"야스코도 언제까지나 물장사를 할 수야 없지 않겠어? 미사토 짱도 다 컸으니 엄마가 호스티스 일을 한다는 걸 부끄럽게 생각할지도 모르고."

주제넘은 참견일지 모르겠지만, 이라고 사요코는 덧붙였다.

미사토는 야스코의 하나뿐인 딸이다. 미사토 아빠와는 5년 전에 이혼했다. 꼭 사요코의 말이 아니더라도 야스코는 이대로 살아갈 수는 없다는 생각을 하고 있었다. 미사토도 미사토지만, 자신의 나이를 생각할 때 과연 언제까지 클럽에서 자신을 써 줄지 의문스러웠다.

단 하루를 생각한 끝에 결론을 내렸다. 클럽에서도 억지로 붙잡지 않았다. 아니, 오히려 "잘됐네요."라고들 얘기해 주었다. 주변 사람들도 나이 든 호스티스의 말로를 염려하고 있었다는 사실을 깨달았다.

작년 봄 미사토가 중학교에 들어갈 무렵에는 지금의 연립주택으로 이사를 했다. 지난번 살던 곳에서 '벤텐테이'까지는 거리가 너무 멀었기 때문이다. 이제는 과거와 달리 일이 이른 아침부터 시작된다. 그녀는 6시에 일어나 6시 반에 자전거를 타고 연립 주택을 나선다. 녹색 자전거다.

"그 고등학교 선생, 오늘 아침에도 왔어?"

휴식 시간에 사요코가 물었다.

"왔다 갔어요. 매일 오잖아요."

야스코가 그렇게 대답하자 사요코는 남편과 얼굴을 마주 보며 빙그레 웃었다.

"뭐예요, 기분 나쁘게?"

"아냐, 별다른 뜻은 아니고, 다만 그 선생이 야스코를 좋아하는 것 같다고 어제 우리 둘이 얘기했거든."

"네에?"

야스코가 찻잔을 손에 쥔 채 몸을 뒤로 젖혔다.

"어제는 야스코가 쉬는 날이었잖아. 그 선생도 안 왔어. 매일 오다가 야스코가 없는 날만 안 오는 거, 이상하지 않아?"

"그야 우연이겠죠."

"그게 그렇지 않다 이 말이지. 안 그래요?"

사요코가 남편에게 동의를 구했다.

요네자와는 웃으며 고개를 끄덕였다.

"이 사람 말로는 지금까지 늘 그랬대. 야스코 짱이 쉬는 날에는 그 선생도 도시락을 사러 안 온다는 거야. 혹시나 했는데 어제 확신했어."

"말도 안 돼요. 저는 정기 휴일 외에는 쉬는 날이 멋대로인

걸요. 요일도 일정하지 않고요."

"그러니까 더 이상하다는 거야. 그 선생, 옆집에 산다고 했지? 아마 야스코가 나가는 걸 보고 쉬는 날인지 아닌지 가늠할 거야."

"설마요. 제가 집을 나설 때 만난 적도 별로 없는데요."

"어디선가 지켜보는 거 아닐까? 창 너머로 슬쩍 본다든지."

"창으로는 안 보일 텐데……."

"아무러면 어때? 정말 마음이 있다면 언젠가 말을 할 거야. 우리로서는 야스코 짱 덕분에 단골이 하나 생겼으니 고마운 일이지, 뭐. 역시 긴시초에서 날리던 사람은 달라."

요네자와가 결론을 맺듯이 말했다.

야스코는 쓴웃음을 지으며 찻잔에 남은 차를 마셨다. 그러면서 머릿속으로 그 고등학교 선생을 떠올려 보았다.

성은 이시가미. 이사 온 날 밤에 인사하러 갔었다. 고등학교 선생이라는 사실은 그때 들었다. 둥글둥글한 몸집에 얼굴도 둥그렇고 컸다. 그렇지만 눈은 실처럼 가늘다. 숱이 적은 머리를 짧게 깎은 탓에 나이가 50에 가까워 보였지만 실제로는 그보다 젊을지 모른다. 차림새에 신경 쓰지 않는 타입인 듯 늘 똑같은 옷만 입고 다닌다. 이번 겨울에는 대체로 갈색 스웨터를 입고 다녔다. 그 위에 코트를 걸친 모습이 도시락을 사러 올 때의 복장이다. 그래도 세탁은 부지런히 하는지

작은 베란다에 세탁물이 자주 널려 있었다. 아마도 결혼 경험이 없을 거라고 야스코는 짐작했다.

그 선생이 자신에게 마음을 두고 있다니, 상상도 못했던 소리다. 야스코는 연립 주택의 벽에 간 금마냥, 그의 존재를 알면서도 특별히 의식한 적이 없고 또 의식할 필요도 없다고 생각해 왔기 때문이다.

마주치면 인사를 나누었고, 연립 주택의 관리 문제로 한 번 의논한 적도 있었다. 그럼에도 야스코는 그 사람에 대해 아는 바가 거의 없었다. 수학 교사라는 것도 최근 들어 우연히 알게 되었다. 문 앞에 오래된 수학 참고서들이 끈으로 묶인 채 놓여 있는 것을 보았던 것이다.

데이트 신청 같은 건 하지 말아 주었으면 좋겠다고 야스코는 생각했다. 그리고 그녀는 혼자서 쓴웃음을 지었다. 그 고지식하게 생긴 남자가 데이트 신청을 하면 대체 어떤 표정으로 거절해야 할까 상상하면서 말이다.

점심 전부터 다시 바빠지기 시작하더니 정오 즈음에는 피크에 달했다. 오후 1시가 지나서야 겨우 한숨을 돌릴 수 있었다. 평소의 패턴 그대로다.

야스코가 금전 등록기의 종이를 갈고 있을 때였다. 유리문이 열리더니 누군가가 들어섰다. 어서 오세요, 라고 인사하며 그녀는 고개를 들어 손님 얼굴을 보았다. 그리고 그만 그대로 얼어붙고 말았다. 눈이 화들짝 열리고 입도 벌어졌다.

"좋아 보이네."

남자가 웃었다. 그러나 그 눈빛은 거무칙칙하고 흐렸다.

"당신이 어떻게 여기에……."

"뭘 그렇게 놀라나. 나도 마음만 먹으면 헤어진 마누라가 어디 있는지 정도는 알아낼 수 있다고."

남자는 감색 점퍼 호주머니에 두 손을 찔러 넣은 채 가게 안을 둘러보았다. 뭔가를 가늠해 보는 듯한 눈길이다.

"이제 와서 무슨 용건이야?"

야스코는 날카롭게, 그러나 목소리를 낮추어 말했다. 안에 있는 요네자와 부부가 눈치채지 않도록 하려는 것이다.

"아주 눈에 쌍심지를 켰네. 오랜만에 만났는데 인사치레로라도 웃어야지. 안 그래?"

남자는 능글맞게 미소 지으며 그렇게 말했다.

"볼일 없으면 돌아가."

"볼일이 있으니까 온 거야. 긴히 의논할 일이 있는데, 시간 좀 낼 수 있을까?"

"말도 안 되는 소리 하지 마. 일하고 있는 거 안 보여?"

그렇게 반문하고 나서 야스코는 후회했다. 일하는 중이 아니라면 이야기를 나눌 수 있다는 뜻으로 받아들일지 모르기 때문이다.

남자는 혀로 입술을 축이고 말했다.

"몇 시에 끝나는데?"

"당신 얘기는 듣고 싶지 않아. 제발 돌아가. 그리고 다시는 오지 마."

"거참, 냉정하네."

"당연하잖아."

야스코는 가게 밖으로 눈길을 돌렸다. 손님이라도 오지 않나 했지만 들어오는 사람이 아무도 없었다.

"당신이 그렇게 냉정하게 대한다면 어쩔 수 없지. 그쪽으로 가 보는 수밖에."

그러고서 남자는 목덜미를 천천히 문질렀다.

"그쪽이라니?"

야스코는 불길한 예감에 사로잡혔다.

"마누라가 이야기를 안 들어 주니 딸이라도 만나 봐야지. 중학교가 이 근처라면서?"

남자는 야스코가 가장 두려워하는 말을 입에 담았다.

"그만둬. 그 애는 건드리지 마!"

"그럼 당신이 어떻게 좀 해 보든지. 내가 어느 쪽을 택하면 좋을까?"

야스코는 한숨을 내쉬었다. 어떻게든 이 남자를 쫓아내야 한다.

"일은 여섯 시까지야."

"아침 일찍부터 여섯 시까지라, 일을 너무 오래 시키는 거 아니야?"

"당신이 상관할 바 아니야."

"그럼 여섯 시에 여기로 다시 올까?"

"아니야. 나가서 오른쪽으로 곧장 가면 큰 교차로가 나와. 그 바로 앞에 패밀리 레스토랑이 있으니까 거기로 여섯 시까지 와."

"알았어. 꼭 와야 해. 만일 안 오면……."

"갈 거야. 그러니까 빨리 나가."

"알았어. 정말 매정하네."

남자는 다시 한 번 가게 안을 둘러본 뒤 유리문을 거칠게 닫고 나갔다.

야스코는 손으로 이마를 짚었다. 가벼운 두통이 일었다. 속도 메슥거렸다. 절망감이 천천히 그녀의 가슴속으로 번져 나갔다.

도가시 신지와 결혼한 것은 8년 전이었다. 당시 야스코는 아카사카에서 호스티스 일을 하고 있었다. 도가시는 그 가게에 드나드는 손님 중 하나였다.

외제 차 세일즈맨이었던 그는 씀씀이가 좋았다. 비싼 물건을 선물하기도 하고, 고급 레스토랑에도 데려갔다. 그래서 그에게 프러포즈를 받았을 때는 마치 영화 '프리티 우먼'의 줄리아 로버츠라도 된 기분이었다. 당시 야스코는 첫 번째 결혼에 실패한 뒤 일하면서 혼자 딸을 키우는 생활에 지쳐 있었다.

결혼 초에는 행복했다. 도가시의 안정적인 수입 덕분에 야스코는 물장사에서 손을 씻을 수 있었다. 또한 도가시는 미사토를 무척 귀여워했다. 미사토도 그를 아버지로 받아들이려고 노력하는 모습이 엿보였다.

파탄은 갑자기 찾아왔다. 도가시가 회사에서 잘린 것이다. 오랫동안 회사 공금을 횡령한 사실이 들통났기 때문이었다. 회사에서 그를 고소하지 않은 것은 관리를 잘못한 책임을 추궁당할까 두려웠던 상사들이 교묘하게 사태를 은폐한 덕분이었다. 그러니까 도가시는 바로 그 더러운 돈을 아카사카의 밤거리에 뿌리고 다녔던 것이다.

그 이후로 도가시는 사람이 변했다. 아니, 본성이 드러났다고 하는 편이 옳을지 모른다. 그는 일도 하지 않고 하루 종일 방바닥에서 뒹굴거나 아니면 노름을 하러 나갔다. 그런 일로 잔소리를 하면 폭력을 휘둘렀다. 그리고 늘 취한 채 흉포한 눈을 희번덕거렸다.

그 당연한 귀결이지만, 야스코는 다시 일하러 나가야 했다. 그러나 그렇게 번 돈을 도가시는 폭력으로 빼앗아 갔다. 그녀가 돈을 숨기기라도 하면 월급날 그녀보다 먼저 가게로 찾아와 제멋대로 돈을 받아 가기까지 했다.

미사토는 의붓아버지를 두려워하게 됐다. 집에 도가시와 단둘이 있는 것이 무섭다며 야스코가 일하는 가게로 찾아오는 일도 있었다.

야스코는 도가시에게 이혼을 요구했지만 그는 들은 척도 하지 않았다. 계속 요구하면 폭력을 휘둘렀다. 고민 끝에 그녀는 손님한테 소개 받은 변호사에게 상담을 청했다. 그리고 그 변호사가 움직인 끝에 도가시는 마지못해 이혼 서류에 도장을 찍게 되었다. 재판으로 가면 자신에게 승산이 없을 뿐더러 위자료까지 물어 주어야 한다는 사실을 알고 있었기 때문이다.

그러나 그것으로 모든 문제가 해결되지는 않았다. 이혼 후에도 도가시는 시시때때로 야스코 앞에 모습을 나타냈다. 용건은 늘 정해져 있었다. 마음을 고쳐먹고 열심히 일할 테니 재결합하자는 것이었다. 야스코가 피하면 그는 미사토에게 접근했다. 학교 앞에서 기다리는 일도 있었다.

무릎까지 꿇은 그의 모습을 보고 있자면 연극이란 것을 알면서도 불쌍하다는 생각이 들었다. 한때는 부부 사이였으니 일말의 정이 남아 있었는지도 모른다. 결국 야스코는 그에게 돈을 주어 보냈다. 그것이 잘못이었다. 맛을 들인 도가시는 더욱 자주 찾아왔다. 그의 태도는 비굴하면서도 점점 뻔뻔스러워져 갔다.

야스코는 가게를 옮기고 주소를 바꿨다. 그리고 미사토에게는 미안한 일이지만 학교도 옮겼다. 그리하여 긴시초에 있는 클럽에서 일하게 된 후로는 도가시가 나타나지 않았다. 그 후 다시 한 번 이사하고 '벤텐테이'에서 일하게 된 것이 어느새 1년이 되어 간다. 더는 그 악마에게 괴롭힘을 당하는 일이 없을 거라고 믿고 있던 터였다.

요네자와 부부에게는 절대로 폐를 끼칠 수 없다. 미사토에게 들켜서도 안 된다. 어떻게든 나 혼자서 이 남자가 두 번 다시 오지 못하도록 해야 한다. 벽시계를 바라보며 야스코는 결의를 굳혔다.

약속 시각이 되자 야스코는 패밀리 레스토랑으로 향했다. 도가시는 창가 자리에 앉아 담배를 피우고 있었다. 테이블 위에 커피 컵이 놓여 있는 걸 본 야스코는 자리에 앉으면서 종업원에게 코코아를 주문했다. 소프트드링크를 주문하면 무료로 리필도 해 주지만 오래 앉아 있을 생각이 없었다.

"용건이 뭐야?"

도가시를 노려보며 물었다.

그는 빙그레 미소를 지었다.

"그렇게 서두를 거 없잖아."

"나도 바쁜 몸이야. 빨리 용건이나 말해."

"야스코."

도가시가 손을 뻗었다. 테이블에 놓인 그녀의 손을 잡으려는 것 같았다. 그것을 눈치채고 그녀가 황급히 손을 끌어당기자 그가 입술을 비틀었다.

"이거 기분 나쁜걸."

"당연하잖아. 대체 무슨 용건으로 내 뒤를 따라다니는 거야?"

"그런 식으로 말하면 섭섭하지. 이래 봬도 나는 진지한데 말이야."

"뭐가 진지하다는 거야?"

그때 종업원이 코코아를 가져왔다. 야스코는 재빨리 컵을 쥐었다. 얼른 마시고 일어서려는 생각이었다.

"당신, 아직 혼자지?"

도가시가 눈을 치뜨며 물었다.

"그게 당신이랑 무슨 상관이야?"

"여자 혼자 자식을 키우기가 얼마나 힘들겠어. 앞으로 돈도 점점 많이 들 텐데 말이지. 그런 도시락 가게에서 일하는 걸로는 막막하지 않겠어? 그래서 말인데, 다시 잘 생각해 봐. 나도 옛날과는 달라."

"다르다고? 그럼 하나 물어보겠는데, 일이나 하고 있는 거야?"

"물론이지. 일자리는 이미 알아 놨어."

"그럼 지금은 일을 하지 않는다는 말이잖아."

"허 참, 일자리가 있다니까 그러네. 다음 달부터 일하기로 했어. 새로 생긴 회사인데, 일단 궤도에 오르기만 하면 당신도 고생 끝이라고."

"됐어. 그만큼 벌면 다른 상대를 찾으면 되잖아. 제발 부탁이니까 나 좀 내버려 둬."

"야스코, 나는 당신이 필요해."

도가시가 다시 손을 뻗어 컵을 쥐고 있는 야스코의 손을 잡으려 했다. 만지지 마, 하고 그녀가 그의 손을 뿌리쳤다. 그 바람에 컵 속 코코아가 넘쳐 도가시의 손에 쏟아졌다. 도가시가 "앗, 뜨거워!"라며 손을 끌어당겼다. 다음 순간 그녀를 바라보는 그의 눈에 증오의 빛이 어렸다.

"그런 번지르르한 말에 내가 속을 것 같아? 지난번에도 말했지만 나는 당신 곁으로 돌아갈 생각 눈곱만큼도 없으니까 이제 그만 포기해. 알았어?"

야스코가 자리에서 일어서자 도가시가 말없이 그녀를 노려보았다. 그 눈길을 무시한 채 그녀는 자신의 찻값을 테이블 위에 올려놓고 출입문으로 향했다.

레스토랑을 나선 그녀는 가게 옆에 세워 둔 자전거에 올라

타고 페달을 밟기 시작했다. 우물쭈물하다가 도가시가 뒤따라오기라도 하면 귀찮아진다고 생각했다. 기요스바시로를 직진해 다리를 건넌 후 좌회전했다.

할 말은 했지만, 그걸로 도가시가 포기할 거라고는 생각하지 않았다. 얼마 안 가서 다시 가게에 나타나 야스코에게 들러붙다가 마침내는 가게에 폐를 끼치는 사태를 초래하고 말 것이다. 미사토가 다니는 학교에도 나타날지 모른다. 그 남자는 야스코가 항복하기를 기다리고 있다. 결국은 두 손 들고 돈을 내놓으리라는 확신이 있는 것이다.

야스코는 집으로 돌아와 저녁 준비를 시작했다. 준비라고 해야 가게에서 남은 반찬 가져온 것을 데우는 정도다. 그런데도 야스코의 손은 자주 움직임을 멈췄다. 불길한 상상이 부풀어 올라 문득문득 얼이 빠져 버리기 때문이었다.

어느덧 미사토가 돌아올 시간이었다. 배드민턴부에 들어간 미사토는 연습이 끝나면 부원들과 잡담을 나누며 놀다가 들어온다. 그래서 귀가 시간이 대체로 7시 이후였다.

그때 현관 벨이 울렸다. 야스코는 의아해하며 현관으로 나갔다. 미사토라면 열쇠를 가지고 있을 터였다.

"네."

일단 그렇게 대답한 후 현관문에 다가가서 다시 물었다.

"누구세요?"

약간의 틈이 있은 후 대답이 들렸다.

"나야."

야스코는 눈앞이 캄캄했다. 불길한 예감은 빗나가는 법이 없다. 도가시는 이미 이 연립 주택의 위치도 알아낸 것이다. 보나 마나 '벤텐테이'에서 집까지 그녀의 뒤를 밟은 적이 있을 것이다.

야스코가 대답하지 않자 도가시는 문을 두드리기 시작했다.

"이봐!"

그녀는 고개를 세차게 저으며 자물쇠를 풀었다. 그러나 도어체인은 벗기지 않은 상태였다.

문을 10센티미터 남짓 열자 도가시가 얼굴을 들이밀었다. 야스코를 본 그가 히죽 웃으며 누런 이를 드러냈다.

"돌아가. 왜 여기까지 찾아오고 그래!"

"내 얘기는 아직 끝나지 않았어. 당신은 여전히 성미가 급하군."

"이제 그만 쫓아다녔으면 좋겠어."

"얘기 정도는 들어 줄 수 있잖아. 일단 안으로 좀 들어가야겠어."

"안 돼. 돌아가!"

"안 들여놓겠다면 여기서 기다리지, 뭐. 슬슬 미사토가 돌아올 시간일 텐데 말이야. 당신이 내 얘기를 안 들어 주니 그

녀석이랑 해야겠어."

"그 아이는 내버려 둬!"

"그럼 들여놓든가."

"경찰을 부르겠어."

"마음대로 해. 헤어진 아내를 만나러 온 게 뭐가 나쁘다고. 경찰도 내 편을 들어 줄걸. 이봐요 부인, 집에 들여놓는 정도는 괜찮지 않을까요? 하고 말이야."

야스코는 입술을 깨물었다. 애석하게도 도가시의 말이 맞았다. 전에도 경찰을 부른 적이 있었지만, 그들이 야스코를 도와준 적은 한 번도 없었다.

한편으로 이곳에서 소동을 일으키면 안 된다는 마음도 있었다. 보증인 없이 세를 든 만큼 조금이라도 이상한 소문이 퍼지면 쫓겨나고 만다.

"그럼 금방 돌아가야 해."

"알았어, 알았다니까."

도가시가 의기양양하게 고개를 치켜들었다.

도어체인을 벗기고 문을 열었다. 도가시는 힐끔힐끔 집 안을 살펴보면서 구두를 벗었다. 방이 두 개뿐인 집이다. 들어서면 바로 3평짜리 다다미방이고, 그 오른편에 자그만 싱크대가 달려 있다. 더 안쪽에는 2평짜리 다다미방이 있고 그 앞은 베란다다.

"낡고 좁긴 하지만 그런대로 살 만하네."

도가시는 뻔뻔스럽게도 방 한가운데에 놓인 고타쓰 안에 발을 집어넣고 앉았다.

"뭐야, 안 켜져 있잖아!"

그는 제멋대로 고타쓰의 전원 스위치를 켰다.

"당신 속셈이 뭔자 알아."

야스코는 선 채로 도가시를 내려다보았다.

"어쩌고저쩌고해도 결국 돈이겠지."

"아니, 무슨 말을 그렇게 해?"

도가시는 점퍼 주머니에서 세븐스타 담뱃갑을 꺼냈다. 그리고 일회용 라이터로 불을 붙인 다음 주위를 둘러보더니 재떨이가 없다는 것을 알자 손을 뻗어 재활용품 배출 봉지에 든 캔을 하나 꺼내 거기에 재를 떨었다.

"내게서 돈을 뜯어내려는 거 아니야. 요는 그런 거잖아."

"당신이 그렇게 생각하고 싶다면 그러든지."

"돈은 한 푼도 못 내놔."

"흥, 그러셔?"

"그래. 그러니까 돌아가. 그리고 다시는 오지 마!"

야스코가 거친 말투로 내뱉는데 현관문이 활짝 열리더니 교복 차림의 미사토가 들어섰다. 손님이 있다는 것을 알고 일단 그 자리에 멈춰 선 미사토는 손님의 정체를 알아차리자 두려움과 실망이 뒤섞인 복잡한 표정을 지었다. 그와 동시에 손에 쥐고 있던 배드민턴 라켓이 바닥에 떨어졌다.

"미사토, 오랜만이구나. 많이 컸네."

도가시가 능청스러운 소리로 말을 건넸다.

미사토는 야스코를 흘끗 한 번 보고는 운동화를 벗더니 말 없이 안으로 들어섰다. 그리고 그대로 안쪽 방으로 가서 칸막이 문을 닫아 버렸다.

도가시가 느릿느릿 입을 열었다.

"당신은 어떻게 생각할지 모르겠지만, 난 그저 우리 관계를 회복하고 싶을 뿐이야. 그 말을 하러 온 게 그렇게 나쁜가?"

"난 그럴 생각 없다고 했잖아. 당신도 내가 받아들이지 않을 걸 뻔히 알 테고. 관계를 회복하겠다는 건 내게 달라붙으려는 구실에 불과할 뿐이야!"

정곡을 찌르는 말이었다. 그러나 도가시는 아무런 반응을 하지 않은 채 리모컨으로 텔레비전을 켰다. 애니메이션 프로그램이 흐르고 있었다.

야스코는 한숨을 한 번 길게 내쉬고 부엌으로 갔다. 그리고 싱크대 서랍을 열어 지갑을 꺼낸 다음 만 엔짜리 지폐를 두 장 빼 들었다.

"자."

그녀는 돈을 고타쓰 위에 올려놓았다.

"뭐야, 이건. 돈은 한 푼도 못 준다면서?"

"이게 마지막이야."

"필요 없어, 이딴 거."

"빈손으로 돌아갈 생각은 없을 텐데. 더 뜯어 가고 싶겠지만, 나도 사는 게 힘들어."

도가시는 2만 엔과 야스코의 얼굴을 번갈아 바라보았다.

"할 수 없군, 그럼 돌아가야지. 말해 두겠는데, 난 분명히 돈 같은 건 필요 없다고 했어. 이건 어디까지나 당신이 억지로 집어 준 거란 말이지."

도가시는 지폐를 점퍼 주머니에 찔러 넣었다. 그리고 담배 꽁초를 빈 캔 안에 집어넣은 후 고타쓰를 빠져나왔다. 그러나 곧바로 현관으로 향하지 않고 안쪽 방으로 다가가더니 칸막이 문을 힘껏 열어젖혔다. 미사토가 놀라 소리를 질렀다.

"당신 지금 뭐 하는 거야!"

야스코의 목소리가 날카롭게 허공을 갈랐다.

"아무리 의붓딸이지만 인사는 해야지."

"지금은 딸도 그 무엇도 아니잖아."

"그렇다고 인사도 못 하나? 그럼 미사토, 다음에 보자."

도가시가 방 안쪽을 향해 말했다. 미사토가 어떤 표정을 짓고 있는지는 야스코에게 보이지 않았다.

그리고 나서야 도가시는 현관으로 향했다.

"저 녀석, 꽤 괜찮은 여자가 되겠어. 내가 보장하지."

"무슨 쓸데없는 소리를 하는 거야!"

"쓸데없는 소리가 아니야. 앞으로 3년만 있어 봐, 돈 좀 벌어 올걸? 앞 다투어 저 녀석을 쓰려고들 할 거야."

"헛소리 집어치우고 당장 돌아가."

"갈 거야, 오늘은 이 정도로 하고."

"다시는 오지 마."

"글쎄, 그게 그렇게 될지 잘 모르겠네."

"당신……."

"내 말해 두겠는데, 당신은 절대로 내 손에서 못 벗어나. 포기할 사람은 당신이란 말이야."

그러고서 도가시는 나지막이 웃었다. 그리고 구두를 신으려고 허리를 굽혔다.

그때였다. 야스코의 등 뒤에서 무슨 소리가 들려 돌아보니 어느새 교복 차림의 미사토가 바로 옆에 와 있었다. 다음 순간 미사토가 뭔가를 번쩍 치켜들었다.

말릴 틈도, 소리를 지를 새도 없었다. 미사토가 도가시의 뒤통수를 내리쳤다. 둔탁한 소리와 함께 도가시가 그 자리에 고꾸라졌다.

2

미사토의 손에서 뭔가가 떨어졌다. 청동 꽃병이었다. '벤텐테이' 개업 축하 답례품으로 받은 것이다.

"아니, 너……."

야스코가 딸의 얼굴을 바라보았다.

미사토는 아무런 표정이 없었다. 얼이 빠져나간 것처럼 그 자리에서 꼼짝하지 않았다.

그러나 다음 순간 미사토의 눈이 화들짝 열렸다. 그 눈길이 야스코의 뒤쪽을 향했다.

야스코가 돌아보니 도가시가 비틀거리며 일어서려 하고 있었다. 그는 얼굴을 찡그리며 뒤통수를 한 손으로 눌렀다.

"너희들……."

도가시는 신음을 뱉어 내는 동시에 얼굴에 노골적인 증오를 드러냈다. 그의 눈이 미사토를 향하는가 싶더니 비틀거리면서 일어서서 미사토 쪽으로 한 걸음 성큼 내디뎠다.

야스코가 미사토 앞을 가로막고 섰다.

"그만둬!"

"저리 비켜!"

도가시가 야스코의 팔을 잡아 옆으로 휙 밀쳤다.

야스코는 방 가장자리까지 날아가 벽에 허리를 부딪쳤다.

도망치려는 미사토의 어깨를 도가시가 잡았다. 어른 남자의 체중이 실리자 미사토는 찌부러지듯 주저앉았다. 그 위에 도가시는 말 타는 자세로 앉아 미사토의 머리카락을 움켜쥐고 오른손으로 뺨을 내리쳤다.

"너, 내가 죽여 버릴 거야!"

도가시가 짐승처럼 소리를 질렀다.

저러다 죽겠어, 야스코는 그런 생각이 들었다. 이대로 내버려 두면 정말로 미사토가 맞아 죽을지도 몰라…….

그녀는 주위를 둘러보았다. 고타쓰에 달린 전기 코드가 눈에 들어왔다. 그것을 콘센트에서 뽑아 한쪽 끝에 고타쓰가 달린 채로 쥐고 일어섰다. 그리고 미사토를 깔고 앉은 채 으르렁거리고 있는 도가시의 등 뒤로 다가가 둥글게 말아 쥔 전기 코드를 그의 목에 걸고 있는 힘을 다해 잡아당겼다.

윽, 소리와 함께 도가시가 미사토의 등에서 떨어졌다. 그리고 이내 무슨 일이 벌어지고 있는지 알아챈 듯 있는 힘을 다해 전기 코드와 목 사이에 손가락을 집어넣으려고 했다. 야스코는 필사적으로 전기 코드를 잡아당겼다. 여기서 만일 손을 놓쳐 버린다면 그걸로 끝장이라고 생각했다. 이 남자는 이걸 빌미로 물귀신처럼 들러붙을 것이 뻔하다.

그러나 힘으로는 그를 당해 낼 수가 없었다. 손아귀에서 전기 코드가 미끄러지기 시작했다.

그때였다. 미사토가 전기 코드에 걸려 있는 도가시의 손가락을 잡고 늘어졌다. 그리고 다음 순간 그의 위에 올라타 이리저리 발버둥을 치는 그를 필사적으로 저지했다.

"엄마, 빨리빨리!"

미사토가 외쳤다.

망설일 때가 아니었다. 야스코는 눈을 질끈 감고 젖 먹던 힘까지 모두 두 팔에 쏟아 넣었다. 심장이 격렬히 고동쳤다. 피가 혈관을 타고 흐르는 소리를 들으면서 그녀는 전기 코드를 잡아당겼다.

얼마나 그러고 있었을까. 엄마, 엄마, 하고 조그맣게 부르는 소리에 그녀는 퍼뜩 정신을 차렸다.

천천히 눈을 떴다. 전기 코드는 여전히 손아귀에 쥐어 있었다.

바로 눈앞에 도가시의 머리가 보였다. 튀어나올 듯이 부릅뜬 회색 눈이 마치 허공을 노려보고 있는 것 같았다. 그의 얼굴은 피가 몰려 검푸르게 변해 있었다. 목살을 파고든 전기 코드가 피부에 짙은 흔적을 남겨 놓았다.

도가시는 미동도 하지 않았다. 입에서는 침이 흐르고, 코에서도 액체가 흘러내렸다.

헉, 하며 야스코는 전기 코드를 내팽개쳤다. 도가시의 머리가 바닥에 쿵, 소리를 내며 떨어졌다. 그런데도 그는 꼼짝하지 않았다.

미사토가 슬금슬금 남자의 몸에서 내려왔다. 교복 스커트가 엉망으로 구겨져 있었다. 미사토는 그대로 바닥에 주저앉으면서 벽에 등을 기댔다.

모녀는 움직이지 않는 남자에게 시선을 고정한 채 한동안 말이 없었다. 지익, 하는 형광등 소리만이 야스코의 고막을 울렸다.

"어떡하지……."

마침내 야스코의 입에서 중얼거리는 소리가 새어 나왔다. 그녀는 머릿속이 텅 빈 느낌이었다.

"죽이고 말았어."

"엄마……."

미사토의 목소리에 야스코가 딸 쪽으로 시선을 돌렸다. 미사토의 얼굴이 새하얗게 질려 있었다. 붉게 충혈된 눈 밑으로는 눈물 자국이 보였다. 딸이 언제 눈물을 흘렸는지 야스코는 알 수 없었다.

야스코는 다시 한 번 도가시를 바라보았다. 그가 숨을 쉬기를 바라는 것인지 안 쉬기를 바라는 것인지, 그녀 자신도 알 수 없는 복잡한 심정이었다. 그러나 그가 다시 숨을 쉴 가능성은 없어 보였다.

"이 인간이 나쁜 거야."

미사토가 다리를 구부려 두 무릎을 끌어안더니 그 사이에 얼굴을 묻고 흐느껴 울기 시작했다.

어떡하면 좋지……. 야스코가 또다시 중얼거렸을 때였다. 현관 벨이 울렸다. 그녀는 너무나 놀란 나머지 경련하듯 온몸을 푸르르 떨었다.

미사토가 얼굴을 들었다. 뺨이 눈물로 번들거렸다. 이런 상황에 누구지, 하고 서로에게 묻듯 모녀는 눈을 마주쳤다.

그때 문을 두드리는 소리가 났다. 그리고 남자의 목소리가 들렸다.

"하나오카 씨."

들어 본 적이 있는 음성이었다. 그러나 누군지는 얼른 떠오르지 않았다. 야스코는 가위에 눌린 사람처럼 꼼짝도 할 수 없었다. 모녀는 서로의 얼굴만 멀거니 바라보았다.

다시 문을 두드리는 소리가 났다.

"하나오카 씨, 하나오카 씨!"

문밖에 서 있는 사람은 그들 모녀가 집 안에 있다는 사실을 알고 있는 듯했다. 대답하지 않을 수 없었다. 그러나 이런 상태로 문을 열 수는 없는 일이었다.

"너는 안으로 들어가. 문을 닫고, 절대로 나오면 안 돼."

야스코가 조그만 소리로 미사토에게 말했다. 서서히 사고력이 회복되고 있었다.

다시 노크 소리가 나자 야스코는 숨을 크게 들이마셨다.

"네에."

애써 평정을 가장하고 대답했다. 필사적인 연기였다.

"누구세요?"

"네, 옆집에 사는 이시가미입니다."

야스코는 가슴이 철렁했다. 조금 전까지 이 집에서 심상치 않은 소리가 났을 것이다. 이웃이 수상하게 여기지 않을 리 없었다. 그래서 이시가미도 무슨 일인가 하고 살피러 왔을 것이다.

"아, 네. 잠깐만 기다려 주세요."

태연한 목소리로 말할 작정이었지만 과연 그렇게 됐는지는 자신이 없었다.

미사토는 이미 안쪽 방으로 들어가 문을 닫고 있었다. 야스코는 도가시의 시체를 보았다. 어떻게든 이것을 처리해야 한다.

고타쓰의 위치가 제자리에서 많이 벗어나 있었다. 전기 코드를 잡아당긴 탓이다. 그녀는 고타쓰를 움직여 거기에 달린 이불로 시체를 덮었다. 위치가 조금 부자연스럽긴 하지만 어쩔 수 없는 노릇이었다.

야스코는 자신의 옷매무새에 이상이 없다는 것을 확인한 다음 현관문 앞에 섰다. 도가시의 더러운 구두가 눈에 들어

왔다. 그녀는 그것을 신발장 밑으로 밀어 넣었다.

소리가 나지 않도록 가만히 도어체인을 벗겼다. 문이 잠겨 있지 않았다. 그녀는 이시가미가 문을 열지 않은 게 얼마나 다행인지 모르겠다고 생각하며 가슴을 쓸어내렸다.

문을 열자 이시가미의 크고 둥그런 얼굴이 나타났다. 그의 실처럼 가느다란 눈이 야스코를 바라봤다. 아무런 표정이 없는 얼굴이었다. 그것이 오히려 더 음침한 느낌을 주었다.

"아……, 무슨 일이시죠?"

야스코는 미소를 지어 보이려고 했지만 뺨이 경련하고 있다는 것을 스스로도 느낄 수 있었다.

"큰 소리가 나서요."

이시가미가 여전히 감정이 읽히지 않는 얼굴로 말했다.

"무슨 일 있으세요?"

"아뇨, 아무 일도 없어요."

그녀는 크게 고개를 저었다.

"죄송해요. 저희가 폐를 끼쳤나 봐요."

"아무 일 없다면 다행입니다만."

야스코는 이시가미의 가느다란 눈이 실내를 살피고 있다는 것을 알았다. 온몸이 확 달아오르는 것 같았다.

"저, 바퀴벌레가……."

그녀는 엉겁결에 그렇게 내뱉고 말았다.

"바퀴벌레요?"

"네, 바퀴벌레가 나와서요. 그래서 딸이랑 둘이서 잡느라고……, 네, 그래서 소동을 좀 벌였어요."

"죽였습니까?"

"네에?"

이시가미의 물음에 야스코의 얼굴이 딱딱하게 굳어졌다.

"바퀴벌레를 처리하셨냐 이 말입니다."

"아아…… 네, 처리했어요. 이젠 괜찮습니다."

야스코는 몇 번이나 고개를 끄덕였다.

"그렇군요. 혹시라도 제가 도와드릴 일이 있으면 언제든지 말씀해 주세요."

"고맙습니다. 시끄럽게 해서 정말 죄송합니다."

고개를 숙인 후 야스코는 문을 닫고 체인을 걸었다. 이시가미가 자신의 집으로 들어가 문을 닫는 소리를 듣고서야 후우, 길게 숨을 뿜어낸 그녀는 자신도 모르게 그 자리에 주저앉고 말았다.

등 뒤에서 안쪽 칸막이 문이 열리는 소리가 들렸다. 미사토가 "엄마." 하고 불렀다.

야스코는 천천히 일어섰다. 그리고 다음 순간, 고타쓰의 이불이 불룩하게 솟아 있는 모습을 보고 다시금 절망적인 기분에 사로잡혔다.

"하는 수 없지, 뭐."

그녀가 말했다.

"어떡하게?"

미사토가 엄마를 올려다보며 물었다.

"어쩌겠니. 경찰에…… 연락해야지."

"자수할 거야?"

"그럴 수밖에 없잖아. 죽은 사람이 다시 살아날 리도 없고."

"자수하면 엄마는 어떻게 되는데?"

"글쎄……."

야스코는 머리카락을 손가락으로 끌어 올렸다. 머리가 마구 헝클어져 있다는 것을 그제야 깨달았다. 옆집 수학 선생이 이상하게 생각했을지도 모른다. 그러나 될 대로 되라는 심정이었다.

"감옥에 가는 거야?"

딸이 또 물었다.

"아마 그렇게 되겠지."

야스코가 슬며시 웃었다. 체념의 미소였다.

"어쨌든 사람을 죽였으니까."

미사토가 고개를 세차게 저었다.

"말도 안 돼."

"뭐가?"

"엄마가 잘못한 게 뭐가 있어? 전부 이 인간 탓이지. 이제 엄마랑 아무 관계도 없는데 계속 엄마랑 나를 따라다니면서 괴롭혔잖아. 이런 놈 때문에 감옥에 간다는 건 말이 안 돼."

"그렇다 해도 사람을 죽인 건 죽인 거잖아."

야스코는 딸에게 설명하는 동안 이상하리만치 마음이 편안해지는 것을 느꼈다. 동시에 지금의 상황을 냉정히 바라볼 수 있게 됐다. 그러자 자신에게 다른 선택의 여지가 없다는 것이 점차 명확해졌다. 미사토를 살인범의 딸로 만들고 싶지는 않았지만, 그런 현실에서 도망칠 수 없다면 적어도 세상이 딸을 차가운 시선으로 바라보지 않도록 하는 길을 선택해야 한다.

야스코는 방구석에 나동그라져 있는 무선 전화기로 시선을 향했다. 그리고 그쪽으로 손을 뻗었다.

"안 돼!"

미사토가 황급히 달려와 야스코의 손에서 수화기를 빼앗으려고 했다.

"저리 가!"

"안 된다니까!"

미사토가 야스코의 손목을 잡았다. 배드민턴을 쳐서인지 악력이 셌다.

"제발 부탁이야, 이 손 놔."

"싫어. 엄마를 감옥에 가게 할 수는 없어. 차라리 내가 자수할래."

"그게 무슨 바보 같은 소리야!"

"저 인간을 먼저 내리친 건 나잖아. 엄마는 나를 도우려고 한 것뿐이고. 그리고 도중에 또 엄마를 도왔으니까 나도 살인자야."

미사토의 말에 야스코는 움찔했다. 그 순간 전화기를 쥔 손에서 힘이 빠졌다. 미사토는 그 기회를 놓치지 않고 전화기를 빼앗았다. 그리고 숨기듯이 가슴에 끌어안고 방 한구석으로 가서 등을 돌려 버렸다.

야스코는 상황을 곰곰이 생각해 보았다.

형사들이 과연 내 말을 믿어 줄까. 나 혼자의 힘으로 도가시를 죽였다고 하면 의심을 품지나 않을까. 뭐든 내가 말하는 대로 받아들여 줄까……

경찰은 철저하게 조사를 펼칠 것이다. 텔레비전 드라마에서 "확증을 잡는다."라는 대사를 들은 적이 있다. 범인의 말이 진실인지 아닌지 모든 방법을 동원해 확인하는 것이다. 탐문 수사, 과학적 조사, 그 밖에 여러 방법을 통해.

눈앞이 캄캄해졌다. 야스코 자신은 형사들이 아무리 위협한다 해도 미사토가 저지른 일을 말하지 않을 자신이 있었다. 그러나 형사들이 갖가지 방법을 동원해 사실을 밝혀내게

되면 모든 게 끝장이다. 딸만은 봐달라고 애원해 봐야 들어
줄 리 없었다.

자기 혼자서 죽인 것처럼 위장할 수는 없을까 궁리해 봤지
만 그건 불가능하다는 것을 이내 깨달았다. 섣불리 위장해
봤자 금방 들키고 말 것이다.

그렇지만 미사토만은 지켜야 한다고 야스코는 생각했다.
자기 같은 엄마를 만나 어린 시절부터 평온한 가정의 행복이
라고는 전혀 모르고 자라 온 딸이다. 목숨을 걸고서라도 더
는 불행하게 만들지 말아야 한다.

그럼 어떡하면 좋을까. 무슨 좋은 방법이 없을까.

그때였다. 미사토가 끌어안고 있던 전화기가 울렸다. 미사
토가 눈을 활짝 뜨고 야스코를 바라보았다.

야스코가 말없이 손을 내밀었다. 미사토는 잠시 망설이는
표정을 짓다가 천천히 수화기를 내밀었다.

숨을 고르고 나서 야스코는 통화 버튼을 눌렀다.

"네, 하나오카입니다."

"아, 옆집 이시가미인데요."

"아……."

또 그 선생이다.

"무슨 일이시죠?"

"아니, 저, 어떻게 하실 생각인지 궁금해서……."

그가 무슨 말을 하는 건지 알 수 없었다.

"뭘 말인가요?"

"그러니까……"

이시가미는 잠시 뜸을 들이더니 이렇게 말했다.

"만일 경찰에 신고할 생각이라면 드릴 말씀이 없습니다만, 혹시라도 그럴 생각이 없다면 제가 도울 일이 있지 않을까 해서요."

"네에?"

야스코는 순간 혼란에 빠지고 말았다. 이 남자가 대체 무슨 말을 하고 있는 건가.

"일단,"

이시가미가 낮게 깔린 목소리로 말했다.

"지금 그쪽으로 가도 되겠습니까?"

"네? 아니, 그건…… 저, 곤란한데요."

야스코의 온몸에서 식은땀이 뿜어져 나왔다.

"하나오카 씨."

이시가미가 그녀의 이름을 불렀다.

"여자들만의 힘으로 사체를 처리하기는 어려울 겁니다."

순간 야스코는 할 말을 잃었다. 이 남자가 어떻게 알았을까.

소리를 들은 거야, 라고 그녀는 생각했다. 좀 전에 미사토와 나눈 대화가 옆집까지 들렸음에 틀림없다. 아니, 어쩌면 도가시와 다툴 때부터 들고 있었는지도 모른다.

이제 다 틀렸다며 야스코는 체념했다. 도망칠 곳은 아무 데도 없다. 경찰에 자수하는 길밖에 방법이 없다. 그래도 미사토가 관련되었다는 사실만은 어떻게든 숨겨 보자.

"하나오카 씨, 듣고 계세요?"

"아, 네. 듣고 있어요."

"제가 지금 그쪽으로 가도 될까요?"

"아, 하지만……."

수화기를 귀에 댄 채 야스코는 딸을 바라보았다. 미사토는 불안과 두려움이 뒤섞인 표정을 하고 있었다. 엄마가 누구랑 무슨 이야기를 나누는지 의아해하고 있을 것이다.

만일 이시가미가 옆방에서 귀를 기울이고 있었다면 미사토가 살인에 관여했다는 것도 알고 있을 터였다. 그가 경찰에 사실대로 말한다면 야스코가 아무리 부인한들 형사는 믿어 주지 않을 것이다.

야스코는 마음을 단단히 먹고 입을 열었다.

"알았습니다. 부탁드릴 일도 있고 하니 잠깐 와 주시겠어요?"

"네, 바로 가겠습니다."

야스코가 전화를 끊는 것과 동시에 미사토가 물었다.

"누구야?"

"옆집에 사는 선생님. 이시가미 씨."

"그 사람이 왜……."

"설명은 나중에 해 줄 테니까 넌 안에 들어가 있어. 방문 꼭
닫고. 빨리."

미사토는 영문을 모르겠다는 표정을 지으며 안쪽 방으로
들어갔다. 미사토가 칸막이 문을 닫자마자 옆집에서 이시가
미가 현관문을 열고 나오는 소리가 들렸다.

이윽고 야스코의 집 현관 벨이 울렸다. 야스코는 문으로 다
가가 자물쇠를 풀고 체인을 벗겼다.

이시가미가 담담한 표정으로 서 있었다. 웬일인지 감색 저
지 차림이다. 아까는 이런 차림이 아니었다.

"들어오세요."

"그럼 실례하겠습니다."

이시가미는 가볍게 고개를 숙이고 안으로 들어섰다.

야스코가 자물쇠를 거는 사이에 그는 집 안으로 들어와 아
무런 망설임도 없이 고타쓰의 이불을 젖혔다. 마치 거기에 시
체가 있다는 사실을 이미 알고 있었다는 듯한 움직임이었다.

그는 한쪽 무릎을 꿇은 자세로 도가시의 시체를 바라보며
뭔가를 골똘히 생각하는 표정을 지었다. 그가 손에 목장갑을
끼고 있는 것이 야스코의 눈에 들어왔다.

그녀는 두려워하며 눈길을 시체로 향했다. 도가시의 얼굴

에서는 핏기가 완전히 사라졌고, 입술 밑에 침인지 오물인지 모를 무언가가 말라붙어 있었다.

"저…… 들으셨나요?"

야스코가 물었다.

"듣다니, 뭘 말입니까?"

"그러니까…… 저희가 주고받는 소리요. 그래서 전화하신 거 아닌가요?"

이시가미가 여전히 무표정한 얼굴로 야스코를 바라보았다.

"아니요, 말소리는 하나도 안 들립니다. 이 연립 주택이 의외로 방음이 잘돼 있거든요. 그 점이 마음에 들어서 이곳에 이사 오기로 했을 정도니까요."

"그럼 어떻게……."

"어떻게 이 사태를 알아차렸느냐, 이 말입니까?"

네, 하고 야스코는 고개를 끄덕였다.

이시가미는 방 한쪽 구석을 손가락으로 가리켰다. 빈 캔이 바닥에 쓰러져 있고, 그 구멍에서 재가 흘러나와 있었다.

"아까 왔을 때 보니 담배 냄새가 나더군요. 그래서 손님이 있나 보다 했는데 신발이 안 보이는 겁니다. 그런데 고타쓰 안에 누가 있는 것 같았습니다. 코드도 꽂지 않은 채 말이죠. 숨으려는 거라면 안쪽 방이 더 나았을 겁니다. 즉 고타쓰 안의 인물은 숨어 있는 게 아니라 숨겨진 거라는 얘기죠. 그 전에 들렸던 시끄러운 소리와, 평소와 다르게 헝클어져 있던 하나오카 씨의 머리 등을 조합해 보니 무슨 일이 있었는지 짐작할 수 있었습니다. 그리고 또 하나, 이 연립 주택에는 바퀴벌레가 없습니다. 제가 여기 오래 살아서 누구보다 잘 압니다."

표정 하나 바꾸지 않고 담담하게 이야기하는 이시가미의 입을 야스코는 망연히 바라보고 있었다. 이 사람은 분명 학교에서도 이런 식으로 학생들을 가르칠 것이라는 생뚱맞은 생각이 떠올랐다.

그러다 이시가미가 뚫어져라 자신을 바라보고 있다는 사실을 깨닫고 그녀는 그 눈길을 피했다. 자신도 관찰 당하고 있는 듯한 느낌이 들었다.

무섭도록 냉정하고 머리가 좋은 사람이라고 생각했다. 그렇지 않다면 문틈으로 얼핏 본 것만 가지고 이 정도의 추리를 할 수 없을 것이다. 그러나 한편으로 야스코는 안도했다. 아무래도 이시가미는 무슨 일이 일어났는지 상세하게는 아는 것 같지 않다.

"헤어진 남편이에요."

그녀가 말했다.

"이혼한 지 몇 년이나 지났는데도 계속 따라다니며 괴롭혔어요. 돈을 줄 때까지 돌아가지 않았고요. 오늘도 그랬어요.

더는 참을 수 없어서, 그래서 그만……."

거기까지 말하고 야스코는 고개를 숙였다. 도가시를 어떤 식으로 죽였는지는 말할 수 없었다. 미사토와는 전혀 관계없는 일로 해 두어야 한다.

"자수할 생각인가요?"

"그래야겠지요. 아무 죄도 없는 미사토가 너무 불쌍하긴 하지만요."

그녀가 거기까지 말했을 때 칸막이 문이 세차게 열렸다. 그 안쪽에 미사토가 서 있었다.

"그러지 마. 절대로 안 돼!"

"미사토, 넌 잠자코 있어!"

"싫어, 그러기 싫어. 아저씨, 있잖아요, 이 남자를 죽인 건……."

"미사토!"

야스코가 고함을 질렀다.

미사토는 움찔하며 턱을 끌어당기고 속상해 죽겠다는 표정으로 엄마를 노려보았다. 눈 주위가 빨갰다.

"하나오카 씨."

이시가미가 억양 없는 목소리로 말했다.

"저한테는 숨기지 않아도 됩니다."

"숨기다니, 제가 뭘……."

"하나오카 씨 혼자서 죽이지 않았다는 건 저도 압니다. 따님도 도왔을 테지요."

야스코는 황망히 고개를 저었다.

"무슨 말씀이세요, 저 혼자 한 일입니다. 이 아이는 학교에서 방금 돌아와서……, 저, 제가 죽이고 난 직후에 돌아왔어요. 그러니까 아무 관계도 없어요."

그러나 이시가미는 그녀의 말을 전혀 믿지 않는 듯한 표정이었다. 그가 한숨을 내쉬더니 미사토 쪽을 바라보았다.

"그런 거짓말은 오히려 따님을 힘들게 할 뿐입니다."

"거짓말이 아니에요. 믿어 주세요."

야스코가 이시가미의 무릎을 손으로 붙들었다.

그는 그 손을 가만히 내려다보다가 다시 시체로 눈길을 향했다. 그리고 뭔가를 곰곰이 생각하는 듯 고개를 갸우뚱했다.

"문제는 경찰이 어떻게 보느냐 하는 거예요. 그런 거짓말은 통하지 않을 겁니다."

"왜죠?"

그렇게 묻고 나서 야스코는 그 질문 자체가 자신의 거짓말을 인정하는 것임을 깨달았다.

이시가미는 시체의 오른손을 가리켰다.

"손목과 손등에 내출혈 흔적이 있어요. 자세히 보면 그 흔적은 손가락 모양을 하고 있습니다. 아마도 이 남자는 뒤에서 목을 조르자 필사적으로 벗어나려고 했겠죠. 이건 이 남자가 거기서 벗어나지 못하도록 힘주어 그의 손을 잡았던 흔적일 겁니다. 한눈에 알 수 있어요."

"그러니까, 제가 그랬다는 거예요."

"하나오카 씨, 그건 무립니다."

"왜죠?"

"하나오카 씨는 뒤에서 목을 조르지 않았습니까. 그러면서 그의 손을 잡는다는 건 절대 불가능하지요. 팔이 네 개라면 몰라도 말입니다."

이시가미의 설명에 야스코는 할 말을 잃고 말았다. 출구 없는 터널에 들어선 기분이었다.

그녀는 고개를 푹 숙였다. 이시가미가 한눈에 꿰뚫어 볼 정도라면 경찰이 그 사실을 밝혀내는 건 식은 죽 먹기일 것이다.

"어떻게 해서든 우리 미사토만은 이 일에 말려들게 하고 싶지 않아요. 이 아이만은 절대로……."

"나도 엄마를 감옥에 보내고 싶지 않아."

미사토가 울먹이는 목소리로 말했다.

야스코는 양손에 얼굴을 묻었다.

"이 일을 대체 어떡하면 좋지……."

방 안의 공기가 무겁게 가라앉았다. 야스코는 그 무게에 짓눌려 으스러질 것만 같았다.

"아저씨."

미사토가 입을 열었다.

"아저씨, 엄마에게 자수를 권하러 온 거 아니에요?"

이시가미가 한 박자를 두었다가 대답했다.

"나는 하나오카 씨에게 힘이 돼 주려고 전화했어. 자수할 작정이라면 몰라도 만일 그게 아니라면 두 사람이 해결하기는 아주 힘들 거라는 생각이 들었거든."

그 말에 야스코가 얼굴에서 손을 뗐다. 그러고 보니 전화를 걸었을 때 이 남자는 묘한 말을 했다. 여자들만의 힘으로 사체를 처리하기는 어려울 거라고…….

"자수하지 않고 넘어갈 방법이라도 있나요?"

미사토가 다시 물었다.

야스코는 고개를 들었다. 이시가미가 고개를 살짝 옆으로 기울이고 있었다. 그 얼굴에 동요하는 기색은 없었다.

"사건이 일어난 사실을 감추든지 아니면 사건과 두 사람의 연관성을 끊어 내 버리든지 둘 중 하나지. 하지만 어느 쪽이든 시체는 처리해야 해."

"그게 가능하다고 생각하세요?"

"미사토!"

야스코가 큰 소리로 미사토를 나무랐다.

"지금 무슨 말을 하는 거니!"

"엄마는 가만있어. 아저씨, 어때요, 가능하겠어요?"

"어렵지. 그렇지만 불가능하지는 않아."

이시가미는 마치 아무 감정도 없는 바위 같은 느낌으로 말했다. 그런데 이시가미의 그런 태도가 야스코에게는 더욱더 무언가 근거가 있을 것이라는 믿음을 주었다.

"엄마,"

미사토가 말했다.

"아저씨께 도와 달라고 하자. 그 방법밖에 없어."

"하지만 어떻게……."

그러면서 야스코는 이시가미를 보았다.

그는 고개를 살짝 기울인 채 가느다란 눈으로 아래쪽을 지그시 응시하고 있었다. 모녀가 결론을 내릴 때까지 잠자코 기다리고 있는 느낌이었다.

야스코는 사요코에게 들은 이야기가 떠올랐다. 사요코는 이 수학 선생이 야스코를 좋아하는 것 같다고 했다. 그녀가 가게에 있을 때만 도시락을 사러 온다고 했다.

만일 그 이야기를 듣지 않았다면 이시가미의 이런 호의를 의심했을 것이다. 별로 친하지도 않은 이웃을 이렇게까지 도우려고 하는 사람이 이 세상에 어디 있을까. 자칫 잘못하다가는 자신도 체포될지 모르는 일이었다.

"시체를 숨긴다 해도 언젠가는 발각되지 않을까요?"

야스코가 물었다. 그녀는 이 한마디가 자신들의 운명을 바꾸는 첫걸음이라는 것을 자각하고 있었다.

"시체를 숨길지 어쩔지는 아직 결정하지 않았습니다."

이시가미가 대답했다.

"숨기지 않는 편이 나은 경우도 있으니까요. 시체를 어떻게 처리할지는 정보를 정리해 본 다음 결정할 겁니다. 분명한 사실은 시체를 이대로 두어서는 안 된다는 것입니다."

"정보라니, 무슨 정보 말인가요?"

"이 사람에 관한 정보입니다."

이시가미가 시체를 내려다보며 말했다.

"주소, 이름, 나이, 직업, 여기에 온 목적, 이곳 다음에는 어디로 가려 했는지, 가족은 있는지……. 하나오카 씨가 알고 있는 것을 모두 말씀해 주세요."

"아, 그게……."

"말씀하시기 전에 일단 시체를 옮기도록 하지요. 이 방은 한 시라도 빨리 청소해야 합니다. 범행·흔적이 사방에 널려 있을 테니까요."

그 말이 끝나자마자 이시가미는 시체의 상반신을 안아 일으켰다.

"아니, 어디로 옮기시려고요?"

"제 방으로요."

당연하지 않으냐는 얼굴로 대답하고 나서 이시가미는 시체를 어깨에 짊어졌다. 대단한 힘이었다. 감색 저지의 끝자락에 '유도부'라고 쓰인 천 조각이 꿰매져 있었다.

바닥에 흩어져 있는 수학 관련 서적을 발로 밀쳐 내자 다다미의 표면이 드러났다. 이시가미는 그 공간에 시체를 내려놓았다. 시체는 눈을 활짝 뜬 상태였다.

그러고 나서 그는 입구에 멀뚱히 서 있는 모녀를 돌아보았다.

"미사토 양은 집에 가서 청소를 해 주겠어? 청소기로, 가능한 한 세심하게 말이야. 어머니는 여기 남아 주세요."

미사토는 새파랗게 질린 얼굴로 고개를 끄덕이더니 엄마를 한 번 힐끗 쳐다보고 나서 집으로 돌아갔다.

"문을 닫아 주세요."

이시가미가 야스코에게 말했다.

"아, 네."

그녀는 이시가미가 시키는 대로 한 다음 현관 바닥에 선 채 머뭇거렸다.

"일단 들어오세요. 사시는 집하고 달리 좀 지저분하지만요."

이시가미는 의자에 놓여 있던 조그만 방석을 시체 바로 옆에 내려놓았다. 야스코는 집 안으로 들어섰지만 방석에는 앉지 않고 시체를 외면하듯 방 한쪽 구석에 앉았다. 그 모습을 보고 이시가미는 그녀가 시체를 두려워한다는 것을 깨달았다.

"아, 미안합니다."

그가 방석을 집어 들어 그녀에게 내밀었다.

"자, 여기 앉으세요."

"아니에요. 괜찮아요."

그녀는 시선을 바닥으로 향한 채 고개를 좌우로 흔들었다.

이시가미는 방석을 도로 의자 위에 올려놓고 자신은 시체 옆에 주저앉았다.

시체의 목에 검붉은 자국이 띠처럼 둘려 있었다.

"전기 코드인가요?"

"네?"

"목을 조른 도구 말입니다. 전기 코드를 사용하지 않았습니까?"

"아……, 맞아요. 고타쓰의 코드였어요."

"그 고타쓰 말이로군요."

이시가미는 시체에 덮여 있던 고타쓰의 이불 문양을 떠올렸다.

"그건 처분하는 게 좋을 겁니다. 아, 제가 나중에 하도록 하지요. 그건 그렇고……"

그는 다시 시체로 눈길을 돌렸다.

"오늘 이 사람과 만나기로 약속했던 겁니까?"

야스코가 고개를 저었다.

"약속하지 않았어요. 점심때 느닷없이 가게에 나타난 거죠. 그래서 저녁 무렵에 가게 근처에 있는 패밀리 레스토랑에서 만났습니다. 그때는 일단 헤어졌는데 나중에 집까지 찾아왔어요."

"패밀리 레스토랑……이란 말이죠."

목격자가 없으리라고 기대하기 어려운 상황이라고 이시가미는 생각했다.

그는 시체의 점퍼 주머니에 손을 넣었다. 둥글게 말린 만엔짜리 지폐 두 장이 나왔다.

"아, 그건 제가……."

"주신 겁니까?"

그녀가 고개를 끄덕이자 이시가미는 그 돈을 그녀에게 건넸다. 그러나 야스코는 손을 내밀려 하지 않았다.

이시가미는 일어서서 벽에 걸려 있는 자신의 양복 안주머니에서 지갑을 꺼냈다. 거기서 2만 엔을 꺼내고 대신 시체의 호주머니에 들어 있던 2만 엔을 자기 지갑에 집어넣었다.

"이러면 꺼림칙하지 않으실 겁니다."

그가 자신의 지갑에서 꺼낸 돈을 야스코에게 내밀었다.

야스코는 잠시 주저하는 기색을 보이다가 "고맙습니다."라고 조그만 소리로 말하며 돈을 받아 쥐었다.

이시가미는 다시 시체의 주머니를 뒤지기 시작했다. 그리고 바지 주머니에서 지갑을 꺼냈다. 약간의 현금과 면허증, 영수증 같은 것들이 들어 있었다.

"도가시 신지……로군요. 주소는 신주쿠구 니시신주쿠. 지금도 여기에 살고 있는 건가요?"

면허증을 보면서 그가 야스코에게 물었다.

그녀는 미간을 찌푸리며 고개를 저었다.

"모르겠어요. 아마 아닐 거예요. 니시신주쿠에 산 적이 있는 것 같긴 한데, 집세를 내지 못해서 쫓겨났다는 말을 들은 적이 있거든요."

"면허증이 작년에 갱신한 걸로 되어 있는데, 그렇다면 주민등록을 옮기지 않은 채 다른 곳에 거처를 마련한 거로군요."

"여기저기 떠돌아다녔을 거예요. 일정한 직업이 없어서 방도 쉬이 빌릴 수 없었을 테니까요."

"그랬겠네요."

이시가미가 이번에는 영수증으로 시선을 돌렸다.

'렌털 룸 오기야'라고 되어 있었다. 금액은 2박에 5,880엔. 선불 방식인 듯했다. 이시가미는 속으로 '1박에 2,940엔'이라고 계산했다.

그는 그것을 야스코에게 보여 주었다.

"여기 머물고 있었던 모양입니다. 그러니까 체크아웃을 하지 않으면 조만간 집주인이 방문을 열겠지요. 숙박객이 없어졌다는 사실을 알게 되면 경찰에 신고할지도 모릅니다. 물론 귀찮아서 그냥 내버려 둘 가능성도 있고요. 그런 일이 종종 있으니까 선불로 한 거 아니겠습니까. 그렇지만 너무 유리한 쪽으로만 생각하는 건 위험합니다."

이시가미는 계속해서 시체의 호주머니를 뒤졌다. 열쇠가 나왔다. 동그란 표찰이 달려 있고 거기에 305라는 숫자가 새겨져 있다.

야스코는 그 열쇠를 멍하니 바라보기만 했다. 뭘 어떻게 해야 하는지, 그녀 스스로는 아무런 생각이 없어 보였다.

옆방에서 청소기 돌리는 소리가 어렴풋이 들렸다. 미사토가 청소를 하는 것이다. 앞일을 전혀 예측할 수 없는 불안감 속에서 일단 자신이 할 수 있는 일이라도 하자는 심정으로 청소기를 돌리고 있을 것이다.

내가 이들을 지켜야 한다, 고 이시가미는 다시금 다짐했다. 자신 같은 사람이 이렇게 아름다운 여인과 밀접한 관련을 가질 일은 두 번 다시 없을 것이다. 그런 만큼 자신의 지혜와 힘을 총동원해서 이 모녀에게 다가올 재앙을 막아야 한다.

이시가미는 시체가 된 남자의 얼굴을 보았다. 표정이 사라져 밋밋한 인상을 주긴 했지만 젊은 시절에는 미남이라고 불리고도 남았을 얼굴이다. 아니, 나잇살이 좀 붙기는 했어도 여전히 여자들에게 인기를 누릴 만한 용모다.

야스코가 과거에 이 남자에게 반했었다고 생각하자 이시가미의 가슴속에서 가느다란 질투의 불꽃이 일었다. 그는 고개를 저었다. 그런 감정을 일으켰다는 사실이 부끄러웠다.

"이 사람과 정기적으로 연락한다든가 할 만큼 친한 사람이 있나요?"

이시가미가 다시 질문을 시작했다.

"모르겠어요. 정말로 오랜만에 만났거든요."

"내일 뭘 한다는 말은 하지 않았습니까? 누구와 만날 거라든가."

"아니요, 그런 말은 못 들었어요. 죄송합니다. 아무 도움이 못 돼서."

야스코가 면목 없다는 듯 고개를 떨어뜨렸다.

"아닙니다. 그저 한번 물어본 것뿐입니다. 모르시는 게 당연하니까 마음에 두지 마세요."

이시가미는 장갑 낀 손으로 시체의 볼을 움켜쥐고 입안을 살폈다. 어금니에 금으로 크라운이 씌워져 있었다.

"이를 치료한 흔적이 있군요."

"저랑 결혼 생활을 할 때 치과에 다녔어요."

"그게 몇 년 전입니까?"

"이혼한 지는 5년 됐어요."

"5년이라……."

진료 기록이 남아 있겠군, 하고 이시가미는 생각했다.

"이 사람, 혹시 전과가 있나요?"

"없을 거예요. 저와 헤어지고 난 후에는 어떤지 모르겠지만
요."

"그럼 있을지도 모르겠군요."

"아, 네……."

설령 전과가 없더라도 교통 법규 위반으로 지문이 채취된
적이 있을지도 모른다. 경찰의 과학 수사가 교통 법규 위반
자의 지문 조회에까지 이르는지 어떤지는 모르지만 고려해
서 나쁠 일은 없을 것이다.

시체를 어떤 방식으로 처리하더라도 신원이 밝혀질 경우를
각오하지 않으면 안 된다. 그렇다면 일단 시간을 벌어 둘 필
요가 있었다. 지문과 이는 남기지 말아야 한다.

야스코가 한숨을 쉬었다. 그것이 관능적인 울림으로 이시
가미의 가슴을 흔들었다. 그녀를 결코 절망에 빠뜨려서는 안
된다는 결의를 새롭게 다졌다.

어려운 문제였다. 사체의 신원이 밝혀지면 경찰은 틀림없
이 야스코를 찾아올 것이다. 형사들의 집요한 질문 공세를

이 모녀가 과연 견뎌 낼 수 있을까. 어설프게 변명을 준비했다가는 모순점이 드러나는 순간 파탄에 이르러 결국에는 모든 것을 털어놓고 말 것이다.

완벽한 논리, 완벽한 방어막을 구축해야 한다. 그것도 지금 이 자리에서.

초조해하지 마, 하고 그는 자기 자신을 향해 속으로 외쳤다. 초조해한다고 문제가 해결되지 않는다. 이 방정식에는 반드시 해답이 있다.

이시가미는 눈을 감았다. 어려운 수학 문제에 직면하면 그는 늘 이렇게 눈을 감고 생각한다. 외부에서 들어오는 모든 정보를 막아 버리면 머릿속에서 수식이 갖가지로 형태를 바꾸어 가며 움직이기 시작한다. 그러나 물론 지금 그의 뇌리에 있는 것은 수식이 아니다.

잠시 후 그가 눈을 떴다. 그리고 책상 위의 자명종을 보았다. 8시 30분을 지나고 있었다. 이번에는 그의 눈길이 야스코를 향했다. 그녀는 숨을 삼키며 몸을 움츠렸다.

"옷을 벗겨야 합니다. 저를 도와주세요."

"네에?"

"이 사람의 옷을 벗겨야 합니다. 점퍼와 스웨터, 바지까지 모두요. 서둘러 하지 않으면 사후 경직이 일어나서 힘들어질 겁니다."

그러면서 이시가미는 재빨리 시체의 점퍼를 벗기기 시작했다.

"아, 네……."

야스코도 거들기 시작했다. 그러나 시체를 만지는 게 두려운지 손끝이 떨렸다.

"아, 됐습니다. 여긴 제가 할 테니 하나오카 씨는 가서 따님을 도와주세요."

"죄송합니다."

야스코는 고개를 숙인 채 천천히 자리에서 일어섰다.

"하나오카 씨."

이시가미가 뒤에서 그녀를 불렀다. 그리고 돌아보는 그녀를 향해 말했다.

"하나오카 씨에게도 알리바이가 필요합니다."

"알리바이, 말인가요? 하지만 그런 게 있을 리가……."

"그러니까 만들어야지요."

이시가미는 시체에서 벗겨 낸 점퍼를 자신의 몸에 걸쳤다.

"저를 믿어 주세요. 저의 논리적 사고에 모든 걸 맡겨 주세요."

3

"자네의 논리적 사고라는 게 어떤 건지 한번 차분히 분석해 보고 싶은걸."

손으로 턱을 괸 채 따분하다는 표정으로 말하고 나서 유가와 마나부는 짐짓 하품을 해 보였다. 그리고 자그만 금속 테 안경을 벗어 옆에 던지듯 내려놓았다. 이런 건 더는 필요 없다는 듯한 태도였다.

사실 그럴지도 몰랐다. 구사나기는 아까부터 눈앞의 체스판을 20분 넘게 노려보고 있었지만 아무리 생각해 봐도 타개책이 떠오르지 않았다. 킹이 도망칠 길도 없고, 궁지에 몰린 생쥐가 고양이를 물듯 앞뒤 안 가리고 공격할 술책도 없다. 이런저런 수가 떠올랐지만 하나같이 이미 몇 수 전에 봉쇄되어 있었다.

"체스는 도무지 내 성질에 안 맞는단 말이야."

구사나기가 중얼거렸다.

"또 시작이군."

"대체 애서 적에게 빼앗은 말을 왜 사용하지 못하게 하는 거야? 말은 전리품이잖아. 사용하면 좀 어때서 그래?"

"게임의 기본 원칙을 가지고 시비를 걸면 뭘 하나? 게다가 말은 전리품이 아니야. 말은 병사이고 빼앗았다는 것은 죽였다는 뜻이란 말이지. 죽은 병사를 쓸 수는 없는 노릇이야."

"일본 장기에서는 써먹잖아."

"장기를 고안해 낸 사람의 유연한 사고에는 경의를 표하는 바이지만, 그건 아마도 말을 빼앗는다는 행위가 적의 병사를 죽인다는 의미가 아니라 항복시킨다는 의미를 부여했기 때문일 거야. 그래서 재활용할 수 있는 거지."

"체스도 그렇게 하면 좋잖아."

"배반은 기사도 정신에 위배되는 거야. 그런 식으로 억지만 쓰지 말고 논리적으로 전황을 살펴봐. 자네는 말을 한 번밖에 움직일 수 없어. 게다가 자네가 움직일 수 있는 말은 극히 한정되어 있고, 어느 것을 움직여도 나의 다음 수를 막을 수 없어. 내가 나이트를 움직이면 체크메이트야."

"항복. 체스는 재미없어."

구사나기가 몸을 뒤로 젖혀 의자에 기댔다.

유가와는 안경을 도로 끼고 벽시계를 바라보았다.

"42분이 걸렸군. 그것도 거의 다 자네가 생각하는 데 썼지만. 그런데 여기서 이렇게 노닥거리고 있어도 되는 거야? 깐깐한 상사가 뭐라고 안 해?"

"스토커 살인 사건을 이제 겨우 해결한 참이야. 조금은 쉬어 줘야지."

구사나기는 때가 꼬질꼬질한 머그컵으로 손을 뻗었다. 유가와가 타 준 인스턴트커피는 차갑게 식어 있었다.

데이토 대학 물리학과 제13연구실에는 지금 유가와와 구사나기 둘뿐이었다. 학생들은 모두 강의를 들으러 가고 없었다. 물론 그런 사실을 알고 있기에 구사나기도 굳이 이 시간을 골라 들른 것이다.

그때 구사나기의 호주머니에서 휴대 전화가 울렸다. 유가와가 흰 가운을 걸치면서 쓴웃음을 지었다.

"거봐, 벌써 찾잖아."

구사나기는 떨떠름한 표정을 지으며 착신 표시를 들여다보았다. 아니나 다를까, 유가와의 말대로 같은 반 소속 후배 형사의 번호였다.

현장은 구 에도강의 제방. 가까운 곳에 하수 처리장이 보인다. 강 건너편은 지바현이다. 이왕이면 저편에서 맡았으면 좋았을걸, 하고 구사나기는 코트 깃을 세우면서 내심 투덜거렸다.

사체는 공사 현장 어딘가에서 가져왔을 성싶은 파란 비닐 시트에 덮인 채 제방 옆에 방치되어 있었다.

사체를 발견한 사람은 제방에서 조깅을 하던 노인이라고 한다. 비닐 시트 끝자락에 사람 발처럼 보이는 것이 비어져 나와 있어 조심스럽게 시트를 들춰 보았다는 것이다.

"노인의 나이가 일흔다섯이랍니다. 이렇게 추운 날씨에 달리다니 대단하죠? 하지만 그 연세에 이런 험한 꼴을 보게 되다니 딱하네요."

한발 앞서 도착한 기시타니라는 후배 형사에게 상황을 보고 받던 구사나기는 미간을 찌푸렸다. 코트 소매가 바람에 펄럭였다.

"사체를 봤어?"

"네, 봤습니다."

기시타니가 진절머리 난다는 듯이 입술을 일그러뜨리며 말했다.

"반장이 잘 봐 두라고 해서요."

"그 양반은 매사에 그런 식이야. 자기는 보지도 않으면서 말이지."

"선배는 안 보실 거예요?"

"그런 걸 봐서 뭐하게."

기시타니의 말에 따르면 사체는 처참한 상태로 방치되어 있었다고 한다. 양말도 구두도 안 신은 완전한 나체에 얼굴이 훼손되어 있었다는 것이다. 기시타니는 문드러진 수박이라는 표현을 썼다. 그 말을 들은 것만으로도 구사나기는 속이 울렁거렸다. 사체의 손가락은 불에 타서 지문이 완전히 지워졌다고 한다.

사체는 남자. 목에는 교살 흔적이 남아 있다. 그 밖에 외상 같은 건 없다.

"감식반이 뭐라도 하나 건져 내면 좋을 텐데 말이야."

주변의 풀밭을 거닐면서 구사나기가 말했다. 보는 눈도 있고 하니 범인의 유류품이라도 찾는 척하고 있는 것이다. 그러나 본심으로 말할 것 같으면 그는 감식반만 믿고 있었다. 자신이 뭔가 중대한 것을 발견하겠다는 생각은 애당초 없었다.

"곁에 자전거가 뒹굴고 있었습니다. 이미 에도가와 경찰서에서 가져갔지만요."

"자전거? 누군가가 버린 거 아닐까?"

"하지만 그러기엔 너무 새것이었어요. 타이어가 모두 펑크 나 있긴 했지만요. 일부러 못 같은 것으로 찌른 것 같아요."

"흠, 피해자의 물건일까?"

"글쎄요, 아직은 뭐라고⋯⋯. 등록 번호가 있으니까 소유주를 찾을 수 있을 겁니다."

"피해자 것이면 좋을 텐데. 아니라면 문제가 꽤 복잡해질 거야. 천국과 지옥의 차이랄까."

"그 정도로요?"

"기시타니 자네, 신원 불명 사체가 처음인가?"

"네."

"그럼 한번 생각해 봐. 얼굴과 지문을 훼손한 건 범인이 피해자의 신원을 숨기고 싶었다는 뜻이야. 바꿔 말하자면, 피해자의 신원이 드러나면 범인을 찾는 것도 간단한 일이라는 얘기지. 신원이 금방 밝혀지느냐 마느냐, 거기서 운명이 갈리는 거야. 물론 우리의 운명 말이지."

구사나기가 거기까지 말했을 때 기시타니의 휴대 전화가 울렸다. 그는 상대방과 두세 마디 나눈 뒤 구사나기를 보았다.

"에도가와 경찰서로 가라는데요."

"어이쿠야, 살았다."

구사나기는 몸을 일으키고 손으로 허리를 두어 번 두드렸다.

에도가와 경찰서에 도착하니 마미야가 형사과 사무실 난로 곁에 앉아 있었다. 마미야는 구사나기 팀의 반장이다. 그 주변에서 분주하게 오가는 사람들은 에도가와 서의 형사들인 듯했다. 수사본부가 설치될 예정이라 그 준비를 하는 모양이었다.

"자네, 차 가지고 왔나?"

마미야가 구사나기의 얼굴을 보자마자 대뜸 물었다.

"네. 이 부근은 전차를 타고 오기가 불편하니까요."

"이 부근 지리를 잘 알아?"

"잘 안다고 할 정도는 아니지만 웬만큼은 압니다."

"그럼 길 안내는 필요 없겠군. 기시타니와 함께 여기로 한

번 가 봐."

그러면서 마미야는 메모지 한 장을 건네주었다. 거기에는 휘갈겨 쓴 글씨로 '에도가와구 시노자키'라는 주소와 '야마베 요코'라는 이름이 적혀 있었다.

"누굽니까, 이 사람은?"

"자전거에 대해 얘기했어?"

마미야가 기시타니에게 물었다.

"네, 했습니다."

"사체 옆에 있었다는 자전거 말입니까?"

구사나기는 반장의 우락부락하게 생긴 얼굴을 바라보았다.

"그래. 조회해 보니 도난 신고가 들어와 있었어. 등록 번호가 일치하더군. 거기 적힌 사람이 자전거 주인이야. 미리 연락해 뒀으니까 당장 가서 이야기를 들어 봐."

"자전거에서 지문은 나왔습니까?"

"그런 건 자네가 신경 쓰지 않아도 되니까 어서 가 보기나 해."

마미야의 굵직한 음성에 떠밀려 구사나기는 후배와 함께 에도가와 서를 빠져나왔다.

"도난 자전거라 이거지. 내 그럴 줄 알았다니까."

애차의 핸들을 꺾으며 구사나기는 혀를 찼다. 탄 지 8년이 다 된 스카이라인이 그의 차다.

"범인이 타고 나서 버린 걸까요?"

"그럴지도 모르지. 하지만 그렇다 해도 자전거 소유주 이야기를 들어 봐야 소용없는 일이야. 누구한테 도둑맞았는지도 모르잖아. 물론 어디서 도둑맞았는지 안다면 범인의 이동 경로를 파악하는 데 조금은 도움이 되겠지만."

메모와 지도에 의지해 시노자키 2가 부근을 이리저리 돌아다닌 끝에 구사나기는 메모에 적힌 주소와 일치하는 집을 찾아냈다. 문패에 야마베라고 적혀 있었다. 하얀 벽의 양옥이다.

야마베 요코는 그 집 주부로 나이는 사십 대 중반 정도 되어 보였다. 형사가 온다는 연락을 받아선지 곱게 화장을 하고 있었다.

"틀림없어요. 제 자전거예요."

구사나기가 내민 사진을 보고 야마베 요코가 확신에 찬 목소리로 말했다. 구사나기가 감식과에서 받아 온 자전거 사진이었다.

"일단 서로 가셔서 실물을 확인해 주시면 고맙겠습니다만."

"가는 건 어려운 일이 아닌데, 자전거는 돌려주시는 건가요?"

"물론입니다. 다만 조사할 게 조금 남았습니다. 그게 끝나야 돌려드릴 수 있습니다."

"빨리 돌려받지 않으면 곤란해요. 그게 없으면 시장을 보기가 불편하거든요."

야마베 요코는 불만스럽다는 듯 미간을 찌푸렸다. 마치 도둑맞은 원인이 경찰에게 있기라도 하다는 듯한 말투였다. 살인 사건과 관련되었을 가능성이 있다는 사실은 아직 모르는 듯했다. 알면 그 자전거를 타고 싶은 마음이 싹 가실 것이다.

타이어가 펑크 났다는 걸 알게 되면 물어달라고 할지도 모르겠다고 구사나기는 생각했다.

그녀의 말로는 자전거를 도둑맞은 것이 어제, 즉 3월 10일 오전 11시에서 밤 10시 사이의 일이라고 한다. 긴자에서 친구를 만나 쇼핑과 식사를 하고 시노자키역으로 돌아온 시각이 밤 10시 조금 지나서라는 것이다. 자전거가 없어지는 바람에 하는 수 없이 역에서 버스를 타고 집으로 돌아왔다고 한다.

"자전거 거치대에 놓아두셨습니까?"

"아뇨, 길가에 두었어요."

"자물쇠는 걸어 두셨고요?"

"물론이죠. 보도 가드레일에 체인으로 묶어 놓았어요."

현장에서 체인을 발견했다는 얘기는 들은 바 없었다.

그렇게 이야기를 나눈 후 구사나기는 야마베 요코를 태우고 먼저 시노자키역으로 향했다. 자전거가 도난당한 장소를 봐 두기 위해서였다.

"이 근처예요."

그녀가 가리킨 곳은 역 앞에 있는 슈퍼마켓에서 20미터 정도 떨어진 노상이었다. 그곳에는 지금도 자전거들이 죽 늘어서 있었다.

구사나기는 주위를 둘러보았다. 신용 금고 지점과 서점 등이 가까이 있어 낮이나 저녁 무렵에는 사람의 통행이 많을 듯했다. 잘하면 체인을 재빨리 자르고 마치 자기 것인 양 태연히 가져갈 수도 있겠지만, 역시 인적이 드문 틈을 타서 훔치지 않았을까 싶었다.

도난당한 장소를 확인한 구사나기는 야마베 요코를 차에 태우고 에도가와 경찰서로 향했다. 자전거 실물을 보여 주기 위해서다.

"재수도 없지. 그 자전거, 지난달에 샀거든요. 그러니 도둑맞은 걸 알고 얼마나 화가 났겠어요. 곧장 역 앞 파출소로 달려가서 신고했죠."

여자가 뒤 좌석에서 불퉁스러운 목소리로 말했다.

"자전거 등록 번호를 용케도 기억하고 계셨네요."

"그야 산 지 얼마 안 됐으니까요. 집에 적어 둔 게 있어서 딸에게 전화로 불러 달라고 했어요."

"그랬군요."

"그건 그렇고, 대체 무슨 사건인가요? 전화를 건 경찰도 도무지 안 알려 주더라고요. 아까부터 내내 그 점이 마음에 걸리네요."

"아, 아직은 사건인지 아닌지도 확실치 않습니다. 자세한 건 저희도 잘 몰라요."

"에이, 그럴 리가요. 흠, 역시 경찰은 입이 무겁네요."

조수석에 앉은 기시타니가 웃음을 참느라 얼굴을 일그러뜨리고 있었다. 구사나기는 이 여자를 오늘 만나게 된 게 천만다행이라며 가슴을 쓸어내렸다. 사건이 널리 알려진 후였다면 질문 공세에 엄청나게 시달렸을 것이다.

에도가와 서에서 자전거를 본 야마베 요코는 자신의 것이 틀림없다고 단언했다. 아울러 타이어가 펑크 난 것에 대해 누구에게 보상을 청구해야 하느냐고 구사나기에게 물었다.

예의 자전거에서는 핸들과 프레임, 안장 등에서 여러 개의 지문이 채취됐다.

자전거 이외의 유류품으로는 현장에서 약 100미터 떨어진 곳에 있는 20리터짜리 양철통 안에서 피해자의 것으로 보이는 의류가 일부 불에 탄 채 발견됐다. 구체적으로는 점퍼, 스웨터, 바지, 양말, 내의 등이 있었는데, 범인이 불을 붙이고 달아난 후 끝까지 다 타지 않고 저절로 불이 꺼진 것으로 추측된다.

그 의류에 대해 어디서 만들어진 것인지 찾아보자는 등의 제안은 나오지 않았다. 하나같이 대량으로 유통되는 제품이었기 때문이다. 그 대신 사체의 체격과 의류의 사이즈를 토대로 짐작되는 피해자의 모습이 일러스트로 그려졌다. 수사원 중 일부가 그 일러스트를 들고 시노자키역을 중심으로 탐문 수사를 벌였다. 그러나 딱히 눈에 띄는 복장이 아니어선지 이렇다 할 정보는 얻지 못했다.

일러스트는 뉴스를 통해서도 소개되었다. 그러자 이번에는 감당하기 힘들 만큼 정보가 많이 밀려들었다. 그러나 그중 실제로 사체와 연관되어 보이는 것은 하나도 없었나.

결국 에도가와구를 중심으로 최근에 모습을 감춘 독신남이 없는지, 여인숙과 호텔의 손님 가운데 갑자기 사라진 사람은 없는지 철저한 조사가 벌어졌다. 그 결과 수사원들이 촉각을 곤두세울 만한 정보 하나가 입수되었다.

가메이도에 있는 '렌털 룸 오기야'라는 곳에서 남자 숙박객 하나가 사라졌다는 것이다. 주인이 그 사실을 알게 된 것은 3월 11일이라고 했다. 사체가 발견된 날이다. 체크아웃 시간이 지나도 손님이 나오지 않길래 종업원이 가서 보니 약간의 짐만 남긴 채 손님이 사라지고 없었다는 것이다. 주인은 손님으로부터 이미 선금을 받았기 때문에 그 사실을 전해 듣고도 크게 문제점을 느끼지 못해 경찰에 신고하지 않았다고 한다.

수사팀이 급파되어 그 손님이 묵었던 방과 짐에서 머리카락과 지문 등을 채취했다. 그 결과 머리카락이 사체의 것과 일치하는 것으로 판명됐다. 또한 예의 자전거에서 채취한 지문 하나가 방에서 발견된 지문과 동일한 것으로 밝혀졌다.

숙박부에는 사라진 손님의 이름이 도가시 신지라고 적혀 있었다. 주소는 신주쿠구 니시신주쿠로 되어 있었다.

4

지하철 모리시타역에서 신오하시교를 향해 걸어가다가 다리 바로 앞으로 난 좁은 길을 오른쪽으로 꺾어들었다. 가정집들이 늘어서 있고 그 사이사이로 조그만 가게들이 보였다. 그 대부분의 가게가 노포 분위기를 풍겼다. 다른 동네였다면 슈퍼마켓이나 대형 할인 매장에 눌려 도태되고 말았을 텐데, 이렇게 억척스럽게 살아남아 있다는 게 서민 거리의 좋은 점인지도 모르겠다고 구사나기는 생각했다.

시각은 저녁 8시를 넘어서고 있었다. 근처에 대중목욕탕이 있는지 세숫대야를 끌어안은 할머니가 구사나기 일행을 스쳐 지나갔다.

"교통편도 좋고 쇼핑하기에도 편리하고, 살기 좋은 동네 같아 보이네요."

옆에서 기시타니가 중얼거리듯 말했다.

"무슨 말이 하고 싶은 거야?"

"아니, 딱히 깊은 뜻은 없어요. 모녀 둘이 살기에 참 좋은 곳이라는 생각이 들었을 뿐이에요."

"그런가."

구사나기가 고개를 끄덕인 이유는 두 가지였다. 하나는 곧 만나게 될 상대가 딸과 단둘이 사는 여자라는 점이고, 또 하나는 기시타니 자신이 편모슬하에서 자랐다는 점이다.

구사나기는 메모에 적힌 주소와 전봇대의 표시를 견주어 가며 걷고 있었다. 목적지인 연립 주택이 멀지 않은 듯했다. 메모에는 '하나오카 야스코'라는 이름도 적혀 있었다.

죽은 도가시 신지가 숙박부에 적어 놓은 주소는 엉터리가 아니었다. 실제로 그 주소에 그의 주민 등록이 존재했다. 다만 현재 그는 그곳에 살고 있지 않았다.

사체의 신원이 밝혀졌다는 사실이 이미 신문이나 텔레비전을 통해 보도된 후였다. 뉴스 말미에 '관련 정보가 있는 분은 가까운 경찰서로 연락해 달라'는 말이 따라붙었지만 아직 정보다운 정보는 한 건도 들어오지 않은 상태였다.

도가시에게 방을 임대한 부동산업자의 기록에 의해 그가

이전에 근무하던 곳이 밝혀졌다. 오기쿠보에 있는 중고 자동차 매매 업체였다. 그러나 오래 다니지는 않았고, 1년을 못 채우고 그만둔 것으로 되어 있었다.

그것을 시작으로 도가시의 경력이 수사진에 의해 하나하나 드러났다. 예전에 고급 외제 차 판매원이었던 그가 회사 공금을 횡령한 사실이 발각되어 해고된 적이 있었다는 사실도 밝혀졌다. 하지만 기소된 것은 아니고 수사원 하나가 우연히 들어서 알게 된 것이었다. 해당 회사는 여전히 영업을 하고 있지만, 직원 중에 당시의 일에 대해 자세히 아는 사람은 없었다.

도가시의 지인에 따르면 그 일이 있을 무렵 도가시는 기혼 자였고, 이후에 이혼했음에도 헤어진 아내에게 집착한 듯하다고 한다.

헤어진 전처에게는 그 전남편에게서 낳은 딸이 하나 있었다. 그 모녀가 사는 곳을 알아내기란 수사진에게 그다지 어려운 일이 아니었다. 얼마 안 있어 모녀, 즉 하나오카 야스코와 미사토의 거주지가 밝혀졌다. 그곳이 바로 고토구 모리시타, 지금 구사나기와 기시타니가 찾아가고 있는 곳이었다.

"마음이 무거운 역할이네요. 재수 없는 카드를 뽑았어요."

"뭐야, 나랑 조사하러 가는 게 재수 없는 카드라는 거야?"

"그게 아니라, 모녀 둘이서 평화롭게 살아가는데 평지풍파를 일으킬 것 같아서 하는 말이죠."

"사건과 아무 관계가 없다면 풍파가 일어날 일도 없지."

"그럴까요? 아무래도 도가시는 나쁜 남편에 나쁜 아버지였던 것 같은데, 생각하기도 싫지 않을까요?"

"그렇다면 우리를 환영해 주겠지. 그렇게 나쁜 남자가 죽었다고 알리러 가는 거니까. 어쨌든 얼굴 좀 그만 찡그려. 나까지 우울해진단 말이야. ……어디 보자, 여기 아닌가?"

구사나기가 어느 낡은 연립 주택 앞에서 걸음을 멈췄다.

군데군데 보수한 흔적이 있는, 칙칙한 회색의 2층 건물이다. 1, 2층 각각 네 가구씩으로, 그중 불이 켜진 집은 반 정도였다.

"204호라…… 그럼 2층이겠군."

구사나기가 계단을 올라갔다. 기시타니도 그를 뒤따랐다.

204호는 계단에서 제일 멀리 있는 집이었다. 현관문 옆에 난 창으로 불빛이 새어 나오고 있었다. 구사나기는 다행이다 싶었다. 아무도 없으면 다시 와야 한다. 오늘 방문은 미리 알리고 방문하는 게 아니었다.

도어폰을 눌렀다. 잠시 후 실내에서 사람 움직이는 소리가 들리더니 잠금장치가 풀리고 문이 열렸다. 체인은 걸려 있는 상태였다. 모녀 둘이서 사는 집이니 이 정도 주의를 기울이는 건 당연한 일일 것이다.

문틈으로 여자가 의아한 표정을 지은 채 구사나기를 올려다보고 있었다. 새카만 눈매가 인상적인, 얼굴이 조그만 여자였다. 서른이 채 안 된 젊은 여자인 줄 알았는데 그게 어두운 조명 때문이라는 사실을 구사나기는 이내 눈치챘다. 문손잡이를 쥔 손등이 그녀가 주부라는 사실을 숨김없이 드러냈다.

　"실례합니다. 하나오카 야스코 씨죠?"

　구사나기는 되도록이면 표정과 말투를 부드럽게 하려고 애썼다.

　"그런데요……?"

　그녀가 불안한 눈빛으로 물었다.

　"경시청에서 왔습니다. 알려 드릴 일이 있어서요."

　구사나기는 수첩을 꺼내 얼굴 사진이 붙어 있는 부분을 내보였다. 기시타니도 똑같이 따라 했다.

　"경시청……이라고요?"

　야스코가 눈을 크게 떴다. 검은 눈동자가 흔들렸다.

　"잠깐 들어가도 괜찮을까요?"

　"아, 네."

　하나오카 야스코는 일단 문을 닫은 후 체인을 벗기고 다시 문을 열었다.

　"그런데 저, 무슨 일이시죠?"

구사나기는 일단 한 걸음 내디뎌 문 안쪽으로 들어섰다. 기시타니도 그를 따라 들어갔다.

"도가시 신지 씨 아시죠?"

야스코의 표정이 미묘하게 굳어지는 것을 구사나기는 놓치지 않았다. 그러나 그것은 헤어진 남편의 이름이 느닷없이 튀어나왔기 때문일지도 몰랐다.

"전남편인데요……."

그가 살해당했다는 사실을 모르는 것 같았다. 뉴스 프로그램이나 신문을 보지 않는 것일까. 물론 매스컴은 그 사건을 그다지 크게 다루지 않았다. 못 보고 지나쳤다고 해도 이상한 일은 아니다.

"실은……."

말을 꺼내려는 순간 구사나기의 시야에 안쪽 칸막이 문이 들어왔다. 문은 꼭 닫힌 채였다.

"저 안쪽에 누가 있습니까?"

구사나기가 물었다.

"딸이 있어요."

"아, 그렇군요."

현관에 운동화가 가지런히 놓여 있었다. 구사나기는 목소리를 낮추었다.

"도가시 씨가 사망하셨습니다."

야스코의 입술이 네에, 하는 모양으로 벌어지더니 움직임을 멈췄다. 그 외에 별다른 표정의 변화는 없었다.

"아니, 저, 어떻게요?"

그녀가 물었다.

"구 에도강 제방에서 사체로 발견되었습니다. 아직 단정하기는 어렵습니다만, 타살 가능성이 있습니다."

구사나기는 솔직하게 대답했다. 그러는 것이 단도직입적으로 질문하기에 편하다고 판단했기 때문이다.

그제야 야스코의 얼굴에 동요하는 기색이 떠올랐다. 그녀가 망연자실한 표정으로 천천히 고개를 좌우로 흔들었다.

"아니, 그 사람이 어쩌다가……."

"그건 지금 조사하는 중입니다. 도가시 씨에게 현재 가족도 없는 것 같고 해서 전 부인이신 하나오카 씨께 이야기를 들으러 온 겁니다. 늦은 시간에 죄송합니다."

구사나기가 고개를 숙였다.

"아, 그렇군요."

야스코는 입가에 손을 대고 눈을 내리떴다.

구사나기는 닫혀 있는 방문에 계속 신경이 쓰였다. 그 안쪽에 있는 딸은 어머니와 방문자들의 대화에 귀를 기울이고 있을까. 만일 그렇다면 한때 의붓아버지였던 사람의 죽음을 어떻게 받아들일까.

81

"실례인 줄 알지만, 몇 가지 조사를 해 보았습니다. 하나오카 씨가 도가시 씨와 이혼한 게 5년 전 일이던데요, 그 후로 도가시 씨를 만난 적이 있습니까?"

야스코는 고개를 저었다.

"헤어지고 나서는 거의 만나지 않았어요."

거의, 라면 몇 번은 만났다는 얘기다.

"마지막으로 본 게 작년이었던가 재작년이었던가……."

"연락은 없었습니까? 전화라든지 편지라든지."

"없었어요."

야스코가 고개를 크게 한 번 저었다.

구사나기는 고개를 끄덕이면서 슬쩍 실내를 둘러보았다. 3평 정도의 다다미방은 낡긴 했지만 청소나 정리정돈이 구석구석 잘되어 있었다. 고타쓰 위에는 귤이 놓여 있었다. 벽에 배드민턴 라켓이 기대어져 있는 것을 보자 구사나기는 옛날 생각이 났다. 대학 시절 그는 배드민턴 클럽에서 활동했었다.

"도가시 씨가 돌아가신 것이 3월 10일 밤으로 추정됩니다. 그 날짜나 구 에도강 제방이라는 장소에 대해 혹시 떠오르시는 거 없습니까? 사소한 거라도 괜찮습니다."

"없어요. 저희한테 특별한 날도 아니었고, 그 사람이 최근에 어떻게 살았는지도 전혀 몰랐으니까요."

"그렇군요."

야스코는 불편해하는 기색이 역력했다. 헤어진 남편에 대해 묻는 걸 싫어하는 건 지극히 당연한 일일 수도 있다. 그녀가 사건과 관련이 있을지 없을지 구사나기는 아직 판단이 서지 않았다.

오늘은 이 정도로 하고 돌아가는 게 좋지 않을까 생각했다. 다만 확인해 두고 싶은 것이 한 가지 있었다.

"3월 10일에는 집에 계셨습니까?"

수첩을 주머니에 넣으면서 물었다. 얘기가 나온 김에 그저 참고로 물어본다는 느낌을 주려고 애썼다.

그러나 그의 그런 노력은 별로 효과가 없는 것 같았다. 야스코가 미간을 찌푸리며 노골적으로 불쾌감을 드러냈다.

"그날 한 일을 전부 밝혀야 하나요?"

구사나기가 멋쩍게 웃었다.

"너무 심각하게 받아들이지 마세요. 물론 확실히 밝혀 주신다면 저희로서는 도움이 되겠지만요."

"그럼 잠깐 기다리세요."

야스코는 구사나기와 기시타니의 위치에서는 보이지 않는 벽 쪽을 보았다. 아마도 달력이 걸려 있을 것이라고 구사나기는 짐작했다. 거기에 일정이 적혀 있다면 한번 보고도 싶었지만 거기까지는 요구하지 않았다.

"10일에는 아침부터 일을 했고, 일이 끝나고 나서는 딸이랑 외출했어요."

"어디로 외출하셨습니까?"

"영화를 보러 갔어요. 긴시초의 라쿠텐지라는 곳에요."

"대략 몇 시쯤 나가셨죠? 영화 제목도 말씀해 주시면 감사하겠습니다."

"여섯 시 반쯤 나갔을 거예요. 영화 제목은……."

구사나기도 아는 영화였다. 할리우드의 인기 영화 시리즈로, 현재 상영되는 것이 세 편째였다.

"영화를 본 후에는 곧바로 귀가하셨나요?"

"영화관과 같은 건물에 있는 라면집에서 식사하고, 그다음에 노래방에 갔어요."

"노래방에 가셨다고요?"

"네, 딸애가 졸라서요."

"아아, 두 분이 자주 가시는 모양이죠?"

"한두 달에 한 번 정도는 가요."

"얼마나 계셨습니까?"

"늘 한 시간 반 정도죠. 더 늦으면 곤란하니까요."

"영화를 본 다음 식사하고 노래방이라……, 그럼 귀가한 시간은요?"

"아마 열한 시가 넘었을 거예요. 정확히 기억나지는 않지만."

구사나기는 고개를 끄덕였다. 그러나 한편으로 어딘가 모르게 석연치 않다는 생각이 들었다. 그 이유가 무엇인지는 자신도 알 수 없었다.

　노래방 이름을 확인한 다음 두 사람은 정중하게 인사하고 방을 나섰다.

　"사건과는 관계가 없을 것 같은데요."

　204호 앞을 떠나면서 기시타니가 조그만 소리로 말했다.

　"아직은 단정할 수 없어."

　"모녀가 함께 노래방이라……, 좋네요. 단란하다는 느낌이 들어요."

　기시타니는 하나오카 야스코를 의심하고 싶지 않은 듯했다.

　계단을 내려가려는데 남자 하나가 밑에서 올라오고 있었다. 땅딸막한 체격의 중년 남자였다. 두 사람은 그 자리에 멈춰 서서 남자가 지나가기를 기다렸다. 남자는 203호 문을 열쇠로 열고 안으로 들어갔다.

　구사나기와 기시타니는 잠시 얼굴을 마주 보다가 걸음을 되돌렸다.

　203호에는 이시가미라는 문패가 붙어 있었다. 도어폰을 누르자 방금 지나간 남자가 문을 열었다. 그는 그새 코트를 벗고 스웨터에 슬랙스 차림이었다.

　남자는 무표정한 얼굴로 구사나기와 기시타니를 번갈아 보왔다. 이런 경우 수상쩍어하거나 경계하는 빛을 띠는 게 보통인데 남자의 얼굴에는 그런 기색이 전혀 없었다. 그 점이 구사나기는 의아했다.

"늦은 시간에 죄송합니다만, 잠시 협조 좀 해 주시겠습니까."

애써 미소 지으며 구사나기는 경찰수첩을 펼쳐 보였다.

그런데도 남자의 얼굴에는 아무런 표정의 변화가 일어나지 않았다. 구사나기는 한 걸음 앞으로 다가섰다.

"몇 분이면 됩니다. 여쭤보고 싶은 게 있어서요."

혹시 수첩을 못 본 건가 싶어 구사나기는 다시 한 번 수첩을 얼굴 앞으로 들어 보였다.

"무슨 일입니까?"

남자는 수첩에는 눈길조차 주지 않은 채 물었다. 하지만 구사나기 일행이 형사라는 사실은 안 것 같았다.

구사나기는 양복 안주머니에서 사진 한 장을 꺼냈다. 도가시가 중고 자동차 판매점에서 일할 때의 사진이었다.

"조금 오래된 사진이긴 합니다만, 혹시 이런 사람을 최근에 본 적이 있으신지요?"

남자는 잠시 사진을 응시하다가 고개를 들고 구사나기를 보았다.

"모르는 사람입니다."

"네, 그러실 거라고 생각합니다. 그러니까 혹시 비슷하게 생긴 사람이라도 본 적이 있으시다든지……."

"어디서 말입니까?"

"네? 아……, 예를 들어 요 근처라든지……."

남자는 미간을 찌푸리더니 다시 한 번 사진으로 눈길을 떨어뜨렸다. 모를 가능성이 크다고 구사나기는 생각했다.

"모르겠는데요."

남자가 대답했다.

"길에서 스쳐 지나간 정도로는 기억할 수 없으니까요."

"그렇겠죠."

애초에 이 남자에게 탐문을 시작한 게 잘못이었다며 구사나기는 후회했다.

"저, 언제나 이 시각에 귀가하십니까?"

"아니요. 그날그날 다릅니다. 클럽 활동이 늦어질 때도 있어서요."

"클럽 활동이라고요?"

"유도부 고문을 맡고 있습니다. 그리고 유도장 문단속이 제 책임이라서요."

"아, 학교 선생님이시군요."

"예, 고등학교 교사입니다."

남자가 학교 이름을 말해 주었다.

"그러셨군요. 피곤하실 텐데 실례가 많았습니다."

구사나기가 고개를 숙였다.

그때 현관 한쪽 구석에 쌓여 있는 수학 참고서가 눈에 들어왔다. 수학 선생이라는 것을 알자 괜히 진절머리가 나는 느낌이었다. 구사나기가 제일 싫어하는 과목이 수학이다.

"저, 이시가미……라고 읽나요? 문패에 적혀 있는 걸 봤습니다만."

"네, 이시가미가 맞습니다."

"그럼 이시가미 씨, 3월 10일에는 어땠습니까, 몇 시쯤 귀가하셨나요?"

"3월 10일……, 그날이 왜요?"

"아니, 이시가미 씨와는 아무 관계도 없습니다. 다만 저희가 그날에 관한 정보를 모으고 있어서요."

"아, 그렇습니까. 3월 10일이라……."

이시가미는 아득한 눈길로 기억을 더듬는 듯한 표정을 보이다가 이내 구사나기에게 시선을 돌렸다.

"그날은 일찍 귀가했습니다. 일곱 시쯤 아니었을까 싶은데요."

"그때 이웃집은 어땠습니까?"

"이웃집이라니요?"

"하나오카 씨 댁 말입니다."

구사나기가 음성을 낮추고 대답했다.

"하나오카 씨에게 무슨 일이라도 일어났나요?"

"아니요, 아직은 뭐라 말씀드리기 곤란합니다. 그래서 정보가 필요한 거고요."

이시가미의 얼굴에 뭔가를 헤아리는 듯한 표정이 떠올랐다. 이웃집 모녀에 관해 이런저런 상상을 해 보았는지도 모른다. 실내의 분위기로 봐서 이 남자는 독신일 것이라고 구사나기는 짐작했다.

"기억은 잘 나지 않지만, 딱히 이상한 점은 없었던 것 같은데요."

이시가미가 대답했다.

"무슨 소리가 났다든지, 이야기 소리가 들렸다든지, 그런 일도 없었습니까?"

"글쎄요."

이시가미가 고개를 갸웃했다.

"기억에 남을 만한 일은 없었던 것 같습니다."

"그렇군요. 하나오카 씨와는 친하게 지내십니까?"

"이웃이니까 마주치면 인사는 나눕니다. 그 정도예요."

"알겠습니다. 늦은 시간에 실례가 많았습니다."

"별말씀을요."

이시가미는 고개를 숙인 후 문 안쪽으로 손을 뻗었다. 거기에 우편함이 있기 때문이었다. 별생각 없이 그 손끝을 따라가던 구사나기가 한순간 눈을 크게 떴다. 우편물 중에서 '데이토 대학'이라는 글자가 보였던 것이다.

"저,"

구사나기가 약간 주저하는 태도로 물었다.

"혹시 데이토 대학 출신이십니까?"

"그렇습니다만."

이시가미의 가느다란 눈도 조금 크게 열렸다. 이윽고 그는 자신의 손에 우편물이 들려 있다는 사실을 깨달은 듯했다.

"아, 이것 말입니까? 동창회 회보입니다. 그런데 그게 왜요?"

"아니, 제가 아는 사람도 데이토 대학 출신이라서요."

"아, 그렇군요."

"자, 그럼 이만 가 보겠습니다."

구사나기는 인사를 하고 이시가미의 집을 나섰다.

"데이토 대학이라면 선배가 나온 학교잖아요. 그 말은 왜 안 하신 거죠?"

연립 주택을 벗어나면서 기시타니가 물었다.

"기분이 나빠질까 봐서. 수학 선생이면 이과 출신일 거 아니야."

"선배도 이과계 콤플렉스가 있어요?"

기시타니가 히죽거리며 물었다.

"그걸 의식하게 만드는 놈이 가까이 있으니까 그렇지."

구사나기는 유가와 마나부의 얼굴을 떠올렸다.

　형사들이 돌아가고 10분 이상 기다렸다가 이시가미는 집을 나섰다. 옆집을 힐끗 봤다. 204호의 창에 불빛이 비치는 것을 확인하고서 그는 계단을 내려갔다.

　사람들 눈에 띄지 않는 공중전화가 있는 곳까지 가려면 10분 가까이 걸어야 한다. 그에게는 휴대 전화가 있고 집에 유선 전화도 있지만 그것들은 사용하지 않는 편이 좋겠다고 생각했다.

　공중전화로 걸어가면서 그는 형사들과 나눈 대화를 되새겨 보았다. 그들이 자신과 사건의 관계를 눈치챌 만한 실마리는 하나도 주지 않았다고 확신했다. 그러나 만에 하나라는 게 있다. 경찰은 사체를 처리하는 데에 남자의 손이 필요하다고 생각할 것이다. 하나오카 모녀의 곁에서 그녀들을 위해 범죄에 가담해 줄 만한 남자를 기를 쓰고 찾으려 할 것이다. 옆집에 산다는 이유만으로 이시가미라는 수학 교사를 주목할 가능성도 있다.

　앞으로 그녀의 집에 가는 것은 물론이고 직접 만나는 일도 삼가야 한다고 이시가미는 다짐했다. 집 전화를 이용하지 않는 것도 같은 이유에서다. 통화 기록을 조회할 경우 하나오카 야스코와 빈번히 통화한다는 사실을 알아낼 우려가 있다.

그렇다면 '벤텐테이'는…….

거기에 대해서는 아직 결론을 내리지 못했다. 얼핏 생각하면 당분간은 가지 않는 편이 낫다고 볼 수도 있었다. 하지만 형사들은 언젠가는 도시락 가게에도 탐문하러 갈 것이다. 그리고 하나오카 야스코의 옆집에 사는 수학 교사가 거의 날마다 도시락을 사러 왔었다는 얘기를 듣게 될 것이 분명하다. 그럴 경우, 사건이 일어난 후부터 갑자기 오지 않는다면 수상하게 여길 것이다. 여태까지 했던 것과 마찬가지로 행동하는 것이 의심을 사지 않는 길 아닐까.

이시가미는 그 문제에 관해서만은 가장 논리적인 해답을 선택할 자신이 없었다. 평소처럼 '벤텐테이'에 가서 도시락을 사고 싶은 마음이 자기 안에 있다는 것을 스스로 잘 알기 때문이다. '벤텐테이'는 하나오카 야스코와 그를 잇는 유일한 접점이다. 그곳에 가지 않으면 그는 그녀를 만날 수 없다.

목적한 공중전화 부스에 도착했다. 전화 카드를 꺼내 공중전화기에 넣는다. 동료 교사의 아기 사진이 인쇄된 카드다.

하나오카 야스코의 휴대 전화 번호를 눌렀다. 집 전화에는 경찰이 도청 장치를 설치해 두었을지도 모르기 때문이다. 민간인에 대해서는 도청을 하지 않는다는 것이 경찰의 주장이지만 그는 그 말을 믿지 않는다.

"여보세요."

야스코가 전화를 받았다. 자신이 연락할 경우 공중전화를 이용하겠다는 말을 해 두었다.

"이시가미입니다."

"아, 네."

"방금 저희 집에 형사가 다녀갔습니다. 그쪽에도 찾아갔을 테지요."

"네, 조금 전에 왔었어요."

"뭐라고 하던가요?"

야스코가 말하는 내용을 이시가미는 머릿속에서 정리하고 분석해 기억해 두었다. 아무래도 현 단계에서는 경찰이 야스코를 특별히 의심하는 것 같지 않다. 알리바이를 확인하는 것은 기본적인 절차일 뿐이다. 남는 수사력으로 일단 속속들이 조사해 두자는 정도가 아닐까.

그러나 도가시의 행적이 드러나 그가 야스코를 만나러 왔었다는 사실이 알려지면 형사들이 눈에 불을 켜고 그녀에게 달려들 것이다. 그리고 그녀가 최근에 도가시를 만난 적이 없다고 한 것에 대해 추궁할 것이 분명하다. 거기에 대한 방어책은 이미 그녀에게 알려 놓았다.

"따님도 형사를 만났나요?"

"아니요, 미사토는 안쪽 방에 있었어요."

"그랬군요. 하지만 언젠가는 따님의 이야기도 들으려 할 겁니다. 그럴 경우 어떻게 대처해야 하는지는 이미 말씀드렸고요."

"네, 잘 기억하고 있습니다. 딸아이도 알아서 잘할 테니 걱정하지 말라고 했고요."

"똑같은 말을 반복해서 미안하지만, 절대로 연기할 필요는 없습니다. 묻는 말에 기계적으로 대답하시기만 하면 됩니다."

"네, 미사토에게도 다시 한 번 그렇게 말해 두겠습니다."

"그건 그렇고, 영화표를 형사에게 보여 주셨습니까?"

"아뇨, 안 보여 줬어요. 보여 달라고 할 때까지 보여 주지 말라고 하셨잖아요."

"아, 잘하셨습니다. 남은 영화표 반쪽은 어디다 두셨죠?"

"서랍 속에 있는데요."

"팸플릿 속에 끼워 두세요. 사용하고 난 영화표를 소중히 보관하는 사람은 별로 없습니다. 서랍 속에 넣어 두면 의심을 살 수도 있어요."

"네, 알겠습니다."

"그런데."

이시가미는 침을 삼켰다. 수화기를 쥔 손에 힘이 들어갔다.

"제가 자주 도시락을 사러 간다는 사실을 '벤텐테이' 사람들이 알고 있습니까?"

"네?"

갑작스런 질문에 야스코는 말문이 막히는 듯했다.

"그러니까, 옆집에 사는 남자가 도시락을 사러 자주 간다는 사실을 가게 사람들이 어떻게 생각하는지 묻는 겁니다. 이건 중요한 일이니까 솔직하게 대답해 주세요."

"아, 그게…… 자주 이용해 주셔서 감사하게 생각한다고 점장이 말한 적이 있어요."

"제가 이웃이라는 사실도 알고 있겠군요."

"네. 저, 그럼 안 되는 건가요?"

"아뇨, 그건 제가 생각할 일입니다. 어쨌든 야스코 씨는 약속한 대로만 행동해 주세요. 아시겠죠?"

"네, 그럴게요."

"그럼 이만."

이시가미는 수화기를 귀에서 뗐다.

"아, 저, 이시가미 씨."

야스코가 부르는 소리가 들렸다.

"왜 그러세요?"

"여러 가지로 감사합니다. 은혜는 잊지 않을게요."

"아니……, 이만 끊겠습니다."

그녀의 마지막 한마디에 그는 온몸의 피가 끓어오르는 것만 같았다. 얼굴이 화끈 달아올라 찬 바람마저 기분 좋게 느껴졌다. 겨드랑이에는 땀까지 차 있었다.

행복한 기분에 젖은 채 이시가미는 발길을 돌렸다. 그러나 그런 기분은 오래가지 않았다. '벤텐테이'에서 자신을 알고 있다는 말을 들었기 때문이다.

그는 형사에게 한 가지 실수를 범했다는 사실을 깨달았다. 하나오카 야스코와의 관계를 물었을 때, 인사만 나누는 정도라고 대답했을 뿐 그녀가 일하는 가게에서 도시락을 산다는 말을 하지 않았던 것이다.

"하나오카 야스코의 알리바이에 대한 뒷조사는 해 봤어?"

구사나기와 기시타니를 자기 자리로 불러 놓고 마미야는 손톱을 깎으면서 물었다.

"노래방에는 가 보았습니다."

구사나기가 대답했다.

"종업원이 기억하고 있었습니다. 이미 낯이 익었나 보더라고요. 기록도 남아 있었는데, 아홉 시 사십 분부터 한 시간 반 동안 노래를 불렀더군요."

"그러기 전에는?"

"하나오카 모녀가 본 영화는 시간상 일곱 시 정각에 상영한 영화인 것 같습니다. 끝난 시각은 아홉 시 십 분. 그 후 라면

집에 갔다고 하니까 앞뒤가 들어맞습니다."

수첩을 보면서 구사나기가 보고했다.

"앞뒤가 맞는지 어떤지를 묻는 게 아니야. 실제로 갔느냐는
거지."

구사나기는 수첩을 덮고 어깨를 으쓱했다.

"그건 못 알아봤습니다."

"그래도 되는 거야?"

마미야가 구사나기를 힐끗 올려다봤다.

"반장님도 잘 아시잖아요. 영화관이나 라면집이 알리바이
알아내기가 제일 어려운 장소라는 것을요."

구사나기의 볼멘소리를 들으며 마미야는 명함 한 장을 책
상 위에 올려놓았다. '클럽 마리안'이라는 글자가 인쇄되어
있었다. 주소는 긴시초.

"뭡니까, 이건?"

"야스코가 전에 근무했던 가게야. 3월 5일에 도가시가 이
곳에 들렀어."

"죽기 5일 전이군요."

"야스코에 대해 꼬치꼬치 묻고 갔나 봐. 이쯤 얘기했으면
아무리 멍청한 자네라도 무슨 뜻인지 알 테지."

마미야는 구사나기와 기시타니의 뒤를 손가락으로 가리
켰다.

"빨리 가서 조사해 봐. 아무것도 안 나오면 다시 야스코에게 가 보고."

5

네모난 상자에 길이 30센티미터 정도의 막대기가 세워져 있었다. 그 막대기에는 지름 몇 센티미터 정도의 고리가 꿰여 있다. 흡사 고리 던지기 장난감처럼 생겼다. 다른 점이 있다면 상자에서 코드가 뻗어 나와 있고 그 끝에 스위치가 달려 있다는 것이다.

"뭘까, 이건?"

구사나기가 상자를 유심히 들여다보며 말했다.

"만지지 않는 게 좋을걸요."

기시타니가 주의를 주었다.

"괜찮아. 만져서 위험한 거라면 그놈이 이렇게 내버려 두었을 리 없어."

구사나기는 상자로 손을 뻗었다. 탁, 스위치가 켜지는 것과 동시에 막대기에 꿰여 있던 고리가 둥실 떠올랐다.

순간 구사나기는 어, 하고 몸을 움찔했다. 고리가 떠오른 상태로 너울너울 흔들렸다.

"고리를 위에서 눌러 봐."

뒤에서 목소리가 들렸다.

구사나기가 돌아보니 유가와가 책과 파일을 끌어안은 채 방으로 들어오는 참이었다.

"어서 와. 강의 있었어?"

그렇게 말하면서 구사나기는 유가와가 시키는 대로 고리를 손가락 끝으로 눌렀다. 그러나 1초도 채 안 되어 그는 손을 황급히 움츠렸다.

"앗, 뜨, 뜨, 뜨겁잖아!"

"만지면 위험한 물건을 아무렇게나 내버려 두지는 않지만, 그건 만지는 인간에게 최소한의 과학적 지식이 있다는 전제 하의 얘기야."

그리고 유가와는 구사나기 쪽으로 다가와 상자의 스위치를 껐다.

"고등학교 물리 수준의 실험 도구야, 이건."

"고등학교 때 난 물리를 선택하지 않았단 말이야."

구사나기는 손끝을 후, 불었다. 옆에서 기시타니가 쿡쿡 웃었다.

"이분은 누구시지? 처음 보는 얼굴인데."

유가와가 기시타니를 보며 물었다.

기시타니는 얼른 진지한 표정으로 돌아와 자리에서 일어서며 고개를 숙였다.

"기시타니입니다. 구사나기 선배와 함께 일하고 있습니다. 유가와 교수님에 대한 소문은 익히 들어 알고 있습니다. 수사에 협력해 주신 적도 여러 번 있다면서요. 갈릴레오 선생님이라는 호칭은 수사 1과에서도 유명합니다."

그러자 유가와가 얼굴을 찡그리며 손을 휘휘 내저었다.

"그 호칭은 쓰지 말게. 좋아서 협력한 것도 아니니까 말이야. 이 사내의 비논리적인 사고를 보다 못해서 참견한 것뿐이라네. 자네도 이 남자와 행동을 함께하다 보면 골이 딱딱해지는 병에 전염될 거야."

웃음을 터뜨리는 기시타니를 구사나기가 힐끗 노려봤다.

"뭘 그렇게 웃어! 유가와 자네도 말을 그렇게 하면 안 되지. 사건이랑 씨름하는 걸 엄청 즐기던데, 뭘."

"즐기긴 내가 언제 즐겼다고 그래? 자네 덕분에 논문을 전혀 못 쓴 적도 있어. 이봐, 설마 오늘도 귀찮은 문제를 가져온 건 아니겠지?"

"걱정 마, 오늘은 그러려고 온 거 아니니까. 근처에 온 김에 들른 것뿐이야."

"그렇다면 안심이군."

유가와는 개수대로 가서 주전자에 물을 받은 후 가스레인지 위에 올려놓았다. 평소처럼 인스턴트커피를 탈 모양이었다.

"그런데 구 에도강에서 사체가 발견됐다는 그 사건은 해결 됐어?"

컵에 커피 가루를 넣으며 유가와가 물었다.

"우리가 그 사건 담당이란 걸 어떻게 알았어?"

"그야 조금만 생각해 보면 알 수 있지. 자네가 여기 있다가 호출을 받은 날 밤에 사건을 뉴스에서 봤거든. 그 떨떠름한 표정을 보니 수사에 별 진전이 없었나 보군."

구사나기가 미간을 찌푸리며 코 옆쪽을 긁작거렸다.

"진전이 전혀 없었던 건 아니야. 용의자도 몇 명 떠올랐고. 이제부터지, 뭐."

"오호, 용의자가?"

유가와는 별로 귀담아듣는 기색도 없이 가볍게 받아넘겼다.

그때 기시타니가 끼어들었다.

"저는 현재의 방향이 올바르다고 보지 않아요."

"그런가?" 하며 유가와가 기시타니를 보았다.

"수사 방침에 이의가 있는 모양이군."

"아니, 이의라고까지는……."

"쓸데없는 말은 할 필요 없어."

구사나기가 미간에 주름을 세웠다.

"죄송합니다."

"사과할 필요까지는 없잖아? 명령에는 따르면서도 자신의

101

견해를 갖는 것이 올바른 자세라고 생각하는데. 그런 자세가 아니면 합리적인 결론에 도달하기 힘들어."

"이 친구가 수사 방침에 불평하는 건 그런 이유에서가 아니야."

어쩔 수 없다는 듯 구사나기가 입을 열었다.

"지금 우리가 주목하고 있는 상대를 비호하고 싶은 것뿐이지."

"아니, 저는 그런 게……."

기시타니가 말끝을 흐렸다.

"괜찮아, 감출 필요 없어. 그 모녀에게 동정이 가는 것도 당연하지. 사실 나도 그 두 사람을 의심하고 싶지 않거든."

"뭔가 복잡한 사정이 있는 모양이군."

유가와가 싱글거리며 구사나기와 기시타니를 번갈아 보았다.

"딱히 복잡할 것도 없어. 살해당한 남자에게 전처가 있는데, 사건 직전에 피해자가 그 여자의 거주지를 알아내려고 애쓴 흔적이 있어. 그래서 일단 여자에게 알리바이가 있는지 확인한 것뿐이야."

"그렇군. 그래서 알리바이는 있던가?"

"뭐, 그럭저럭."

구사나기가 머리를 긁적거렸다.

"이봐, 갑자기 왜 그렇게 어물거려?"

유가와가 웃으면서 일어섰다. 주전자에서 수증기가 뿜어져 나오고 있었다.

"둘 다 커피 마실 거지?"

"네, 주시면 감사하죠."

"난 사양하겠어. 그런데 말이지, 그 알리바이라는 게 아무래도 마음에 걸린단 말이야."

"그 사람들이 거짓말을 하는 것 같지는 않던데요."

"그렇게 근거 없는 얘기를 하면 안 되지. 뒷조사도 다 못했으면서."

"아니, 영화관이나 라면집은 뒷조사를 못한다고 반장님께 말씀드린 사람이 누군데 그러세요?"

"내가 언제 못한다고 했어? 하기 어렵다고 했지."

"아하, 그 용의자라는 여자가 범행 시각에 영화관에 있었다고 주장하는 모양이로군."

유가와가 컵 두 개를 들고 돌아오면서 말했다. 그는 두 개의 컵 중 하나를 기시타니에게 건넸다.

감사합니다, 라고 인사하던 기시타니가 깜짝 놀란 듯 눈을 동그랗게 떴다. 컵이 너무 더럽기 때문일 것이다. 구사나기는 웃음이 터져 나오려는 것을 간신히 참았다.

"영화를 봤다는 말만으로는 증명하기가 힘들 텐데."

유가와가 의자에 걸터앉으며 말했다.

"하지만 그 후에 노래방에 갔거든요. 노래방 종업원이 그런 사실을 증언했고요."

기시타니가 목소리에 힘을 주었다.

"그렇다고 영화관 쪽을 그냥 넘길 수는 없지. 범행 후에 노래방에 갔을 수도 있는 일이니까."

구사나기가 말했다.

"하나오카 모녀가 영화를 본 시각이 저녁 일곱 시에서 여덟 시 무렵이에요. 사건 현장이 아무리 인적이 드문 장소라고 해도 살인을 할 만한 시간대는 아닙니다. 게다가 죽이기만 한 게 아니라 옷까지 다 벗겼는데 말이죠."

"그야 그렇지만 모든 가능성을 다 확인해 보기 전에 무죄로 단정할 수는 없지 않겠어?"

특히 그 완고한 마미야를 납득시키지 못할 것이라고 구사나기는 생각했다.

"잘은 모르겠지만, 두 사람 이야기를 듣고 있자니 범행 시각은 추정할 수 있는 모양이지?"

유가와가 두 사람의 대화에 끼어들었다.

"검시 결과, 사망 시각은 10일 오후 여섯 시 이후로 추정된다고 합니다."

"일반인에게 그렇게 미주알고주알 털어놓으면 어떡하나."

구사나기가 잔소리를 했다.

"그렇지만 유가와 선생님께는 지금까지도 수사에 협조를 부탁드리지 않았습니까."

"그건 사건이 초자연적인 수수께끼와 결부됐을 때 얘기지. 이번 사건은 아마추어와 의논해 봐야 소용없어."

"맞아, 난 아마추어야. 하지만 자네들에게 노닥거릴 장소를 제공하고 있다는 사실만은 잊지 않았으면 좋겠어."

유가와는 여유 있게 인스턴트커피를 후루룩 마셨다.

"알았어. 물러가면 될 거 아니야."

구사나기가 의자에서 일어났다.

"당사자들은 영화관에 간 사실을 증명할 방법이 있대?"

커피 잔을 든 채 유가와가 물었다.

"영화 스토리는 기억하고 있는 것 같아. 그렇지만 그걸로는 영화를 언제 봤는지까지 증명되는 게 아니니까."

"사용하고 남은 영화표 반쪽은?"

그 질문에 구사나기는 저도 모르게 유가와의 얼굴을 보았다. 그와 눈이 마주쳤다.

"가지고 있었어."

"흠, 어디서 나왔지?"

안경 너머로 유가와의 눈이 빛났다.

구사나기가 풋, 웃음을 터뜨렸다.

"자네가 하고 싶은 말이 뭔지 알겠어. 그래, 나머지 반쪽을 애지중지 보관하는 사람은 별로 없지. 나 역시 하나오카 야스코가 그걸 서랍에서 꺼내거나 했다면 이상하다고 생각했을 거야."

"그러니까 그런 데서 나오지 않았다는 말이군."

"처음에는 버린 것 같다고 했어. 그러더니 그때 산 팸플릿을 혹시나 하고 펼쳤는데 거기 들어 있는 거야."

"팸플릿에서 나왔단 말이지……. 하기야 부자연스러운 이야기는 아니로군."

유가와가 팔짱을 끼었다.

"당연히 당일 날짜가 찍혀 있었겠지?"

"그야 물론이지. 그래도 그것만 가지고 영화를 봤다고 단정할 수는 없어. 쓰레기통 같은 데서 영화표 반쪽을 주웠을 수도 있고, 표는 샀지만 영화관에 들어가지 않았을 수도 있으니까."

"그러나 어느 쪽이든 용의자가 영화관이나 그 근처에 간 건 사실이군."

"나도 그렇게 생각해서 오늘 아침부터 탐문 수사를 벌였어. 목격 정보를 찾으려고 말이지. 그런데 그날 표를 팔았던 영화관 아르바이트 직원이 쉬는 날이더라고. 그래서 집까지 찾아갔지. 지금 거기서 돌아오는 길이었어."

"그 아르바이트 직원에게서 그다지 유익한 정보를 얻은 표
정은 아니군."

유가와가 입가를 비틀며 웃었다.

"며칠이나 지난 데다 손님 얼굴까지 일일이 기억할 수는 없
을 테니까. 하기야 애당초 기대하지 않아서 실망도 별로 안
했어. 자, 그럼 조교수님께 방해가 되는 것 같으니 이만 가
지."

구사나기가 아직도 인스턴트커피를 마시고 있는 기시타니
의 등을 툭 쳤다.

"마음 단단히 먹어야겠어. 그 용의자가 진범이라면 고생 좀
하게 될 테니까."

유가와의 말에 구사나기가 뒤를 돌아보았다.

"무슨 뜻이야?"

"아까 말했잖아. 보통 사람이라면 알리바이를 만들 때 남은
영화표 반쪽을 보관할 장소까지는 신경 쓰지 않아. 형사가
올 것을 대비해 팸플릿 사이에 끼워 둔 거라면 상당히 강적
일 거야."

유가와의 눈에서는 웃음기가 사라지고 없었다.

친구의 말을 되새기면서 구사나기는 고개를 끄덕였다.

"기억해 두지."

그럼 또 봐, 하고 방을 나서려던 구사나기는 문을 열기 전

에 문득 떠오르는 게 있어 다시 돌아섰다.

"참, 용의자 옆집에 자네 선배가 살고 있던데."

"선배라니?"

유가와는 멀뚱한 표정으로 고개를 갸우뚱했다.

"고등학교 수학 선생이래. 이름이 이시가미라던가? 데이토 대학 출신이라니까 아마도 이공계였을 거야."

"이시가미……."

그 이름을 몇 번 되뇌던 유가와가 안경 속의 눈을 화들짝 떴다.

"달마 이시가미?"

"달마라니?"

잠시 기다리라며 유가와가 옆방으로 사라졌다. 구사나기와 기시타니는 의아해하며 서로 얼굴을 마주 보았다.

잠시 후 유가와가 돌아왔다. 손에 검은색 표지의 파일을 들고 있었다. 그는 구사나기 앞에서 그것을 펼쳤다.

"이 사람 아니야?"

그 페이지에는 몇 사람의 얼굴 사진이 실려 있었다. 학생으로 보이는 젊은이들이었다. 페이지 맨 위에 '제38기 석사 과정 졸업생'이라고 쓰여 있었다.

그중 유가와가 손가락으로 짚은 사진은 둥그런 얼굴의 대학원생 사진이었다. 표정 없는 얼굴에 실처럼 가느다란 눈이 정면을 향해 있었다. 이시가미 데쓰야라고 이름이 적혀 있었다.

"아, 이 사람 맞아요."

기시타니가 말했다.

"지금보다 상당히 젊긴 해도 틀림없어요."

구사나기도 사진의 이마를 손가락으로 가리더니 고개를 끄덕였다.

"그래. 지금은 이때보다 머리카락이 많이 빠져서 금방 알아보기 힘들지만 분명 그 선생이야. 아는 선배야?"

"선배가 아니라 동기생이야. 당시 우리 대학에서 자연대생은 3학년부터 전공이 나뉘게 되어 있었어. 나는 물리학과로 가고 이시가미는 수학과를 선택했지."

그러고서 유가와는 파일을 덮었다.

"그럼 그 아저씨가 나랑 동갑이란 말이야? 세상에!"

"그 친구는 옛날부터 늙어 보였어."

히죽 웃던 유가와가 갑자기 의아하다는 듯한 표정을 지었다.

"선생? 고등학교 선생이라고 했지?"

"응, 그 동네 고등학교에서 수학을 가르친다고 했어. 유도부 고문도 하고 있대."

"어릴 때부터 유도를 했다고 들은 적이 있어. 할아버지가 도장을 운영한다던가……. 그건 그렇고, 그 이시가미가 고등학교 선생이라니, 그게 사실이야?"

"그래, 틀림없어."

"그렇군. 자네가 하는 말이니 사실이겠지. 들리는 소문도 없고 해서 어느 사립대학에서 연구를 하고 있겠지 했는데 설마 고등학교 선생일 줄이야. 천하의 이시가미가 말이지."

유가와의 시선이 왠지 허탈해 보였다.

"그렇게 우수한 분이었습니까?"

기시타니가 물었다.

유가와는 후, 숨을 내뱉었다.

"천재라는 말을 함부로 사용하고 싶지는 않지만, 그 친구에게는 어울리지 않았나 싶어. 50년이나 100년에 한 명 나올까 말까 한 인재라고 말한 교수도 있었지. 학과는 달랐지만 그의 우수성이 물리학과에까지 소문날 정도였어. 컴퓨터를 사용한 해법에는 흥미가 없다면서 밤늦게까지 연구실에 틀어박혀서 종이와 연필만 가지고 어려운 문제에 도전하곤 했지. 그 뒷모습이 인상적이어서 언젠가부터 달마라는 별명이 붙었어. 물론 경의를 표하는 뜻으로 말이야."

유가와의 말을 들으며 구사나기는 뛰는 놈 위에 나는 놈이 있구나 생각했다. 그는 눈앞에 있는 친구야말로 천재라고 생각해 왔던 것이다.

"그렇게 대단한 사람인데 왜 대학교수가 못 되었을까요?"

기시타니가 물었다.

"그야 뭐, 대학이라는 데가 좀 그래……."

유가와는 평소와 달리 말을 얼버무렸다.

저 친구도 쓰잘머리 없는 인간관계에 얽매여 스트레스를 받을 때가 많은 모양이라고 구사나기는 짐작했다.

"그 친구, 건강해 보이던가?"

유가와가 구사나기에게 물었다.

"글쎄, 아픈 것 같아 보이지는 않았어. 어쨌든 이야기를 나누기는 했는데, 붙임성이 없달까 무뚝뚝하달까……."

"무슨 생각을 하는지 모르겠지?"

유가와가 쓴웃음을 지으며 말했다.

"바로 그거야. 형사가 찾아왔다고 하면 대개는 약간이라도 놀라든지 아니면 낭패한 기색을 보이든지, 아무튼 무슨 반응이 있기 마련인데, 완전히 무표정이더라고. 자기 자신 외에는 관심이 없어 보였어."

"수학 이외에는 관심이 없는 거지. 그래도 나름 매력 있는 인물이야. 주소 좀 가르쳐 줄 수 있어? 말이 나온 김에 시간 나면 한번 찾아가 봐야겠어."

"자네가 그런 말을 다 하다니, 별일이네."

구사나기는 수첩을 꺼내어 하나오카 야스코가 사는 연립주택의 주소를 유가와에게 가르쳐 주었다. 그것을 메모하는 물리학자는 살인 사건에 대해서는 벌써 흥미를 잃은 것처럼 보였다.

오후 6시 28분, 하나오카 야스코가 자전거를 타고 돌아왔다. 이시가미는 그 모습을 창문 너머로 지켜보고 있었다. 그의 앞에 있는 책상에는 방대한 양의 계산식을 적은 종이가 놓여 있다. 학교에서 돌아온 후에는 그런 계산식과 씨름을 하는 것이 그의 일과다. 그러나 오늘은 모처럼 유도부 연습을 쉬는 날인데도 그 작업에 아무런 진전이 없었다. 오늘뿐 아니라 요 며칠은 내내 그랬다. 방에서 조용히 옆집의 동태를 살피는 것이 습관이 되어 가고 있다. 형사가 찾아오는지를 신경 써서 확인하고 있는 것이다.

형사들은 어젯밤에도 찾아오는 것 같았다. 전에 이시가미의 집에도 찾아온 그 두 형사다. 경찰수첩에서 본 구사나기라는 이름을 기억하고 있다.

야스코의 말에 따르면 예상대로 그들은 영화관 알리바이를 확인하러 왔다고 한다. 영화관에서 뭔가 인상적인 일이 있었는지, 영화관에 들어가기 전후나 영화관 안에서 누군가와 맞닥뜨리지 않았는지, 남은 영화표 반쪽이 있는지, 영화관에서 음료수 같은 것을 산 영수증이 있는지, 영화는 어떤 내용이고 출연자는 누구인지 등등을 물었다는 것이다.

노래방과 관련해서는 아무것도 묻지 않았다고 하는 것을 보면 그쪽은 알리바이가 확인된 모양이다. 물론 확인되는 게 당연하다. 그럴 만한 장소를 의식적으로 선택했으니까.

팸플릿을 산 영수증과 영화표 반쪽을 이시가미가 지시한 순서대로 형사에게 보여 주었다고 야스코는 말했다. 영화 내용 이외의 질문에 대해서는 아무것도 생각나지 않는다고 일관되게 밀고 나갔다고 했다. 그것 또한 이시가미가 사전에 일러 준 대로였다.

그렇게 해서 형사들이 돌아갔다고는 하지만 그들이 그걸로 깨끗이 물러나리라고는 생각하지 않았다. 영화관에 알리바이를 확인하러 갔다는 건 하나오카 야스코를 의심할 만한 데이터가 나왔기 때문일 것이다. 그 데이터란 과연 어떤 것일까.

이시가미는 점퍼를 집어 들고 일어섰다. 전화 카드와 지갑, 집 열쇠를 챙긴 후 집을 나섰다.

계단에 이르렀을 때 밑에서 올라오는 발소리가 들렸다. 그는 걸음을 늦추며 아래쪽을 내려다봤다.

야스코가 올라오고 있었다. 그는 이시가미가 위에 서 있다는 사실을 몰랐던 모양이다. 스치기 직전이 되어서야 깜짝 놀란 듯 걸음을 멈췄다. 무슨 말인가 하고 싶어 하는 기색이 고개를 숙이고 있는 이시가미에게 전해졌다.

그녀가 입을 열기 전에 이시가미가 먼저 말했다.

"안녕하세요."

다른 사람을 대할 때와 똑같은 어투와 낮은 목소리가 나오도록 주의했다. 그리고 절대 눈을 마주치지 않았다. 걸음걸이도 바꾸지 않은 채 묵묵히 계단을 내려갔다.

어디선가 형사가 지켜보고 있을지 모르니 이시가미와 마주칠 경우 어디까지나 평범한 이웃으로 대하라는 것도 이시가미가 야스코에게 지시한 내용 중 하나였다. 그것을 떠올린 듯 그녀도 조그만 목소리로 안녕하세요, 라고만 대답한 후 계단을 올라갔다.

그는 늘 사용하는 공중전화 부스까지 걸어가 재빨리 수화기를 들고 전화 카드를 밀어 넣었다. 30미터 정도 떨어진 곳에 있는 잡화점에서 주인으로 보이는 남자가 가게 문을 닫고 있었다. 그 외에는 인기척이 없다.

"네, 저예요."

야스코의 목소리가 들려왔다. 이시가미에게서 전화가 올 줄 알고 있었다는 투다. 그것이 이시가미는 무척 기뻤다.

"이시가미입니다. 별일 없었습니까?"

"저, 형사가 왔었어요. 가게로요."

"벤텐테이에 말입니까?"

"네. 늘 오던 그 형사였어요."

"이번에는 뭘 묻던가요?"

"그게, 도가시가 벤텐테이에 오지 않았느냐고 했어요."

"뭐라고 대답하셨습니까?"

"물론 오지 않았다고 했죠. 그러자 형사는 제가 없을 때 왔을지도 모른다면서 가게 안쪽으로 들어가더군요. 나중에 사요코 씨 부부에게 물어보았더니 도가시의 사진을 보여 주더래요. 이런 사람이 오지 않았냐면서요. 그 형사, 저를 의심하는 것 같아요."

"야스코 씨가 의심받는 건 예상대로입니다. 두려워할 필요는 없어요. 형사가 물은 건 그것뿐입니까?"

"전에 일하던 가게에 대해서도 물었어요. 긴시초에 있는 술집인데, 지금도 그 가게에 가는 일이 있는지, 가게 사람과 연락을 주고받는지 묻더군요. 시키신 대로 그런 일은 없다고 대답했어요. 그리고 저도 질문을 했어요. 전에 있던 가게에 대해서는 왜 묻느냐고요. 그랬더니 도가시가 최근에 그 가게에 갔었다고 했어요."

"아하, 그렇군요."

이시가미는 수화기를 귀에 댄 채 고개를 끄덕였다.

"도가시가 그 가게에 가서 야스코 씨에 대해 이것저것 냄새를 맡고 갔군요."

"그런 것 같아요. 제가 벤텐테이에 있다는 것도 거기서 알게 된 듯하고요. 형사는 도가시가 저를 찾고 있었으니 벤텐테이에 오지 않았을 리 없다고 하더군요. 그래서 제가 그랬죠. 아무리 그러셔도 오지 않은 걸 어쩌란 말이냐고요."

이시가미는 구사나기라는 형사의 얼굴을 떠올렸다. 붙임성이 좋아 보이는 사내였다. 말투가 부드럽고 위압감이 없었다. 그러나 수사 1과 소속이라는 건 그 나름으로 정보 수집 능력이 있다는 얘기다. 상대를 겁주어 실토하게 만드는 타입이 아니라 자연스럽게 진실을 이끌어 내는 타입일 것이다. 우편물 속에서 데이토 대학 봉투를 찾아내는 걸 보면 관찰력도 상당하다.

"그 외에 다른 건 묻지 않던가요?"

"제게 물어본 건 그 정도였어요. 그런데 미사토가……."

이시가미는 수화기를 잡은 손에 힘을 주었다.

"미사토에게도 형사가 찾아왔나요?"

"네. 방금 들었는데, 학교를 나서는데 말을 걸더래요. 집에 찾아왔던 형사들인 것 같아요."

"미사토 짱 지금 거기 있습니까?"

"네. 바꿔 드릴게요."

미사토가 바로 옆에 있었던 듯, 금세 "여보세요." 하는 목소리가 들려왔다.

"형사가 뭘 물었지?"

"그 사람 사진을 보여 주면서 찾아오지 않았었느냐고요."

116

그 사람이란 도가시일 것이다.

"안 왔다고 했지?"

"네."

"다른 건 안 물었어?"

"영화에 대해서 물었어요. 영화를 본 날이 정말로 10일이
었느냐, 착각한 건 아니냐고요. 분명히 10일이었다고 말했어
요."

"그랬더니 형사가 뭐래?"

"영화를 봤다는 걸 누구에게 얘기하거나 문자 메시지로 보
낸 적 없느냐고 물었어요."

"그래서 뭐라고 했어?"

"문자를 보내지는 않았지만 친구에게 얘기는 했다고 대답
했어요. 그랬더니 그 친구 이름을 가르쳐 달라고 했어요."

"가르쳐 줬니?"

"미카라고 말해 줬어요."

"미카 쨩이라면, 12일에 영화에 대해서 이야기를 나눴다는
친구 말이지?"

"네."

"그래, 그럼 됐다. 그 밖에 또 다른 건?"

"그러고는 별것 없었어요. 학교생활은 즐거우냐, 배드민턴
연습은 힘들지 않느냐, 뭐 그런 것들요. 그런데 그 사람, 제가

배드민턴부라는 걸 어떻게 알았을까요? 라켓도 안 들고 있었는데요."

아마도 집 안에 놓여 있던 라켓을 본 모양이라고 이시가미는 짐작했다. 역시 방심해서는 안 되는 관찰력이다.

"어떻게 생각하세요?"

수화기에서 들리는 목소리가 다시 야스코로 바뀌었다.

"문제없습니다."

이시가미는 힘을 주어 대답했다. 그녀를 안심시키기 위해서다.

"모든 일이 계산대로 진행되고 있습니다. 앞으로도 형사가 또 오겠지만, 제 지시대로만 하시면 괜찮을 겁니다."

"정말 고맙습니다. 이시가미 씨만 믿을게요."

"힘내세요. 앞으로 조금만 더 참고 견디면 됩니다. 그럼 내일 또."

전화를 끊고 카드를 빼내면서 이시가미는 마지막 말에 대해 후회했다. 앞으로 조금만 더 참고 견디면 된다는 말은 너무 무책임하다. 앞으로 조금만이라니, 대체 어느 정도의 기간이란 말인가. 구체적으로 제시할 수 없는 사실을 얘기해서는 안 된다.

하지만 계산대로 진행되고 있다는 말은 사실이다. 도가시가 야스코를 찾고 있었다는 사실이 밝혀지는 건 시간문제라고 생각했고, 그렇기 때문에 알리바이가 필요하다고 판단했던 것이다. 또한 그 알리바이에 대해 경찰이 의심을 품는 것도 생각했던 대로다.

미사토에게 형사가 찾아올 것이라고도 이미 예상했다. 아마도 형사들은 딸을 공략하는 편이 알리바이를 무너뜨리기 쉽다고 판단했을 것이다. 그것을 꿰뚫어 보고 이시가미는 이미 다양한 조치를 취해 두었다. 그러나 혹시 놓친 부분이 없는지 다시 한 번 체크하는 게 좋을 것이다.

그런 생각을 하면서 집으로 돌아오는데 집 앞에 웬 남자가 서 있었다. 얇은 검정 코트를 입은 키 큰 남자였다. 이시가미의 발소리를 들었는지 남자는 얼굴을 이시가미 쪽으로 돌리고 있었다. 안경 렌즈가 번득였다.

형사인가 생각하다가 그건 아닐 거라고 이내 생각을 바꿨다. 남자의 구두가 새로 산 것처럼 반짝반짝 빛났던 것이다.

경계하면서 다가가는데 상대가 입을 열었다.

"이시가미?"

그 소리에 이시가미는 상대의 얼굴을 바라보았다. 상대가 얼굴에 미소를 짓고 있었다. 그것도 낯익은 미소를.

이시가미는 숨을 크게 들이마시며 눈을 활짝 떴다.

"유가와 마나부?"

20년도 더 지난 기억이 생생히 되살아났다.

6

그날도 강의실은 평소처럼 텅 비어 있었다. 꽉 차면 100명은 앉을 수 있는 강의실인데 기껏해야 스무 명 정도가 앉아 있을 뿐이었다. 게다가 학생 대부분이 출석 체크만 마치면 즉시 나갈 수 있도록, 혹은 딴짓을 하기 위해 뒷자리에 몰려 앉아 있었다.

그중에서도 수학과 지망생은 특히 적었다. 이시가미 외에는 아무도 없다고 해도 좋았다. 응용 물리학의 역사적 배경만 들어야 하는 그 강의는 학생들에게 인기가 없었다.

이시가미도 그 강의에 별로 관심이 없었지만 평소 습관대로 맨 앞줄 왼쪽에서 두 번째 자리에 앉아 있었다. 어느 강의에서나 그는 그 자리나 그 근처 자리에 앉았다. 한복판에 앉지 않는 것은 강의를 객관적으로 파악하고 싶다는 의식이 있었기 때문이다. 그는 아무리 우수한 교수라도 늘 올바른 말만 하지는 않는다는 것을 알고 있었다.

늘 고독했던 그의 뒷자리에 그날은 어쩐 일로 학생 하나가 앉아 있었다. 그러나 이시가미는 그 사실에 대해 별로 신경을 쓰지 않았다. 교수가 들어올 때까지 그가 해야 할 일이 있었다. 그는 노트를 꺼내 어떤 문제와 씨름하기 시작했다.

"그쪽도 에르되시 신자?"

처음에는 그것이 자신에게 하는 소리라는 것을 깨닫지 못했다. 그럼에도 고개를 돌린 것은 에르되시라는 이름을 입에 담는 인간이 있다는 사실에 흥미가 일었기 때문이다.

뒤를 돌아보니 머리카락을 어깨까지 늘어뜨리고 셔츠를 가슴까지 풀어헤친 학생이 턱을 괴고 앉아 있었다. 목에 걸린 금빛 목걸이가 반짝거렸다. 가끔 보았던 얼굴이다. 물리학과 지망생이라는 사실도 알고 있었다.

말을 건넨 사람이 이 녀석은 아닐 거야. 이시가미가 그렇게 생각하는데 장발남이 턱을 괸 자세 그대로 입을 열었다.

"종이와 연필로는 한계가 있어. 하기야 시도한다는 것 자체에 의미가 있을지도 모르지만."

장발남의 입에서 그런 소리가 흘러나와 이시가미는 살짝 놀랐다.

"내가 뭘 하는 건지 알아?"

"언뜻 보였어. 일부러 훔쳐본 건 아니야."

장발남은 이시가미의 책상을 손가락으로 가리켰다.

이시가미는 자신의 노트로 눈길을 돌렸다. 수식이 적혀 있긴 하지만 그건 전체 수식 중 중간 부분이고, 그것도 극히 일부에 지나지 않았다. 한눈에 그게 뭔지를 알았다면 이 문제에 매달려 본 경험이 있다는 얘기였다.

"이걸 해 본 적이 있어?"

이시가미가 물었다.

장발남은 그제야 턱을 괴었던 팔을 내리고 쓴웃음을 지었다.

"난 불필요한 건 하지 말자는 주의야. 물리학과 지망생이니까. 수학자가 만들어 낸 정리를 사용할 뿐이지."

"그렇지만 이 문제에는 관심이 있다는 거야?"

이시가미가 자신의 노트를 집어 들었다.

"증명이 끝났으니까. 증명되었다는 걸 알아서 손해날 일은 없지."

그는 이시가미의 눈을 바라보며 말을 계속했다.

"4색문제는 증명됐어. 지도에서 네 가지 색으로 모든 인접 국가를 구별할 수 있는 것으로 말이야."

"모두 다는 아니야."

"그래. 평면 또는 구면상이라는 조건이 붙었지, 아마."

그것은 수학계에서도 가장 유명한 문제 중 하나였다. '평면 또는 구면상의 지도에서 네 가지 색으로 모든 인접 국가를 구별할 수 있는가'라는 것으로, 1879년에 영국의 아서 케일리가 제시한 문제다. 구별할 수 있다는 것을 증명하든가 아니면 그것이 불가능한 지도를 고안하면 되는 일이었는데, 해결되기까지 100년 가까운 세월이 걸렸다. 증명한 사람은 미국 일리노이 대학의 케네스 아펠과 볼프강 하켄이다. 두 사람은 컴퓨터를 이용해 지도가 기본적으로 약 150종류의 패턴밖에 안 된다는 것을 확인하고, 그 150종류의 패턴을 네 가지 색으로 구별할 수 있다는 사실을 증명했다. 1976년의 일이었다.

"나는 그 증명이 완벽하다고 생각하지 않아."

이시가미가 말했다.

"그렇겠지. 그러니까 그렇게 종이와 연필로 문제를 풀고 있는 거겠지."

"그 방식은 인간이 수작업으로 조사하기에는 너무 방대해. 그래서 컴퓨터를 이용했겠지만, 덕분에 그 증명이 옳은지 그른지를 완벽하게 판단할 방법이 없어. 확인하는 데도 컴퓨터를 이용해야 한다면 그건 진정한 수학이 아니야."

"역시 에르되시 신자네."

장발남은 그렇게 말하고 싱긋 웃었다.

폴 에르되시는 헝가리 태생의 수학자다. 세계 곳곳을 방랑하면서 각지의 수학자와 공동 연구를 한 것으로 유명했다. 좋은 정리에는 반드시 아름답고 자연스러우며 간결한 증명이 있다는 신념을 가졌던 사람이다. 4색문제에 관해서도 아펠과 하켄의 증명이 아마도 옳을 것이라고 인정하면서도 그 증명은 아름답지 않다고 말한 바 있었다.

장발남은 이시가미의 본질을 제대로 꿰뚫어 보았다. 아닌 게 아니라 이시가미는 그야말로 '에르되시 신자'였다.

"어제 수치 해석 시험 문제에 대해 교수에게 질문하러 갔었어."

장발남은 화제를 돌렸다.

"문제 자체는 잘못되지 않았지만 해답이 명쾌하지 않아서 말이야. 아니나 다를까. 인쇄에서 약간의 실수가 있었다고 하더군. 그런데 놀랍게도 나와 똑같은 질문을 한 학생이 있었다는 거야. 솔직히 말해 좀 약 오르다는 생각이 들었어. 그 문제를 완벽하게 푼 사람은 나밖에 없을 거라고 자부하고 있었거든."

"그런 정도는……"

거기까지 말하고 이시가미는 말을 삼켰다.

"이시가미라면 푸는 게 당연하지, 라고 교수도 말했어. 역시 뛰는 놈 위에 나는 놈이 있더군. 내게 수학과는 무리라고 생각했어."

"그쪽은 물리학과 지망이지?"

"유가와야. 잘 부탁해."

유가와가 이시가미에게 악수를 청했다.

괴상한 녀석이다 싶었지만 이시가미는 손을 내밀었다. 그리고 한편으로 참 아이러니하다고 생각했다. 자신이야말로 늘 괴상한 녀석이라는 말을 들어 왔기 때문이다.

유가와와 특별히 친하게 지낸 것은 아니지만 얼굴을 마주

치면 '반드시'라고 해도 좋을 정도로 빼놓지 않고 대화를 나눴다. 그는 박학해서 수학이나 물리학 이외의 분야에 대해서도 아는 것이 많았다. 이시가미가 내심 경시하는 문학이나 예술에 대해서도 마찬가지였다. 그러나 그 지식이 얼마나 깊이가 있는지는 이시가미도 알 수 없었다. 그것을 판단할 만한 기준이 그에게 없었고, 유가와 또한 이시가미가 수학 이외의 분야에는 관심이 없다는 사실을 알았는지 얼마 후부터는 다른 분야에 대한 얘기를 입에 담지 않았기 때문이다.

그래도 이시가미에게 유가와는 대학에 들어와 처음 만난 대화 상대였고 실력을 인정할 만한 친구였다.

그러나 언제부터인가 두 사람은 마주치는 일이 별로 없어졌다. 두 사람의 진로가 수학과와 물리학과로 나뉘었기 때문이다. 성적이 일정 기준에 달하면 두 학과 간의 전과도 가능했지만 둘 중 누구도 변경을 원하지 않았다. 그리고 그것이 양쪽 모두에게 옳은 길이라고 이시가미는 생각했다. 두 사람다 자신에게 적합한 길을 선택한 것이다. 이 세상 모든 것을 이론으로 구축하고자 하는 야망은 두 사람에게 공통된 것이었지만 그 접근 방법은 정반대였다. 이시가미는 수학이라는 블록을 쌓아 올림으로써 그 목표를 달성하려 했다. 반면 유가와는 우선 관찰하는 데서 시작했다. 그럼으로써 수수께끼를 발견하고 그것을 해명해 나가는 것이다. 이시가미는 시뮬

레이션을 좋아했지만 유가와는 실험에 의욕적이었다.

두 사람이 만나는 일은 거의 없어졌지만 유가와에 대한 소문은 가끔가다 이시가미의 귀에까지 들려왔다. 대학원 2학년 가을에 미국의 한 기업이 유가와가 고안한 '자계 톱니바퀴'를 구매하러 왔다는 얘기를 들었을 때는 솔직히 감탄스러웠다.

그러나 석사 과정을 수료한 후로 유가와가 어떻게 되었는지는 이시가미도 몰랐다. 이시가미 자신이 대학을 떠났기 때문이다. 그리고 단 한 번도 서로 만나지 못한 채 20년이 넘는 세월이 흘렀다.

"와아, 여전하군."

이시가미의 집에 들어선 유가와가 책장을 바라보며 말했다.

"뭐가?"

"여전히 수학삼매라 이 말이야. 우리 학교 수학과에도 이만한 자료를 개인적으로 모은 사람은 없을 거야."

이시가미는 대꾸하지 않았다. 책장에는 수학 관계 서적뿐 아니라 각 나라의 학회 자료도 파일로 정리되어 있었다. 주로 인터넷을 통해 입수한 것들이지만 어중간한 연구자들보다 현재의 수학계에 정통하다는 자부심이 그에게는 있었다.

"일단 앉지. 커피라도 마시겠어?"

"커피도 나쁘지 않지만…… 이런 걸 가져왔어."

유가와는 손에 들고 있던 종이봉투 속에서 상자 하나를 꺼내 들었다. 이름난 일본 술이었다.

"아니, 이런 것까지 신경 쓰지 않아도 되는데."

"오랜만에 만나는데 빈손으로 올 수야 없잖아."

"고마워. 그럼 초밥이라도 배달시킬까? 식사는 아직이지?"

"됐어. 자네야말로 신경 쓰지 마."

"아니야, 나도 아직 안 먹었어."

이시가미는 수화기를 손에 들고 식당 전화번호들이 적힌 수첩을 펼쳤다. 그러나 초밥 집 메뉴를 보며 그는 잠시 망설였다. 평상시 주문하는 건 모둠 초밥 '보통'이었다.

결국 그는 전화를 걸어 모둠 초밥 '상'과 생선회를 주문했다. 초밥 집 점원이 웬일이냐는 듯한 반응을 보였다. 이시가미는 집에 정식으로 손님이 찾아온 게 몇 년 만인가 생각해 보았다.

"그건 그렇고, 자네가 이렇게 나를 찾아오다니, 놀랐는걸."

자리에 앉으면서 이시가미가 말했다.

"아는 사람한테 우연히 소식을 듣고 옛날 생각이 나서 찾아왔지."

"아는 사람이라니, 그런 사람이 있어?"

"응, 그게 좀 묘한 이야기이긴 한데……."

선뜻 얘기하기 어려운지 유가와는 코 옆쪽을 긁적거렸다.

"경시청 형사가 온 적 있지, 구사나기라고?"

"형사?"

이시가미는 가슴이 덜컥했지만 그런 사실이 얼굴에 드러나지 않도록 애썼다. 그리고 새삼스레 옛 학우의 얼굴을 보았다. 이 사내도 뭔가를 알고 있는 것일까?

"그 형사가 나랑 동기생이야."

유가와의 입에서 의외의 말이 튀어나왔다.

"동기생이라고?"

"배드민턴부 말이야. 그래 봬도 우리와 같은 데이토 대학 출신이야. 사회학부였지만."

"아…… 그래?"

이시가미의 가슴속에 번져 가던 먹구름이 한순간에 사라졌다.

"그러고 보니 그 사람, 데이토 대학에서 내게 보낸 우편물 봉투를 눈여겨보더군. 데이토 대학이라는 부분에 신경을 쓰는 눈치더니만 그래서였군. 아니, 그럼 그때 그 말을 했으면 좋았잖아."

"그 친구에게 데이토 대학 이공계 졸업생은 동창생도 아니야. 자신과는 다른 인종이라고 생각하거든."

이시가미는 고개를 끄덕였다. 그건 서로 마찬가지라고 생각했다. 같은 시기에 같은 대학에 다니던 사람이 지금은 형사가 되었다고 생각하자 기분이 야릇했다.

"구사나기에게 듣자 하니 지금은 고등학교에서 교편을 잡고 있다면서?"

유가와가 이시가미의 얼굴을 똑바로 보았다.

"이 근처 고등학교야."

"그렇다고 하더군."

"유가와 자네는 대학에 근무하겠지?"

"응. 13연구실에 있어."

유가와가 담백한 말투로 대답했다. 젠체하거나 내심 자만하는 느낌은 아니라고 이시가미는 받아들였다.

"교수?"

"아니, 그 직전에서 어정거리고 있어. 앞차들이 가로막고 있어서 말이지."

유가와가 농담조로 가볍게 말했다.

"'자계 톱니바퀴'라는 실적도 있고 하니 지금쯤은 틀림없이 교수가 돼 있을 거라고 생각했는데."

이시가미의 말에 유가와는 웃으며 얼굴을 문질렀다.

"그 명칭을 기억하는 사람도 자네뿐일 거야. 결국 실용화되지 못했고, 이제는 탁상공론에 불과한 얘기로 취급당하고 있어."

그렇게 말하고 유가와는 자신이 가지고 온 술병의 뚜껑을 땄다.

이시가미가 찬장에서 잔을 두 개 꺼내 왔다.

"자네야말로 지금쯤 어느 대학에선가 교수가 되어 리만 가설에 도전하고 있을 줄 알았는데, 달마 이시가미가 대체 어떻게 된 거야? 혹시 에르되시에게 의리를 지키느라고 방랑의 수학자라도 자처하는 건가?"

"아니야, 그런 거."

이시가미가 살짝 한숨을 내쉬었다.

"아무러면 어때. 하여튼 한잔하지."

유가와는 더 깊이 캐묻지 않고 잔에 술을 따랐다.

물론 이시가미도 평생 수학 연구에 헌신할 생각이었다. 석사 과정 수료 후에는 유가와처럼 모교에 남아 박사 학위를 따려고 했다.

그 꿈이 깨진 것은 부모를 보살펴야 하는 처지에 놓이게 되었기 때문이다. 양친 모두 고령에 지병이 있었다. 아르바이트를 하면 대학원은 다닐 수 있었지만 부모의 생활비까지 마련하는 건 불가능했다.

그런 와중에 어느 신설 대학에서 조교를 구하고 있다는 사실을 교수가 알려 주었다. 집에서 다닐 수 있는 거리이고 수학 연구도 계속할 수 있을 것 같아 하기로 했다. 결국 그것이 그의 인생을 뒤틀어 버리고 말았다.

연구다운 연구는 하나도 할 수 없는 대학이었다. 교수들은 권력 다툼과 보신 외에는 관심이 없었고, 우수한 학자를 길러 내겠다는 의식도, 획기적인 연구 성과를 올리겠다는 야심도 없었다. 이시가미가 공들여 작성한 연구 보고서는 교수의 서랍에서 하염없이 잠자고 있었다. 그런 데다 학생들의 수준도 낮아, 고등학교 수학조차 제대로 이해하지 못하는 학생을 돌보는 데에 이시가미의 연구 시간을 할애해야 했다. 그렇게 희생을 강요당하는데도 보수는 터무니없이 낮았다.

다른 대학으로 가기를 희망했지만 그 희망은 이루어지지 않았다. 애당초 수학과가 있는 학교가 많지 않았다. 설사 수학과가 있다고 해도 예산이 적어 조교를 받아들일 여유가 없었다. 공학부와는 달리 기업이 스폰서를 해 주지 않기 때문이다.

인생의 방향을 전환해야 할 위기에 몰렸다. 그는 학생 시절에 따 놓은 교사 자격증으로 먹고사는 길을 선택했다. 아울러 수학자로 사는 길은 포기했다.

그런 이야기를 유가와에게 할 필요는 없다는 생각이 들었다. 연구자의 길을 단념해야 했던 사람들에게는 대체로 비슷한 사정이 있었다. 자신의 경우도 그리 특이한 것이 아니라는 사실을 이시가미는 잘 알고 있다.

배달된 초밥과 생선회를 먹으면서 술을 마셨다. 유가와

가지고 온 술이 동나자 이시가미는 위스키를 꺼냈다. 자주 마시지는 않지만, 어려운 수학 문제를 풀고 난 후에는 머리의 피로를 풀기 위해 홀짝거리곤 했다.

신나게 이야기를 나눴다고 할 정도는 아니었지만 학생 시절의 추억을 떠올리며 수학에 관해 대화하는 것은 즐거웠다. 그리고 상당히 오랜 세월 이런 시간을 맛보지 못했다는 것을 이시가미는 새삼 깨달았다. 대학을 졸업한 후로 처음인지도 몰랐다. 이 남자 외에 자신을 이해해 줄 사람이 없었고, 이시가미로서도 자신과 대등하다고 인정하는 사람은 유가와 말고는 없을지 모른다는 생각도 들었다.

"아 참, 중요한 걸 잊고 있었군."

유가와는 문득 생각이 났다는 듯 종이봉투 속에서 커다란 갈색 서류 봉투를 꺼내어 이시가미 앞에 놓았다.

"뭐야, 이게?"

"내용물을 봐."

유가와가 싱글거렸다.

봉투 속에는 A4 사이즈의 리포트 용지가 들어 있었다. 그리고 거기에는 수식이 빼곡히 적혀 있었다. 첫 장만 쓱 훑어보고도 이시가미는 그게 뭔지 알아차렸다.

"리만의 가설에 대해 반증을 시도했군."

"한눈에 알아보네."

리만의 가설이란 현대 수학의 가장 유명한 난제로 일컬어진다. 수학자 리만이 세운 가설이 옳은지 그른지를 증명하면 되는 것인데 아직 아무도 해낸 사람이 없었다.

유가와가 내민 논문의 내용은 가설이 옳지 않다는 것을 증명하려는 것이었다. 그런 시도를 하고 있는 수학자가 세상에는 수도 없이 많다는 것을 이시가미는 알고 있었다. 물론 그 반증에 성공한 사람은 아직 없다.

"수학과 교수에게 복사본을 받은 거야. 아직 아무 데도 발표하지 않았다는군. 반증에는 이르지 못했지만 상당한 진척이 있었다는 생각이 들었어."

유가와가 말했다.

"리만의 가설이 잘못되었다는 내용인가?"

"완전히 증명하지는 못했지만 상당한 선까지는 갔어. 리만의 가설이 옳다면 이 논문의 어딘가에 허점이 있어야 해."

유가와는 장난꾸러기 아이가 짖궂은 장난을 쳐 놓고 그 결과를 확인하려는 듯한 눈빛으로 이시가미를 바라보았다. 그 모습을 보며 이시가미는 그의 저의를 알아차렸다. 유가와는 지금 도발하고 있는 것이다. 동시에, '달마 이시가미'의 두뇌가 얼마나 녹슬었는지 확인하려는 것이다.

"잠깐 봐도 되겠어?"

"보여 주려고 가져온 거야."

이시가미가 논문을 죽 훑어보더니 자리에서 일어나 책상으로 갔다. 논문 옆에 새 리포트 용지를 펼친 후 그는 볼펜을 집어 들었다.

"'P≠NP 문제'라는 것은 당연히 알고 있겠지?"

유가와가 뒤에서 말했다.

이시가미가 뒤를 돌아보았다.

"수학 문제에서 스스로 궁리해서 답을 내놓는 것과 남의 답이 옳은지 틀렸는지를 확인하는 것 중 어느 쪽이 더 간단할까를 묻는 것이잖아. 클레이 수학 연구소가 상금을 내걸고 낸 문제 중 하나지."

"역시 자네군."

유가와가 웃으며 술잔을 기울였다.

이시가미는 다시 책상을 향해 돌아앉았다.

그는 수학이란 보물찾기와 비슷한 것이라고 생각한다. 먼저 어느 포인트를 공략하면 좋을지 파악한 후 해답에 이르는 루트를 고안한다. 그리고 그렇게 고안한 내용대로 수식을 조합해 단서를 얻어 간다. 그렇게 했는데 아무것도 얻어지지 않으면 루트를 변경해야 한다. 그런 식으로 착실하고 느긋하게, 그러면서도 대담하게 문제를 풀어 가다 보면 아무도 발견하지 못한 보물, 즉 해답에 이르게 되는 것이다.

이렇게 비유하면 남의 해법을 검증한다는 것은 단순히 발굴 루트를 따라가는 간단한 일처럼 여겨진다. 그러나 실제로는 그렇지 않다. 잘못된 루트로 나아가 가짜 보물에 다다른 결과에 대해 그 보물이 가짜임을 증명하는 일이 때로는 진짜 보물을 찾는 것보다 어려울 수도 있다. 그렇기 때문에 $P \neq NP$ 문제와 같은 어처구니없는 문제가 제시되는 것이다.

이시가미는 시간을 잊었다. 투쟁심과 탐구심, 더 나아가 자긍심이 그를 흥분시켰다. 그의 눈은 수식에서 단 한순간도 떨어지지 않았고, 뇌세포는 오로지 그것을 다루는 데에만 사용되었다.

이시가미가 갑자기 자리에서 일어나더니 리포트 용지를 손에 들고 뒤를 돌아보았다. 유가와는 코트를 걸치고 몸을 구부린 채 잠들어 있었다. 이시가미가 그의 어깨를 흔들었다.

"이봐, 일어나. 알아냈어."

유가와가 흐리멍덩한 눈빛을 한 채 천천히 몸을 일으켰다. 그는 손으로 얼굴을 비빈 후 이시가미를 올려다보았다.

"뭐라고?"

"알아냈어. 애석하지만 이 반증에는 오류가 있어. 재미있는 시도이긴 하지만, 소수의 분포에 관해 근본적인 착오가 있었던 거야."

"잠깐만, 잠깐만."

유가와가 이시가미의 얼굴 앞으로 손을 뻗었다.

"잠이 덜 깬 머리로 자네의 난해한 설명을 들어 봐야 이해할 리 없지. 아니, 머리가 맑을 때라도 그건 무리야. 고백하자면, 리만의 가설은 내게 버거워. 자네가 재미있어할 것 같아서 가져온 것뿐이야."

"상당한 선까지 갔다고 하지 않았나?"

"수학과 교수들이 툭하면 하는 말이지. 사실은 반증에 오류가 있다는 걸 알기 때문에 발표하지 못한 거야."

"그럼 내가 오류를 알아차리는 게 당연하다는 거야?"

이시가미는 낙담했다.

"아냐, 정말 대단해. 내로라하는 수학자라도 오류를 금세 찾아내지는 못할 거라고 그 교수가 그러더군."

그리고 유가와는 손목시계를 보았다.

"자네는 고작 여섯 시간 만에 찾아냈어. 훌륭해."

"여섯 시간이라고?"

이시가미가 창문을 바라보았다. 바깥이 이미 뿌옇게 밝아오고 있었다. 자명종을 보니 새벽 5시가 가까웠다.

"여전하군. 마음이 놓였어."

유가와가 말했다.

"달마 이시가미는 여전히 건재해. 뒷모습을 보며 그런 생각을 했어."

136

"미안. 자네가 있다는 사실을 그만 깜빡했어."

"괜찮아. 그보다 자네, 눈 좀 붙여야 할 것 같은데. 오늘도 출근해야 할 거 아니야."

"그렇긴 하지. 하지만 흥분이 돼서 잠이 올 것 같지 않아. 이렇게 집중하기도 정말 오랜만이거든. 고마워."

이시가미가 손을 내밀었다.

"오길 잘했군."

그렇게 말하고 유가와는 이시가미의 손을 마주 잡았다.

이시가미는 7시까지 눈을 붙였다. 머리가 피로해서인지 아니면 정신적인 충족감이 커서인지 그 짧은 동안 이시가미는 깊은 잠을 잤다. 눈을 떴을 때는 평소보다 머리가 맑아져 있었다.

이시가미가 나갈 준비를 하는데 유가와가 말했다.

"이웃집 사람, 일찍 나가는군."

"이웃집 사람?"

"아까 나가는 소리가 들렸어. 여섯 시 반 조금 지나서 말이지."

유가와는 내내 깨어 있었던 모양이다.

뭐라고 하면 좋을까 생각하고 있는데 유가와가 말을 이었다.

"내가 어젯밤에 얘기했던 구사나기라는 형사의 말로는 저 이웃집 사람이 용의자라더군. 그래서 자네 집에도 탐문을 왔다는 거야."

이시가미는 태연한 척하며 웃웃을 걸쳤다.

"그 사람은 자네에게 사건 얘기도 하나?"

"뭐, 가끔. 놀러 온 김에 푸념을 늘어놓고 간다고 할까."

"대체 무슨 사건이야? 구사나기 형사, 라고 했지? 그 사람이 내게는 자세한 얘기를 해 주지 않았어."

"어떤 남자가 살해됐는데, 그 남자가 저 이웃집 여자의 헤어진 남편이라더군."

"그런 일이었군……."

이시가미는 표정이 변하지 않도록 신경 썼다.

"자네는 이웃집 여자와 친분이 있나?"

유가와가 물었다.

이시가미는 순간적으로 머리를 굴렸다. 말투로 추측해 보건대 유가와에게 특별한 의도가 있는 것 같지는 않다. 그러니 적당히 넘어갈 수도 있다. 그러나 그가 형사와 친하다는 점에 이시가미는 마음이 쓰였다. 이렇게 재회했다는 사실도 구사나기에게 얘기할지 모른다. 그 점을 고려해서 대답해야 한다.

"잘 아는 사이는 아니지만 하나오카 씨…… 아, 이웃집 여자 이름이 하나오카인데, 그녀가 일하는 도시락 가게에 이따금 가곤 해. 구사나기 형사에게는 깜빡하고 말하지 않았지만 말이야."

"흠, 도시락 가게에 나가는군."

유가와가 고개를 끄덕였다.

"이웃집 여자가 일하는 가게라서 사러 가는 게 아니라, 우연히 들른 가게에서 그녀가 일하고 있었던 거야. 그 도시락 가게가 학교 근처에 있거든."

"그래? 하지만 그 정도 아는 사이라도 살인 사건의 용의자라는 건 왠지 꺼림칙하지 않아?"

"별로. 나와는 관계없는 일이야."

"하긴 그래."

유가와는 딱히 의심하는 눈치가 아니었다.

7시 30분에 두 사람은 집을 나섰다. 유가와는 가까운 모리시타역으로 가지 않고 이시가미와 함께 이시가미가 근무하는 고등학교 근처까지 가겠다고 했다. 그러는 편이 전차를 적게 갈아타서 편하다는 것이다.

유가와는 사건이나 하나오카 야스코에 대해 더는 말하지 않았다. 아까까지만 해도 혹시 구사나기에게 부탁을 받고 뭔가 살피러 온 게 아닐까 의심했지만 아무래도 지나친 생각이었다며 이시가미는 마음을 놓았다. 애당초 그런 방법까지 써서 이시가미를 조사할 이유가 구사나기에게 없었을 것이다.

"상당히 흥미로운 통근 코스군."

유가와가 그런 말을 한 것은 신오하시교 아래를 지나 스미다 강변을 따라 걷기 시작했을 때였다. 노숙자들의 주거가 늘어서 있는 것을 보고 한 말이다.

백발 섞인 머리를 뒤로 묶은 남자가 세탁물을 널고 있었다. 그 옆에는 이시가미가 '깡통남'이라고 별명을 붙인 사람이 늘 그렇듯이 빈 캔을 찌그러뜨리고 있다.

"늘 똑같은 풍경이야."

이시가미가 말했다.

"요 한 달 사이에 변한 게 아무것도 없어. 이 사람들은 시계처럼 정확하게 살아가고 있지."

"인간이 시계에서 해방되면 오히려 더 그렇게 되는 법이야."

"나도 같은 생각이야."

기요스바시 바로 앞에서 계단을 올라갔다. 바로 옆에 오피스 빌딩이 서 있었다. 그 입구 유리문에 비친 자신들의 모습을 보고 이시가미는 절레절레 고개를 흔들었다.

"유가와 자네는 하나도 안 늙었어. 나랑은 완전 다르군. 머리숱도 많고 말이야."

"아니야, 겉만 번지르르하지 속은 많이 상했어. 머리숱은 많을지 몰라도 머리 회전은 아주 둔해진 것 같아."

"사치스런 생각이야."

가볍게 받아치면서도 이시가미는 살짝 긴장하고 있었다. 이대로 가면 유가와는 벤텐테이까지 따라올 것이다. 통찰력이 탁월한 이 천재 물리학자가 하나오카 야스코와 자신의 관계에 대해 낌새를 알아차리지 않을까 불안해졌다. 또한 이시가미가 모르는 남자와 함께 들이닥치면 야스코가 낭패한 기색을 보이지 않으리라는 보장이 없다.

가게 간판이 보이는 곳에서 이시가미가 말했다.

"저곳이 아까 말한 도시락 가게야."

"흠, 벤텐테이라, 재미있는 이름이로군."

"오늘도 도시락을 사러 갈 생각이야."

"아, 그래? 그럼 난 여기서 이만."

유가와가 걸음을 멈췄다.

의외였지만 다행이다 싶었다.

"대접도 변변히 못하고, 미안하네."

"최고의 대접이었어."

유가와가 미소를 지었다.

"다시 대학으로 돌아가서 연구할 생각은 없나?"

이시가미는 고개를 저었다.

"대학에서 할 수 있는 일은 나 혼자서도 할 수 있어. 더군다나 이 나이에 받아 줄 대학이 어디 있겠어."

"그렇지는 않을 거라고 생각하지만 억지로 권할 수야 없지.

앞으로도 열심히 연구하기 바라네."

"유가와 자네도."

"만나서 반가웠어."

악수를 나눈 후 이시가미는 유가와가 멀어지는 모습을 한참 동안 바라보았다. 아쉬워서 그런 게 아니라 자신이 벤텐테이에 들어가는 모습을 보이고 싶지 않아서였다.

유가와의 모습이 완전히 사라진 후 그는 발길을 돌려 빠른 걸음으로 걷기 시작했다.

7

이시가미의 얼굴을 본 야스코는 안도했다. 그의 표정이 편안해 보였기 때문이다. 지난밤, 어쩐 일로 그의 집에 손님이 찾아온 듯했다. 밤늦게까지 이야기를 나누는 소리가 들렸다. 혹시 형사가 아닐까 싶어 그녀는 마음을 졸였다.

"오늘의 도시락 주세요."

그가 평소와 같이 억양 없는 목소리로 주문했다. 그리고 평소와 같이 야스코의 얼굴을 외면했다.

"네, 오늘의 도시락 하나요. 감사합니다."

주문을 받고 나서 그녀가 조그만 목소리로 속삭였다.

"어제, 손님이 오셨었죠?"

"네? 아아."

이시가미가 고개를 들더니 놀란 듯 눈을 깜빡였다. 그는 주위를 둘러본 다음 낮은 목소리로 말했다.

"대화는 나누지 않는 게 좋습니다. 형사가 어디선가 지켜보고 있을지도 모르니까요."

"아, 죄송해요."

야스코가 목을 움츠렸다.

도시락이 나올 때까지 두 사람은 말을 나누지 않았다. 눈도 마주치지 않으려고 했다.

야스코는 길거리를 내다보았지만 누가 지켜보는 것 같지는 않았다. 물론 형사가 지켜보고 있다 해도 절대로 눈에 띄지 않도록 행동하고 있을 것이다.

이윽고 도시락이 나오자 그녀는 그것을 이시가미에게 건넸다.

"동창생입니다."

돈을 내면서 그가 중얼거리듯이 말했다.

"네?"

"대학 동창생이 찾아왔어요. 시끄럽게 해서 죄송합니다."

이시가미는 입술을 거의 움직이지 않고 말했다.

"아, 아니에요."

야스코는 그만 미소를 짓고 말았다. 그녀는 그 모습이 밖에서 보일까 봐 고개를 숙였다.

"그랬군요. 손님이 오신 건 드문 일인 것 같아서요."

"처음입니다. 저도 깜짝 놀랐습니다."

"좋으셨겠네요."

"그렇죠, 뭐."

이시가미가 도시락 봉투를 집어 들었다.

"그럼, 오늘 밤에 또."

전화를 걸겠다는 말일 것이다. 야스코는 네, 하고 대답했다.

이시가미의 둥그런 등이 거리로 나서는 모습을 지켜보면서, 세상을 등지고 살아가는 것 같은 그에게 친구가 찾아오다니 의외라고 생각했다.

아침 피크 시간이 지나 평소처럼 가게 안쪽에서 사요코와 휴식을 취하기로 했다. 그녀는 단것을 좋아하는 사요코를 위해 찹쌀떡을 내왔다. 애주가인 요네자와는 찹쌀떡에는 관심이 없는 듯한 표정으로 차를 마셨다. 아르바이트생인 가네코는 배달을 나갔다.

"그 사람들, 어제는 귀찮게 안 했어?"

차를 한 모금 마시고 나서 사요코가 물었다.

"누구 말이에요?"

"형사들 말이야."

144

사요코가 얼굴을 찌푸렸다.

"야스코의 전남편에 대해 상당히 집요하게 묻더니 밤에 또 와서는 정말로 찾아온 적이 없느냐고 묻더라니까. 그랬죠?"

사요코가 요네자와에게 동의를 구했다. 과묵한 요네자와는 가볍게 고개만 끄덕인다.

"아아, 그 후로는 아무 일도 없었어요."

사실은 미사토가 학교 앞에서 형사들의 질문을 받았지만 그런 일까지 말할 필요는 없다고 야스코는 판단했다.

"그럼 다행이고. 형사들이 웬만큼 집요해야 말이지."

"그냥 이야기나 들어 보자고 왔을 거야."

요네자와가 말했다.

"야스코 짱을 의심하는 게 아니라 그 사람들에게도 절차라는 게 있어서 그럴 거야."

"하긴 형사도 공무원이니까. 그런데 이런 말 하긴 좀 뭣하지만, 도가시가 여기 안 온 게 천만다행이야. 살해당하기 전에 왔었다면 꼼짝없이 야스코가 의심받지 않겠어요?"

"설마 그런 말도 안 되는 일이 있을라고."

요네자와가 쓴웃음을 지었다.

"그야 알 수 없죠. 도가시가 '마리안'에 가서 야스코에 대해 캐물었다는데 여기 안 왔을 리 없다고 하잖아요. 그 사람들, 의심하는 눈치였어요."

'마리안'은 야스코와 사요코가 일하던 긴시초의 클럽이다.

"아무리 그래 봐야 안 온 걸 어떡하란 말이야."

"그러니까 안 와서 다행이라는 거죠. 도가시가 한 번이라도 여길 왔어 봐요. 아마 그 형사들, 죽자고 야스코를 쫓아다녔을 거예요."

그럴까, 라며 요네자와가 고개를 갸우뚱했다. 하지만 그 얼굴에 이 문제를 심각하게 여기는 기색은 전혀 없었다.

만일 도가시가 이곳에 왔었다는 사실을 알게 되면 두 사람은 어떤 표정을 지을까. 그 생각을 하자 야스코는 아슬아슬해서 견딜 수 없었다.

"기분이야 좋지 않겠지만 조금만 참고 견뎌, 야스코."

사요코가 따스하게 위로의 말을 했다.

"헤어진 남편이 변사체로 발견됐으니 형사가 찾아오는 것도 당연하지만, 어차피 머지않아 그 사람들도 찾아오지 않게 될 거고, 그렇게 되면 이번에야말로 정말 마음 편하게 살 수 있지 않겠어? 야스코는 도가시 때문에 고통을 많이 받아 왔으니까."

그건 그러네요, 라며 야스코는 억지로 웃어 보였다.

"있잖아, 솔직히 말하자면 나는 도가시가 죽어서 잘됐다고 생각해."

"이봐!"

"뭐, 어때요? 사실이 그런걸. 당신은 야스코가 그 남자 때문에 얼마나 고생했는지 몰라요."

"당신은 얼마나 안다고 그래?"

"직접 겪지는 않았지만 야스코에게 들은 얘기가 많단 말이에요. '마리안'에서 일하게 된 것도 그 남자한테서 도망치기 위해서였는데 또 야스코를 찾다니, 정말 생각만 해도 소름 끼쳐요. 어디에 사는 누가 그랬는지는 몰라도 그놈을 죽여줘서 감사하다고 인사하고 싶은 심정이에요."

그 말을 들은 요네자와가 어이없다는 표정을 지으며 자리에서 일어섰다. 사요코는 잠시 그 뒷모습을 흘겨보다가 야스코에게 얼굴을 가까이 대고 말했다.

"그런데 대체 무슨 일이 있었던 걸까, 사채업자에게 쫓기기라도 했나?"

"글쎄요."

야스코가 고개를 갸우뚱했다.

"어쨌든 야스코에게 불똥이 튀지 않았으면 좋겠어. 마음에 걸리는 건 그것 하나뿐이야."

사요코는 그렇게 말한 후 마지막 남은 찹쌀떡을 입에 넣었다.

매장으로 돌아온 후에도 야스코는 마음이 무거웠다. 요네자와 부부는 꿈에도 야스코를 의심하지 않고 있다. 의심은커

넝 이번 사건으로 야스코가 피해를 입을까 봐 걱정하고 있다. 그런 두 사람을 속이고 있다고 생각하니 가슴이 아팠다. 그러나 만일 야스코가 체포되기라도 한다면 두 사람에게 이만저만 폐를 끼치게 되지 않을 것이다. 벤텐테이의 경영에까지 지장이 생길 게 분명하다. 그렇게 생각하니 사건을 완벽하게 은폐하는 것 외에는 다른 길이 없을 것 같았다.

그런저런 고민을 하면서도 야스코는 일을 계속했다. 자신도 모르게 자꾸 머리가 멍해지려 했지만 이런 상황에서 가게 일에 정성을 쏟지 않는다는 건 있을 수 없는 일이라고 스스로를 다독이며 손님 응대에 정신을 집중했다.

6시가 가까워지면서 손님의 발길이 뜸해지기 시작할 무렵 가게 문이 스르륵 열렸다.

"어서 오세요."

반사적으로 외치며 손님의 얼굴을 바라보던 야스코의 눈이 동그래졌다.

"어머나!"

"오랜만이야."

남자가 웃어 보였다. 그 눈가에 주름이 잡혔다.

"구도 씨!"

야스코도 입가에 손을 대며 미소를 지었다.

"어쩐 일이세요?"

148

"어쩐 일이긴, 도시락 사러 왔지. 와, 메뉴가 상당히 다양하군."

구도가 도시락 사진들을 올려다보며 말했다.

"마리안에서 들었어요?"

"그렇지, 뭐"

그가 다시 빙그레 웃는다.

"어제 오랜만에 가게에 갔었거든."

"그랬군요."

야스코는 가게 안쪽을 향해 "사요코 씨, 큰일 났어요. 잠깐 나와 보세요."라고 외쳤다.

"왜 그래, 무슨 일이야?"

사요코가 안에서 놀란 듯 소리쳤다.

야스코는 웃으며 "구도 씨예요. 구도 씨가 왔어요."라고 대답했다.

"뭐, 구도 씨라고?"

앞치마를 벗으며 허둥지둥 뛰어나온 사요코가 코트 차림으로 웃고 서 있는 남자를 올려다보고 입을 쩍 벌렸다.

"아니, 구도 짱!"

"두 사람 다 좋아 보이네. 사업은 잘돼 가? 가게 분위기를 보니 순조로운 거 같기는 하지만 말이야."

"응, 그럭저럭 꾸려 나가고 있어. 그런데 갑자기 어쩐 일이야?"

"두 사람 얼굴이 보고 싶어서 말이지."

구도는 그렇게 말하고는 손가락으로 코를 긁적거리면서 야스코를 바라보았다. 겸연쩍을 때마다 나오는 그 버릇은 몇 년 전이나 지금이나 변함이 없었다.

구도는 야스코가 아카사카에서 일할 때부터 단골이었다. 그는 올 때마다 야스코를 지명했고, 그녀가 출근하기 전에 식사를 함께 하기도 했다. 영업이 끝난 후에는 둘이서 술을 마시러 간 적도 있다. 도가시를 피하려고 긴시초의 '마리안' 으로 옮길 때도 야스코는 구도에게만 그 사실을 알렸다. 그러자 그도 따라서 '마리안'의 단골이 되었다. 거기서 일을 그만두게 되었을 때 구도는 쓸쓸한 표정을 지으며 "아무쪼록 행복해졌으면 좋겠어."라고 말했다.

그 이후로 처음 만나는 것이었다.

안에서 요네자와도 나와 네 사람은 옛날을 회상하며 이야기꽃을 피웠다. '마리안'의 단골이었던 요네자와는 구도와 안면이 있었다.

한바탕 이야기를 나눈 후 사요코가 "둘이서 차라도 마시고와."라고 말했다. 요네자와도 눈치 빠르게 고개를 끄덕였다.

야스코가 구도를 바라보자 그는 기다렸다는 듯 "시간 있어?"라고 물었다. 애초에 그럴 작정으로 바쁘지 않을 만한 때를 골라서 온 것일지도 몰랐다.

"잠깐이라면 괜찮아요."라고 야스코는 웃는 얼굴로 대답했다.

가게를 나선 두 사람은 신오하시 거리를 향해 걷기 시작했다.

"천천히 식사라도 같이 했으면 좋겠지만 오늘은 이 정도로할게. 딸이 기다릴 테니까."

구도는 그녀에게 딸이 있다는 사실을 아카사카 시절부터알고 있었다.

"구도 씨 아들은 잘 지내요?"

"잘 지내지. 벌써 고3이야. 입시 생각만 하면 골치가 아파."

그러면서 그는 얼굴을 찌푸렸다.

구도는 조그만 인쇄 회사를 경영하고 있다. 집은 오자키에있고 아내와 아들과 함께 살고 있다고 들었다.

신오하시 거리에 있는 아담한 커피숍으로 들어갔다. 교차로 바로 곁에 패밀리 레스토랑이 있었지만 야스코는 의도적으로 그곳을 피했다. 도가시와 만났던 장소이기 때문이다.

"마리안에 간 건 야스코가 있는 곳을 물어보기 위해서였어.가게를 그만둘 때 사요코 마담의 도시락 가게에서 일할 거라는 얘기는 들었지만 자세한 내용은 몰랐거든."

"갑자기 제 생각이 났던 거예요?"

"응, 뭐, 그렇다고 할 수 있지."

구도는 담배에 불을 붙였다.

"실은 사건을 다룬 뉴스를 보고 마음에 좀 걸렸거든. 전남편이 변을 당했다면서?"

"아아…… 용케 아셨네요. 그 사람이란 걸."

그러자 구도가 담배 연기를 뿜어내면서 쓴웃음을 지었다.

"그야 알 수밖에 없지, 도가시라는 이름을 기억하는 데다 직접 맞닥뜨리기까지 했잖아."

"……미안해요."

"야스코가 사과할 일이 아니야."

구도가 웃으며 손을 내저었다.

그가 자신에게 마음이 있다는 건 야스코도 알고 있었다. 그녀 역시 그에게 호의를 가지고 있었다. 그러나 이른바 관계를 가진 적은 한 번도 없다. 호텔에 가자는 말을 몇 번 듣기는 했지만 그럴 때마다 그녀가 완곡하게 거절했다. 처자가 있는 남자와 불륜에 빠질 만한 용기도 없었거니와, 구도에게는 숨겼지만 그 시점에는 그녀에게도 남편이 있었다.

구도가 야스코의 남편, 즉 도가시와 맞닥뜨리고 만 것은 그녀를 집까지 바래다주러 왔을 때였다. 야스코는 늘 집과 약간 떨어진 곳에서 택시를 내렸었고 그건 그날도 마찬가지였다. 그런데 그녀가 택시에 담배 케이스를 두고 내리는 바람

에 구도가 그것을 전해 주러 뒤따라와 그녀가 연립 주택 안
으로 들어가는 것을 목격한 것이다. 그가 문을 두드렸을 때
문을 열고 나온 사람은 야스코가 아니라 처음 보는 남자, 즉
도가시였다.

그날도 도가시는 취해 있었다. 그는 구도를 야스코에게
치근거리는 손님이라고 단정하고 구도의 설명도 듣지 않은
채 화를 내며 덤벼들었다. 샤워를 하려다 말고 달려 나온 야
스코가 말리지 않았더라면 식칼을 휘둘렀을지도 모를 일이
었다.

나중에 야스코는 도가시와 함께 구도에게 사과하러 갔다.
그때는 도가시도 얌전한 얼굴로 온순하게 굴었다. 경찰에 신
고라도 하면 곤란하다고 생각해서였을 것이다. 구도는 화를
내지 않았다. 도대체 언제까지 부인에게 물장사를 시킬 작정
이냐고 주의를 주었을 뿐이다. 도가시는 불쾌한 기색이 역력
했지만 잠자코 고개를 끄덕였다.

그 후로도 구도는 변함없이 가게를 찾아 주었다. 야스코에
대한 태도도 마찬가지였다. 다만 가게 바깥에서 만나는 일은
없어졌다.

주위에 사람이 없을 때면 구도는 가끔씩 도가시에 대해 물
었다. 대개는 일자리를 찾았느냐는 물음이었다. 그녀는 언제
나 고개를 저을 수밖에 없었다.

도가시가 야스코에게 폭력을 휘두른다는 사실을 맨 처음 눈치챈 사람도 구도였다. 얼굴과 몸에 생긴 멍 자국을 화장으로 교묘하게 감추고 있었지만 그의 눈을 속일 수는 없었다.

그는 자신이 비용을 부담할 테니 변호사와 의논해 보라고까지 말해 주었다.

"그래서, 야스코 주변에 뭔가 이상한 낌새는 없어?"

"이상한 낌새요? 아아, 경찰이 찾아오곤 하죠."

"역시 그렇군. 그럴 거라고 짐작은 했어."

구도가 안타깝다는 표정을 지었다.

"그렇게 걱정할 일은 아니에요."

야스코는 미소를 지어 보였다.

"경찰만 찾아오는 거야? 매스컴은 귀찮게 안 해?"

"그런 일은 없었어요."

"그렇다면 다행이고. 하기야 매스컴이 달려들 만큼 요란한 사건은 아니지. 그래도 혹시 곤란한 일이 생기면 돕고 싶어."

"고마워요. 여전히 친절하시네요."

그녀의 말에 구도는 겸연쩍은 듯 고개를 숙이며 커피 잔으로 손을 뻗었다.

"그러니까 야스코는 이번 사건과 전혀 관계가 없는 거지?"

"왜요, 있을 것 같아요?"

"뉴스를 봤을 때 맨 먼저 야스코가 떠올랐어. 그리고 불안해지더군. 그 사람이 무슨 연유로 누구에게 살해당했는지는 모르지만 야스코에게도 불똥이 튀지 않을까 싶어서 말이야."

"사요코 씨도 똑같은 말을 하더군요. 사람들 생각은 다 똑같은가 봐요."

"이렇게 야스코의 멀쩡한 얼굴을 보고 있자니 역시 신경과민이었다는 생각이 드는군. 그 사람과 이혼한 지가 벌써 몇 년인데 말이야. 최근에는 만난 적 없지?"

"그 사람과요?"

"응, 도가시랑 말이야."

"없어요."

그렇게 대답하면서 야스코는 뺨이 살짝 굳어지는 것을 느꼈다.

그 후 구도는 자신의 근황에 대해 이야기했다. 불경기이긴 하지만 회사는 그럭저럭 실적을 유지하고 있다고 했다. 가정과 관련된 이야기는 아들에 관한 일 외에는 하지 않았다. 그건 예전에도 마찬가지였다. 그래서 그와 부인의 관계에 대해서는 야스코도 아는 바가 없었고 그저 사이가 나쁘지는 않을 것이라고 짐작할 뿐이었다. 바깥에서 남을 잘 배려하는 남자가 대체로 가정에서도 원만하게 지낸다는 것은 야스코가 호스티스 시절 깨달은 사실이다.

찻집을 나서자 비가 내리고 있었다.

"이거 미안하게 됐는걸. 진즉 돌려보냈더라면 비를 맞지 않았을 텐데 말이야."

구도가 미안한 듯 야스코를 보았다.

"그런 말씀 마세요."

"집이 여기서 먼가?"

"자전거로 10분 정도 걸려요."

"자전거를 가져왔어? 이를 어쩌지……."

구도가 미간을 찌푸리며 비 내리는 하늘을 올려다보았다.

"괜찮아요. 자전거를 가게에 두고 왔어요. 가방 안에 우산도 있고요. 내일 아침에 조금 일찍 나오면 돼요."

"그럼 내가 바래다줄게."

"아니에요, 정말 괜찮아요."

그러나 구도는 이미 보도로 나서서 택시를 향해 손을 들고 있었다.

"다음번에는 여유 있게 식사라도 했으면 좋겠어."

택시를 타자마자 구도가 말했다.

"둘이 먹기 뭐하면 딸을 데려와도 좋고."

"그 아이는 신경 쓰지 않아도 돼요. 근데 구도 씨는 괜찮아요?"

"난 언제라도 좋아. 요즘은 그다지 바쁘지도 않으니까."

"알았어요."

야스코는 그의 부인에 대해 물은 것이었지만 더는 캐묻지 않았다. 구도 역시 그것을 알면서 모르는 척하는 것 같았기 때문이다.

휴대 전화 번호를 묻기에 가르쳐 주었다. 안 가르쳐 줄 이유가 없었다.

구도는 연립 주택 바로 앞에서 택시를 세웠다. 야스코가 안쪽에 타고 있어서 그도 일단 차에서 내려야 했다.

"젖으니까 빨리 타세요."

택시에서 내린 야스코가 말했다.

"그럼 다음에 봐."

"네."

야스코는 가볍게 고개를 끄덕였다.

택시에 올라탄 구도의 눈길이 그녀의 등 뒤쪽에 머물렀다. 야스코가 그 시선을 따라 뒤를 돌아보니 계단 밑에서 한 남자가 우산을 들고 서 있었다. 어두워서 얼굴은 잘 보이지 않았지만 체형으로 보아 이시가미라는 것을 짐작할 수 있었다. 구도가 눈길을 준 것은 이시가미가 두 사람을 바라보고 있었기 때문일 것이라고 야스코는 생각했다.

"전화할게."

그 말을 남기고 구도는 택시를 출발시켰다.

멀어져 가는 택시의 꼬리등을 야스코는 그 자리에 선 채 바라보았다. 그녀는 오랜만에 마음이 설레는 것을 느꼈다. 남자를 만나서 가슴이 두근거리는 게 도대체 얼마 만인가 싶었다.

집에 돌아와 보니 미사토는 텔레비전을 보고 있었다.

"오늘 별일 없었니?"

야스코가 물었다.

물론 학교 일을 물은 것이 아니다. 그건 미사토도 알고 있을 터였다.

"아무 일 없었어. 미카도 아무 말 없는 걸 보면 걔한테는 아직 형사가 안 갔나 봐."

"그렇구나."

그때 그녀의 휴대 전화가 울렸다. 액정 화면의 표시가 공중전화에서 온 것임을 알렸다.

"네, 저예요."

"이시가미입니다."

예상했던 낮은 목소리가 들렸다.

"오늘은 별일 없었습니까?"

"네, 이렇다 할 일은 없었어요. 미사토도 아무 일 없었다고 하고요."

"그렇군요. 하지만 방심해서는 안 됩니다. 경찰이 야스코 씨에 대한 의심을 아직 버리지 않았습니다. 아마 지금쯤 야스코 씨 주변을 철저히 조사하고 있을 겁니다."

"네, 알겠어요."

"그 외에 또 다른 일은요?"

"네?"

야스코는 당황했다.

"그게…… 딱히 이렇다 할 일은 없었어요."

"아, 그렇군요. 그럼 내일 또."

이시가미가 전화를 끊었다.

야스코는 찜찜한 기분으로 휴대 전화기를 내려놓았다. 이시가미에게서 평소와 달리 낭패한 기색이 느껴졌던 것이다.

구도를 보았기 때문일까. 야스코와 친밀하게 이야기를 나누던 그가 누구인지 마음에 걸린 것 아닐까. 그에 대해 궁금한 마음이 마지막의 기묘한 질문으로 나오지 않았을까.

야스코는 이시가미가 왜 자기네 모녀를 도와주는지 알고 있었다. 사요코도 말했듯이 야스코에게 마음이 있기 때문일 것이다.

그런데 만일 그녀가 다른 남자와 친밀하게 지낸다면 어떻게 나올까. 그럼에도 여태까지와 마찬가지로 힘이 되어 줄까. 자신들 모녀를 위해 지혜를 짜내어 줄까.

구도와 만나지 않는 게 좋을지 모르겠다고 야스코는 생각했다. 설령 만난다 하더라도 이시가미의 눈에 띄어서는 안 된다.

그러나 그런 생각이 떠오르는 순간 말할 수 없는 초조감 같은 것이 그녀의 가슴속에 퍼져 나갔다.

도대체 언제까지 그래야 한단 말인가. 언제까지 이시가미의 눈을 속여야 하는 것일까. 혹시 사건이 시효를 다할 때까지 다른 남자와 만나지 못하는 게 아닐까.

8

끼익, 끼익, 신발 바닥이 마찰하는 소리가 났다. 그와 거의 동시에 작은 파열음 같은 소리가 들렸다. 구사나기에게는 그리운 소리였다.

체육관 입구에 서서 내부를 들여다보았다. 바로 앞에 있는 코트에 라켓을 손에 쥔 유가와가 있었다. 허벅지 근육은 학생 시절에 비하면 좀 줄어든 것처럼 보였지만 폼은 여전했다.

상대는 학생인 듯했다. 솜씨가 상당히 노련해서 유가와의 다소 치사한 공격에도 좀처럼 휘둘리지 않는다.

학생이 스매싱을 날렸다. 유가와가 그 자리에 주저앉는다. 쓴웃음을 지으며 상대에게 무슨 말인가 한다.

그러던 그의 눈이 구사나기를 포착했다. 그는 학생에게 한두 마디 이야기를 한 후 라켓을 쥔 채 다가왔다.

"무슨 일이야?"

"거참, 그렇게 말하면 안 되지. 자네가 전화한 걸 보고 무슨 일이 있나 싶어서 와 본 건데."

구사나기의 휴대 전화 착신 기록에 유가와의 번호가 남아 있었던 것이다.

"아아, 그랬어? 별일 아니라서 메시지도 안 남겼는데. 휴대 전화 전원이 꺼져 있기에 많이 바쁜가 보다 하고 말이지."

"그때는 영화를 보고 있었어."

"영화를? 근무 중에 말이야? 팔자 한번 좋군."

"그게 아니라, 지난번 그 알리바이를 확인하러 간 거야. 일단 어떤 영화인지 봐 두려고. 그래야 용의자가 하는 말에 신빙성이 있는지 없는지 알 수 있지 않겠어?"

"어쨌든 좋은 직업이야."

"일 때문에 보는 건데 즐거울 게 뭐가 있어? 별일 아닌 줄 알았으면 오지 말 걸 그랬네. 연구실에 전화했더니 체육관에 있다고 하더라고."

"어쨌든 이왕 왔으니 밥이라도 같이 먹지. 사실 볼일이 좀 있기도 하고."

유가와는 출입구로 가서 벗어 둔 구두로 갈아 신었다.

"대체 무슨 용건인데 그래?"

"그 건이야."

걸으면서 유가와가 말했다.

"그 건이라니?"

그 질문에 유가와가 갑자기 멈춰 서더니 구사나기 쪽으로 라켓을 불쑥 내밀었다.

"영화관 건 말이야."

두 사람은 학교 바로 앞에 있는 선술집으로 들어갔다. 구사나기가 학생일 때는 없었던 집이다. 두 사람은 맨 구석 테이블에 자리를 잡았다.

"용의자가 영화관에 갔었다고 주장하는 날짜가 사건 발생 당일인 이번 달 10일이야. 그리고 용의자의 딸이 그 사실을 12일에 동급생에게 얘기했어."

유가와의 잔에 맥주를 따르면서 구사나기가 말했다.

"조금 전에 그걸 확인하고 왔지. 영화를 본 건 그 준비 작업이었고."

"그래그래, 그건 알겠고, 그래서 동급생에게 이야기를 들어본 결과는?"

"그게…… 뭐라고 말하기가 힘들어. 그 친구 말로는 부자연스러운 점은 없었다고 하더군."

동급생 이름은 우에노 미카였다. 미카는 분명 12일에 하나오카 미사토로부터 엄마와 영화를 봤다는 얘기를 들었다고 한다. 그 영화는 미카도 본 것이라 둘이 신나게 이야기꽃을

162

피웠다는 것이다.

"사건 이틀 후라는 게 마음에 걸리는걸."

유가와가 말했다.

"바로 그거야. 같은 영화를 본 친구와 영화 얘기를 나누고 싶었다면 대개는 다음 날 바로 얘기하지 않나? 그래서 나는 이렇게 생각해 봤어. 실제로 영화를 본 건 11일이 아닐까 하고 말이야."

"그럴 가능성이 있어?"

"없다고 단정할 수는 없어. 용의자의 퇴근 시각이 여섯 시이고, 딸도 배드민턴 연습을 마치고 곧바로 돌아오면 일곱 시 상영 시간에 맞출 수 있으니까. 실제로도 10일에 그런 식으로 영화를 봤다고 주장하고 있어."

"배드민턴? 딸이 배드민턴부야?"

"응. 처음 찾아갔을 때 라켓이 놓여 있어서 알았어. 맞아, 그 배드민턴이라는 것도 마음에 걸려. 자네도 잘 알다시피 그게 꽤 격렬한 운동이잖아. 연습을 하고 나면 피곤해서 녹초가 될 텐데 말이야."

"자네처럼 요령을 피우면 얘기가 다르지."

어묵탕에 든 곤약에 겨자를 바르며 유가와가 말했다.

"말 좀 자르지 마. 요컨대 내가 하고 싶은 말은……."

"배드민턴 연습으로 녹초가 된 여중생이 영화를 본 건 그렇다 처도 밤늦도록 노래방에서 노래까지 불렀다는 건 부자연스럽다 이 말이겠지."

구사나기는 놀란 눈으로 친구의 얼굴을 바라보았다. 유가와의 말 그대로였다.

"그렇지만 덮어놓고 부자연스럽다고 할 수는 없어. 체력이 좋은 아이일 수도 있잖아."

"말라서 체력이 별로 좋아 보이지도 않던데."

"그날은 연습이 고되지 않았을지도 몰라. 게다가 10일 밤에 노래방에 갔다는 사실은 이미 확인됐고."

"그야 그렇지."

"노래방에 들어간 시각이 언제지?"

"아홉 시 사십 분."

"도시락 가게의 퇴근 시각이 여섯 시라고 했지? 범행 현장은 시노자키니까, 왕복 시간을 빼면 범행에 사용할 수 있는 시간이 두 시간 남짓 되는군. 뭐, 불가능하지는 않겠는데."

유가와는 나무젓가락을 든 채 팔짱을 끼었다.

그 모습을 바라보면서 구사나기는 자신이 용의자가 도시락 가게에서 일한다는 사실을 유가와에게 말한 적이 있는지 기억을 더듬어 보았다.

"아니, 그런데 왜 갑자기 이번 사건에 흥미를 가지게 된 거야? 자네가 수사의 진척 상황을 알려 달라고 하다니 참 별일도 다 보겠군."

"홍미를 가졌다고 할 정도는 아니지만 어쩐지 마음에 걸린
단 말이야. 철벽의 알리바이라나 뭐라나, 그런 얘기도 홍미
롭고 말이지."

"철벽이라기보다, 확인하기 힘든 알리바이라 난처하다 이
말이지."

"그 용의자는 자네들 말로 '냄새'가 별로 안 나는 사람 아니
야?"

"그렇기는 한데 현재로서는 그녀 말고 달리 의심 가는 인물
이 떠오르질 않아. 게다가 공교롭게도 사건이 일어난 날 밤
에 영화를 보고 노래방에도 가다니, 너무 딱 맞아떨어진다는
생각 안 들어?"

"자네의 기분은 이해하겠지만, 이성적인 판단도 필요해. 알
리바이 이외의 부분으로 눈을 돌리는 게 낫지 않을까?"

"그러잖아도 차근차근 파 들어가고 있어."

구사나기는 의자에 걸쳐 둔 코트 주머니에서 복사 용지 한
장을 꺼내어 테이블 위에 펼쳤다. 거기에는 한 남자의 모습
이 그려져 있었다.

"뭐야, 이건?"

"피해자가 살아 있을 때의 모습을 일러스트로 그린 거야.
몇몇 형사가 이걸 들고 시노자키역 주변에서 탐문 수사를 벌

이고 있어."

"아 참, 그러고 보니 옷이 타다 말았다고 했지? 감색 점퍼에 회색 스웨터와 검정 바지라고 했던가? 흔한 차림새군."

"그렇지? 이런 남자를 본 것 같다는 증언이 넌더리 날 정도로 많은가 봐. 탐문 수사 중인 녀석들이 두 손 두 발 다 들었다고 하더라고."

"그럼 지금으로서는 무엇 하나 도움이 될 만한 정보가 없다는 말이네."

"그런 거지, 뭐. 역 바로 앞에서 이와 똑같은 모습의 수상한 남자를 봤다는 정보가 있긴 했어. 하릴없이 어슬렁거리고 있는 걸 여자 회사원이 목격했대. 이 일러스트를 역에 붙여 두었더니 그걸 보고 신고했나 봐."

"거참, 신고 정신 한번 투철하네. 그 여자한테 자세히 좀 물어보지 그랬어."

"안 그래도 그렇게 했지. 그런데 피해자와는 다른 사람인 것 같아."

"어떻게 알아?"

"역은 역인데, 시노자키역이 아니라 그 전 역인 미즈에역에서 봤다는 거야. 게다가 얼굴도 다른 듯하고. 피해자의 사진을 보여 주자 그것보다는 둥근 얼굴이었던 것 같다고 하더군."

"흠, 둥근 얼굴이라……."

"뭐, 우리가 하는 일은 그런 헛손질의 연속이니까. 자네들처럼 논리가 통하면 인정되는 세계와는 사정이 다르지."

젓가락으로 감자를 집으며 구사나기가 말했다. 그런데 유가와가 아무 반응이 없었다. 구사나기가 얼굴을 들어 보니 그는 양손을 가볍게 쥐고 허공을 노려보고 있었다.

이 물리학자가 깊은 생각에 빠질 때면 그런 얼굴을 보인다는 것을 구사나기는 잘 알고 있었다.

잠시 후 유가와의 눈이 서서히 초점을 되찾았다. 그리고 시선을 구사나기에게로 향했다.

"사체의 얼굴이 문드러져 있었다고 했던가?"

"응. 지문도 타 버렸고. 신원을 감추고 싶었던 거지."

"얼굴을 뭉개는 데 사용한 도구는?"

그 질문에 구사나기는 주위에 듣고 있는 사람이 없는지 확인한 다음 테이블 위로 몸을 들이밀었다.

"찾지는 못했지만, 아마 범인은 망치 같은 걸 썼을 거야. 그런 걸로 얼굴을 여러 번 내리쳐서 뼈를 완전히 부숴 버렸어. 이랑 턱도 엉망으로 뭉개져서 치과 진료 기록과 대조할 수조차 없게 됐지 뭐야."

"망치란 말이지……."

유가와가 어묵탕에 든 무를 젓가락으로 찌르며 중얼거렸다.

"그게 왜?"

구사나기가 물었다.

유가와는 젓가락을 내려놓고 테이블 위에 팔꿈치를 올려놓았다.

"만일 도시락 가게 여자가 범인이라면 그날 어떤 행동을 취했을 것 같아? 영화관에 갔었다는 건 거짓말이라고 생각하지?"

"거짓말이라고 단정 짓고 있는 건 아니야."

"그럼 자네가 추리한 걸 한번 말해 봐."

유가와는 손짓으로 재촉하면서 다른 한 손으로는 잔을 기울였다.

구사나기는 얼굴을 찌푸리며 혀로 입술을 축였다.

"추리라고 할 정도는 아니지만 나는 이렇게 생각해. 도시락 가게의…… 에잇, 귀찮으니까 A라고 하자. A가 일을 마치고 가게를 나선 건 여섯 시 좀 넘어서야. 거기서 하마마치역까지 걸어가는 데 약 10분. 지하철을 타고 시노자키역까지 가는 데는 약 20분. 역에서 버스나 택시를 타면 일곱 시에는 현장인 구 에도강 근처에 도착할 수 있어."

"그 시간에 피해자는?"

"피해자도 현장으로 향하고 있었지. 아마 A와 만나기로 약속했을 거야. 단, 피해자는 시노자키역에서 자전거를 탔어."

168

"자전거를 탔다고?"

"그래. 사체 곁에 자전거가 뒹굴고 있었는데 거기서 피해자의 지문까지 발견됐거든."

"지문은 불에 탔다고 했잖아?"

그러자 구사나기가 고개를 끄덕였다.

"그건 사체의 신원이 판명된 후에야 확인할 수 있었어. 피해자가 빌려 쓰던 렌털 룸에서 채취한 지문과 일치했다는 뜻이야. 아, 자네가 무슨 말을 하고 싶은지 알아. 그것만으로는 렌털 룸을 빌린 사람이 자전거를 사용했다는 증명은 될지언정 그게 사체 본인의 것이라고 단정할 수는 없다는 거겠지. 어쩌면 렌털 룸을 빌린 사람이 범인이고 그자가 자전거를 사용했을지도 모른다고 말이야. 그러나 천만에. 방에서 발견한 머리카락을 확인해 본 결과 사체의 머리카락과 합치했어. 내 친김에 DNA 감정까지 했지."

구사나기의 따발총 같은 설명에 유가와는 쓴웃음을 지었다.

"요즘 같은 시대에 경찰이 신원 확인에 실수를 범할 거라고는 생각하지 않아. 그보다는 자전거를 사용했다는 사실이 흥미롭군. 피해자가 시노자키역에 자전거를 세워 두었던 건가?"

"아니, 그게 말이지……."

구사나기는 도난 자전거에 얽힌 에피소드를 유가와에게 들려주었다.

유가와가 금테 안경 속에서 눈을 번쩍 떴다.

"그렇다면 피해자는 현장으로 가기 위해 일부러 역에서 자전거를 훔쳤다는 거야? 버스나 택시를 이용하지 않고?"

"그런 셈이지. 조사한 바로는 피해자가 실업 상태여서 돈이 별로 없었다더군. 그러니 버스비도 아까웠을 거야."

유가와는 석연치 않다는 표정으로 팔짱을 끼고 코로 숨을 길게 내뿜었다.

"어쨌든 알았어. 그렇게 해서 A와 피해자가 현장에서 만났다 이거지. 계속해 봐."

"만나자고 약속을 했지만 A는 어딘가에 숨어 있었을 거야. 그리고 피해자가 나타나자 뒤에서 살금살금 접근해서는 손에 쥐고 있던 끈을 피해자의 목에 건 다음 있는 힘을 다해 조른 거지."

"잠깐!"

유가와가 한 손을 펼쳐 들었다.

"피해자의 신장은?"

"170센티미터 조금 넘어."

구사나기는 혀를 차고 싶은 기분을 억누르고 대답했다. 유가와가 무슨 말을 하려는지 알기 때문이었다.

"A는?"

"160센티미터 정도."

"10센티미터 넘게 차이 나는군."

유가와는 손으로 턱을 괴고 빙긋 웃었다.

"내가 무슨 말을 하려는지 알지?"

"물론 자기보다 키가 큰 사람을 목 졸라 죽이기는 힘들지. 목에 남은 흔적의 각도로 봐도 위에서 잡아당기듯이 목을 조른 건 분명해. 하지만 피해자가 앉아 있었을 수도 있잖아. 자전거에 걸터앉은 상태였는지도 모르지."

"그럴듯한 궤변이로군."

"궤변이 아니야."

구사나기는 주먹으로 테이블을 두드렸다.

"그러고 나서는? 옷을 벗기고, 미리 준비해 온 망치로 얼굴을 깨부수고, 라이터로 지문을 태운 다음 옷에 불을 붙이고 현장에서 도망쳤다, 그런 거야?"

"긴시초에 아홉 시까지 도착하는 게 불가능하지는 않을 거야."

"시간적으로는 그렇겠지. 하지만 그 추리는 상당히 무리가 있어. 설마 수사본부 사람들이 모두 자네의 그런 생각에 동조하는 건 아니겠지?"

구사나기는 입술을 비죽거리며 맥주를 들이켰다. 그리고 지나가던 종업원에게 맥주를 한 잔 더 주문한 다음 유가와

쪽으로 고개를 돌렸다.

"여자로서는 무리가 아닌가 하는 의견이 많았어."

"그렇겠지. 아무리 불의의 습격을 받았다 해도 남자가 저항하는 경우 교살하기는 힘들 테니까. 남자도 분명히 저항했을 테고. 사체 처리도 여자 혼자서는 힘들어. 애석하지만 나도 구사나기 형사의 의견에 찬성할 수 없어."

"자네가 그렇게 말할 줄 알았어. 나도 이 추리가 반드시 옳다고 믿는 건 아니야. 여러 가능성 중 하나라고 생각할 뿐이지."

"마치 그것 말고도 다른 의견이 있다는 말처럼 들리는군. 내친김에 인색하게 굴지 말고 다른 가설도 내놔 봐."

"젠체하려는 건 아냐. 지금 한 얘기는 사체를 발견한 장소가 곧 범행 현장이라고 가정했을 경우의 가설이야. 다른 곳에서 죽인 후 그곳에 가져와서 버렸을 가능성도 생각할 수 있지. 수사본부에서는 후자를 지지하는 사람이 많아. A가 범인이든 아니든 관계없이 말이지."

"상식적으로 보자면 그게 타당하겠지. 그런데 구사나기 형사는 그쪽을 미는 것 같지는 않군. 왜지?"

"간단해. A가 범인이라면 그건 불가능하다는 거지. 그녀는 차가 없으니까. 아니, 애당초 운전을 못 해. 그래 가지고는 시체를 옮길 방법이 없잖아."

"그렇군. 그 점은 무시할 수 없겠지."

"그리고 현장에 남겨진 자전거 말인데, 그곳을 범행 현장으로 여기도록 유도하려는 위장 공작이라고 생각할 수도 있겠지만, 그렇다면 지문을 묻혀 두는 건 의미가 없어. 시체의 지문을 불태워 버렸으니까."

"분명히 그 자전거는 수수께끼야, 여러 가지 의미에서."

유가와는 마치 피아노를 치는 것처럼 탁자 끄트머리에서 다섯 손가락을 놀렸다. 그리고 잠시 후 그 움직임을 멈추더니 말했다.

"어쨌든 남자의 범행이라고 생각하는 편이 옳지 않을까?"

"그것이 수사본부 사람들의 주된 의견이야. 그렇지만 A와 무관하다고 보는 건 아니야."

"A에게 남자 공범이 있다?"

"지금 그녀의 주변을 샅샅이 훑는 중이야. 전직 호스티스이니 남자관계가 없을 리 없어."

"전국의 호스티스가 들으면 화낼 만한 발언인걸."

유가와는 히죽히죽 웃으며 맥주를 마셨다. 그러다가 이내 진지한 얼굴로 돌아왔다.

"아까 그 일러스트 좀 보여 줘."

"이거?"

구사나기가 피해자의 모습이 그려진 종이를 건넸다.

유가와는 잠시 그것을 내려다보며 중얼거렸다.

"범인은 왜 시체의 옷을 벗겼을까?"

"그야 신원을 알 수 없도록 하기 위해서겠지. 얼굴이나 지문을 망가뜨린 것과 같은 이유에서 말이야."

"그런 이유라면 벗긴 옷을 갖고 가는 편이 낫지 않았을까? 굳이 태우려다가 다 타지 않고 남는 바람에 이렇게 일러스트까지 그리게 됐잖아."

"너무 서두른 거지."

"애당초 옷이나 신발로 신원을 밝혀낼 수 있긴 한 건가? 지갑이나 면허증 같은 거라면 몰라도 말이야. 사체의 옷을 벗기는 건 위험 부담이 너무 크잖아. 범인으로서는 1초라도 빨리 도망쳐야 하는데 말이지."

"대체 하고 싶은 말이 뭐야? 옷을 벗긴 이유가 따로 있다는 건가?"

"단언할 수는 없지만, 만일 그럴 만한 이유가 있었다면 그걸 알지 못하는 한 아마도 자네들은 범인을 밝혀내지 못할 거야."

그렇게 말하고 나서 유가와는 일러스트 위에다 손가락으로 크게 의문 부호를 그렸다.

기말 시험에서 2학년 3반의 수학 성적은 참담했다. 3반뿐 아니라 2학년 전체의 성적이 나빴다. 이시가미는 해가 갈수록 학생들의 머리 쓰는 수준이 떨어진다고 느꼈다.

답안지를 돌려준 후 그는 추가 시험 일정을 발표했다. 이 학교에서는 모든 과목에 최저 점수가 정해져 있어서 거기에 미치지 못하는 학생은 진급할 수 없도록 되어 있다. 물론 추가 시험이 여러 번 있기 때문에 실제로 낙제생이 나오는 경우는 극히 드물다.

추가 시험이라는 말에 불만스런 목소리가 터져 나왔다. 늘 있던 일이라 이시가미도 무시하고 지나가려 했는데, 그를 향해 소리를 높이는 학생이 하나 있었다.

"선생님! 입학시험에 수학을 안 보는 대학도 있잖아요. 그런 데 갈 사람은 수학 성적이야 아무래도 상관없는 거 아닌가요?"

소리가 나는 쪽을 바라보았다. 모리오카라는 학생이 목덜미를 긁적이며 "안 그래?"라고 주위 학생들에게 동의를 구하고 있었다. 몸집은 작지만 반에서 보스 역할을 하는 존재라는 사실은 담임이 아닌 이시가미도 익히 알고 있었다. 통학할 때 오토바이를 타고 다니는 바람에 주의를 받은 일도 몇 번이나 있었다.

"모리오카는 그런 대학에 갈 생각인가?"

이시가미가 물었다.

"간다면 그런 대학이죠. 물론 지금으로서는 대학에 갈 생각이 없지만, 간다 해도 3학년에 올라가면 수학은 선택하지 않을 작정이니까 수학 성적 같은 건 아무래도 상관없어요. 그리고 선생님도 저희 같은 멍청이들이랑 노는 거 힘들잖아요. 그러니까 서로, 뭐랄까, 어른스럽게 처리하자는 거죠."

어른스럽게, 라는 말에 학생들이 일제히 웃음을 터뜨렸다. 이시가미도 쓴웃음을 지었다.

"내가 힘들까 봐 걱정된다면 이번 추가 시험에 통과하도록. 범위가 미적분뿐이니까 별것도 아니란 말이지."

그러자 모리오카가 크게 혀를 차며 책상 옆쪽으로 비스듬하게 다리를 꼬았다.

"미적분 같은 게 대체 무슨 소용이람. 시간 낭비일 뿐이지."

기말 시험 문제를 풀이하려고 칠판을 향해 돌아서던 이시가미는 모리오카의 말에 뒤를 돌아보았다. 흘려들을 수 없는 말이었다.

"모리오카는 오토바이를 좋아하는 것 같던데, 오토바이 레이스를 본 적 있나?"

느닷없는 질문에 모리오카는 당황한 표정으로 고개를 끄덕였다.

"오토바이 레이스를 할 때 레이서들은 일정한 속도로 달리지 않는다. 지형이나 풍향에 따라서도 속도를 바꾸지만 전략적으로도 끊임없이 속도를 바꾸지. 어디서 속도를 줄이고 어디서 얼마나 가속할지, 그 순간적인 판단이 승부를 가르는 거야. 알아?"

"그건 아는데, 그게 수학이랑 무슨 상관이에요?"

"그 가속하는 정도가 바로 그 시점에서 속도를 미분하는 거야. 더 나아가 주행 거리라는 건 시시각각 변화하는 속도를 적분한 것이고. 레이스에서는 당연히 모든 오토바이가 똑같은 거리를 달리니까 이기기 위해서는 속도의 미분을 어떻게 하느냐가 중요한 포인트지. 어때, 이래도 미분과 적분이 아무 소용 없어 보이나?"

이시가미가 한 말이 이해되지 않는지 모리오카가 난감한 표정을 지었다.

"그렇지만 레이서는 미분이니 적분이니 그런 생각을 안 할 텐데요. 경험과 감으로 승부하죠."

"물론 레이서 본인은 그렇겠지. 하지만 레이서를 뒷받침하는 스태프들은 그렇지 않아. 어디서 어떻게 가속하면 이길 수 있을지 면밀히 시뮬레이션을 거듭해서 전략을 세우지. 바로 그때 미적분을 사용하는 거야. 본인들은 그런 사실을 잘 모를 수도 있지만, 미적분을 응용한 컴퓨터 소프트웨어를 사용하는 것만은 분명하다."

"그럼 그 소프트웨어를 만드는 사람만 수학 공부를 하면 되잖아요."

"그럴 수도 있겠지만, 모리오카가 그런 사람이 되지 말라는 법도 없겠지."

그러자 모리오카가 몸을 뒤로 한껏 젖히며 말했다.

"제가 그런 사람이 될 리 있겠어요?"

"모리오카가 아니더라도 여기 있는 다른 누군가가 그렇게 될지도 몰라. 그 누군가를 위해서 수학이라는 수업이 있는 것이고. 내가 여러분에게 가르치는 것은 수학이라는 세계의 입구에 지나지 않는다. 하지만 그 입구가 어디 있는지 모른다면 안으로 들어갈 수 없겠지. 물론 싫은 사람은 들어가지 않아도 좋다. 내가 여러분에게 시험을 치르도록 하는 것은 입구가 어디 있는가를 아는지 모르는지 확인하고 싶기 때문이야."

말하면서 이시가미는 학생들을 둘러보았다. 수학을 왜 공부해야 하는가……. 매년 누군가가 그런 질문을 한다. 그때마다 이시가미는 똑같은 대답을 해 왔다. 이번에는 상대가 오토바이를 좋아하는 학생이라 레이스를 예로 든 것이다. 작년에는 뮤지션 지망생에게 음향 공학에 사용되는 수학에 대해 얘기해 주었다. 이시가미에게 그 정도는 어려운 일이 아니다.

수업을 마치고 교무실로 돌아오니 책상 위에 메모가 놓여 있었다. 휴대 전화 번호와 함께 '유가와라는 분이 전화하셨습니다.'라는 메모가 적혀 있었다. 동료 수학 교사의 필체였다.

유가와가 무슨 일로……. 이유도 모른 채 가슴이 술렁대기 시작했다.

휴대 전화를 들고 복도로 나갔다. 메모에 적힌 번호를 누르자 신호음이 한 번 울린 후 상대와 연결됐다.

"바쁜데 미안하네."

유가와는 다짜고짜 그렇게 말했다.

"무슨 급한 일이라도 있어?"

"응, 급하다면 급하지. 오늘, 아니 지금 잠깐 만날 수 있을까?"

"지금은…… 아직 해야 할 일이 좀 남았어. 다섯 시 이후엔 괜찮은데."

조금 전 수업이 6교시이니 이미 각 교실에서는 학급 활동이 진행되고 있을 것이다. 이시가미는 담임을 맡지 않았고, 유도장 문단속은 다른 교사에게 맡길 수 있다.

"그럼 다섯 시에 정문 앞에서 기다릴게. 어때?"

"괜찮긴 한데…… 지금 어디야?"

"자네 학교 바로 앞. 그럼 나중에 봐."

"알았어."

전화를 끊고 난 후에도 이시가미는 휴대 전화를 꼭 쥐고 있었다. 일부러 학교 앞까지 찾아올 만큼 급한 용건이 대체 무엇일까.

시험지를 채점한 후 돌아갈 준비를 마치자 다섯 시가 되었다. 교무실을 나선 이시가미는 운동장을 가로질러 정문으로 향했다.

정문 앞 횡단보도 옆에 검정 코트를 걸친 유가와가 서 있었다. 그는 이시가미를 보자 활짝 웃으며 손을 흔들었다.

"일찍 나오게 해서 미안해."

유가와가 웃는 얼굴로 말을 건넸다.

"무슨 일이야, 난데없이 여기까지 찾아오고?"

이시가미도 부드러운 표정을 지으며 물었다.

"응, 걸으면서 얘기하지."

유가와가 기요스바시 도로를 따라 걸음을 옮기기 시작했다.

"아니, 거기가 아니라 이쪽이야."

이시가미는 샛길을 가리켰다.

"이 길로 똑바로 가는 게 우리 집과 가까워."

"거기 가고 싶어서 그래, 그 도시락 가게."

유가와가 거리낌 없는 태도로 말했다.

"도시락 가게? 거긴 왜……."

얼굴 근육이 굳어지는 것을 이시가미 스스로도 느낄 수 있었다.

"왜라니? 그야 도시락 사러 가자는 거지. 당연한 거 아니야? 오늘 여기저기 들렀다 오느라고 제대로 식사할 여유도 없었거든. 여기까지 온 김에 저녁거리나 마련해 두자는 거지. 그 도시락 가게, 맛있겠지? 자네가 매일 들를 정도니 말이야."

"아…… 그래? 알았어. 그럼 가지."

이시가미도 유가와가 가려는 쪽으로 발길을 돌렸다.

기요스바시를 향해 둘이 나란히 걷기 시작했다. 커다란 트럭이 옆으로 스쳐 지나간다.

"어제 구사나기를 만났어. 왜, 지난번에 얘기했잖아, 자네 집에 갔다던 형사 말이야."

유가와의 말에 이시가미는 긴장했다. 불길한 예감이 한층 커졌다.

"그 사람은 왜?"

"뭐, 별일은 아니야. 그 친구, 걸핏하면 내게 와서 일이 잘 안 풀린다고 푸념을 늘어놓거든. 그것도 늘 귀찮은 문제까지 가져오고 말이야. 지난번엔 폴터가이스트에 관한 수수께끼를 풀어 달라고 해서 얼마나 골치가 아팠는지 몰라."

그리고 유가와는 폴터가이스트 사건에 관한 얘기를 들려주었다. 무척 흥미로운 얘기이기는 했다. 그러나 그런 이야기를 들려주려고 일부러 이시가미를 찾아오지는 않았을 것이다.

이시가미가 유가와에게 진짜 목적이 뭐냐고 물어보려는 찰나, 벤텐테이의 간판이 보였다.

유가와와 함께 가게로 들어간다는 것이 이시가미는 무척 불안했다. 야스코가 두 사람을 보면 어떤 반응을 보일지 예상할 수 없었다. 이런 시간에 이시가미가 나타난다는 것 자체가 이례적인 일일뿐더러, 누군가를 데려가기까지 하면 괜한 생각을 할지도 모른다. 그녀가 부자연스럽게 대하지 않기를 바랄 따름이었다.

그의 불안한 마음에는 아랑곳없이 유가와는 벤텐테이의 유리문을 열고 안으로 들어갔다. 하는 수 없이 이시가미도 그의 뒤를 따라 들어갔다. 야스코는 다른 손님을 상대하고 있던 참이었다.

"어서 오세요."

유가와를 보고 미소를 지으려던 야스코의 눈길이 이시가미에게 향했다. 순간 놀라움과 당혹스러운 기색이 그녀의 얼굴에 떠올랐다. 미소 짓던 얼굴이 어색하게 굳어져 버렸다.

"왜 그러시죠?"

그녀의 표정이 심상찮다는 것을 눈치챈 듯 유가와가 물었다.

"아, 아니에요."

야스코는 어색한 웃음을 머금은 채 고개를 저었다.

"이웃에 사시거든요. 늘 아침에 도시락을 사러 오시는 분이라서……."

"그렇다고 하더군요. 이 친구에게 이 가게 얘기를 듣고 한 번 먹어 보고 싶어서요."

"아, 네. 고맙습니다."

야스코는 고개를 숙였다.

"이 친구와는 대학 동창입니다."

유가와가 이시가미를 돌아보며 말했다.

"얼마 전에도 집에 놀러 갔었어요."

네에, 하며 야스코는 고개를 끄덕였다.

"이 친구가 얘기하던가요?"

"네, 얼핏요."

"그랬군요. 그건 그렇고, 도시락 하나 추천해 주세요. 이 친구는 보통 뭘 사 갑니까?"

"이시가미 씨는 대개 오늘의 도시락을 사 가세요. 그런데 오늘은 그만 다 팔려서……."

"거참, 아쉽군요. 그럼 어느 게 좋을까요? 다 맛있어 보이는데."

유가와가 도시락을 고르는 동안 이시가미는 유리문 너머로 바깥을 살피고 있었다. 어디선가 형사가 지켜보고 있을지도 모른다고 생각했기 때문이다. 야스코와 친숙한 모습을 그들에게 보여서는 절대 안 된다.

아니 그보다, 하고 이시가미는 유가와의 옆얼굴에 눈길을 주었다. 이 남자를 믿어도 좋을까. 경계할 필요는 없는 걸까. 구사나기라는 형사와 친구 사이라고 하니 지금 이 일도 유가와를 통해 경찰에게 전해질지 알 수 없는 노릇이었다.

유가와가 드디어 도시락 메뉴를 결정한 듯 야스코가 주문서를 들고 안으로 들어갔다.

그때였다. 유리문이 열리더니 남자 하나가 가게로 들어섰다. 무심코 그쪽을 바라보던 이시가미는 그만 입을 꾹 다물어 버리고 말았다.

짙은 갈색 재킷을 입은 그 남자는 며칠 전 집 앞에서 본 인물이 틀림없었다. 택시로 야스코를 바래다준 사람이다. 둘이서 친밀하게 이야기를 나누는 모습을 이시가미는 우산을 받쳐 든 채 바라보고 있었다.

남자 쪽에서는 이시가미를 알아보지 못하는 것 같았다. 그는 안에서 야스코가 나오기만 기다리고 있었다.

이윽고 야스코가 돌아왔다. 그녀는 새로 들어온 손님을 보더니 살짝 놀라는 표정을 지었다.

남자는 아무 말도 하지 않고 그저 웃는 얼굴로 고개를 가볍게 끄덕했을 뿐이다. 이야기는 방해꾼 손님들이 사라진 다음에, 라고 생각하고 있는지도 몰랐다.

이 남자는 누구일까. 어디에서 나타나 어느새 하나오카 야스코와 친해진 것일까. 이시가미는 그런 생각을 했다.

택시에서 내릴 때 야스코가 보인 표정을 이시가미는 지금도 또렷이 기억한다. 그때까지 본 적 없는 화사한 얼굴이었다. 엄마도 도시락 가게 점원도 아닌 또 다른 얼굴이었다. 그것이야말로 그녀의 본모습이 아닐까.

자신에게는 결코 보여 주지 않는 얼굴을 그녀는 이 남자에게 보여 주었다.

이시가미는 수수께끼의 남자와 야스코를 번갈아 바라보았다. 두 사람이 이 작은 공간의 공기를 뒤흔드는 듯한 느낌이었다. 초조감 비슷한 감정이 이시가미의 가슴에 퍼져 나갔다.

주문한 도시락이 나오자 유가와는 그것을 받아 들고 돈을 지불했다.

벤텐테이를 나온 두 사람은 기요스바시교 끝자락에서 스미다 강변으로 내려갔다. 그리고 강을 따라 걷기 시작했다.

"그 남자랑 무슨 일이라도 있었어?"

유가와가 물었다.

"그 남자라니?"

"나중에 들어온 남자 말이야. 왠지 자네가 신경을 쓰는 것 같아서."

이시가미는 속으로 움찔했다. 동시에 옛 친구의 혜안에 혀를 내둘렀다.

"그렇게 보였어? 아니야, 전혀 모르는 사람인데."

이시가미는 있는 힘을 다해 냉정을 유지하려 했다.

"그래? 그렇다면 다행이고."

유가와는 그 이상 신경 쓰지 않는 듯했다.

"그런데 급한 용건이란 게 뭐야? 도시락을 사러 온 건 아닐 테고."

"아, 맞다. 중요한 걸 아직 말하지 않았군."

그리고 유가와는 얼굴을 찌푸렸다.

"아까도 말했지만, 그 구사나기라는 친구 말이야, 걸핏하면 귀찮은 일을 의논하러 오거든. 이번에도 도시락 가게 여자의 이웃집에 자네가 산다는 걸 알고 부랴부랴 달려왔지 뭔가. 그것도 아주 유쾌하지 못한 부탁을 가지고 말이지."

"무슨 부탁인데?"

"경찰에서는 여전히 그녀를 의심하고 있나 봐. 그런데 범행을 입증할 만한 단서가 전혀 없다는 거야. 그래서 그녀의 생활을 일일이 감시하려고 하는데, 잠복하는 것도 한계가 있고 해서 생각해 낸 것이 자네인 모양이더군."

"설마 나더러 그 감시자 역할을 하라는 거야?"

그러자 유가와가 머리를 긁적거렸다.

"설마가 아니라 사실이야. 물론 감시라고는 해도 스물네 시간 지키는 건 아니고, 단지 이웃집의 상황에 주의를 기울이고 있다가 뭔가 미심쩍은 일이 있으면 연락해 달라는 거지. 요컨대 스파이가 되어 달라는 거야. 한마디로 뻔뻔스럽달까, 어떻게 그런 실례의 말을 하는지 몰라."

"그럼 자네는 그걸 내게 부탁하러 온 건가?"

"아, 물론 정식 의뢰는 경찰이 직접 할 거야. 그 전에 의사 타진을 해 달라더군. 나로서는 자네가 거절해도 괜찮지 않을 까 싶고, 또 거절하는 게 낫겠다고도 생각하지만, 그놈의 의 리 때문에 이렇게 왔지 뭔가."

유가와는 상당히 난처해하는 것처럼 보였다. 그러나 한편 으로 이시가미는 과연 경찰이 민간인에게 정말로 그런 부탁 을 할까 싶기도 했다.

"그럼 굳이 벤텐테이에 들른 것도 그 일과 관련이 있는 거 야?"

"솔직히 말하자면 그래. 그 용의자라는 여성을 내 눈으로 직접 보고 싶었어. 그런데 사람을 죽일 만한 여자로는 보이 지 않더란 말이지."

나도 그렇게 생각해, 라고 말하려던 이시가미는 그 말을 안 으로 삼켰다.

"글쎄, 사람은 겉보기와는 다르니까."

이시가미는 마음과는 반대로 대답했다.

"하긴 그래. 그럼 어떡할 거야, 경찰이 그런 부탁을 해 오면 받아들일 건가?"

이시가미는 고개를 저었다.

"거절하고 싶은 게 솔직한 심정이야. 남의 스파이 노릇이나 하는 데는 취미가 없고, 애당초 시간도 없어. 이래 봬도 꽤 바쁘거든."

"그렇겠지. 그럼 내가 구사나기에게 그렇게 말해 둘게. 이 이야기는 여기서 끝내기로 하고 말이야. 기분 나빴다면 사과하지."

"그럴 것까지는 없어."

두 사람은 신오하시교 근처에 이르렀다. 노숙자들의 주거지가 보였다.

"사건이 일어난 날이 3월 10일이라고 했던가? 구사나기의 말로는 그날 자네가 비교적 일찍 귀가했다고 하던데."

"딱히 들를 곳도 없었으니까. 일곱 시경에 돌아왔다고 형사에게 대답했을 거야."

"돌아와서는 평소처럼 집에서 수학의 난제와 격투를 벌였고?"

"뭐, 그렇다고 할 수 있지."

대답을 하면서 이시가미는 유가와가 자신의 알리바이를 확인하고 있는 것 아닐까 생각했다. 만일 그렇다면 그는 이시가미에게 모종의 의혹을 품고 있다는 말이다.

"그러고 보니 자네의 취미에 대해서는 들은 적이 없군. 수학 외에는 뭘 하지?"

이시가미가 풋, 웃었다.

"취미다운 취미가 없어. 할 줄 아는 게 수학밖에 없다고나 할까."

"기분 전환 같은 건 안 해? 드라이브라든지."

유가와는 한 손으로 핸들을 돌리는 시늉을 했다.

"하고 싶어도 할 방법이 없어. 차가 없는걸."

"그래도 면허는 있지 않나?"

"왜, 없을 것 같아?"

"아니, 그런 말이 아니야. 아무리 바빠도 운전 학원에 다닐 만한 시간은 있었겠지."

"대학에 남는 걸 단념한 후 서둘러 면허를 땄어. 취직에 유리할지 모른다고 생각해서 말이지. 실제로는 아무 도움도 안 됐지만."

그렇게 말한 후 이시가미는 유가와의 옆얼굴을 바라보았다.

"내가 차를 운전할 수 있는지 없는지 확인하고 싶었어?"

이시가미의 물음에 유가와는 얼토당토않다는 듯 눈을 깜빡거렸다.

"아니, 왜?"

"그런 느낌이 들어서."

"별로 깊은 뜻은 없었어. 자네도 드라이브 정도는 하지 않을까 싶었을 뿐이야. 그리고 때로는 수학 이외의 이야기도 하고 싶어서."

"수학과 살인 사건 이외의 이야기겠지."

슬쩍 비꼴 작정으로 한 말이었는데 유가와는 하하하, 웃음을 터뜨렸다.

"응, 맞아, 바로 그거야."

이윽고 두 사람은 다리 아래로 접어들었다. 백발의 남자가 풍로 위에 냄비를 올려놓고 뭔가를 끓이고 있었다. 남자 옆에는 됫병 하나가 놓여 있었다. 남자 외에도 노숙자 몇 명이 바깥에 나와 있었다.

"그럼 난 이만 실례할게. 불쾌한 얘기를 해서 미안해."

다리 옆으로 난 계단을 다 올라왔을 때 유가와가 말했다.

"아니야. 구사나기 형사에게 전해 줘. 협조해 주지 못해서 미안하다고."

"사과할 필요까지는 없어. 그보다, 또 만나러 와도 될까?"

"그야 상관없지만······."

"한잔하면서 수학 이야기나 했으면 해."

"수학과 살인 사건 이야기가 아니고?"

그 말에 유가와가 어깨를 으쓱하더니 콧등에 주름을 잡았다.

"그럴지도 모르지. 그런데 새로운 수학 문제 하나가 생각났어. 짬이 나면 한번 생각해 봤으면 해."

"어떤 문제인데?"

"사람이 풀기 힘든 문제를 만드는 것과 그 문제를 푸는 것
중 어느 쪽이 더 어려울까 하는 거야. 단, 해답은 반드시 존재
한다고 치고 말이야. 어때, 재미있을 것 같지 않아?"

"흥미로운 문제군."

이시가미는 유가와의 얼굴을 똑바로 바라보았다.

"생각해 보지."

유가와는 고개를 끄덕하고 나서 발길을 돌려 걸어가기 시
작했다.

9

새우를 다 먹었을 때 마침 와인 병도 바닥을 드러냈다. 야스
코는 자신의 잔에 남은 와인을 마저 마시고 나서 숨을 살짝
내쉬었다. 제대로 된 이탈리아 요리를 먹어 본 게 얼마 만인
지 생각도 나지 않았다.

"조금 더 마실까?"

구도가 물었다. 그의 눈 밑이 불그레했다.

"저는 그만할래요. 구도 씨는 더 드세요."

"아냐, 그럼 나도 그만할게. 디저트나 먹지, 뭐."

그는 눈을 가늘게 뜨고 냅킨으로 입가를 닦았다.

호스티스 시절, 야스코는 구도와 식사를 한 적이 몇 번 있었다. 프렌치 레스토랑에서도 이탤리언 레스토랑에서도 그가 와인을 한 병으로 끝내는 건 본 적이 없다.

"술이 줄었어요?"

그녀의 물음에 구도는 잠시 생각하는 표정을 짓더니 고개를 끄덕였다.

"그런가 봐. 전보다 좀 줄어든 것 같아. 나이 탓인지……."

"그게 좋아요. 몸 생각도 하셔야죠."

"그래, 고마워."

구도가 웃음을 지어 보였다.

그가 야스코의 휴대 전화로 연락해 저녁 식사에 초대한 것은 오늘 낮의 일이다. 야스코는 잠깐 망설이다가 승낙했다. 망설인 것은 물론 사건이 마음에 걸렸기 때문이다. 지금은 들뜬 마음으로 다른 사람과 식사나 하고 있을 때가 아니라는 자제심이 발동했던 것이다. 야스코 이상으로 경찰 수사에 겁먹고 있을 딸에게도 미안한 마음이 들었다. 또 하나, 만사를 제쳐 놓고 사건 은폐에 협력하고 있는 이시가미도 마음에 걸렸다.

그러나 한편으로는 이런 때일수록 평소처럼 행동할 필요가 있지 않을까 싶기도 했다. 호스티스 시절 가깝게 지냈던 남자가 식사 초대를 했는데 별다른 이유도 없이 거절하는 것도 이상하지 않은가. 만일 거절했다가 그 사실이 사요코의 귀에 들어가기라도 하면 도리어 의심받을 가능성이 있다.

하지만 그런 생각 또한 실은 억지로 갖다 붙인 핑계에 지나지 않는다는 사실을 그녀 자신이 잘 알고 있었다. 식사 초대에 응한 최대이자 유일한 이유는 구도를 만나고 싶다는 것, 그것이었다.

물론 아직은 구도에게 연애 감정을 가지고 있는지 어떤지 그녀 자신도 확신할 수 없었다. 얼마 전 재회하기까지는 그가 생각나는 일도 거의 없었다. 호의는 가지고 있지만 그 이상도 이하도 아니라는 것이 아마도 옳은 표현일 터였다.

그러나 식사 초대를 승낙한 직후부터 가슴이 두근거리기 시작한 것은 틀림없는 사실이었다. 그 달뜬 기분은 연인과 데이트 약속을 했을 때의 기분과 비슷했다. 체온이 약간 올라간 느낌마저 들었다. 들뜬 나머지 옷을 갈아입기 위해 사요코에게 양해를 구하고 일찍 퇴근했을 정도다.

어쩌면 그것은 현재 자신이 처한 숨 막히는 상황에서 잠시라도 빠져나와 모든 것을 잊고 싶은 욕망 때문인지도 몰랐다. 또는 오랜 시간 봉인해 두었던, 여자로 대접받고 싶은 본능이 눈을 떴기 때문인지도 몰랐다.

그 어느 쪽이든 야스코는 초대에 응한 것을 후회하지 않았다. 비록 짧은 시간이고, 꺼림칙한 기분이 마음 한구석에 있긴 했지만 오랜만에 맛보는 즐거운 기분이었다.

"딸아이 식사는 어떻게 하지?"

커피 잔을 손에 든 채 구도가 물었다.

"알아서 사 먹으라고 자동 응답기에 남겨 두었어요. 아마도 피자를 사 먹었을 거예요. 피자를 좋아하거든요."

"흠, 좀 미안하군. 우리는 맛있는 걸 먹었는데 말이야."

"이런 데서 먹는 것보다 텔레비전 보면서 피자 먹는 걸 더 좋아할 거예요. 이런 데는 긴장돼서 싫어하거든요."

그러자 구도가 얼굴을 살짝 찡그리며 고개를 끄덕이고 나서 콧등을 긁적였다.

"그럴지도 모르지. 게다가 낯선 아저씨랑 있으면 맛을 느낄 여유도 없을 거야. 다음번에는 생각을 좀 해 봐야겠어. 회전 초밥 같은 게 좋을지도 몰라."

"고마워요. 하지만 너무 신경 쓰지 마세요."

"신경 쓰는 게 아니라 내가 만나 보고 싶어서 그래. 자네 딸을 말이야."

구도는 커피 잔을 입에 갖다 대며 치켜뜬 눈으로 그녀를 바라보았다.

식사 초대를 하면서 그는 딸도 꼭 데려오라고 했다. 진심으

194

로 하는 말이라는 것이 느껴졌다. 성의를 보이려고 노력하는 그의 태도가 야스코는 기뻤다.

　그렇긴 해도 미사토를 데려올 수는 없는 노릇이었다. 물론 미사토가 이런 곳을 좋아하지 않는 것도 사실이지만, 그보다는 이런 상황에서 미사토를 필요 이상으로 다른 사람과 접촉하게 하고 싶지 않았다. 만일 그 사건이 화제로 등장할 경우 미사토가 평정심을 유지할 수 있을지 자신 없었던 것이다. 그리고 또 하나, 구도 앞에서 여자로 돌아가고 마는 자신의 모습을 딸에게 보이고 싶지 않았다.

　"구도 씨는 어떤데요, 가족과 함께 식사하지 않아도 괜찮은 거예요?"

　"나 말이야?"

　구도가 커피 잔을 내려놓더니 테이블 위에 양팔을 올려놓았다.

　"그 얘기를 하고 싶어서 오늘 식사에 초대한 거야."

　야스코는 고개를 갸우뚱하며 그의 얼굴을 바라보았다.

　"실은 나, 지금 혼자야."

　"네?"

　야스코가 눈을 동그랗게 떴다.

　"아내가 암이었어, 췌장암. 수술을 했지만 너무 늦었지. 작년 여름에 세상을 떠났어. 젊어서 그런지 진행이 아주 빠르더군. 눈 깜짝할 사이였어."

담담한 말투였다. 그 때문인지 야스코는 이야기를 들으면서도 실감할 수 없었다. 그녀는 몇 초 동안 멍하니 그의 얼굴을 바라보았다.

"그거, 정말인가요?"

간신히 꺼낸 말이 그것이었다.

"이런 얘기를 농담으로 할 수야 없지."

그가 웃었다.

"그건 그런데, 무슨 말을 해야 할지……."

그녀는 고개를 숙이고 혀로 입술을 축인 후 다시 고개를 들었다.

"그게, 저…… 진심으로 명복을 빌어요. 고생 많으셨겠네요."

"그랬지. 하지만 방금도 말했듯이 정말 눈 깜짝할 사이였어. 허리가 아파서 병원에 갔다더니 의사가 갑자기 나를 불러서 암이라고 알려 주더군. 입원, 수술, 간병……, 마치 컨베이어 벨트에 실려 있는 것 같았어. 정신없이 시간이 흐르고, 그리고 세상을 떠나고 말았어. 본인이 병명을 알았는지 어땠는지는 지금도 수수께끼야."

거기까지 말하고서 구도는 유리잔에 담긴 물을 마셨다.

"병에 대해서 알게 된 게 언제인가요?"

구도는 고개를 갸우뚱했다.

"작년 말이었나……."

"그럼 제가 아직 마리안에 있을 때네요. 구도 씨, 그때도 그 가게에 오셨었죠?"

구도는 쓴웃음을 지으며 어깨를 으쓱했다.

"적절치 못한 행동이지? 아내가 사느냐 죽느냐 하는 판에 술이나 마시러 다니고 말이야."

야스코는 몸이 굳어지는 느낌이었다. 대답할 말이 떠오르지 않았다. 밝게 웃던 그 당시 구도의 모습이 머릿속에 되살아났다.

"굳이 변명을 하자면, 그런저런 일로 너무나 피곤하고 힘든 나머지 조금이나마 위안을 받을까 싶어서 야스코를 보러 갔다고 할까."

그는 머리를 긁적이며 콧등에 주름을 세웠다.

야스코는 여전히 할 말이 생각나지 않았다. 그녀는 자신이 마리안을 그만둘 때의 일을 회상했다. 마지막 날, 구도는 꽃다발을 들고 그녀를 찾아왔다.

부디 행복해지길 바랄게.

어떤 심정으로 그런 말을 했을까. 자신이 짊어진 고통은 내색도 하지 않은 채 그는 야스코의 재출발을 축하해 주었다.

"너무 칙칙한 얘기를 했군."

구도는 겸연쩍은 마음을 숨기려는 듯 담배를 꺼내 물었다.

"요컨대, 사정이 그러하니 우리 가정에 대해서는 염려하지 않아도 된다는 말을 하고 싶었던 거야."

"아……, 하지만 아드님은요? 지금 수험생이라면서요……."

"아들은 부모님께서 돌봐 주고 계셔. 부모님 댁이 학교에서 가깝기도 하고, 또 나는 그 애의 야식조차 만들 줄 모르거든. 그리고 어머니는 손자를 보살피는 게 즐거우신 모양이야."

"그럼 지금은 정말로 혼자 생활하세요?"

"생활이라고 해 봐야 집에 가서는 잠만 자는 게 다지, 뭐."

"지난번에는 그런 얘기 전혀 없으셨잖아요."

"할 필요가 없었지. 야스코가 걱정돼서 갔을 뿐이니까. 그렇지만 이렇게 저녁 식사를 같이 하게 되면 내 가정에 대해 마음이 쓰일 테니 말해 두는 게 좋겠다고 생각했어."

"그랬군요."

야스코는 눈을 내리떴다.

구도의 속내를 알 것 같았다. 은연중에 정식으로 사귀자는 뜻을 내비친 것이다. 어쩌면 장래를 생각하며 교제하려는 것일지도 몰랐다. 미사토를 데려오라고 한 이유도 거기에 있지 않을까 싶었다.

레스토랑을 나선 후 구도는 지난번처럼 집까지 택시로 야스코를 바래다주었다.

"저녁 잘 먹었어요."

차에서 내리기 전에 야스코가 감사의 인사를 했다.

"또 만나자고 해도 될까?"

야스코는 잠시 틈을 두었다가 "네." 하며 미소를 지어 보였다.

"그럼 잘 자. 딸에게도 안부 전해 주고."

"네. 조심해서 가세요."

대답하면서 그녀는 오늘 저녁 일을 미사토에게 말하기는 힘들 거라고 생각했다. 사요코 부부와 식사할 거라고 자동 응답기에 메시지를 남겨 두었던 것이다.

구도가 탄 택시가 떠난 후 야스코는 집으로 돌아왔다. 미사토는 고타쓰에 앉아 텔레비전을 보고 있었다. 아니나 다를까, 테이블 위에 피자 박스가 올라와 있었다.

"왔어?"

미사토가 야스코를 올려다보며 말했다.

"늦어서 미안해."

야스코는 어쩐지 딸의 얼굴을 똑바로 바라볼 수가 없었다. 남자와 식사하고 온 것이 마음에 걸렸다.

"전화 받았어?"

미사토가 물었다.

"무슨 전화?"

"옆집……, 이시가미 씨한테."

미사토의 목소리가 낮아졌다. 매일 정시에 걸려 오는 전화를 말하는 듯했다.

"휴대 전화 전원을 꺼 놨었어."

"으응……."

미사토의 표정이 떨떠름했다.

"무슨 일 있었어?"

"아니, 별일은 아닌데."

미사토는 벽시계를 힐끔 바라봤다.

"이시가미 씨가 몇 번이나 자기 집을 들락날락했거든. 창으로 보니까 저기 길 쪽으로 가던데, 엄마한테 전화하러 간 거 아닌가 싶어서."

"아……."

그럴지도 모르겠다고 야스코는 생각했다. 실은 구도와 식사하는 동안에도 이시가미가 마음에 걸렸다. 전화도 그렇지만, 그보다 벤텐테이에서 구도와 마주친 일에 더 마음이 쓰였다. 물론 구도 쪽에서는 이시가미를 그저 손님으로밖에는 안 여겼을 것이다.

이시가미가 오늘은 왜 하필이면 그 시각에 온 것일까. 친구라는 사람과 같이 오긴 했지만, 여태까지는 한 번도 없었던 일이다.

이시가미는 구도를 기억하고 있을 게 틀림없다. 지난번에 야스코를 택시로 데려다준 남자가 또다시 벤텐테이에 나타났다는 사실에 특별한 의미를 느꼈을지도 모른다. 그렇게 생각하자 조금 있으면 또 걸려 올 이시가미의 전화를 받아야 한다는 것이 참으로 우울했다.

그런 생각을 하면서 코트를 옷걸이에 걸고 있는데 현관 벨이 울렸다. 야스코는 깜짝 놀라며 미사토와 얼굴을 마주 보았다. 순간적으로 이시가미가 아닐까 생각했기 때문이다. 그러나 그가 집에 찾아올 리 없었다.

야스코가 문을 향해 네, 하고 대답했다.

"밤중에 죄송합니다만, 잠깐 실례해도 될까요?"

귀에 익은 남자 목소리였다.

야스코는 도어체인이 걸린 채로 문을 열었다. 남자 하나가 서 있었다. 본 적 있는 남자였다. 그가 안주머니에서 경찰수첩을 꺼내 보여 주었다.

"경시청의 기시타니입니다. 지난번에 구사나기 선배와 함께 왔었죠."

"아아……."

야스코는 기억이 났다. 오늘은 구사나기가 오지 않은 모양이다.

그녀는 일단 문을 닫고 미사토에게 눈짓했다. 미사토가 고타쓰에서 빠져나와 말없이 안쪽 방으로 갔다. 칸막이 문이 닫히는 것을 확인한 후에야 야스코는 체인을 벗기고 다시 문을 열었다.

"무슨 일이시죠?"

야스코의 물음에 기시타니는 머리를 숙였다.

"죄송합니다만, 영화 건 말인데요……."

야스코는 저도 모르게 미간을 찌푸렸다. 경찰이 영화관에 간 일에 대해 집요하게 물으러 올 거라던 이시가미의 말이 틀리지 않았구나 싶었다.

"뭘 또 물으시려는 거죠? 이제 더는 말씀드릴 것도 없는데요."

"잘 알고 있습니다. 오늘은 남은 표 반쪽을 잠깐 빌려 갈까 하는데요."

"남은 표요? 영화표 말인가요?"

"그렇습니다. 지난번에 보여 주셨을 때 구사나기 선배가 잘 보관해 달라고 부탁드렸던 걸로 아는데요."

"잠깐 기다리세요."

야스코는 찬장 서랍을 열었다. 지난번에 형사들에게 보여 주었을 때는 팸플릿 사이에 들어 있었는데 그 후에 서랍 쪽으로 옮겨 놓았다.

미사토의 것까지 두 장의 영화표를 형사에게 건넸다. 기시타니가 고맙다며 받아 들었다. 그는 손에 하얀 장갑을 끼고 있었다.

"역시 저를 의심하시는군요."

야스코가 노골적으로 물었다.

아닙니다, 라며 기시타니는 손사래를 쳤다.

"용의자의 범위가 좁혀지지 않아 애를 먹고 있습니다. 그래서 혐의가 없는 사람을 하나씩 용의선상에서 지워 나가려고요. 영화표를 빌리는 것도 그 때문입니다."

"영화표로 뭔가를 알 수 있나요?"

"그건 확실히 말씀드리기 곤란하지만 참고가 될지도 몰라서요. 두 분이 그날 영화관에 갔다는 사실을 증명할 수 있다면 제일 좋겠는데……. 그 이후로 생각나신 건 없습니까?"

"아뇨, 지난번에 말씀드린 것 외에는……."

"그렇군요."

기시타니는 집 안을 슬쩍 둘러보았다.

"집이 늘 서늘하네요. 댁에서는 전기 고타쓰를 해마다 사용하십니까?"

"고타쓰요? 네, 뭐……."

야스코는 동요하는 모습을 형사에게 들키지 않으려고 고타쓰 쪽을 돌아보았다. 그가 고타쓰를 화제에 올린 것이 우연이 아니라고 여겨졌다.

"이 고타쓰는 언제부터 사용하셨습니까?"

"글쎄요…… 벌써 사오 년 됐을 거예요. 그건 왜요?"

"아뇨, 특별한 뜻은 없습니다."

기시타니가 고개를 저었다.

"그런데 오늘은 일이 끝난 후 어디에 갔다 오셨습니까? 귀가가 늦으시는 것 같던데요."

생각지 못한 질문에 야스코는 멈칫했다. 동시에 형사가 집 앞에서 기다리고 있었다는 것을 깨달았다. 그렇다면 택시에서 내리는 모습도 보았을지 모른다.

괜한 거짓말을 해서는 안 되겠다고 생각했다.

"아는 분과 식사하러 갔었어요."

더 자세한 이야기는 묻지 않았으면 싶었지만 형사가 이 정도 대답에 만족할 리 없었다.

"택시로 야스코 씨를 바래다준 남자 말인데요, 어떻게 아시는 사이죠? 폐가 되지 않는다면 가르쳐 주셨으면 합니다."

기시타니는 미안한 표정을 지었다.

"그런 것까지 말씀드려야 하나요?"

"아니, 그러니까 폐가 되지 않는다면 말입니다. 실례인 줄은 알지만, 여쭤보지 않은 채 돌아가면 상사에게 한 소리 듣거든요. 상대방을 귀찮게 하는 일은 절대 없을 테니 가르쳐 주시면 좋겠습니다."

야스코는 한숨을 내쉬었다.

"구도라는 분이에요. 전에 제가 일하던 가게에 자주 오시던 손님인데, 이번 사건으로 제가 충격을 받지나 않았는지 걱정 돼서 찾아오신 거예요."

"뭘 하는 분이시죠?"

"인쇄 회사를 경영한다고 들었는데 자세한 건 저도 몰라요."

"연락처는 아십니까?"

기시타니의 질문에 야스코는 다시 눈썹을 찌푸렸다. 그 모습을 본 기시타니가 머리를 연신 꾸벅거렸다.

"어지간히 급한 일이 아니고서는 그분께 연락을 하지 않을 겁니다. 만일 그럴 필요가 생긴다 해도 실례를 범하지 않도록 조심하겠습니다."

야스코는 불쾌감을 감추지 않은 채 말없이 자신의 휴대 전화를 집어 들고 구도의 번호를 찾아 가르쳐 주었다. 형사가 재빨리 그것을 메모했다.

그런 후에도 기시타니는 공손한 태도로 구도에 대해 시시콜콜 캐물었다. 결국 야스코는 구도가 처음으로 벤텐테이에 나타난 날의 일까지 이야기할 수밖에 없었다.

기시타니가 돌아가자 야스코는 문을 잠근 다음 현관에 그대로 주저앉고 말았다. 신경이 너덜너덜해진 느낌이었다.

잠시 후 안쪽 방 칸막이 문이 열리고 미사토가 나왔다.

"우리가 정말로 영화를 봤는지 아직도 의심하는 모양이네. 전부 이시가미 씨가 예상한 대로야. 그 아저씨 대단해."

"그러게."

야스코는 그제야 겨우 일어서서 앞머리를 끌어 올리며 안으로 들어왔다.

"엄마, 벤텐테이 사람들이랑 저녁 먹으러 간 거 아니었어?"

미사토의 말에 야스코는 뜨끔해서 고개를 들었다. 힐난하는 듯한 딸의 얼굴이 눈앞에 있었다.

"들었니?"

"당연하지."

"그렇구나."

야스코는 고개를 숙인 채 고타쓰에 다리를 집어넣었다. 형사가 고타쓰에 대해 묻던 일이 떠올랐다.

"왜 이럴 때 그 사람이랑 밥을 먹으러 가고 그래?"

"거절하기가 힘들었어. 예전에 신세를 많이 졌거든. 게다가 우리가 걱정돼서 찾아온 거라 말이지. 말하지 않은 건 미안해."

"나야 상관없지만……."

그때 옆집 현관문이 열렸다 닫히는 소리가 들렸다. 그리고 발소리가 계단 쪽으로 이어졌다. 야스코는 딸과 얼굴을 마주 보았다.

"휴대 전화 전원!"

미사토가 말했다.

"켜져 있어."

야스코가 대답했다.

그로부터 몇 분 후 그녀의 휴대 전화가 울렸다.

이시가미는 늘 가던 공중전화 부스에 있었다. 오늘 밤 여기서 세 번째 거는 전화였다. 앞의 두 번은 야스코의 휴대 전화로 연결되지 않았다. 지금까지 이런 일이 한 번도 없었기에 무슨 사고라도 난 게 아닌지 걱정스러웠는데 야스코의 목소리를 들어 보니 그런 일은 없는 듯했다.

늦은 시간에 하나오카 모녀의 집 현관 벨이 울리는 소리가 들렸는데 역시 형사인 듯했다. 그들이 남은 영화표 반쪽을 빌려 달라고 한 모양이다. 그들이 그러는 목적을 이시가미는 알 것 같았다. 영화관에 보관되어 있는 나머지 반쪽과 맞추어 볼 작정인 것이다. 그녀가 건네준 반쪽짜리와 절취선이 딱 들어맞는다면 거기에 묻은 지문을 조사해 볼 것이 분명했다. 만일 야스코의 지문이 묻어 있다면 영화를 봤는지 안 봤는지는 확인되지 않더라도 영화관에 간 사실만은 증명된다.

그러나 만일 야스코의 지문이 나오지 않는다면 모녀에 대한 의혹은 한층 커질 것이다.

또 야스코의 이야기로는 형사가 고타쓰에 대해서도 꼬치꼬치 캐물었다고 한다. 그것 또한 이시가미가 이미 예상했던 일이다.

"아마도 흉기가 무엇이었는지 알아냈을 겁니다."

"흉기라니……."

"전기 고타쓰의 코드 말입니다. 그걸 사용하지 않으셨습니까."

수화기 너머의 야스코는 대답이 없었다. 도가시를 목 졸라 죽이던 장면을 떠올리고 있는지도 모를 일이었다.

"사람을 목 졸라 죽이면 흉기의 흔적이 목에 남습니다."

완곡한 표현을 고를 때가 아니었다.

"과학 수사가 발달해 그 흔적으로 흉기를 거의 알아맞힐 수 있습니다."

"그래서 형사가 고타쓰에 대해……."

"그럴 겁니다. 하지만 걱정하실 건 없습니다. 그 문제에 대해서는 이미 손을 써 두었으니까요."

경찰이 흉기를 알아내리라는 것도 이시가미는 예상하고 있었다. 그래서 그는 하나오카의 집에 있는 전기 고타쓰를 자신의 것과 바꾸어 놓았다. 그녀의 집에 있던 전기 고타쓰는 지금 그의 집 벽장에 들어가 있다. 다행히 그가 원래 갖고 있던 전기 고타쓰의 코드는 그녀의 것과 다른 타입이었다. 형사가 전기 코드에 주목했다면 그 점을 금방 알아차렸을 것이다.

"그 밖에 형사가 또 뭘 물었나요?"

"그 밖에는……."

그러고서 그녀는 입을 다물어 버렸다.

"여보세요. 하나오카 씨?"

"아, 네."

"왜 그러시죠?"

"아니, 아무것도 아닙니다. 형사가 뭘 물었는지 생각하느라고요. 그 외에는 특별한 게 없었어요. 영화관에 간 사실을 증명할 수 있다면 혐의가 풀릴 거라는 얘기를 했을 뿐이에요."

"그들은 영화관에 집착할 겁니다. 그렇게 되도록 계산해서 계획을 세웠으니 당연한 일입니다. 걱정하실 필요는 없습니다."

"이시가미 씨가 그렇게 말씀해 주시니 안심이 되네요."

야스코의 말에 이시가미는 가슴속에 등불이 켜진 듯한 느낌이 들었다. 하루 종일 팽팽했던 긴장감이 한순간에 풀리는 것 같았다.

그래서인지 그 사람에 대해 물어볼까 하는 생각도 얼핏 들었다. 유가와 벤텐테이에 갔을 때 중간에 들어온 남자 손님 말이다. 오늘 밤에도 그 남자가 야스코를 택시로 바래다주었다는 것을 이시가미는 알고 있었다. 창문으로 그 모습을 지켜보고 있었던 것이다.

"제가 드릴 말씀은 이 정도예요. 이시가미 씨는 하실 말씀이 있으신가요?"

그가 잠시 말이 없자 야스코 쪽에서 먼저 물었다.

"특별한 건 없습니다. 지금까지 하던 대로 자연스럽게 생활하시면 됩니다. 한동안 형사가 이런저런 질문을 하겠지만, 중요한 건 당황하지 않는 겁니다."

"네, 잘 알겠습니다."

"그럼 따님에게도 안부 전해 주시고요. 잘 주무세요."

안녕히 주무세요, 라는 야스코의 인사말을 들으면서 이시가미는 수화기를 내려놓았다. 공중전화기가 전화 카드를 토해 냈다.

구사나기의 보고를 듣고 마미야는 노골적으로 실망의 기색을 드러냈다. 그는 의자에 앉은 채 자신의 어깨를 문지르며 몸을 앞뒤로 흔들었다.

"그럼 그 구도라는 남자가 하나오카 야스코와 재회한 건 역시 사건이 일어난 다음이라 이 말인가? 틀림없어?"

"도시락 가게 사장 부부의 말을 들어 본 바로는 그런 것 같습니다. 그들이 거짓말하는 것 같지는 않았어요. 구도가 처음 가게에 찾아왔을 때 야스코 역시 자신들과 마찬가지로 깜짝 놀라더랍니다. 물론 연기일 가능성도 고려해야겠지만요."

"그 여자, 호스티스 출신이잖아. 연기를 잘할 거야. 일단 그 구도라는 남자를 좀 더 조사해 보지. 사건 직후에 갑자기 나타난 것도 타이밍이 너무 절묘하지 않아?"

"하나오카 야스코의 말로는 구도가 사건에 대해 알았기 때문에 찾아왔다고 하던데요. 그러니까 딱히 우연이라고 말하기는 어려울 것 같습니다."

구사나기 옆에 앉아 있던 기시타니가 조심스럽게 끼어들었다.

"그리고 만일 두 사람이 공범 관계라면 이런 상황에서 만나거나 식사를 할까요?"

"대담한 위장 전술이라고 볼 수도 있지."

구사나기의 의견에 기시타니는 미간을 찌푸렸다.

"그야 그렇지만……."

"구도 본인을 한번 만나 볼까요?"

구사나기가 마미야에게 물었다.

"그것도 좋겠지. 사건에 관여했다면 뭔가 냄새를 피울지도 모르니까 한번 만나 봐."

알겠다고 대답하고 구사나기와 기시타니는 그 자리를 물러났다.

"자네 말이야, 짐작만으로 의견을 내세우면 안 돼. 범인들이 그걸 이용하려는 계획이었을 수도 있어."

구사나기가 후배 형사에게 말했다.

"그게 무슨 말입니까?"

"구도와 하나오카 야스코가 이전부터 깊은 관계였는데 그 사실을 숨겨 왔을지도 모른다는 말이야. 도가시를 죽이는 데에 그걸 이용했을 수도 있다는 얘기지. 둘의 관계를 아무도 모른다면 공범으로서는 안성맞춤일 테니까."

"하지만 만일 그렇다면 지금도 그 관계를 숨겨야 하지 않을까요?"

"반드시 그렇다고만은 할 수 없지. 남녀관계라는 게 언젠가는 드러나게 마련이니 그럴 바에는 이번 기회에 재회한 척하는 게 좋겠다고 생각했을지도 몰라."

기시타니는 석연치 않다는 표정을 한 채 고개를 끄덕였다.

에도가와 경찰서를 나온 구사나기는 기시타니와 함께 자신의 차에 올라탔다.

"감식반에서 그러는데, 흉기로 사용된 물건은 전기 코드일 가능성이 높다고 합니다. 좀 더 자세히 말하자면 표면이 직물로 감싸인 코드랍니다."

기시타니가 안전벨트를 매면서 말했다.

"아, 전열 기구에 흔히 사용하는 것 말이지?"

"네. 면사로 짜인 피복이 코드 표면을 감싸고 있어서 그 결이 교살흔으로 남았던 모양입니다."

"그래?"

"네. 하나오카 씨의 방에 있는 고타쓰를 살펴보았는데, 그런 코드가 아니었습니다. 표면에 고무가 입혀진 것이더군요."

"흠, 그래서?"

"아니, 뭐, 그렇다는 말입니다."

"전열 기구는 고타쓰 외에도 여러 종류가 있어. 그리고 흉기로 사용된 물건이 반드시 범인의 주변에 있던 물건이라고 볼 수도 없고. 사건 현장에 떨어져 있던 전기 코드를 주워서 사용했을지도 모르는 일이야."

"네……."

기시타니가 떨떠름하게 대답했다.

어제 구사나기와 기시타니는 줄곧 하나오카 야스코를 지켜보았다. 주된 목적은 그녀와 공범일 가능성이 있는 인물을 찾는 것이었다.

그래서 그녀가 가게를 나온 후 어떤 남자와 택시를 탔을 때는 가슴을 두근거리며 미행했다. 두 사람이 시오도메에 있는 레스토랑으로 들어가는 것을 확인한 후에도 그들이 나올 때까지 참을성 있게 기다렸다.

식사를 끝낸 두 사람은 다시 택시를 탔다. 도착한 곳은 야스코의 연립 주택. 남자는 내릴 기색을 보이지 않았다. 구사나기는 기시타니에게 야스코를 따라가라고 지시하고 자신은 택시를 뒤쫓았다. 남자는 미행당하고 있다는 사실을 모르는 듯했다.

남자는 오자키의 아파트에 살고 있었다. 구도 구니아키라는 이름까지 확인했다.

사실상 이번 범행은 여자 혼자의 힘으로는 무리일 것이라고 구사나기는 보고 있었다. 만일 하나오카 야스코가 사건에 관여했다면 남자 협력자가 있었을 것이고 어쩌면 그 남자가 주범일지도 모른다는 생각이었다.

구도가 공범자이지 않을까……. 그러나 그토록 기시타니를 질책하면서도 구사나기는 자기의 생각에 자신이 없었다. 심지어 엉뚱한 방향으로 달리고 있다는 느낌마저 들었다.

그보다 지금 구사나기의 머릿속에는 또 하나의 전혀 다른 생각이 자리를 차지하고 있었다. 어제 벤텐테이 근처에서 잠복하던 중에 목격한 뜻하지 않은 인물에 대해서다.

유가와 마나부가 하나오카 야스코의 옆집에 사는 수학 교사와 함께 나타났던 것이다.

10

오후 6시가 조금 지났을 무렵 아파트 지하 주차장에 녹색 벤츠가 들어왔다. 그것이 구도 구니아키의 자동차라는 사실은 낮에 그의 회사에 찾아갔을 때 알아 두었다. 아파트 건너편에 있는 찻집에서 지켜보고 있던 구사나기는 커피 두 잔 값을 꺼내 들고 자리에서 일어섰다. 두 잔째 커피는 한 모금밖에 못 마셨다.

그는 도로를 가로질러 지하 주차장으로 뛰어 들어갔다. 아파트에는 1층과 지하에 각각 입구가 있었다. 양쪽 모두 오토록 시스템으로 되어 있는데 주차장 이용자는 지하 입구를 이용할 것이 분명했다. 구사나기는 가능한 한 구도가 건물 안으로 들어가기 전에 만날 생각이었다. 인터폰으로 이름을 알린 후 집으로 찾아가면 상대에게 생각할 시간을 주게 된다.

다행히 구사나기가 먼저 입구에 도착한 듯했다. 그가 벽을 짚고 숨을 고르고 있는데 양복 차림의 구도가 서류 가방을 품에 안고 나타났다.

구도가 열쇠를 꺼내어 오토 록의 열쇠 구멍에 밀어 넣으려는 순간 구사나기가 등 뒤에서 말을 걸었다.

"구도 씨?"

구도가 움찔하며 등을 쭉 펴더니 뒤를 돌아보았다. 얼굴에 수상쩍다는 기색이 가득 번지고 있었다.

"네, 그런데요?"

그의 시선이 순간적으로 구사나기의 전신을 훑었다.

구사나기는 상의 왼섶을 살짝 열어 경찰수첩을 내보였다.

"갑자기 찾아와서 죄송합니다. 경찰입니다. 잠시 협조를 부탁드립니다."

"경찰이라면…… 형사인가요?"

구도는 목소리를 낮추고 살피는 듯한 눈초리로 구사나기를 봤다.

구사나기가 고개를 끄덕였다.

"그렇습니다. 하나오카 야스코 씨의 일로 여쭤볼 게 있습니다."

구도가 야스코의 이름을 듣고 어떤 반응을 보이는지 구사나기는 주목했다. 놀라거나 의외라는 표정을 지으면 오히려 수상쩍다. 구도가 사건에 대해 알고 있을 터였기 때문이다.

그러나 구도는 얼굴을 찡그렸다가 이내 수긍이 간다는 듯 고개를 끄덕거렸다.

"알겠습니다. 그럼 저희 집으로 가시겠습니까, 아니면 찻집으로라도 갈까요?"

"가능하다면 댁이 좋겠습니다."

"좋습니다. 많이 어수선하겠지만."

그렇게 말하고 구도는 다시 열쇠를 구멍에 꽂았다.

어수선할 거라던 구도의 집은 오히려 살풍경했다. 옷장 말고 다른 가구는 거의 없었다. 소파도 2인용과 1인용이 각각 하나씩 있을 뿐이다. 구도는 구사나기에게 2인용 소파에 앉으라고 권했다.

"차는 뭘 드시겠습니까?"

구도가 양복을 벗으면서 물었다.

"아니, 됐습니다. 금방 끝날 테니까요."

"그렇군요."

그러면서 부엌으로 간 구도는 유리잔 두 개와 우롱차 페트병을 들고 나왔다.

"실례지만 가족은 안 계신가요?"

구사나기가 물었다.

"아내는 작년에 세상을 떠났습니다. 하나 있는 아들은 사정이 있어서 부모님이 돌보고 계시고요."

구도가 담담한 말투로 대답했다.

"네, 그럼 지금은 혼자 사시는군요?"

"그런 셈이지요."

구도는 희미하게 미소를 떠올리며 유리잔 두 개에 우롱차를 따라 하나를 구사나기 앞에 놓았다.

"도가시 씨 사건 때문에 오셨나요?"

그 말에 구사나기가 유리잔으로 뻗으려던 손을 거둬들였다. 상대가 먼저 말을 꺼냈으니 쓸데없이 시간을 낭비할 필요가 없다.

"맞습니다. 하나오카 야스코 씨의 전남편이 살해당한 사건 때문입니다."

"그녀는 관계가 없습니다."

"그런가요?"

"이미 헤어지지 않았습니까. 지금은 아무 관계도 없어요. 죽일 이유가 없지 않겠습니까?"

"네, 저희도 기본적으로는 그렇게 생각하고 있지만……."

"있지만, 뭡니까?"

"세상에는 부부의 종류도 여러 가지라 그런 형식론으로 결론지을 수 없는 일도 많거든요. 헤어졌으니까 다음 날부터는 관계없다, 서로 간섭하지도 않는다, 완전히 타인으로 돌아간다…… 그런 식으로 정리된다면 스토커 같은 것도 존재하지 않겠지요. 하지만 현실은 그렇지 않습니다. 한쪽이 정리하고 싶어도 다른 한쪽이 좀처럼 정리해 주지 않는 경우가 얼마든지 있죠. 심지어 이혼 신고서를 낸 후에도 말입니다."

"그녀는 도가시 씨와 만나지 않은 지 오래됐습니다."

구도의 눈빛에 적의가 스며들기 시작했다.

"사건에 대해 하나오카 씨와 이야기를 나눈 적이 있습니까?"

"물론입니다. 그 일이 마음에 걸려 만나러 갔으니까요."

하나오카 야스코의 진술과 일치한다고 구사나기는 생각했다.

"그 말은 하나오카 씨에게 마음을 쓰고 계셨다는 겁니까, 사건이 일어나기 전부터요?"

구사나기의 말에 구도가 불쾌한 듯 미간을 찌푸렸다.

"마음을 쓰고 있었다는 말이 무슨 뜻인지 잘 모르겠군요. 저를 찾아오실 정도라면 이미 저와 그녀의 관계를 알고 계실 텐데요. 저는 그녀가 전에 일하던 가게의 단골이었습니다. 그녀의 남편과도 우연한 기회에 만난 적이 있고요. 도가시라는 이름도 그때 들었습니다. 그래서 그 사건으로 신문에 도가시 씨의 얼굴 사진이 실린 걸 보고 걱정돼서 찾아갔던 겁니다."

"단골이셨다는 이야기는 들었습니다. 하지만 그것만으로 그 정도까지 관심을 보일 수 있을까요? 구도 씨는 사장이시잖아요. 바쁜 일이 많으실 텐데요."

구사나기는 일부러 빈정거리듯이 말했다. 원래 그는 그런 말투를 좋아하지 않지만, 직업상 그런 식으로 말하는 일이 잦았다.

구사나기의 전략이 효과를 발휘한 모양이었다. 구도의 얼굴색이 단번에 변했다.

"하나오카 야스코 씨에 대해 물어보러 온 것 아닙니까? 그런데 저에 대한 질문만 하시는군요. 혹시 저를 의심하시는 겁니까?"

구사나기는 웃음을 지으며 얼굴 앞에서 손사래를 쳤다.

"그런 건 아닙니다. 기분이 상하셨다면 사과드리겠습니다. 다만 현재 하나오카 씨와 특별히 친하게 지내시는 것 같아 몇 가지 여쭤본 겁니다."

구사나기가 공손하게 말했지만 그를 노려보는 구도의 눈길은 여전했다. 구도는 크게 숨을 들이쉬더니 고개를 한 번 끄덕했다.

"좋습니다. 이런 식으로 사람을 떠보는 건 불쾌하니 확실하게 말씀드리죠. 그녀에게 마음이 있습니다. 연애 감정이 있다 이겁니다. 그래서 사건에 대해 알게 되자 그녀에게 접근할 기회라고 생각하고 만나러 갔습니다. 어떻습니까, 이렇게 얘기하면 납득하시겠습니까?"

구사나기는 쓴웃음을 지었다. 구도의 행동은 연기도 테크닉도 아니었다.

"아, 그렇게까지 흥분하실 건 없습니다."

"이런 얘기를 듣고 싶으셨던 것 아닙니까?"

"저는 하나오카 야스코 씨의 인간관계를 파악하고 싶었을 뿐입니다."

"도대체 경찰이 왜 그녀를 의심하는지, 그걸 모르겠네요."

구도는 고개를 갸우뚱해 보였다.

"도가시 씨는 살해당하기 직전에 그녀를 찾고 있었습니다. 다시 말해 마지막으로 만난 사람이 그녀일 가능성이 높습니다."

이 정도는 구도에게 말해 주어도 괜찮으리라고 구사나기는 판단했다.

"그래서 그녀가 도가시 씨를 죽였다는 말입니까? 경찰의 생각이라는 건 언제나 참 단순하군요."

구도는 코웃음을 치며 어깨를 들썩했다.

"재주가 이것밖에 안 돼서 죄송합니다. 물론 하나오카 씨만을 의심하고 있는 건 아닙니다. 다만 지금 시점에서는 그녀를 용의선상에서 제외할 수 없습니다. 그녀 본인이 아니라도 그녀 주위에 열쇠를 쥔 인물이 있을 가능성도 있으니까요."

"그녀 주위에요?"

구도는 잠시 미간을 찌푸렸다가 알겠다는 듯이 고개를 끄덕였다.

"아하, 그런 거로군요."

"뭐가요?"

"당신들은 그녀가 누군가에게 부탁해 전남편을 죽였다고 생각하고 있군요. 그래서 제게도 온 거고요. 저를 살인 청부

업자 1순위 후보로 보고 말이죠."

"그렇게 단정 짓고 있는 건 아니지만……."

구사나기는 일부러 말꼬리를 흐렸다. 구도 나름으로 생각한 바가 있다면 그 내용을 들어 보는 것도 나쁘지 않겠다 싶었기 때문이다.

"그렇다면 저 말고도 조사해야 할 사람이 많을 텐데요. 그녀에게 반한 손님이 한둘이 아니었거든요. 그 정도 미인이면 당연한 일 아닙니까? 호스티스 시절만의 이야기가 아니에요. 요네자와 부부의 말로는 그녀를 보고 싶어서 도시락을 사러 오는 손님도 있다고 하던데, 그런 사람들도 전부 만나 봐야 하지 않겠습니까?"

"이름과 연락처를 알 수 있다면 당연히 만나러 갈 겁니다. 혹시 아는 분이라도 있습니까?"

"아니요. 모릅니다. 애석하게도 저는 고자질을 별로 좋아하지 않습니다."

구도는 손을 옆으로 저었다.

"그리고 설령 그 사람들을 전부 조사한다 해도 헛수고일 겁니다. 그녀는 그런 일을 부탁할 사람이 아니니까요. 그럴 만한 악녀도 아닐뿐더러 그 정도로 바보도 아닙니다. 하나 더 덧붙이자면, 저 역시 좋아하는 사람이 부탁한다고 해서 사람을 죽일 만큼 어리석은 사람은 아닙니다. 구사나기 씨라고 하셨나요? 일부러 여기까지 찾아오셨는데 애석하게도 별 수확은 없으실 것 같군요."

빠른 말로 거침없이 내뱉은 그는 자리에서 일어섰다. 어서 돌아가 달라는 의미로 보였다.

어쩔 수 없이 구사나기도 자리에서 일어섰다. 그러나 그의 손은 여전히 메모하려는 자세를 취하고 있었다.

"3월 10일에는 평소처럼 회사에 나가셨습니까?"

구도가 허를 찔린 듯이 눈을 동그랗게 떴다. 그리고 다음 순간 그 눈빛이 험상궂은 빛을 띠었다.

"이번에는 알리바이인가요?"

"뭐, 그런 셈입니다."

얼버무릴 필요는 없다고 생각했다. 어차피 구도는 화가 나 있었다.

"잠깐 기다려 봐요."

구도가 서류 가방 속에서 두꺼운 수첩을 꺼냈다. 그것을 한 손에 들고 펄럭펄럭 넘기던 그가 한숨을 내쉬었다.

"아무것도 쓰여 있지 않은 걸 보면 아마 평소와 같았을 겁니다. 여섯 시경에 퇴근했을 거고요. 의심스러우면 직원들에게 물어보시죠."

"퇴근 후에는요?"

"아무것도 안 적혀 있으니 평소와 마찬가지였겠지요. 집에 돌아와 적당히 뭔가를 먹고 잤을 겁니다. 혼자 사는 처지니 증인은 없습니다."

"좀 더 잘 생각해 보시면 안 되겠습니까? 용의자 리스트에서 한 분씩 지워 나가야 해서 말이죠."

그러자 구도는 노골적으로 진절머리 난다는 표정을 내비치며 다시 수첩으로 눈길을 가져갔다.

"아, 그게 10일이군. 그렇다면 그날은……."

그가 혼잣말처럼 중얼거렸다.

"생각나셨습니까?"

"거래처에 갔었습니다. 저녁나절에 가서…… 그렇지, 닭꼬치구이를 얻어먹었어요."

"시간은요?"

"정확히 기억나지는 않지만 아홉 시 정도까지 마시지 않았나 싶습니다. 그러고서 곧바로 귀가했어요. 같이 마신 상대는 이 사람입니다."

구도가 수첩에 끼여 있던 명함을 내밀었다. 디자인 사무실 사람이었다.

"됐습니다. 감사합니다."

구사나기는 인사를 한 후 현관으로 향했다.

그가 구두를 신고 있는데 구도가 "형사님." 하고 불렀다.

"언제까지 그녀를 감시할 겁니까?"

구사나기가 아무 대답 없이 눈길을 거두자 그는 적의를 품은 표정으로 말을 이었다.

"계속 감시해 왔으니 제가 그녀와 같이 있는 걸 본 것 아닙니까. 그래서 저를 따라왔을 테고요."

구사나기는 머리를 긁적거렸다.

"뭐…… 틀린 말씀은 아닙니다."

"말씀해 보세요. 언제까지 그녀를 좇아다닐 작정인지 말입니다."

구사나기는 한숨을 내쉬었다. 그리고 얼굴에서 웃음기를 거둔 후 구도를 바라보았다.

"그야 물론 그럴 필요가 없어질 때까지입니다."

다시 뭔가 말하려는 구도에게서 등을 돌리며 구사나기는 "실례했습니다."라고 인사하고 현관문을 열었다.

아파트를 나선 그는 택시를 잡아탔다.

"데이토 대학으로 가 주세요."

운전사가 알겠다고 대답하고 차를 출발시키자 구사나기는 수첩을 펼쳤다. 그리고 자신이 흘려 쓴 메모를 들여다보며 구도와 나누었던 대화를 되새겨 보았다. 물론 알리바이를 확인할 필요는 있을 것이다. 그러나 그로서는 이미 결론이 나 있었다.

저 남자는 결백하다. 사실을 말하고 있다.

그리고 진심으로 하나오카 야스코에게 빠져 있다. 게다가 그도 말했듯이 하나오카 야스코에게 협력할 사람은 그 외에도 있을 가능성이 크다고 생각했다.

데이토 대학은 정문이 닫혀 있었다. 곳곳에 조명등이 켜져 있어 캄캄하지는 않았지만 밤의 대학은 음침한 공기로 가득한 느낌이었다. 구사나기는 쪽문을 열고 안으로 들어가서 수위실에 방문 목적을 알린 다음 교정으로 들어섰다.

"물리학과 제13연구실의 유가와 조교수를 만나기로 했다." 라고 수위에게 설명했지만 사실 약속한 건 아니었다.

건물 복도는 쥐 죽은 듯 조용했다. 그러나 아무도 없지 않다는 것은 몇 군데 문틈에서 새어 나오는 불빛으로 알 수 있었다. 아마도 몇몇 연구자나 학생이 묵묵히 각자의 연구에 몰두하고 있을 것이다. 그러고 보니 유가와도 종종 연구실에서 잔다는 이야기를 들은 적이 있었다.

유가와를 만나러 가야겠다는 생각은 구도의 집에 가기 전부터 하고 있었다. 방향이 같기도 했지만 확인하고 싶은 게 있었다.

그는 벤텐테이에 왜 간 것일까. 대학 동창인 수학 교사와 동행했다는데 그 사람과 관계있는 일일까. 만일 사건과 관련해 뭔가 낌새를 챘다면 왜 구사나기에게는 알리지 않은 걸까. 아니면 혹시 대학 동창과 옛 이야기를 나누러 갔을 뿐 벤텐테이에 들른 것은 별 의미가 없는 것일까.

그러나 유가와가 아무런 목적도 없이 미해결 사건의 용의자가 일하는 가게에 굳이 찾아갔다고 생각하기는 힘들었다. 여태까지 유가와는 어지간한 일이 아니고서는 구사나기가 담당하는 사건에 개입하지 않으려고 해 왔기 때문이다. 귀찮은 일에 휘말리기 싫어서가 아니라 구사나기의 입장을 존중하려는 것이다.

제13연구실 문에는 행선지 표시판이 붙어 있었다. 대학원생들의 이름과 나란히 유가와의 이름이 보였다. 그런데 그는 '외출'로 되어 있었다. 구사나기는 혀를 찼다. 외출했다가 그 길로 퇴근해 버릴지도 모른다고 생각했기 때문이다.

그래도 일단은 노크를 해 보았다. 표시판에는 대학원생 두 명이 연구실에 있는 것으로 되어 있었다.

네, 하는 굵은 목소리를 듣고 구사나기는 문을 열었다. 낯익은 연구실의 한구석에서 운동복 차림에 안경을 쓴 젊은이가 나타났다. 몇 번인가 본 적 있는 대학원생이다.

"유가와 교수, 퇴근했어요?"

구사나기의 물음에 대학원생은 미안한 듯한 표정을 지었다.

"네, 조금 전에요. 휴대 전화 번호를 알려 드릴까요?"

"아니, 그건 알고 있어요. 그리고 딱히 용건이 있어서가 아니라 근처에 온 김에 들른 거니까 괜찮아요."

"그러시군요."

대학원생이 밝게 웃었다. 구사나기라는 형사가 가끔 와서 노닥거리다 간다는 사실을 유가와에게 들어 알고 있음이 분명했다.

"늦게까지 연구실에 틀어박혀 있을 줄 알았더니만."

"평소에는 그러셨는데, 요 며칠은 일찍 귀가하시던걸요. 특히 오늘은 들를 데가 있다고 하셨어요."

"그래요, 어디를?"

구사나기가 물었다. 혹시 또 그 수학 교사를 만나러 간 건 아닐까 싶었다.

그러나 대학원생의 입에서는 뜻밖의 지명이 흘러나왔다.

"자세한 건 잘 모르겠지만 시노자키 쪽인 것 같았어요."

"시노자키라고요?"

"네. 시노자키역으로 가려면 어떻게 가는 게 제일 빠르냐고 물으셨거든요."

"뭘 하러 간다는 말은 안 했어요?"

"네. 시노자키에는 무슨 일이시냐고 물었더니 별일 아니라고만 하셨어요."

"흠."

구사나기는 대학원생에게 고맙다고 인사하고 연구실을 나왔다. 께름칙한 느낌이 가슴을 메웠다. 유가와가 시노자키역에는 무슨 볼일이 있는 걸까. 말할 것도 없이 시노자키역은 이번 사건에서 중요한 역이다.

학교에서 나온 그는 휴대 전화를 꺼냈다. 그러나 전화번호 목록에서 유가와의 번호를 불러내다 말고 도로 닫아 버렸다. 지금 단계에서는 따지고 드는 것만이 상책이 아니라고 판단했기 때문이다. 유가와가 구사나기에게 아무 의논도 하지 않은 채 사건에 관여하려 하는 것은 그 나름으로 생각이 있어서일 것이다.

그러나.

나 스스로 마음에 걸리는 점을 조사해 보는 정도는 상관없겠지, 라고 그는 생각했다.

추가 시험을 채점하다 말고 이시가미는 한숨을 쉬었다. 학생들의 점수가 너무나 형편없었던 것이다. 통과시켜 줄 요량으로 기말 시험보다 훨씬 쉽게 출제했는데도 제대로 된 해답을 거의 찾아볼 수 없었다. 아무리 낮은 점수를 받아도 학교 측이 결국 진급시켜 줄 것을 아는 학생들이 제대로 시험 준비를 할 리 없다고 그는 생각했다. 실제로 진급하지 못하는 학생은 거의 없었다. 합격점에 미치지 못하는 경우에도 온갖 이유를 갖다 붙여서 끝내는 전원을 진급시키고야 말았다.

그렇다면 애당초 수학 성적을 진급의 조건으로 삼지 말아야 할 것 아닌가. 수학을 정말로 이해할 수 있는 학생은 극소수인 데다 고교 수학 같은 낮은 수준의 해법을 학생 모두에게 암기시켜 봐야 별 의미도 없는데 말이다. 이 세상에 수학이라는 난해한 학문이 있다는 것 정도만 가르치면 그걸로 족하다는 게 그의 주장이었다.

채점을 마치고 시계를 보니 저녁 8시가 되어 가고 있었다.

유도장 문단속을 하고서 이시가미는 학교 정문으로 향했다. 문을 나선 후 횡단보도에서 신호를 기다리는데 남자 하나가 다가왔다.

"지금 퇴근하십니까?"

남자가 살가운 미소를 지었다.

"집에 안 계시기에 이쪽에 계신가 하고 왔습니다."

낯익은 얼굴이었다. 경시청 형사다.

"댁은……"

"기억하실지 모르겠습니다."

상대가 안주머니에 손을 넣으려는 것을 제지하며 이시가미는 고개를 끄덕였다.

"구사나기 씨죠? 기억합니다."

신호가 초록으로 바뀌자 이시가미는 횡단보도로 걸음을 내디뎠다. 구사나기가 그를 뒤따라왔다.

이 형사가 무슨 일로 나타난 걸까. 이시가미는 걸음을 옮기면서 두뇌를 가동하기 시작했다. 이틀 전에는 유가와가 찾아왔었는데, 그것과 관계가 있을까. 수사에 협조를 부탁하려 한다는 말을 유가와에게 들었지만 그건 이미 거절했다.

"유가와 마나부라는 사람, 아시죠?"

구사나기가 물었다.

"압니다. 댁한테 내 얘기를 들었다면서 만나러 왔더군요."

"네, 선생께서 데이토 대학 자연대 출신이라는 말을 듣고 반가운 나머지 그만……. 쓸데없는 얘기를 한 게 아니라면 좋겠습니다만."

"아닙니다. 나도 반가웠습니다."

"그 친구와 무슨 얘기를 나누셨습니까?"

"뭐, 주로 옛날 이야기지요. 처음 만났을 때는 그랬습니다."

"처음 만났을 때요?"

구사나기가 의아한 표정을 지었다.

"그를 몇 번이나 만나셨는데요?"

"두 번입니다. 두 번째는 구사나기 씨의 부탁으로 왔다고 하더군요."

"제 부탁이라고요?"

구사나기의 눈길이 허공을 맴돌았다.

"……무슨 부탁이라고 하던가요?"

"나한테 수사에 협조를 요청할 수 있는지 타진해 달라고……."

"아하, 그 얘기였군요."

구사나기가 이마를 긁적거렸다.

뭔가 잘못됐다는 것을 이시가미는 직감했다. 이 형사는 분명 당황스러워하고 있다. 수사에 협조해 달라고 한 유가와의 얘기에 대해 아는 바가 없는지도 모른다.

구사나기가 어색한 미소를 떠올렸다.

"그와 하도 여러 가지 이야기를 나눠서 어느 걸 말하는지 좀 혼란스럽군요. 그게 저…… 수사에 무슨 협조를 부탁한다고 하던가요?"

형사의 물음에 이시가미는 잠시 궁리해 보았다. 하나오카 야스코의 이름을 입 밖에 내기는 조심스러웠다. 그러나 여기서 우물쭈물해서는 안 된다. 구사나기는 유가와에게 가서 확인할 것이다.

하나오카 야스코의 감시자 역할이라고 이시가미가 말했다. 구사나기는 눈을 활짝 떴다.

"아…… 그거였군요! 아하하. 네, 맞아요. 그 친구한테 그런 말을 한 적이 있죠. 이시가미 씨에게 협조를 부탁하고 싶다는 의미의 말을 한 게 사실입니다. 그 친구가 눈치 빠르게 그 말을 알아듣고 이시가미 선생께 전했군요. 아아, 이제 알겠습니다."

그러나 이시가미에게는 형사의 말이 급히 꾸며 낸 것으로밖에 들리지 않았다. 그렇다면 유가와는 독단적으로 그런 말을 하러 찾아온 것이다. 왜 그랬을까.

이시가미가 걸음을 멈추고 구사나기를 향해 돌아섰다.

"그걸 물어보려고 일부러 여기까지 오신 겁니까?"

"아, 아닙니다. 이건 서론이고, 본론은 따로 있습니다."

구사나기는 웃옷 주머니에서 사진 한 장을 꺼냈다.

"이 사람을 본 적이 있으십니까? 숨어서 몰래 찍은 거라 잘 나오지는 않았습니다만."

이시가미는 사진을 들여다보는 것과 동시에 숨을 헉, 삼켰다.

사진 속의 인물은 지금 이시가미가 그 누구보다 의문을 품고 있는 남자였다. 이름도 신분도 몰랐지만 요즘 야스코와 친밀하게 지내고 있다는 사실만은 알고 있었다.

"어떠세요?"

구사나기가 다시 물었다.

뭐라고 대답하면 좋을까. 모른다고 하면 그걸로 그만이다. 하지만 그래서는 사진 속 남자에 관한 정보도 얻어 낼 수 없다.

"본 적이 있는 것 같기도 합니다."

이시가미는 신중하게 대답했다. 그리고 "뭘 하는 사람입니까?"라고 되물었다.

"어디서 보았는지 잘 생각해 보세요."

"날마다 여러 종류의 사람을 만나는 터라…… 이름이나 직업을 가르쳐 주시면 기억을 더듬기 쉬울 텐데 말이죠."

"구도라는 사람입니다. 인쇄소를 경영하고 있습니다."

"구도 씨라고요?"

"네, 그렇습니다."

이름이 구도였군. 이시가미는 새삼 사진을 들여다보았다. 형사가 이 남자에 대해 조사하려는 것은 물론 하나오카 야스코와의 관계 때문일 것이다. 그렇다면 이 형사는 하나오카 야스코와 구도라는 사람 사이에 특별한 관계가 있다고 여기는 것인가.

"어떠세요, 기억나는 게 있으십니까?"

"흠, 본 적이 있는 것 같기는 한데……."

이시가미는 고개를 갸우뚱했다.

"죄송합니다. 얼른 떠오르지 않네요. 어쩌면 다른 사람과 착각한 건지도 모르겠습니다."

"그렇습니까?"

구사나기는 아쉬워하는 표정을 지으며 사진을 안주머니에 집어넣고 대신 명함을 한 장 꺼냈다.

"혹시 떠오르는 게 있으면 연락해 주시겠습니까?"

"네, 그렇게 하지요. 그런데 그분이 이번 사건과 무슨 관련이라도 있습니까?"

"그건 잘 모릅니다. 아직 조사하는 중이라서요."

"하나오카 씨와 관련된 사람입니까?"

"네, 뭐, 일단은요."

구사나기가 말을 흐렸다. 정보를 함부로 흘리고 싶지 않은 눈치였다.

"그런데…… 유가와 벤텐테이에 가셨었죠?"

이시가미가 형사를 돌아보았다. 의외의 질문이라 순간적으로 대답할 말이 떠오르지 않았다.

"그저께 우연히 봤습니다. 업무 중이라 말을 건넬 수는 없었지만 말입니다."

그제야 이시가미는 형사가 벤텐테이를 감시하고 있었다는 사실을 눈치챘다.

"유가와가 도시락을 사고 싶다고 해서 내가 안내했습니다."

"왜 하필 벤텐테이였죠? 도시락이라면 근처 편의점에서도 얼마든지 살 수 있었을 텐데요."

"글쎄요, 그건 그 친구한테 물어보시죠. 그 친구가 가겠다고 해서 데려간 것뿐이니까요."

"유가와가 하나오카 씨나 사건에 대해서는 아무 말 안 하던가요?"

"말씀드렸잖습니까, 내가 수사에 협조할 수 있는지 타진을……."

구사나기가 고개를 저었다.

"그것 말고 말입니다. 들으셨는지 모르겠지만, 그는 종종 수사에 도움이 되는 충고를 해 줍니다. 물리학자로서도 천재지만 탐정으로서의 능력도 상당하거든요. 그러니 평소처럼 자신이 추리한 내용을 이야기하지 않았을까 기대가 돼서 말이죠."

구사나기의 질문에 이시가미는 가벼운 혼란을 느꼈다. 자주 만나는 사이라면 유가와와 이 형사는 정보를 교환하기도 할 것이다. 그런데 왜 내게 이런 걸 물을까.

"별말 없었습니다."

이시가미로서는 그렇게 말할 수밖에 없었다.

"그렇군요. 알았습니다. 피곤하실 텐데 죄송합니다."

구사나기는 고개를 숙인 뒤 두 사람이 걸어왔던 길을 되돌아갔다. 그 뒷모습을 바라보며 이시가미는 정체 모를 불안감에 사로잡혔다

그것은 완벽하다고 믿었던 수식이 예기치 못한 미지수에 의해 서서히 흐트러져 갈 때의 느낌과 비슷했다.

11

도에이신주쿠선 시노자키역을 나서면서 구사나기는 휴대 전화를 꺼내 들었다. 전화번호 목록에서 유가와 마나부의 번호를 선택한 그는 발신 버튼을 눌렀다. 그리고 전화기를 귀로 가져가며 주위를 둘러보았다. 오후 3시라는 어중간한 시간대치고는 사람이 많았다. 슈퍼마켓 앞에는 늘 그렇듯 자전거가 죽 늘어서 있다.

이윽고 회선이 연결되는 기색이 느껴졌다. 그러나 그는 발신음이 울리기 전에 전화를 끊었다. 시선이 닿는 곳에 상대방이 있었기 때문이다.

서점 앞 가드레일에 걸터앉아 유가와는 소프트 아이스크림을 먹고 있었다. 하얀 바지에 검정 니트 차림. 알이 자그마한 선글라스를 끼었다.

구사나기는 길을 건너 그의 등 뒤로 다가갔다. 유가와는 줄곧 슈퍼마켓 주변을 바라보고 있었다.

"갈릴레오 선생."

놀래 줄 심산으로 불렀는데 유가와의 반응은 의외로 뜨뜻미지근했다. 그는 아이스크림을 핥으면서 슬로모션처럼 느긋한 동작으로 고개를 돌렸다.

"역시 냄새를 잘 맡는군. 형사가 개에 비견되는 이유를 알 것 같아."

유가와가 표정을 거의 바꾸지 않고서 말했다.

"이런 데서 뭘 하고 있는 거야? 아니 아니, 아이스크림을 먹고 있었다느니 하는 대답 말고."

유가와가 피식 웃었다.

"자네야말로 뭘 하고 있느냐고 묻고 싶은 심정이지만 답이 너무 뻔하군. 나를 찾아왔겠지. 아니, 내가 뭘 하는지 살피러 왔다고 할까."

"잘도 아는군. 그럼 솔직히 말해 봐. 뭘 하러 온 거야?"

"자네를 기다렸지."

"나를? 농담하지 말고!"

"나 완전 진지해. 아까 연구실에 전화했더니 대학원생이 자네가 찾아왔었다고 하더군. 자네, 어젯밤에도 나를 찾아왔었다면서? 그래서 여기서 기다리고 있으면 나타날 거라고 예상했어. 내가 시노자키에 갔을 거라는 말을 대학원생이 했다고 하니까."

유가와가 말한 대로였다. 데이토 대학 연구실에 가 보니 그는 어제와 마찬가지로 외출 중이었다. 행선지가 시노자키 아닐까 하고 짐작한 것은 어젯밤 대학원생에게 들은 이야기를 근거로 한 것이었다.

"난 자네가 무슨 목적으로 여기 와 있는지를 묻는 거야."

구사나기가 조금 큰 소리로 말했다. 이 물리학자의 굼뜬 언행에 익숙해질 때도 됐건만 부아가 치미는 걸 참을 수 없었다.

"이봐, 뭘 그렇게 안달하고 그러나. 커피나 한잔하자고. 비록 캔 커피지만 우리 연구실에서 마시는 인스턴트커피보다는 맛있을 거야."

그리고 유가와는 일어서서 남은 아이스크림콘을 쓰레기통에 던졌다.

슈퍼마켓 앞에 있는 자판기에서 캔 커피를 뽑은 그는 하나를 구사나기에게 건넨 후 바로 옆에 있는 자전거에 올라앉아 그것을 마시기 시작했다.

구사나기는 선 채로 캔 커피 뚜껑을 딴 다음 주위를 둘러보았다.

"남의 자전거에 함부로 앉지 마."

"괜찮아. 이 자전거 주인은 당분간 안 나타날 테니까."

"그걸 어떻게 알아?"

"주인이 이걸 여기 두고 지하철역으로 가는 걸 봤거든. 바로 다음 역까지만 간다고 해도 볼일 마치고 돌아오려면 삼십 분은 족히 걸릴 거야."

구사나기는 커피를 한 모금 마시고 나서 두 손 들었다는 표정을 지었다.

"저런 데서 아이스크림을 먹으면서 그런 거나 지켜보고 있었어?"

"인간 관찰이 내 취미거든. 얼마나 재밌는데 그래."

"쓸데없는 이야기 그만하고, 어서 설명해 봐. 왜 이런 데 있는 거야? 이번 살인 사건이랑은 아무 관계도 없다느니, 그런 빤한 거짓말은 하지 말고."

그러자 유가와는 몸을 틀어 자신이 앉아 있는 자전거 뒷바퀴의 흙받기 부근을 보았다.

"요즘은 자전거에 이름을 적는 사람이 거의 없어. 남에게 신원이 알려지면 위험한 일을 당할까 봐 염려해서겠지. 전에는 반드시, 라고 해도 좋을 정도로 꼭 이름을 적어 두었는데 말이야. 시대가 바뀌니 습관도 바뀐 거지."

"자전거가 마음에 걸리는 모양이군. 그러고 보니 지난번에도 그런 말을 했어."

구사나기는 유가와의 말과 행동을 통해 그가 무엇을 의식하고 있는지 알 수 있었다.

유가와가 고개를 끄덕였다.

"자네는 사체 옆에 뒹굴던 자전거가 위장 공작일 가능성은 낮다고 했지?"

"위장 공작으로서는 의미가 없다는 뜻이었어. 자전거에 피해자 지문을 묻혀 둘 요량이었으면 애당초 사체의 지문을 태울 필요가 없잖아. 실제로 자전거의 지문으로 신원이 판명되기도 했고."

"바로 그 점인데 말이지, 만일 자전거에 지문이 없었다면 어땠을까? 경찰이 사체의 신원을 밝혀내지 못했을까?"

유가와의 질문에 구사나기는 10초 정도 침묵했다. 생각해 본 적이 없는 문제였다.

아니, 라고 그는 대답했다.

"결과적으로는 렌털 룸에서 행방을 감춘 남자와 지문이 일치함으로써 신원이 밝혀졌지만, 지문이 없었어도 문제는 없었을 거야. DNA 감정을 했다는 말, 전에도 했지?"

"그래, 들었어. 그러니까 사체의 지문을 태운 사실 자체는 아무런 의미가 없다는 거야. 그런데 만일 범인이 거기까지 이미 계산했다면 어떨까?"

"아무 소용이 없다는 걸 알면서 지문을 태웠다는 거야?"

"물론 범인에게는 소용이 있지. 다만 그건 사체의 신원을 숨기기 위해서가 아니라 옆에 있던 자전거가 위장 공작이 아닌 것처럼 보이기 위한 장치였다고 생각할 수는 없을까?"

의표를 찌르는 의견에 구사나기는 그만 말문이 막히고 말았다.

"실은 그것이야말로 위장 공작이었다는 거야?"

"그래. 뭘 노린 위장인지는 모르겠지만 말이야."

유가와는 걸터앉아 있던 자전거에서 내려섰다.

"피해자 스스로 그 자전거를 타고 현장까지 간 것으로 보이게 하려 했던 것만은 사실일 거야. 그렇다면 왜 그런 위장을 해야 했을까?"

"그건 이미 살해한 사람을 운반했기 때문이겠지. 우리 반장 같은 사람은 그 가설을 내세우고 있어."

"자네는 그 가설에 반대했고. 그렇지? 가장 유력한 용의자인 하나오카 야스코에게 운전면허가 없다는 게 이유였고 말이야."

"공범이 있다면 이야기는 달라지겠지."

"그건 그렇다 치고, 그보다 내가 문제 삼는 건 자전거를 도난당한 시각이야. 오전 열한 시에서 밤 열 시 사이로 판명된 모양인데, 그 말을 듣고 나는 의혹이 일었어. 어떻게 그렇게 단정할 수 있을까 하고."

"그야 자전거 주인이 그렇게 말하는데 어쩌겠어. 간단하잖아."

"바로 그 점인데 말이지,"

유가와가 캔 커피를 쥔 손을 흔들었다.

"어떻게 그렇게 자전거 주인을 쉽게 찾았지?"

"그것도 간단해. 도난 신고를 했거든. 조회만 해 보면 끝나는 일이야."

구사나기의 대답에 유가와는 나지막이 신음했다. 매섭게

242

빛나고 있는 그의 눈빛이 선글라스 너머로도 느껴졌다.

"뭔데? 이번에는 또 뭐가 마음에 안 드는 거야?"

그러자 유가와가 구사나기를 똑바로 바라보았다.

"그 자전거를 어디서 도난당했는지 알아?"

"물론이지. 내가 자전거 주인한테 직접 들었거든."

"그럼 수고스럽겠지만 안내 좀 해 줘. 이 근처지?"

구사나기는 잠시 유가와의 얼굴을 빤히 바라보았다. 거긴 왜? 라고 묻고 싶었다. 그러나 일단 참기로 했다. 유가와의 눈에서 그가 날카롭게 추리할 때면 보이곤 하는 예리한 빛이 보였기 때문이다.

이쪽이야, 라고 말한 뒤 구사나기는 걷기 시작했다. 그리고 얼마 안 가 다다른 곳은 그들이 캔 커피를 마시던 데서 불과 50미터도 안 떨어진 위치였다. 죽 늘어선 자전거 앞에서 구사나기는 걸음을 멈췄다.

"이 보도 가드레일에 체인으로 묶어 두었다고 하더군."

"범인이 체인을 잘랐다는 거야?"

"아마도 그랬겠지."

"체인 커터를 준비해 왔다는 건가……."

그렇게 말하고 유가와는 늘어서 있는 자전거들을 바라보았다.

"이것 좀 봐. 체인이 안 걸려 있는 자전거가 더 많잖아. 그런데 왜 굳이 그런 귀찮은 짓을 했을까?"

"낸들 어떻게 알아. 마음에 드는 자전거에 우연히 체인이 걸려 있었나 보지."

"마음에 들었다……."

유가와가 혼잣말처럼 중얼거렸다.

"그럼 대체 뭐가 마음에 들었을까?"

"하고 싶은 말이 뭐야?"

구사나기가 살짝 짜증을 냈다.

그러자 유가와가 구사나기 쪽으로 돌아섰다.

"자네도 알다시피 나는 어제도 여기에 왔었어. 그리고 오늘과 마찬가지로 이 주변을 관찰했지. 자전거가 하루 종일 있더군. 그것도 꽤 많이. 체인으로 묶어 둔 것이 있는가 하면 마치 도둑맞을 걸 각오한 듯한 자전거도 있었어. 그런데 그중에서 범인은 왜 하필이면 그 자전거를 선택했을까?"

"확실히 범인이 훔친 건 아니야."

"그래, 그럼 피해자 자신이 훔쳤다고 생각해도 좋아. 어느 쪽이든, 왜 그 자전거였냐 이거야."

구사나기가 고개를 저었다.

"자네가 하고 싶은 말이 뭔지 모르겠어. 도난당한 건 별 특별할 것도 없는 그저 평범한 자전거야. 적당히 선택한 게 우연히 그 자전거였겠지."

"아니야, 그건."

유가와는 검지를 세워 좌우로 흔들었다.

"내 추리를 말해 볼까? 아마도 그 자전거는 새것, 또는 새 것에 가까웠을 거야. 어때, 아닌가?"

구사나기는 허를 찔린 기분이었다. 자전거 주인과 나눴던 대화가 떠올랐다.

"맞아, 지난달에 샀다고 했어."

그러자 유가와가 고개를 끄덕였다.

"그럴 거야. 그렇기 때문에 체인을 묶어 두었고, 자전거가 없어지자 재빨리 경찰서로 달려가 신고를 했겠지. 범인은 바로 그런 자전거를 노린 거야. 그래서 체인을 묶어 두지 않은 자전거가 얼마든지 있다는 걸 알면서도 굳이 체인 커터를 준비해 온 거야."

"일부러 새것을 노렸다고?"

"그래."

"무엇 때문에?"

"범인이 노린 건 단 하나야. 자전거 주인으로 하여금 어떻게 든 경찰서로 달려가게 만드는 것. 그렇게 되면 범인에게 뭔가 유리한 점이 있었을 거야. 좀 더 구체적으로 말하자면 경찰 수사를 잘못된 방향으로 이끌어 가는 효과가 있다는 거지."

"자전거를 도난당한 시각이 오전 열한 시에서 밤 열 시 사이로 되어 있는데 그게 잘못됐다는 거야? 하지만 자전거 주인이 뭐라고 증언할지 범인으로서는 알 수 없는 것 아닌가?"

"시간에 대해서야 그렇지. 그러나 자전거 주인이 틀림없이 증언할 것으로 예상되는 사실이 있어. 도난당한 장소가 시노자키역이라는 것."

그 순간 구사나기가 숨을 헉 삼키며 물리학자의 얼굴을 보았다.

"우리 경찰의 눈을 시노자키역으로 향하게 하기 위한 위장이라는 거야?"

"그런 식으로 생각해 볼 수도 있다는 거지."

"시노자키역 주변에서 탐문 수사를 벌이는 데 경찰 인력과 시간을 많이 투입한 건 사실이야. 자네의 추리가 옳다면 그게 모두 헛일이라는 얘기군."

"헛일은 아닐 거야. 이곳에서 자전거를 도난당한 건 사실이니까. 하지만 거기서 뭔가를 건질 수 있을 만큼 이 사건이 단순하지 않아. 더 교묘하고 치밀하게 짜여 있어."

그렇게 말한 후 유가와는 돌아서서 걷기 시작했다.

구사나기가 다급히 그를 뒤쫓았다.

"어디 가는 거야?"

"돌아가야지. 당연하잖아."

"잠깐 기다려 봐."

구사나기가 유가와의 어깨를 잡았다.

"중요한 걸 묻지 않았어. 자네가 이 사건에 관심을 갖는 진짜 이유가 뭐야?"

"왜, 나는 관심을 가지면 안 되나?"

"딴소리하지 마."

그러자 유가와가 구사나기의 손을 어깨에서 떨쳐 냈다.

"내가 피의자야?"

"피의자냐고? 그럴 리가 있겠어?"

"그렇다면 뭘 하든 내 맘이잖아. 자네들을 방해할 생각은 없어."

"그렇다면 나도 할 말이 있는데, 하나오카 야스코의 이웃에 사는 수학 선생에게 내 이름을 들먹이면서 거짓말을 했다지? 내가 수사에 협조해 달라고 부탁했다고 말이야. 왜 그랬는지 물어볼 권리 정도는 내게도 있다고 생각하는데."

그러자 유가와는 구사나기의 얼굴을 뚫어져라 보았다. 그 표정에 평소에는 좀처럼 보이지 않던 냉철함이 깃들어 있었다.

"그를 찾아갔었어?"

"찾아갔지. 자네가 아무것도 얘기해 주지 않으니까."

"그가 뭐라고 했지?"

"잠깐. 먼저 물어본 건 나야. 그 수학 선생이 사건에 관련되었다고 생각하는 거야?"

그러나 유가와는 대답하지 않은 채 눈길을 돌렸다. 그리고 다시 역을 향해 걸음을 떼었다.

"이봐, 기다려!"

구사나기의 다급한 부름에 유가와가 걸음을 멈추고 뒤를 돌아보았다.

"말해 두겠는데, 이번 건에 대해서는 전면적으로 협조하지 않을 거야. 나는 개인적인 이유로 사건을 추적하고 있어. 그러니 나한테 기대하지 말아."

"그렇게 나온다면 나도 더는 정보를 제공해 줄 수 없어."

그 말에 유가와는 시선을 떨어뜨리더니 잠시 후 고개를 끄덕였다.

"그럼 어쩔 수 없지, 뭐. 이번에는 각자 행동해야지."

그리고 그는 다시 걸어갔다. 그의 등이 뿜어내는 강렬한 의지에 구사나기는 그 이상 말을 붙일 수 없었다.

담배를 한 대 피운 후 구사나기는 역으로 향했다. 잠시 시간을 지체한 건 유가와와 같은 전철을 타지 않는 게 좋을 것 같다는 판단에서였다. 자세히는 모르겠지만 이번 사건에는 유가와의 개인적인 문제가 관련되어 있는 듯하고 그는 그것을 혼자서 해결하려 한다. 그의 뜻을 방해하고 싶지 않았다.

흔들리는 지하철 안에서 구사나기는 생각해 보았다. 유가와가 고민하는 것이 무엇일까.

아마도 그 수학 선생일 것이다. 이시가미라고 했던가. 구사나기와 그의 동료들은 지금까지 한 번도 그를 수사 선상에 떠올린 적이 없다. 이시가미는 그저 하나오카 야스코의 이웃일 뿐이었다. 그런데 유가와는 어째서 그에게 그토록 신경을 쓰는 것일까.

구사나기의 뇌리에 도시락 가게에서 보았던 광경이 되살아났다. 저녁 무렵, 유가와가 이시가미와 함께 나타났다. 이시가미의 말에 따르면 유가와가 벤텐테이에 가고 싶어 했다고 한다.

유가와는 의미 없는 짓을 할 인간이 아니다. 이시가미와 함께 그 가게에 간 데에는 분명 뭔가 목적이 있었을 것이다. 그게 대체 무엇일까.

그러고 보니 그날 구도 역시 그곳에 나타났었다. 유가와가 거기까지 예상한 것은 아닌 듯하다.

구사나기의 머릿속에 구도와 주고받은 이야기들이 떠올랐다. 물론 그 이야기 속에도 이시가미의 이름은 등장하지 않았다. 아니, 그 누구의 이름도 등장하지 않았다. 구도는 분명히 이렇게 말했었다. 자신은 고자질을 별로 좋아하지 않는다고.

그 순간 구사나기의 머릿속에 무언가가 걸려들었다. 고자질을 별로 좋아하지 않는다……

무슨 얘기를 하다가 그 말이 나왔지?

'그녀를 보고 싶어서 도시락을 사러 오는 손님도 있다고 하던데요.'

화를 억누르며 그렇게 말하던 구도의 얼굴이 떠올랐다.

구사나기는 숨을 크게 들이마시며 등을 똑바로 폈다. 맞은편에 앉은 젊은 여성이 불쾌하다는 듯 그를 흘깃 보았다.

구사나기는 지하철 노선도를 올려다보았다. 하마마치역에서 내려야겠다고 생각했다.

운전대를 잡아 보는 건 오랜만이지만 30분 정도 지나자 익숙해졌다. 다만 목적지에 닿은 후 주차하는 데 시간이 좀 걸렸다. 어디에 세워도 다른 차들을 방해할 것 같은 느낌이었다. 다행히 아무렇게나 세워 놓은 경트럭 하나를 발견하고 그 뒤에 주차하기로 했다.

렌터카를 빌리는 것은 이번이 두 번째였다. 대학에서 조교로 지내던 시절 학생들을 데리고 발전소 견학을 가게 됐을 때 현지에서 이동하는 데 필요할 것 같아 부득이 빌린 적이 있었다. 그때는 7인승 왜건이었는데 오늘은 소형 국산 차다. 그래서 운전하기도 한결 수월했다.

이시가미는 비스듬히 오른쪽에 있는 작은 빌딩으로 눈을 돌렸다. '유한 회사 히카리 그래픽'이라는 간판이 붙어 있다. 구도 구니아키의 회사다.

이 회사를 알아내는 건 그리 어렵지 않았다. 구사나기 형사에게 구도라는 성과 인쇄 회사를 경영한다는 얘기를 들은 게 단서가 되었다. 이시가미는 인터넷에서 인쇄 회사 리스트가 실려 있는 사이트를 찾은 후 도쿄에 있는 회사들을 하나하나 뒤졌다. 대표의 성이 구도인 회사는 '히카리 그래픽' 하나뿐이었다.

오늘 이시가미는 수업이 끝나자 곧장 렌터카 회사로 가서 예약해 둔 차를 찾아 이곳으로 왔다.

렌터카를 빌리는 일에는 물론 위험이 따른다. 여러 가지로 증거가 남기 때문이다. 그러나 그는 숙고를 거듭한 끝에 행동에 나서기로 했다.

차에 있는 디지털시계가 오후 5시 50분을 가리켰을 때 빌딩 정면 현관에서 몇 명의 남녀가 나왔다. 그중에서 구도 구니아키의 모습을 확인한 이시가미는 바짝 긴장했다.

그는 조수석에 놓아둔 디지털 카메라로 손을 뻗었다. 전원을 켠 후 파인더를 들여다보며 구도에게 초점을 맞추고 줌인 했다.

구도는 여전히 세련된 차림이었다. 이시가미는 어디 가면 저런 옷을 살 수 있는지도 몰랐다. 야스코가 이런 스타일의 남자를 좋아하나 보다고 새삼 생각했다. 야스코뿐 아니라 세상 대부분의 여자가 자신과 구도 중 한쪽을 선택하라면 서슴

없이 구도를 선택할 것이다.

질투심에 사로잡힌 채 그는 셔터를 눌렀다. 플래시는 터지지 않도록 설정해 두었다. 그래도 액정 화면에는 구도의 모습이 선명하게 나타났다.

그렇게 몇 장 찍은 후 이시가미는 빌딩 뒤편으로 돌아갔다. 그쪽에 주차장이 있다는 건 미리 확인해 두었다. 이시가미는 구도의 차가 나오기를 기다렸다.

이윽고 녹색 벤츠가 미끄러져 나왔다. 운전석에 구도가 앉아 있는 것을 보고 이시가미는 서둘러 시동을 걸었다.

벤츠의 꽁무니를 바라보면서 그는 차를 달렸다. 운전도 익숙지 않은 마당에 미행까지 한다는 건 쉬운 일이 아니었다. 금세라도 다른 차들이 끼어들어 구도를 놓칠 것만 같았다. 특히 신호가 바뀔 때가 힘들었다. 그러나 다행히 구도는 운전을 얌전히 했다. 속도를 내려고 하지도 않을뿐더러 신호가 노랑으로만 바뀌어도 곧바로 정지했다.

오히려 너무 가까이 다가가서 들키는 게 아닌지 불안할 정도였다. 그래도 미행을 그만둘 수는 없었다. 최악의 경우 상대에게 들키는 사태도 각오하고 있었다.

이시가미는 때때로 내비게이션에 눈길을 주었다. 구도의 벤츠는 시나가와 쪽으로 향하는 것 같았다.

시간이 흐르면서 차량이 늘어나자 미행이 점점 힘들어졌

다. 잠깐 한눈을 파는 사이에 트럭이 끼어드는 바람에 벤츠가 전혀 보이지 않게 됐다. 차선을 바꿀까 말까 망설이는데 신호가 바뀌어 빨간불이 들어왔다. 트럭이 정지선에 섰다. 그렇다면 벤츠는 앞서 달려가 버렸다는 얘기다.

오늘은 여기까지인가. 이시가미는 혀를 끌끌 찼다.

그런데 신호가 초록으로 바뀌고 다시 달리기 시작한 지 얼마 안 되어 다음 신호 앞에 우회전 깜빡이를 켠 채 서 있는 벤츠가 눈에 들어왔다. 분명히 구도의 차였다.

도로 오른편에는 호텔이 있었다. 구도는 거기로 들어갈 심산인 듯했다.

이시가미는 주저 없이 벤츠 뒤에 붙었다. 의심을 살 수도 있겠지만, 그렇다고 여기까지 따라와서 물러설 수는 없는 노릇이었다.

우회전 신호가 켜지자 벤츠가 움직이기 시작했다. 이시가미는 그 뒤에 따라붙었다. 호텔 정문을 들어서자 왼편에 지하 주차장으로 이어지는 경사로가 나왔다. 벤츠를 뒤따라 이시가미도 그곳으로 들어갔다.

주차권을 뽑을 때 구도가 살짝 뒤를 돌아보았다. 이시가미는 목을 움츠렸다. 구도가 눈치를 챘는지 못 챘는지는 알 수 없었다.

주차장에는 빈자리가 많았다. 벤츠가 호텔 입구 가까운 쪽에 정차했다. 이시가미는 거기서 좀 떨어진 곳에 차를 세웠다. 그리고 시동을 끄자마자 카메라를 집어 들었다.

이윽고 구도가 벤츠에서 내렸다. 이시가미는 일단 셔터를 눌렀다. 구도가 이시가미 쪽에 신경을 쓰는 것 같았다. 역시 수상쩍게 생각하는 것일까. 이시가미는 머리를 좀 더 숙였다. 그러나 구도는 그대로 호텔 입구 쪽으로 향했다. 그의 모습이 사라진 것을 확인한 후 이시가미는 차를 출발시켰다.

'우선은 두 장이면 돼.'

주차장에 머문 시간이 짧아서인지 입구를 빠져나오는데 요금을 받지 않았다. 이시가미는 천천히 핸들을 돌리며 좁은 경사로를 올라갔다.

이 두 장의 사진에는 어떤 문장이 어울릴까. 그가 머릿속으로 구성해 본 문장은 다음과 같았다.

'당신이 자주 만나는 남자의 정체를 알아냈다. 내가 사진을 찍었다는 사실 자체가 그것을 증명할 것이다.

당신에게 묻고 싶다. 이 남자와는 어떤 관계인가?

만일 그와 연애를 하고 있다면 그건 말할 것도 없이 나에 대한 배신행위다.

내가 당신을 위해 무슨 짓을 했는지 생각해 보라.

나는 당신에게 명령할 권리가 있다. 즉시 이 남자와 헤어지기 바란다.

그러지 않으면 내 분노는 이 남자에게 향할 것이다.

이 남자를 도가시와 똑같은 운명으로 몰아넣는 것은 지금의 내게는 지극히 쉬운 일이다. 나는 이미 각오했고 방법도 생각해 두었다.

거듭 말하지만, 만일 이 남자와 남녀 관계라면 나는 그런 배신행위를 절대 용서할 수 없다. 기필코 보복할 것이다.'

이시가미는 머릿속으로 구성한 문장을 입속으로 중얼거리면서 충분히 위협적인지 음미해 보았다.

신호가 바뀌어 호텔 정문을 빠져나오려고 했을 때였다.

하나오카 야스코가 호텔 정문으로 들어서고 있었다.

이시가미는 저도 모르게 눈을 부릅떴다.

12

야스코가 라운지로 들어서자 안쪽에서 누군가 손을 들었다. 짙은 녹색 재킷을 입은 구도였다. 라운지는 자리의 3분의 1 정도가 차 있었다. 손님 중에는 커플도 있었지만 대부분은 업무 관계로 이야기를 나누는 비즈니스맨들이었다.

"갑자기 불러내서 미안해."

구도가 웃음 띤 얼굴로 말했다.

"우선 뭐 좀 마시지."

종업원이 다가오자 야스코는 밀크티를 주문했다.

"무슨 일 있어요?"

"아니, 별일은 아니고."

구도가 커피 잔을 들었다. 그러나 그는 잔을 입에 대기 전에 본론을 꺼냈다.

"어제 형사가 찾아왔었어."

야스코가 눈을 크게 떴다.

"역시……."

"야스코가 나에 대해 형사에게 말했어?"

"미안해요. 구도 씨와 지난번에 식사하고 난 후에 형사가 찾아와서 누구랑 어디 있었는지 집요하게 물었어요. 입 다물고 있으면 도리어 이상하게 생각할 것 같아서……."

구도가 손을 내저었다.

"사과할 것 없어. 따지려는 게 아니야. 앞으로도 당당하게 만나려면 형사들이 우리 관계를 알 필요도 있고 하니 오히려 잘된 일이지."

"그런가요?"

야스코는 눈을 살짝 치뜨며 구도를 바라보았다.

"그럼. 그래도 당분간은 의심스러운 눈으로 우릴 보겠지만 말이야. 여기로 오는 도중에도 미행을 당했어."

"미행을요?"

"처음에는 눈치채지 못했는데, 운전하는 도중에 알았어. 차한 대가 줄곧 뒤따라오기에 과민한 탓이겠거니 했는데 이 호텔 주차장까지 따라 들어오는 거야."

아무 일도 아니라는 투로 말하는 구도의 얼굴을 야스코는 뚫어져라 바라보았다.

"그래서요, 그다음은요?"

"몰라."

그는 어깨를 으쓱했다.

"멀어서 상대의 얼굴도 제대로 못 본 데다 어느새 사라지고 없더라고. 야스코가 오기 전까지 주위를 열심히 살펴보았지만 그럴 만한 사람은 없는 것 같았어. 물론 안 보이는 곳에서 우리를 감시하고 있을지도 모르겠지만."

야스코는 고개를 좌우로 돌려 주변에 있는 사람들을 보았다. 수상쩍어 보이는 사람은 눈에 들어오지 않았다.

"구도 씨를 의심하고 있나 보군요."

"야스코가 도가시를 살해한 주모자고 내가 그 공범이라는 시나리오인 모양이야. 어제 온 형사는 노골적으로 알리바이를 캐묻고 갔어."

이야기를 나누는 사이 밀크티가 나왔다. 종업원이 차를 내려놓는 동안 야스코는 다시 주위로 시선을 돌렸다.

"만일 지금도 감시하고 있다면 이렇게 저와 만나는 걸 보고 더욱더 의심하지 않을까요?"

"상관없어. 방금도 말했듯이 나는 당당하고 싶어. 몰래 숨어서 만나는 편이 오히려 더 이상하지. 애당초 우리는 사람들 눈을 신경 쓸 사이가 아니잖아."

구도는 자신의 대담함을 보여 주려는 듯 느긋하게 소파에 기대어 커피 잔을 기울였다.

야스코도 잔을 손에 들었다.

"그렇게 말씀해 주셔서 고맙지만, 구도 씨에게 폐를 끼치는 것 같아 미안하기 짝이 없어요. 역시 당분간은 만나지 않는 게 좋지 않을까 싶어요."

"야스코가 그렇게 말할 줄 알았어."

구도가 커피 잔을 내려놓더니 야스코 쪽으로 몸을 기울였다.

"그래서 오늘 이렇게 만나자고 한 거야. 형사가 나를 찾아왔다는 사실이 언젠가는 야스코의 귀에도 들어갈 텐데, 그러면 야스코가 지나치게 신경을 쓸까 봐서 말이지. 분명히 말해 두겠는데, 내 걱정은 안 해도 돼. 내 알리바이를 물었다고는 하지만 다행히 그걸 증명해 줄 만한 사람이 있었어. 조만간 형사들도 내게 흥미를 잃을 거야."

"그럼 다행이지만……."

"그보다는 야스코가 걱정이야. 내가 공범이 아니라는 사실은 곧 밝혀지겠지만 야스코에 대해서는 형사들이 쉽게 의혹을 거두지 않을 거야. 앞으로도 얼마나 귀찮게 할까 생각하면 우울해질 정도야."

"그건 어쩔 수 없는 일이죠. 도가시가 나를 찾고 있었던 건 사실인 모양이니까요."

"그 사내는 도대체 무슨 생각으로 이제 와서 야스코를 찾아다닌 건가? 죽어서까지 야스코를 괴롭히고 말이야."

구도가 불쾌한 표정을 지었다. 그리고 다음 순간 그는 물끄러미 야스코를 바라보았다.

"야스코는 정말로 사건과 아무 관련이 없는 거지? 이건 야스코를 의심해서가 아니라, 혹시 조금이라도 관련이 있다면 내게만은 알려 줬으면 해서야."

야스코는 구도의 단정한 얼굴을 마주 보았다. 그가 갑자기 만나자고 한 진짜 이유는 이것이구나 싶었다. 그녀에게 전혀 의심을 품지 않은 것은 아니었던 것이다.

야스코는 미소를 지었다.

"걱정 말아요. 나랑은 상관없는 일이에요."

"그래, 그럴 줄은 알고 있었지만 야스코 입으로 확실히 말해 주니 안심이 되는군."

구도는 고개를 끄덕이고 나서 손목시계를 보았다.

"여기까지 왔는데 식사하고 가면 어떻겠어? 맛있는 꼬치구이 집을 아는데."

"미안해요. 오늘은 미사토에게 아무 말도 안 하고 왔거든요."

"그래? 그렇다면 억지로 권할 수 없겠군."

구도가 계산서를 들고 자리에서 일어섰다.

그가 계산하는 동안 야스코는 다시 한 번 주위를 둘러보았다. 형사처럼 보이는 사람은 찾을 수 없었다.

구도에게는 미안하지만, 그에게 공범 혐의를 두는 동안은 별일 없을 것이라고 생각했다. 그 말은 즉 경찰이 진상과는 거리가 먼 곳에서 헤매고 있다는 뜻이기 때문이다.

그렇다고는 해도 구도와의 관계를 이대로 진전시켜도 좋을지 야스코는 망설여졌다. 물론 더 친밀해지고 싶은 마음이 있는 건 사실이었다. 그러나 그렇게 될 경우 뭔가 큰 파탄을 불러일으키지 않을까 싶어 불안했다. 이시가미의 표정 없는 얼굴이 떠올랐다.

"바래다줄게."

계산을 마친 구도가 말했다.

"오늘은 됐어요. 전철 타고 갈게요."

"바래다준다니까 그러네."

"정말 괜찮아요. 마트에도 잠깐 들러야 하고요."

"흠……."

마땅치는 않은 모양이었지만 구도는 결국 웃음을 지어 보였다.

"알았어. 그럼 오늘은 여기서 헤어지지. 전화할게."

"네, 차 잘 마셨어요."

인사를 나눈 후 야스코는 발길을 돌렸다.

시나가와역 쪽으로 나 있는 횡단보도를 건너는데 휴대 전화가 울렸다. 그녀는 걸어가면서 핸드백을 열었다. 발신자는 사요코였다.

"여보세요."

"아, 야스코. 나 사요코인데, 지금 통화할 수 있어?"

목소리에 묘한 긴박감이 있었다.

"괜찮긴 한데…… 무슨 일 있어요?"

"아까 야스코가 퇴근한 후에 형사가 왔었어. 그런데 뜬금없는 걸 묻기에 야스코에게 알려 줘야 할 것 같아서."

휴대 전화를 쥔 채 야스코는 눈을 감았다. 또 형사다. 그들이 거미줄처럼 그녀의 주위를 휘감아 오고 있다.

"뜬금없는 거라니, 그게 뭔데요?"

야스코가 불안감을 느끼며 물었다.

"그게…… 그 사람 말이야, 그 고등학교 선생. 이시가미라고 했던가?"

사요코의 말에 야스코는 하마터면 휴대 전화를 떨어뜨릴 뻔했다.

"그 사람이 왜요?"

목소리가 떨렸다.

"형사 말이. 야스코를 보려고 도시락을 사러 오는 사람이 있다던데 그게 누구냐는 거야. 아무래도 구도 씨에게 들은 것 같아."

"구도 씨에게요?"

어떻게 그와 연관이 되는지 짐작조차 할 수 없었다.

"내가 전에 구도 씨한테 말한 적이 있거든. 야스코를 보고 싶어서 매일 아침 드나드는 손님이 있다고 말이야. 구도 씨가 그 얘기를 형사에게 한 모양이야."

그런 거였어? 야스코는 마음이 놓였다. 구도를 찾아갔던 형사가 그 사실을 확인하려고 벤텐테이에 들른 것이다.

"그래서 뭐라고 했는데요?"

"숨기는 것도 이상할 것 같아서 솔직히 대답했어. 야스코 씨 옆집에 사는 학교 선생이라고. 그렇지만 야스코를 보러 온다는 건 우리가 멋대로 한 말일 뿐 사실인지는 알 수 없다고 못을 박았지."

입안이 말라 가는 느낌이었다. 경찰이 마침내 이시가미를 주목하기 시작한 것이다. 그 근거가 단지 구도의 말 때문이었을까, 아니면 뭔가 다른 이유가 있어서 그에게 눈을 돌린 것일까.

"여보세요, 야스코?"

야스코가 말이 없자 사요코가 그녀를 불렀다.

"아, 네."

"그렇게 말한 거 괜찮아? 내가 쓸데없는 말이라도 한 건 가?"

궁지에 몰리는 한이 있어도 쓸데없는 말이라고 할 수는 없었다.

"아니에요, 별문제 없을 거예요. 그 선생과는 관계없는 일이니까요."

"그렇지? 그래도 일단은 야스코가 알아야 할 것 같아서."

"알았어요. 알려 줘서 고마워요."

그러고서 전화를 끊었다. 속이 메슥거렸다. 토할 것 같은 느낌이었다.

그런 느낌은 집에 돌아올 때까지 계속되었다. 도중에 마트에 들렀지만 자신이 뭘 사고 있는지조차 알 수 없었다.

옆집 현관문이 열렸다 닫히는 소리가 났을 때 이시가미는 컴퓨터 앞에 앉아 있었다. 화면에 사진 석 장이 떠 있었다. 구도를 찍은 사진 두 장과 야스코가 호텔에 들어가는 모습을 찍은 사진 한 장이다. 될 수 있으면 두 사람이 함께 있는 장면을 찍고 싶었지만, 구도에게 발각될 것 같기도 했고 만일 야스코가 눈치채기라도 하면 일이 귀찮아질 것 같아 자제하기로 했다.

이시가미는 최악의 경우를 염두에 두고 있었다. 그때는 이런 사진이 한몫하겠지만, 그런 일은 어떻게든 피하고 싶었다.

이시가미는 탁상시계를 힐끔 보고서 자리에서 일어났다. 저녁 8시가 되어 가고 있었다. 오늘은 야스코와 구도가 그리 길게 만난 것 같지 않다. 그 사실에 자신이 안도하고 있다는 것을 그는 깨달았다.

전화 카드를 주머니에 넣고 집을 나섰다. 평소처럼 밤길을 걸었다. 자신을 지켜보는 눈이 없는지 신중하게 확인했다.

구사나기라는 형사가 찾아왔던 일이 떠올랐다. 그의 용건은 실로 기묘했다. 하나오카 야스코에 관해 질문했지만 실제 목적은 유가와 마나부라는 느낌이 들었다. 그들은 대체 무슨 얘기를 주고받을까. 자신이 의심받고 있는지 어떤지 판단이 서지 않아 이시가미는 다음 단계로 넘어가기 어려운 상태였다.

평소에 하던 대로 야스코의 휴대 전화 번호를 눌렀다. 세 번 호출음이 들리고 그녀가 전화를 받았다.

"접니다. 지금 통화 괜찮은가요?"

"네."

"오늘은 별일 없었습니까?"

구도를 만나 무슨 이야기를 나누었는지 묻고 싶었지만 입
이 떨어지지 않았다. 두 사람의 만남을 자신이 알고 있다는
사실 자체가 부자연스럽기 때문이다.

"아, 네. 실은……."

거기까지 말하고 그녀는 잠시 주저하더니 입을 다물어 버
렸다.

"뭡니까, 무슨 일이 있었나요?"

구도에게서 무슨 이상한 말이라도 들은 걸까 하고 이시가
미는 생각했다.

"가게에, 벤텐테이에 형사가 왔었대요. 그런데 저…… 선
생님에 대해서 물었다고 해요."

"저에 대해서요, 뭘요?"

이시가미는 침을 꿀꺽 삼켰다.

"그게, 이해하기 힘드실지 모르겠지만 실은 저희 가게 주인
이 예전부터 이시가미 씨에 대해 한 얘기가 있는데요……
저, 이시가미 씨가 화를 내실지 모르겠지만……."

이시가미는 답답한 나머지 부아가 치밀었다. 이 여자도 수
학에 약할 거라고 생각했다.

"화내지 않을 테니 단도직입적으로 말씀해 보세요, 무슨 얘
기를 했는지."

보나 마나 외모를 흉보는 말을 했을 것이다.

"그게…… 저는 그렇지 않다고 했지만, 가게 주인은 선생님이 저를 보고 싶어서 도시락을 사러 오는 거라고, 그렇게 말을……."

"네에?"

이시가미는 머릿속이 하얘지는 느낌이었다.

"죄송해요. 재미 삼아 농담으로 한 말이니 기분 나빠하지 마세요. 진심으로 그렇게 생각하는 건 아닐 테니까요."

야스코는 나름 변명하려 했지만 그 말의 절반도 그의 귀에 들어오지 않았다.

제3자에게 그렇게 보였단 말인가.

오해가 아니었다. 사실 그는 야스코의 얼굴을 보고 싶어서 매일 아침 도시락을 사러 간다. 그런 자신의 마음이 그녀에게 전해지기를 기대하지 않았다면 거짓말이다. 그러나 다른 사람에게까지 그렇게 보였다고 생각하니 온몸이 화끈거렸다. 자신처럼 못생긴 남자가 그녀처럼 아름다운 여자를 좋아해서 애태우는 모습을 보고 얼마나들 비웃었을까.

"저, 화나셨어요?"

그녀가 물었다.

이시가미가 당황스러워하며 헛기침을 했다.

"아, 아니요. 그래서, 형사가 뭘 물었답니까?"

"그러니까, 어디서 그 소문을 듣고 와서는 그 손님이 누구냐고 물었나 봐요. 가게 주인은 선생님 이름을 댔고요."

"그랬군요. 형사는 누구에게 그런 소문을 들었답니까?"

여전히 몸에서 열기가 가시지 않은 상태로 이시가미가 다시 물었다.

"그건…… 잘 모르겠어요."

"형사가 물어본 건 그것뿐이랍니까?"

"그런 것 같아요."

수화기를 쥔 채 이시가미는 고개를 끄덕였다. 낭패감에 사로잡혀 있을 때가 아니었다. 어떤 경위로 그 말을 들었는지는 모르지만, 형사가 그를 향해 의심의 화살을 돌리고 있는 것만은 분명한 사실이었다. 그렇다면 대응책을 세워야 한다.

"지금 거기 따님 있습니까?"

"미사토 말인가요? 네, 있어요."

"잠깐 바꿔 주세요."

"아, 네."

이시가미는 눈을 감았다. 구사나기를 비롯한 형사들이 지금 무슨 일을 꾸미고 있는지, 다음에는 어떻게 나올 것인지 정신을 집중해서 생각해 보았다. 그러다 유가와 마나부의 얼굴이 떠오르는 순간 그는 동요하고 말았다. 그 물리학자는 무슨 생각을 하고 있을 것인가.

네, 하는 소녀의 목소리가 들려왔다.

"아, 미사토 양. 나 이시가미야."

"네."

"12일에 같이 영화 얘기를 한 친구가 미카 짱이랬지?"

"네. 형사에게도 그렇게 말했어요."

"그래, 그건 지난번에 들었어. 그런데 또 한 친구 있잖아, 하루카 짱이라고 했나?"

"맞아요, 다마오카 하루카."

"그 친구와는 그다음에도 영화 이야기를 했나?"

"아뇨, 그때뿐이었을 거예요. 어쩌면 조금은 더 했을지도 몰라요."

"그 애에 대해서는 형사에게 말하지 않았지?"

"안 했어요. 하루카에 대해서는 아직 말하지 않는 게 좋다고 하셔서요."

"응, 그랬지. 그런데 이제 얘기할 때가 됐어."

이시가미는 주위를 살피고 나서 하나오카 미사토에게 뭔가를 지시하기 시작했다.

테니스코트 옆 공터에서 회색 연기가 피어오르고 있었다. 가까이 다가가 보니 하얀 운동복 차림의 유가와가 소매를 걷어 올리고 막대기로 드럼통 속을 쑤셔 대고 있었다. 연기는 그 속에서 피어올랐다.

발소리를 들은 듯 유가와가 고개를 돌렸다.

"자네는 마치 나를 스토킹 하는 것 같군."

"수상쩍은 인간에 대해 형사는 스토커가 되는 법이야."

"아니, 내가 수상쩍단 말이야?"

유가와가 재미있다는 듯 눈을 가늘게 떴다.

"오랜만에 자네 머리에서 대담한 발상이 떠오른 모양이군. 그런 유연함까지 갖췄다면 출세는 따 놓은 당상인걸."

"왜 내가 자네를 수상쩍게 여기는지, 그 이유를 알고 싶지 않아?"

"물어볼 필요가 없지. 어느 세상이건 과학자란 사람들에게 늘 수상쩍은 존재니까."

그러면서 유가와는 드럼통 속을 계속 헤집었다.

"뭘 태우는 거야?"

"별거 아니야. 필요 없게 된 리포트랑 자료들이야. 문서 절단기는 신용할 수가 없어서 말이지."

그리고 유가와는 곁에 놓아둔 양동이를 들어 거기 있던 물을 드럼통 속에 부었다. 슈우, 소리와 함께 더 짙은 연기가 피어올랐다.

"자네에게 할 이야기가 있어. 형사로서 말이야."

"이거 너무 힘주는거 아나?"

드럼통 속의 불이 꺼진 것을 확인한 유가와는 양동이를 손에 든 채 걸음을 떼었다.

구사나기가 그를 뒤따랐다.

"어제 자네를 만나고 나서 벤텐테이에 갔었어. 거기서 정말 흥미로운 이야기를 들었지. 알고 싶지 않아?"

"별로."

"그럼 내 맘대로 말할게. 자네 친구인 이시가미가 하나오카 야스코에게 홀딱 반했다더군."

성큼성큼 걷던 유가와가 그 순간 우뚝 멈춰 섰다. 돌아보는 그의 눈빛이 날카로웠다.

"도시락 가게 사람이 그래?"

"응. 자네랑 이야기를 나누다가 퍼뜩 떠오르는 게 있어서 벤텐테이에 가서 확인해 봤지. 논리도 중요하지만 형사에게는 무엇보다 직감이 큰 무기거든."

"그래서?"

유가와가 구사나기를 향해 완전히 돌아섰다.

"그가 하나오카 야스코에게 반한 게 수사와 무슨 관계가 있는데?"

"이제 와서 시치미 떼지 마. 자네가 어떻게 감을 잡았는지는 모르겠지만, 이시가미가 하나오카 야스코와 공범이 아닐까 의심돼서 나 몰래 돌아다닌 거 아니야."

"몰래 돌아다닌 기억, 없는데."

"어쨌든 나로서는 이시가미를 의심할 이유가 생겼어. 이제부터 그를 철저히 추적할 생각이야. 그래서 말인데, 어제는 그렇게 헤어지고 말았지만 우리, 평화 조약을 맺는 게 어때? 예컨대 이쪽에서 정보를 제공하는 대신 자네도 자네가 알고 있는 걸 내게 가르쳐 주는 거야. 어때, 나쁘지 않은 제안 아니야?"

"자네는 나를 과대평가하고 있어. 난 아직 제대로 아는 게 아무것도 없어. 그저 상상을 해 본 것뿐이지."

"그럼 그 상상을 들려주면 돼."

구사나기는 친구의 눈을 지그시 바라보았다.

유가와는 그 눈길을 피하며 다시 걷기 시작했다.

"일단 연구실로 가지."

제13연구실에 있는 책상은 기묘하게도 불에 탄 흔적이 있었다. 구사나기가 그 앞에 앉자 유가와가 머그 컵 두 개를 들고 와서 책상 위에 놓았다. 여전히 그 어느 컵도 깨끗하다고 말하기는 어려웠다.

"이시가미가 공범이라면 그의 역할은 대체 뭐지?"

유가와가 다짜고짜 물었다.

"나부터 말하라는 거야?"

"자네가 먼저 평화 협정을 제안했으니까."

유가와는 의자에 걸터앉아 여유롭게 인스턴트커피를 마셨다.

"그래, 좋아. 아직 우리 보스한테는 이시가미에 대해 말하지 않았어. 그러니까 이건 전부 내 추리인데, 만일 살해 현장이 다른 곳이라면 사체를 운반한 사람은 이시가미야."

"호오, 자네는 사체 운반설에 부정적이었잖아?"

"공범이 있다면 문제가 다르지. 그렇다 해도 주범, 즉 실제로 도가시를 죽인 사람은 하나오카 야스코야. 이시가미가 도왔는지는 모르겠지만 그녀가 그 자리에 있었고 범행을 저지른 건 틀림없어."

"상당히 단정적이군."

"실제로 살인을 저지른 사람도 사체를 처리한 사람도 이시가미라면 그건 이미 공범이 아니야. 그가 주범, 그것도 단독범이지. 하지만 아무리 야스코에게 정신이 팔렸어도 거기까지는 아닐 거야. 야스코가 배신하면 끝장이니까. 그녀에게도 뭔가 부담을 지웠을 거야."

"그럼 살인은 이시가미 혼자 하고 사체 처리를 둘이서 했다고 볼 수는 없을까?"

"가능성이 제로라고 하기는 힘들지만 낮다고 봐. 하나오카 야스코의 영화관 알리바이가 좀 애매하긴 하지만 그 이후의 알리바이는 비교적 확실해. 아마도 시간을 정해 놓고 행동했겠지. 그렇다면 시간이 얼마나 걸릴지 알 수 없는 사체 처리에 그녀가 가담했다고는 생각하기 힘들어."

"하나오카 야스코의 알리바이가 불분명한 시각이……."

"영화를 봤다고 주장하는 일곱 시에서 아홉 시 십 분 사이야. 그 후에 간 라면집과 노래방에서는 알리바이가 확인됐어. 단, 일단 영화관에 들어간 것만은 사실일 거야. 영화관 측에서 보관하고 있던 반쪽짜리 영화표에서 하나오카 모녀의 지문이 발견되었거든."

"그렇다면 자네는 그 두 시간 십 분 사이에 야스코와 이시가미가 살인을 저질렀다고 생각하는 거군."

"사체 유기까지 그사이에 이루어졌을 수도 있지만, 시간적으로 봐서 야스코는 이시가미보다 먼저 현장을 떠났을 가능성이 높아."

"살해 현장이 어디인데?"

"그건 잘 모르겠어. 하지만 어디든, 야스코가 도가시를 불러냈을 거야."

유가와는 아무 말 없이 머그 컵을 기울였다. 미간에 주름이 잡힌 그의 얼굴은 납득하는 표정이 아니었다.

"왜, 하고 싶은 말 있어?"

"아니, 별로."

"하고 싶은 말 있으면 서슴지 말고 해. 내 의견을 밝혔으니 이번에는 자네가 이야기할 차례야."

구사나기의 말에 유가와는 한숨을 쉬었다.

"차는 사용하지 않았어."

"뭐라고?"

"이시가미라면 차를 사용하지 않았을 거라는 얘기야. 사체를 운반하려면 차가 필요하잖아. 이시가미는 차가 없으니 어디선가 마련해야만 해. 그런데 그에게는 증거도 흔적도 남기지 않고 차를 마련할 방법이 없어. 그건 보통 사람이라면 누구나 마찬가지야."

"렌터카 업체를 이 잡듯이 뒤져 볼 참이야."

"애써 봐. 하지만 절대로 못 찾는다는 건 내가 보장하지."

이 자식이, 하는 표정으로 구사나기가 노려봤지만 유가와는 모른 척했다.

"내 말은 만일 살해 장소가 다른 곳이라면 사체 운반은 이시가미가 했을 거라는 얘기고, 사체 발견 장소가 범행 현장이었을 가능성도 충분히 있어. 사람이 둘이니 뭐든지 가능해."

"둘이서 도가시를 죽이고 사체의 얼굴을 뭉그러뜨리고 지문을 태우고 옷을 벗겨서 태우고, 그러고서 걸어서 현장을 빠져나왔단 말이야?"

"시간 차가 있을지도 모른다고 했잖아. 야스코는 영화가 끝

274

날 때까지 돌아가야 하니까."

"자네의 가설에 따르면 현장에 남아 있던 자전거는 역시 피해자 자신이 타고 온 거라는 얘기네?"

"그렇게 되겠지."

"그리고 거기 묻어 있는 지문을 이시가미가 깜빡하고 지우지 않았다는 거야? 과연 이시가미가 그런 초보적인 실수를 범했을까? 달마 이시가미가?"

"아무리 천재라도 실수는 있는 법이야."

그러나 유가와는 천천히 고개를 가로저었다.

"그는 그렇지 않아."

"그럼 도대체 무슨 이유로 지문을 지우지 않았다는 거야?"

"나도 그걸 생각하는 중이야."

유가와가 팔짱을 꼈다.

"너무 과대평가하는 거 아니야? 그 사람, 수학 천재일지는 몰라도 살인에는 아마추어야."

"그거나 저거나 마찬가지야."

유가와가 태평하게 말했다.

"그 녀석에게는 살인이 오히려 쉬울 거야."

구사나기는 절레절레 고개를 흔들며 지저분한 머그 컵을 집어 들었다.

"어쨌든 일단은 이시가미를 철저히 조사해 볼 생각이야. 남자 공범이 있다는 걸 전제로 한다면 수사할 내용도 많아질 거야."

"자네의 가설에 따르면 범행이 상당히 허술하게 이루어진 셈이야. 자전거의 지문을 지우는 것도 잊어버리고, 피해자의 옷도 태우다 말고……, 빈틈이 너무 많다고 생각하지 않아? 그럼 내 한 가지 묻겠는데, 범행이 계획적으로 이루어진 걸까, 아니면 어떤 사정이 있어서 돌발적으로 이루어졌을까?"

"그건……."

구사나기는 관찰하는 듯한 유가와의 눈길을 피하지 않고 마주 보았다.

"돌발적이었을지도 몰라. 가령 야스코가 할 얘기가 있어서 도가시를 불러냈고 그때 이시가미는 말하자면 그녀의 보디가드로 따라갔는데 얘기가 틀어지는 바람에 급기야 두 사람이 도가시를 죽이고 말았다, 그렇게 된 거 아닐까?"

"그 경우 영화관 알리바이와 모순되잖아. 그저 이야기만 나눌 작정이었다면 알리바이를 준비해 둘 필요가 있었겠어? 설사 불완전한 알리바이라 하더라도 말이야."

"그럼 계획적인 범행이란 얘긴가? 애초에 죽일 생각으로 야스코와 이시가미 둘이서 도가시가 오기를 기다렸단 거야?"

"그렇게도 생각하기 힘들어."

"뭐야, 그럼."

구사나기가 맥 빠진 표정을 지었다.

"만일 이시가미가 계획을 세웠다면 그렇게 어설플 리 없어. 그가 그런 허점투성이 계획을 세운다는 건 말이 안 돼."

그때 구사나기의 휴대 전화 벨이 울렸다.

기시타니였다. 그가 중요한 정보를 알려 왔다. 구사나기는 이따금 질문을 해 가면서 기시타니의 말을 메모했다.

"재미있는 정보가 들어왔어."

전화를 끊은 구사나기가 유가와를 보며 말했다.

"야스코에게 미사토라는 딸이 있는데, 그 아이의 같은 반 친구가 흥미로운 증언을 했대."

"어떤 증언인데?"

"사건 당일 낮에 그 친구가 미사토한테 그날 밤에 엄마랑 영화관에 갈 거라는 이야기를 들었대."

"정말이야?"

"기시타니가 확인했다니까 틀림없을 거야. 다시 말해서 야스코 모녀는 그날 낮 시점에 이미 영화관에 가기로 되어 있었다는 거지."

구사나기는 물리학자를 향해 고개를 끄덕여 보였다.

"계획적인 범행인 게 분명해."

그러나 유가와는 심각한 표정을 한 채 고개를 저었다.

"있을 수 없는 일이야."

무거운 어조로 유가와가 말했다.

13

'마리안'은 긴시초역에서 도보로 5분쯤 거리에 있었다. 술집이 여럿 입주해 있는 건물의 5층으로, 낡은 건물에 엘리베이터도 구식이었다.

구사나기는 손목시계를 보았다. 저녁 7시 전이었다. 아직 손님이 많지 않을 시각이다. 바쁜 때를 피해 차분히 이야기를 듣고 싶었다. 하기야 이런 곳에 있는 술집에 손님이 얼마나 올까 모르겠다고, 녹이 슨 엘리베이터 벽을 바라보면서 그는 생각했다.

그러나 '마리안'에 들어서는 순간 그는 깜짝 놀라고 말았다. 스무 개가 넘는 테이블의 3분의 1이 손님으로 차 있었다. 복장으로 보건대 대부분 샐러리맨 같지만 직업을 가늠하기 힘든 사람도 있었다.

"예전에 긴자에 있는 클럽을 조사하러 간 적이 있었는데요."

기시타니가 구사나기의 귓가에 대고 속삭였다.

"거품 경제 시절에는 하루가 멀다 하고 오던 손님들이 다들

어디 가서 마시는지 모르겠다고 마담이 투덜거리던데, 아마 이런 데로 다 흘러든 모양이에요."

"그렇지는 않을 거야."

구사나기는 고개를 저었다.

"사치에 맛을 들인 인간은 좀처럼 생활수준을 떨어뜨리지 못하는 법이거든. 여기 있는 사람들은 긴자족과는 다른 인종일 거야."

그는 종업원을 불러 책임자를 만나고 싶다고 했다. 젊은 종업원이 웃음기를 거두며 안으로 사라졌다.

잠시 후 다른 종업원이 나와서 구사나기 일행을 카운터 자리로 안내했다.

"마실 건 뭘로 드릴까요?"

종업원이 물었다.

"맥주로 하죠."

구사나기가 대답했다.

"근무 중인데 괜찮아요?"

종업원이 사라지자 기시타니가 눈을 동그랗게 뜨며 물었다.

"아무것도 안 마시면 다른 손님들이 이상하게 생각하잖아."

"우롱차 같은 걸 마셔도 되잖아요."

"우롱차를 마시러 다 큰 남자 둘이 이런 데를 오나?"

그런 얘기를 주고받고 있는데 은회색 투피스를 입고 짙은 화장에 올림머리를 한 마흔 살 정도의 여자가 나타났다. 마른 몸매지만 상당한 미인이다.

"안녕하세요. 저한테 볼일이 있으시다고요?"

그녀가 차분한 음성으로 물었다. 입술에는 미소가 배어 있었다.

"경시청에서 나왔습니다."

구사나기가 나지막한 소리로 대답했다.

옆에서 기시타니가 웃옷 안주머니에 손을 찔러 넣는 모습이 보였다. 구사나기는 기시타니의 동작을 제지하며 다시 여자를 바라보았다.

"신분증을 보여 드리는 게 좋을까요?"

"아니에요. 괜찮습니다."

그녀가 구사나기 옆자리에 앉으면서 명함을 내놓았다. 스기무라 소노코, 라고 되어 있었다.

"이 집 마담이신 모양이군요."

"그런 셈이죠."

스기무라 소노코가 웃으며 고개를 끄덕였다. 고용된 신분이라는 것을 숨길 마음은 없어 보였다.

"장사가 꽤 잘되나 봅니다."

구사나기가 가게 안을 둘러보며 말했다.

"겉보기에만 그래요. 이 가게는 사장님이 세금에 대한 대책으로 운영하고 있는 거나 마찬가지예요. 손님들도 사장님과 친분이 있는 사람들뿐이랍니다."

"그래요?"

"네. 그래서 언제 어떻게 될지 알 수 없어요. 도시락 가게를 차린 사요코 씨가 길을 잘 선택한 건지도 몰라요."

죽는소리를 하면서도 전임자의 이름을 선뜻 꺼내는 데서 그녀 나름의 프라이드가 배어 있다는 것을 구사나기는 느꼈다.

"지난 며칠 동안 우리 형사들이 폐를 좀 끼친 모양이던데요."

그의 말에 그녀가 고개를 끄덕였다.

"도가시 씨 일로 몇 번 찾아오셨지요. 대부분 제가 상대해 드렸는데, 오늘도 그 일인가요?"

"네, 귀찮게 해 드려서 죄송합니다."

"이전에 온 형사 분들께도 말씀드렸지만, 야스코를 의심하신다면 잘못 짚으신 거라고 생각해요. 그녀에게는 동기가 없잖아요."

"아니, 의심하는 정도는 아닙니다."

구사나기가 웃음을 지어 보이며 손사래를 쳤다.

"수사에 별로 진척이 없어서 처음부터 다시 생각해 보기로 했습니다. 그래서 이렇게 찾아온 겁니다."

"처음부터요?"

스기무라 소노코가 살짝 한숨을 내쉬었다.

"도가시 신지 씨가 3월 5일에 왔었다고 하던데요."

"맞아요. 오랜만이기도 했지만 무엇보다 이젠 그 사람이 여기 올 이유가 없었기 때문에 깜짝 놀랐죠."

"마담께서는 전에도 그 사람을 본 적이 있습니까?"

"네, 두 번 정도요. 예전에 아카사카에 있는 가게에서 야스코와 같이 일한 적이 있거든요. 그때 봤어요. 당시에는 그분도 형편이 좋아서 당당한 모습이었는데……."

오랜만에 만난 도가시에게서는 그런 면모를 찾아볼 수 없었다는 뜻인 듯했다.

"도가시 신지 씨가 하나오카 씨의 거처를 물었다면서요?"

"관계를 회복하고 싶은가 보다 생각했어요. 그렇지만 가르쳐 주지는 않았습니다. 야스코가 그 사람 때문에 고생을 많이 했다는 사실을 알고 있었으니까요. 그랬더니 다른 종업원들에게 묻고 다니더군요. 저는 지금 있는 종업원들 중에는 야스코에 대해 아는 사람이 없을 거라 여기고 방심했는데 그중에 사요코 씨의 도시락 가게에 가 본 사람이 있었나 봐요. 그 사람이 야스코가 거기서 일한다는 사실을 도가시 씨에게 말했다더군요."

"그랬군요."

구사나기가 고개를 끄덕였다. 인맥에 의지해 살아가는 사람이 행방을 완전히 감추기란 불가능에 가깝다.

"구도 구니아키라는 사람은 여기 자주 옵니까?"

그가 질문을 바꾸었다.

"구도 씨요? 인쇄소 하시는 분 말씀인가요?"

"맞습니다."

"네, 자주 오세요. 아, 하지만 최근에는 별로 안 오신 것 같은데요."

스기무라 소노코는 고개를 갸웃했다.

"그런데 구도 씨는 왜요?"

"하나오카 야스코 씨가 호스티스이던 시절에 그녀의 단골이었다고 해서요."

스기무라 소노코가 빙그레 웃으며 고개를 끄덕였다.

"그랬죠. 그분에게 귀여움을 많이 받았어요."

"두 사람이 사귀는 사이였나요?"

구사나기의 물음에 그녀는 고개를 살짝 숙이고 흠, 하며 잠시 생각하는 듯했다.

"그렇지 않을까 의심하는 사람도 있었지만 저는 그건 아니었을 거라고 봐요."

"그래요?"

"네. 야스코가 아카사카에 있던 시절에 두 사람 사이가 가장 가까웠을 텐데, 마침 그때 야스코가 도가시 씨의 일로 고민이 많았고, 구도 씨도 그걸 알아차린 것 같았어요. 그래서 그때부터 구도 씨가 야스코의 의논 상대처럼 되어 버린 거지 남녀 관계까지 가지는 않았던 것 같아요."

"그렇지만 하나오카 씨가 이혼했으니까 그때부터는 사귀는 것도 가능하지 않았을까요?"

그러나 스기무라 소노코는 고개를 저었다.

"구도 씨는 그런 분이 아니에요. 야스코가 남편과 잘 살 수 있도록 여러모로 조언을 해 주고는 그녀가 이혼했다니까 대뜸 사귀자고 한다면 애초부터 그게 목적이었던 것처럼 여겨지지 않겠어요? 그러니 야스코가 이혼한 후에도 좋은 친구처럼 관계를 유지하려고 했을 거예요. 게다가 구도 씨에게도 부인이 있잖아요."

스기무라 소노코는 그의 아내가 세상을 떠났다는 사실을 모르는 듯했다. 굳이 알려 줄 필요가 없다 싶어 구사나기는 말하지 않기로 했다.

아마도 그녀의 말이 맞을 것이라고 구사나기는 생각했다. 남녀 관계에 관한 한 호스티스들의 직감은 형사의 감각을 훌쩍 뛰어넘는다.

구도는 역시 결백하다고 구사나기는 확신했다. 그렇다면 다음 단계로 넘어가는 것이 맞다.

그는 주머니에서 사진 한 장을 꺼내 스기무라 소노코에게
보여 주었다.

"이 남자를 본 적이 있습니까?"

그것은 이시가미 데쓰야의 사진이었다. 그가 학교에서 나
오는 모습을 기시타니가 숨어서 찍은 것이다. 비스듬한 방향
에서 찍힌 사진의 당사자는 자신이 찍힌다는 사실을 전혀 모
르는 듯 시선을 어딘가 먼 곳으로 향하고 있었다.

스기무라는 모르겠다는 표정을 지었다.

"누군데요, 이 사람이?"

"모르시는군요."

"네, 모르겠어요. 적어도 우리 가게에 오시는 손님은 아니
에요."

"이시가미라는 사람입니다."

"이시가미요?"

"하나오카 씨에게 그런 이름을 들은 적 없습니까?"

"죄송합니다. 기억에 없어요."

"고등학교 교사입니다. 혹시 하나오카 야스코 씨가 그와 관
련된 화제를 꺼낸 적도 없나요?"

"글쎄요."

스기무라 소노코는 다시 고개를 갸웃했다.

"야스코와는 지금도 가끔 전화 통화를 하는데, 그런 이야기

는 들은 적이 없어요."

"그럼 야스코 씨의 남자관계에 대해서는요? 뭔가 의논을 해 왔다든가 또는 얘기를 들은 적 없습니까?"

구사나기의 질문에 스기무라 소노코는 쓴웃음을 지었다.

"그 일과 관련해서는 전에 다른 형사님께도 말씀드렸지만, 제가 야스코에게 직접 들은 이야기는 없어요. 혹시 사귀는 사람이 있는데 제게 숨긴 건지는 모르지만, 아마 그렇지는 않을 거라고 생각해요. 야스코는 미사토를 키우는 데 정성을 쏟느라 연애에 빠질 겨를이 없을 거예요. 전에 사요코 씨도 그런 말을 한 적이 있고요."

구사나기는 말없이 고개를 끄덕였다. 이시가미와 야스코의 관계에 대해 이 가게에서 큰 수확을 얻으리라고는 애당초 기대하지 않았기 때문에 실망도 크지 않았다. 그러나 야스코에게 남자가 없을 거라고 단언하는 말을 듣게 되자 이시가미가 야스코의 공범이 아닐까 하는 추리에 자신이 없어졌다.

그때 손님 하나가 새로 들어왔다. 스기무라 소노코가 그 손님에게 신경을 쓰는 듯했다.

"하나오카 씨와 가끔 통화한다고 하셨는데, 가장 최근에 통화하신 게 언제입니까?"

"도가시 씨의 일이 뉴스에 나온 날일 거예요. 깜짝 놀라서 전화를 걸었죠. 지난번에 오셨던 형사님께도 말씀드렸는데요."

"그때 하나오카 씨는 어땠나요?"

"특별히 이상한 구석은 없었어요. 이미 경찰에서 다녀갔다고 하더군요."

그 경찰이 바로 자신들이었다는 얘기를 구사나기는 하지 않았다.

"도가시 씨가 하나오카 씨의 행방을 수소문하러 이 가게에 들렀다는 사실은 하나오카 씨에게 말하지 않았습니까?"

"네, 안 했어요. 아니, 안 했다기보다는 할 수가 없었어요. 야스코가 불안해할 것 같아서요."

그렇다면 하나오카 야스코는 도가시가 자신을 찾고 있다는 사실을 몰랐다는 얘기다. 즉, 그가 찾아올 것을 예상하지 못했으므로 당연히 살해 계획을 세울 수도 없었을 것이다.

"말해 줄까도 생각했지만, 그날은 그녀가 이 얘기 저 얘기 즐겁게 늘어놓는 바람에 말할 기회를 놓친 것도 있어요."

"그날이라니……."

스기무라 소노코의 말 중에서 뭔가 구사나기의 마음에 걸리는 것이 있었다.

"언제를 말하는 겁니까? 가장 최근에 통화했다는 그날은 아닌 것 같은데요."

"아아, 죄송해요. 그건 그 전이에요. 아마 도가시 씨가 우리 가게에 나타나고 나서 사흘인가 나흘 후일 거예요. 야스코가 제 휴대 전화에 음성 메시지를 남겨 놨기에 제가 전화를 걸었어요."

"그게 며칠입니까?"

"며칠이었더라……."

스기무라 소노코가 재킷 주머니에서 휴대 전화를 꺼냈다. 착신 기록이나 발신 기록을 열어 보는 줄 알았는데 화면에 보이는 것은 달력이었다. 그녀는 잠시 달력을 들여다보고 나서 얼굴을 들었다.

"3월 10일이네요."

"네, 10일이라고요?"

구사나기가 소리를 높이며 기시타니와 얼굴을 마주 보았다.

"확실합니까?"

"네, 틀림없을 거예요."

10일이라면 도가시 신지가 살해당한 것으로 추정되는 바로 그날이다.

"몇 시쯤이었죠?"

"글쎄요, 제가 집에 들어간 다음이니까 아마 새벽 한 시 전후였을 거예요. 야스코가 전화한 때는 자정 전이었지만 그때는 가게가 끝나기 전이라 받을 수 없었어요."

"얼마나 이야기를 나눴습니까?"

"삼십 분 정도 아니었나 싶어요. 보통 그 정도 통화를 하니

288

까요."

"마담께서 먼서 전화를 거셨단 말이죠, 야스코 씨의 휴대 전화로요?"

"아뇨, 휴대 전화가 아니라 집 전화였어요."

"저, 이건 사소한 거지만, 그렇다면 그때는 10일이 아니라 11일 새벽 한 시경이겠군요."

"아, 그러네요. 정확히 말하면."

"하나오카 씨가 음성 메시지를 남겼다고 하셨는데, 어떤 내용이었습니까? 실례가 되지 않는다면 알려 주셨으면 합니다."

"그게…… 할 말이 있으니 일이 끝나는 대로 전화해 달라는 거였어요."

"그래서, 그 할 말이라는 게 뭐였죠?"

"대단한 건 아니에요. 전에 제가 허리가 아파서 다니던 지압원을 알려 달라고요."

"지압원을요? 그만한 용건으로 전화한 적이 과거에도 있었습니까?"

"용건이라는 게 늘 사소한 거였어요. 그저 대화를 나누고 싶은 거죠. 저도 그렇고 야스코도 그렇고."

"그렇게 밤늦게 통화하는 것도 흔히 있는 일인가요?"

"드문 일은 아니에요. 제 일이 이렇다 보니 아무래도 늦어지기 십상이죠. 물론 되도록이면 휴일을 택하지만, 그날은 야스코가 먼저 연락을 해서요."

구사나기가 고개를 끄덕였다. 그러나 한편으로 그는 어딘가 모르게 석연치 않다는 생각을 했다.

가게를 나서서 긴시초역으로 향하면서 구사나기는 다시 생각해 보았다. 아무래도 스기무라 소노코의 마지막 이야기가 마음에 걸렸다. 3월 10일 밤에 하나오카 야스코가 전화를 했다. 그것도 집 전화로. 즉 그 시각에 그녀는 집에 있었다는 얘기다.

사실 범행 시각이 3월 10일 밤 11시 이후가 아닐까 하는 의견도 수사본부 내에 있었다. 물론 그것은 하나오카 야스코를 범인이라고 가정했을 때의 일이다. 노래방 알리바이까지 모두 사실이라 해도 그 이후에 범행했을 가능성도 있지 않겠느냐는 것이었다.

그러나 그 의견을 강력하게 내세우는 사람은 별로 없었다. 왜냐하면 만일 노래방을 나서서 곧장 달려갔다 해도 12시 가까이 되어야 범행 현장에 도착할 수 있기 때문이다. 그러고서 바로 범행을 저질렀다 해도 이번에는 집으로 돌아올 교통수단이 없다. 그런 종류의 범인은 그런 시각에 흔적이 남을 택시를 이용하지 않는다. 게다가 현장 인근에는 택시도 거의 다니지 않는다.

또한 예의 자전거가 도난당한 시각도 문제다. 자전거가 도난당한 시각은 밤 10시 이전이었다. 만일 위장 공작이라면 야스코는 10시 전까지 시노자키역에 가 있었어야 한다. 위장 공작이 아니고 실제로 도가시가 훔쳤다면 자전거를 훔치고 나서 야스코를 만난 12시 가까이까지 그가 어디서 무엇을 했을까 하는 의문이 남는다.

이와 같은 이유로 구사나기와 동료들은 지금까지 심야의 알리바이에 관해 적극적으로 조사하지 않았다. 그런데 만일 조사한다 해도 하나오카 야스코에게는 알리바이가 있었다는 얘기다. 그게 마음에 걸린 것이다.

"있잖아, 우리가 처음으로 하나오카 야스코를 만났을 때를 기억해?"

걸으면서 구사나기가 기시타니에게 물었다.

"기억하죠. 그게 왜요?"

"내가 그녀에게 알리바이를 어떻게 물었지? 3월 10일에 어디 있었느냐, 그렇게 물었나?"

"자세한 건 기억나지 않지만 아마 그런 식이었을 겁니다."

"그러니까 그녀가 이렇게 대답했지. 하루 종일 일했고 밤에는 딸과 외출했다. 영화를 보고 나서 라면을 먹고 노래방에 갔다. 집으로 돌아온 것은 밤 열한 시가 넘어서다. 그러지 않았어?"

"그랬을 겁니다."

"아까 그 마담 말로 미루어 보면 야스코는 그 후에 전화를 한 거야. 게다가 별다른 용건도 없는데 전화해 달라고 메시지를 남겼어. 마담은 새벽 한 시가 넘어서 야스코에게 전화했고 그 후로 삼십 분 가까이 얘기를 나눴어."

"그게 어떻다는 거죠?"

"그때, 그러니까 내가 알리바이를 물었을 때 야스코는 왜 그런 사실을 말하지 않았을까?"

"왜냐면…… 말할 필요가 없다고 생각한 것 아닐까요?"

"왜지?"

구사나기는 발걸음을 멈추고 후배 형사를 향해 돌아섰다.

"집 전화로 제3자와 통화했다는 건 집에 있었다는 사실을 증명하는 건데 말이지."

기시타니도 그 자리에 멈춰 섰다. 그는 입을 뾰족하게 내밀고 있었다.

"그건 그렇지만, 하나오카 야스코로서는 외출 건에 대해서만 말해도 충분하다고 생각했을 겁니다. 만일 집에 돌아와서 뭘 했느냐고 물었다면 전화 통화를 한 사실도 말하지 않았을까요?"

"정말 그게 다일까?"

"아니면 무슨 이유가 있겠어요. 알리바이가 없다는 사실을 숨겼다면 모를까, 알리바이가 있는 걸 말하지 않은 것뿐인데, 그걸 트집 잡는 게 오히려 이상하지 않나요?"

이해할 수 없다는 표정을 짓는 기시타니에게서 눈길을 거두고 구사나기는 다시 걷기 시작했다. 이 후배 형사는 처음부터 하나오카 모녀에게 동정적이다. 객관적인 의견을 구하는 것 자체가 무리일지도 모른다.

구사나기의 머릿속에 오늘 낮에 유가와와 나눈 대화가 떠올랐다. 그 물리학자는 만일 사건에 이시가미가 관련되어 있다면 살해가 계획적으로 일어나지는 않았을 거라고 주장했다.

"그가 계획한 거라면 알리바이 공작에 영화관을 이용하지 않았을 거야. 자네들도 의심하고 있다시피 영화관에 갔다는 진술은 별로 설득력이 없잖아. 이시가미가 그 점을 생각하지 못했을 리 없어. 그리고 그보다 더 큰 의문이 있어. 이시가미에게는 하나오카 야스코와 협력해 도가시를 살해할 이유가 없다는 거지. 설사 그녀가 도가시 때문에 고통 받고 있었다 해도 그 친구라면 다른 해결책을 모색했을 거야. 살인 같은 방법은 절대로 선택하지 않아."

이시가미가 그 정도로 잔혹한 인간이 아니라는 뜻이냐고 구사나기가 묻자 유가와는 냉정한 눈빛으로 고개를 저었다.

"감정의 문제가 아냐. 살인으로 고통에서 벗어나겠다는 생각이 합리적이지 않기 때문이지. 왜냐하면 살인을 저지름으로써 또 다른 고통을 끌어안게 될 테니까. 이시가미는 그렇게 어리석은 인간이 아니야. 반대로, 논리적이기만 하다면 그 어떤 잔혹한 일이라도 해낼 수 있는 사내지."

그렇다면 유가와는 이시가미가 어떤 식으로 사건에 관여했다고 보는 것일까. 거기에 대한 그의 대답은 다음과 같았다.

"만일 그가 관여했다면 살인 그 자체에는 손을 댈 수 없는 상황이었다고밖에 생각할 수 없어. 즉 그가 사태를 파악한 시점에 이미 살인이 완료된 거지. 그렇다면 거기서 그가 할 수 있는 일은 무엇이었을까? 사건을 은폐하는 게 가능하다면 그렇게 했을 거야. 하지만 불가능하다면 수사망에서 벗어날 수 있는 방책을 궁리했겠지. 하나오카 야스코 모녀에게도 형사의 질문에 어떻게 답하고 어떤 타이밍에 어떤 증거를 제시할지 등등에 대해서 지시했을 테고."

요컨대 지금까지 하나오카 야스코나 미사토가 구사나기와 그의 동료들에게 한 진술은 모두 그녀들의 의사에 따른 것이 아니라 이시가미가 뒤에서 조종한 결과라는 게 유가와의 추리였다.

그러나 물리학자는 거기까지 말한 후 이렇게 덧붙였다.

"물론 이건 모두 나의 추리에 지나지 않아. 그것도 이시가미가 관여했다는 전제하에 세워진 가설이고, 그 전제 자체가 틀렸을 가능성도 있어. 아니, 나로서는 제발 틀리길, 나의 지나친 상상이길 바라고 있어. 진심으로."

그렇게 말할 때 그의 표정은 매우 고통스럽고 쓸쓸해 보였다. 오랜만에 만난 옛 친구를 다시 잃을지 모른다는 사실이 두렵기 때문일 것이다.

유가와는 왜 자신이 이시가미를 의심하게 되었는가에 관해서는 끝까지 말해 주지 않았다. 아무래도 이시가미가 야스코에게 호의를 품고 있다는 사실을 알아챈 것이 그 계기였던 것 같은데, 그 근거에 대해서는 절대 말하려 하지 않았다.

그러나 구사나기는 유가와의 관찰력과 추리력을 신뢰하고 있다. 유가와가 그렇게 생각하는 한 그것이 빗나갈 가능성은 거의 없다고 생각한다. 그러고 보니 '마리안'에서 들은 이야기에도 수긍이 가는 구석이 있었다.

3월 10일 심야의 알리바이에 대해 왜 야스코는 구사나기에게 말하지 않았을까. 만일 그녀가 범인이고, 경찰이 의심할 때를 대비해 그런 알리바이를 준비해 두었다면 당장이라도 그 얘기를 꺼내는 것이 상식이다. 그런데 그러지 않았던 것은 이시가미의 지시가 있었기 때문 아닐까. 그리고 그 지시라는 것은 이를테면 '꼭 필요한 최소한의 말만 할 것'이 아니었을까.

구사나기는 유가와가 이번 사건에 아직 관심을 기울이지 않았을 무렵 그가 무심코 했던 말을 떠올렸다. 하나오카 야스코가 남은 반쪽의 영화표를 팸플릿 사이에서 꺼냈다는 얘기를 듣고 그는 이렇게 말했다.

"보통 사람이라면 알리바이를 만들 때 남은 영화표 반쪽을 보관할 장소까지는 신경 쓰지 않아. 형사가 올 것을 대비해 팸플릿 사이에 끼워 둔 거라면 상당히 강적일 거야."

6시가 조금 지나 야스코가 앞치마를 벗으려는데 손님 하나가 들어왔다. 어서 오세요, 라고 조건 반사적으로 웃음을 지어 보이던 그녀는 상대의 얼굴을 보고 당황했다. 아는 얼굴이었다. 그러나 잘 알지는 못한다. 아는 것이라고는 이시가미의 오랜 친구라는 사실뿐이다.

"저를 알아보시겠습니까?"

상대가 물었다.

"전에 이시가미와 같이 왔었는데요."

"아아, 네, 기억나요."

그녀가 다시 웃는 얼굴로 돌아왔다.

"근처에 왔다가 이 집 도시락이 생각나서요. 그때 사 간 도시락, 굉장히 맛있었습니다."

"그러셨군요. 다행이에요."

"오늘은…… 그렇죠, 오늘의 도시락으로 할까요? 이시가미는 늘 그걸 산다고 했는데, 지난번에는 다 팔리고 없더군요. 오늘은 어떤가요?"

"네, 오늘은 있어요."

야스코는 주방에 주문을 전하고 앞치마를 벗었다.

"어, 벌써 퇴근하세요?"

"네, 여섯 시까지거든요."

"그렇군요. 집으로 가십니까?"

"네."

"그럼 그쪽으로 같이 가도 될까요? 잠깐 할 얘기가 있어서요."

"제게…… 말인가요?"

"네. 의논이라고나 할까요. 이시가미 일로요."

남자가 뭔가 의미 있어 보이는 미소를 지었다.

야스코는 까닭 모를 불안에 휩싸였다.

"그렇지만 저는 이시가미 씨에 대해 아는 게 별로 없는데요."

"시간을 많이 빼앗지는 않겠습니다. 가는 동안이면 충분합니다."

말투는 부드럽지만 어딘가 모르게 거부할 수 없는 위압감이 있었다.

"그럼 그렇게 하지요."

그녀는 어쩔 수 없이 그렇게 대답했다.

남자는 유가와라고 자신의 이름을 밝혔다. 이시가미가 나온 대학에서 조교수로 있다고 했다. 도시락이 나오기를 기다렸다가 두 사람은 가게를 나섰다.

오늘 야스코는 평소처럼 자전거를 타고 출근했다. 그녀가 자전거를 밀며 걸으려 하자 유가와가 "그건 제가." 하면서 대신 자전거를 잡았다.

"이시가미와 여유 있게 대화를 나눈 적이 있습니까?"

유가와가 물었다.

"아니요. 가게에 오실 때 인사를 나누는 정도예요."

그렇군요, 하고 대답한 후로 유가와는 아무 말이 없었다.

"저, 그런데 의논하실 일이……?"

그녀는 더 참지 못하고 물었다.

그러나 유가와는 여전히 아무 말도 하지 않았다. 야스코의 가슴에 불안이 번져 나가고 있을 때 그가 마침내 입을 열었다.

"그 친구는 순수한 사람입니다."

"네?"

"순수하다고요. 이시가미라는 사내는 말입니다. 그가 구하는 해답은 언제나 단순합니다. 여러 개를 한꺼번에 구하거나 그러지 않아요. 거기에 도달하기 위해 선택하는 수단 또한 단순합니다. 그래서 망설임이 없어요. 사소한 일에 흔들리지 않습니다. 하지만 그건 한편으로 서투른 삶의 방식이기도 합니다. 결론은 전부 가지느냐 아니면 하나도 못 가지느냐, 둘 중 하나죠. 늘 그런 위험이 따릅니다."

"저, 유가와 씨……."

"아, 죄송합니다. 이렇게 얘기하면 하고 싶은 말이 무엇인지 알아듣지 못하실 테죠."

유가와는 쓴웃음을 지었다.

"이시가미와 처음으로 만나신 게 지금 사시는 곳으로 이사한 후인가요?"

"네, 제가 인사하러 갔었어요."

"그때 지금의 그 도시락 가게에서 일한다는 말씀을 하셨나요?"

"네, 했어요."

"그가 벤텐테이에 들르기 시작한 것도 그때부터였겠군요."

"그건…… 그럴지도 모르겠네요."

"그즈음 그와 나눈 대화 가운데 혹시 인상에 남는 게 있으신가요? 어떤 이야기라도 괜찮습니다."

야스코는 당혹스러웠다. 생각해 본 적 없는 질문이었다.

"왜 그런 걸 물으시죠?"

"그건,"

유가와는 걸음을 멈추지 않은 채 그녀를 빤히 바라보았다.

"그가 제 친구니까요. 소중한 친구니까 무슨 일이 있었는지 알고 싶은 겁니다."

"하지만 저와 나눈 대화래야 몇 마디 안 되는데……."

"그로서는 중요한 일이었을 겁니다."

유가와가 말했다.

"대단히 소중한 일이었을 거예요. 그건 댁도 알 겁니다."

진지한 그의 눈빛을 보고 야스코는 소름이 돋았다. 이 남자는 이시가미가 그녀에게 호의를 품고 있다는 사실을 알고 있다. 그래서 무엇을 계기로 그렇게 되었는지 알고 싶어 한다.

그러고 보니 야스코 자신은 그 문제에 대해서 단 한 번도 생각해 본 적이 없었다. 자신이 한눈에 반할 만한 미모의 소유자가 아니라는 사실은 누구보다 야스코 본인이 제일 잘 알고 있다.

야스코는 고개를 저었다.

"딱히 생각나는 게 없어요. 정말로 저는 이시가미 씨와 거의 대화다운 대화를 나누어 본 적이 없어요."

"그렇습니까. 하긴 의외로 그럴 수도 있죠."

유가와의 말투가 다소 부드러워졌다.

"댁은 그를 어떻게 생각하나요?"

"네?"

"그의 마음을 모르시는 건 아니죠? 그 사실에 대해 어떻게 생각하십니까?"

단도직입적인 질문에 그녀는 당황했다. 적당히 웃어넘길 분위기가 아니었다.

"저야 별 생각이……, 좋은 분이라고는 생각하지만요. 머리도 아주 좋으시고……."

"머리 좋고 선량한 사람이라는 건 알고 계시는군요."

유가와가 걸음을 멈췄다.

"그건, 저……, 어쩐지 그럴 것 같다고 생각한 것뿐이에요."

"잘 알겠습니다. 시간을 내주셔서 감사합니다."

유가와가 쥐고 있던 자전거 핸들을 그녀에게 건넸다.

"이시가미에게 안부 전해 주세요."

"아, 하지만 이시가미 씨를 만날 수 있을지는……."

그녀의 말에 유가와는 웃음 띤 얼굴로 고개를 끄덕이더니 뒤돌아섰다. 멀어져 가는 그의 뒷모습에서 야스코는 뭐라 말할 수 없는 위압감을 느꼈다.

14

불쾌한 표정의 얼굴들이 줄줄이 있다. 불쾌함을 넘어서 고통스런 표정을 한 녀석들도 있었다. 그런 단계마저 넘어선 아이들은 두 손 두 발 다 들었다는 듯 포기한 얼굴이다. 모리오카로 말하자면 시험이 시작됐을 때부터 시험지는 거들떠보지도 않고 턱을 괸 채 창밖만 바라보았다. 오늘은 날이 쾌청해서 저 멀리까지 푸른 하늘이 펼쳐져 있었다. 이런 쓸잘머리 없는 짓에 시간을 빼앗기지만 않는다면 오토바이를 타고 마음껏 달릴 수 있을 텐데, 하며 억울해하고 있을지도 모를 일이었다.

학교는 봄 방학에 들어갔다. 그러나 일부 학생들에게는 우울한 시련이 기다리고 있었다. 기말 시험 후에 치러진 추가 시험에도 통과하지 못한 학생들이 너무 많아 급기야 보충 수업을 하기에 이른 것이다. 이시가미가 맡고 있는 반은 보충 수업을 받아야 하는 인원이 자그마치 서른 명이나 됐다. 다른 과목에 비해 훨씬 많은 숫자다. 보충 수업이 다 끝나면 다시 한 번 시험을 치르는데 오늘이 바로 그 시험 날이었다.

이시가미는 교감으로부터 시험 문제를 너무 어렵게 내지 말라는 지시를 받았다.

"이런 말은 하고 싶지 않지만, 솔직히 말해 형식적인 시험 아닌가. 낙제 점수를 받은 학생을 진급시킬 수 없어서 치르는 것이란 말이야. 이시가미 선생으로서도 이런 귀찮은 일을 계속하고 싶지 않을 거야. 애초에 이시가미 선생이 내는 문제가 너무 어렵다는 말이 전부터 있었어. 그러니 모쪼록 이번 시험은 전원이 통과할 수 있도록 내주길 부탁하겠네."

이시가미는 자신이 내는 문제가 어렵다고 생각하지 않았다. 오히려 너무 쉽다고 생각하고 있다. 수업에서 가르친 범위를 벗어나는 것도 아니고, 기본적인 것만 이해하면 충분히 풀 수 있는 문제들이다. 다만 약간 변화를 주었을 뿐이다. 물론 그 방식이 참고서나 문제집에 흔히 나오는 것들과는 달랐다. 그래서 해법을 순서대로 외우기만 하는 학생들은 풀기 어려웠다.

그럼에도 그는 교감의 지시를 받아들이기로 했다. 시중에 나와 있는 문제집에서 대표적인 문제를 추려 그대로 냈다. 조금만 연습하면 쉽게 풀 수 있는 문제들이다.

모리오카가 하품을 하면서 시계를 보다가 이시가미와 눈이 마주쳤다. 무안했는지 모리오카는 얼굴을 잔뜩 찡그리고는 양손으로 X자를 만들었다. 도저히 못 풀겠어요, 라는 뜻인 것 같다.

이시가미가 모리오카에게 빙그레 웃어 보였다. 그러자 모리오카는 조금 놀란 표정을 짓다가 똑같이 빙그레 웃고는 다시 창밖을 바라보았다.

이시가미는 미적분 같은 게 대체 무슨 소용이냐던 모리오카의 말을 떠올렸다. 오토바이 레이스를 예로 들어 그 필요성을 설명했지만, 과연 모리오카가 이해했는지는 알 수 없는 노릇이다.

그러나 그런 질문을 한 모리오카의 자세가 이시가미는 싫지 않았다. 왜 이런 공부를 해야 하는지 의문이 생기는 건 당연하다. 그런 의문이 해소되는 과정에서 학문에 매진할 목적이 생기는 것이다. 그것은 수학의 본질을 이해하는 길로도 연결된다.

그런데 그들의 소박한 의문에 답하려 하지 않는 교사가 너무 많다. 아니, 아마도 답할 수 없을 거라고 이시가미는 생각한다. 진정한 의미에서 수학을 이해하지 못하고 그저 정해진 커리큘럼에 따라 가르치면서 학생에게 적당한 점수를 주는 것밖에 생각하지 못하기 때문에 모리오카 같은 학생이 던지는 질문이 귀찮을 따름인 것이다.

이런 마당에 자신은 과연 무엇을 하고 있는가, 하고 이시가미는 생각했다. 수학의 본질과는 무관하게 단지 점수를 매기기 위한 시험을 치르고 있다. 그것을 채점하는 것도, 그 채점 결과에 따라 합격 불합격을 결정하는 것도 아무런 의미가 없다. 이런 것은 수학이 아니다. 물론 교육도 아니다.

이시가미가 자리에서 일어섰다. 그리고 심호흡을 한 번 했다.

"다들 문제 풀이는 그만해도 좋다."

교실 안을 둘러보며 말했다.

"남은 시간 동안은 답안지 뒤에 지금 자신의 생각을 적도록."

학생들의 얼굴에 당황한 빛이 떠올랐다. 교실 안이 웅성거린다. 자신의 생각이라니 그게 무슨 뜻이야, 라고 중얼거리는 소리가 들렸다.

"수학에 대한 자신의 생각 말이다. 수학과 관련된 거라면 아무거나 적어도 좋다."

그리고 덧붙였다.

"그 내용도 채점의 대상이다."

순간 학생들의 얼굴이 환하게 밝아졌다.

"점수 주실 거예요? 몇 점요?"

남학생 하나가 물었다.

"그건 쓰기에 달렸다. 문제를 잘 못 풀겠으면 그쪽을 열심히 해 봐."

그러고서 이시가미는 의자에 도로 앉았다.

전원이 답안지를 뒤집었다. 재빨리 뭔가를 쓰기 시작하는 학생도 있다. 모리오카도 그중 하나였다.

이것으로 전원 통과다, 라고 이시가미는 생각했다. 백지 답안지에는 점수를 줄 도리가 없지만 뭐라도 적어 넣으면 적당히 점수를 줄 수 있다. 교감이 뭐라고 할지도 모르겠지만, 빠짐없이 통과시킨다는 방침에는 찬성할 것이다.

벨이 울리고 시험 시간이 끝났다. 몇몇 학생이 "시간을 조금만 더 주세요."라고 하는 바람에 이시가미는 5분을 더 주었다.

답안지를 걷은 후 교실을 나왔다. 문을 닫자마자 학생들이 큰 소리로 떠들기 시작했다. "살았다."라는 소리도 들렸다.

교무실로 돌아오니 행정 직원이 기다리고 있었다.

"이시가미 선생님, 손님이 기다리고 계시는데요."

"손님이, 나를요?"

그러자 행정 직원이 다가와 이시가미의 귀에 대고 속삭였다.

"형사인 것 같아요."

"아……."

"어떻게 할까요?"

직원이 이시가미의 표정을 살폈다.

"어떡하긴, 기다리고 있다면서요."

"그렇긴 하지만……, 적당한 이유를 대서 돌려보낼까요?"

이시가미는 쓴웃음을 지었다.

"그럴 필요 없어요. 어느 방에 있습니까?"

"응접실에서 기다리시라고 했어요."

"그럼 곧바로 가겠습니다."

이시가미는 답안지를 가방에 쑤셔 넣고 가슴에 끌어안은 채 교무실을 나섰다. 채점은 집에 가서 할 작정이었다.

직원이 따라오려고 하기에 "혼자 가도 괜찮습니다."라며 돌려보냈다. 직원의 본심을 알기 때문이다. 형사가 무슨 일로 찾아왔는지 알고 싶은 것이다. 적당히 돌려보내면 어떻겠느냐고 물어본 것도 그렇게 하면 이시가미가 사정을 설명해 줄 거라고 여겼기 때문임이 분명하다.

응접실로 들어서니 예상대로 상대는 혼자 기다리고 있었다. 구사나기라는 형사였다.

"이거, 학교까지 찾아와서 죄송합니다."

구사나기가 자리에서 일어나 고개를 숙였다.

"학교에 있는 줄은 어떻게 아셨나요, 봄 방학인데?"

"실은 댁에 먼저 찾아갔었습니다. 안 계신 듯하기에 학교에 전화를 해 보았지요. 그랬더니 추가 시험이 있다고 하더군요. 선생님들도 수고가 참 많습니다."

"학생들보다야 낫지요. 오늘은 추가 시험이 아니라 재추가 시험이었습니다."

"아하, 그렇습니까? 선생님이 내시는 문제라면 어렵겠군요."

"왜 그렇게 생각하시죠?"

이시가미가 형사의 얼굴을 똑바로 보며 물었다.

"아니, 뭐, 그냥…… 어쩐지 그럴 것 같다는 생각이 들었습니다."

"어렵지는 않습니다. 다만 선입견에서 비롯되는 맹점을 살짝 찔러 주는 것뿐이죠."

"맹점……이라고요?"

"예를 들면 기하 문제처럼 보이지만 사실은 함수 문제라든가 말이죠."

이시가미가 형사 맞은편에 앉았다.

"하기야 아무러면 어떻습니까. 그런데 오늘은 무슨 일로 오셨습니까?"

"아, 별일은 아닙니다만,"

구사나기는 자리에 앉은 채 수첩을 꺼냈다.

"그날 밤에 있었던 일을 다시 한 번 자세히 듣고 싶어서요."

"그날 밤이라면……."

"3월 10일 말입니다. 잘 아실 테지만, 예의 사건이 일어난 날 밤입니다."

"아라가와 강변에서 변사체가 발견된 사건을 말씀하시는군요."

"아라가와 강이 아니라 구 에도강입니다."

구사나기가 잠깐의 틈도 두지 않고 정정했다.

"전에 제가 하나오카 씨에 대해 물어본 적이 있죠, 그날 이웃집은 어땠냐고요?"

"생각납니다. 기억에 남을 만한 일은 없었던 것 같습니다, 라고 대답했지요."

"맞습니다. 거기에 대해서 좀 더 상세하게 기억을 떠올려 주셨으면 합니다."

"뭘 말입니까? 아무 일도 없었는데 더 떠올릴 게 뭐가 있겠어요?"

"아니, 그러니까, 선생님께서는 딱히 의식하지 못하셨지만 실은 큰 의미가 있는 일이 있을 수도 있지 않겠습니까. 그날 밤 일을 가능한 한 상세하게 말씀해 주셨으면 좋겠습니다. 사건과 관련이 있는지 없는지는 판단하실 필요가 없습니다."

"하아, 그래요……."

이시가미가 자신의 목덜미를 손으로 문질렀다.

"시간이 좀 흐른지라 쉽지 않을 줄은 압니다. 기억을 떠올리는 데 도움이 될까 해서 이런 걸 빌려 왔습니다."

구사나기 내민 것은 이시가미의 근무 기록과 담당 학급의 시간표, 그리고 학교 스케줄 표였다. 행정 직원에게 빌려 온 모양이었다.

"이걸 보시면 기억을 떠올리기가 조금은 수월하지 않을까요?"

형사가 눈웃음을 지었다.

그 모습을 본 순간 이시가미는 형사의 목적이 무엇인지 알아차렸다. 둘러대고는 있지만, 구사나기가 알고 싶은 건 하나오카 야스코에 대해서가 아니라 이시가미의 알리바이인 것이다. 왜 경찰의 화살이 자신에게로 향했는지, 그 구체적인 근거가 짐작되지 않았다. 다만 마음에 걸리는 것은 있었다. 역시 유가와 마나부의 행동이다.

어쨌거나 형사의 목적이 알리바이를 조사하는 거라면 그 나름의 대응을 해야만 한다. 이시가미는 자리를 고쳐 앉으며 등을 쭉 폈다.

"그날은 유도부의 연습을 마치고 퇴근했으니 일곱 시쯤 집에 들어갔을 겁니다. 지난번에도 그렇게 말씀드리지 않았나요?"

"맞습니다. 그리고 그 후로는 줄곧 집에 계셨다고요."

"그게…… 아마 그랬을 겁니다."

이시가미는 일부러 애매하게 말했다. 구사나기가 어떻게 나오는지 보고 싶어서였다.

"집에 누군가 찾아오지는 않았습니까? 아니면 전화가 걸려왔다든가……."

형사의 질문에 이시가미는 고개를 갸웃했다.

"누구 집 말입니까, 하나오카 씨의 집을 말씀하시는 건가요?"

"아니, 그게 아니라 선생님 댁 말씀입니다."

"우리 집요?"

"그게 사건과 무슨 관계일까 의아하게 여기시는 게 당연합니다. 선생님에 대해서 알고 싶은 게 아니라, 저희로서는 그날 밤 하나오카 씨 주변에서 일어난 일에 대해 가능한 한 분명하게 파악해 두고 싶어서 그럽니다."

궁색한 변명이군, 하고 이시가미는 생각했다. 물론 이 형사도 그 말이 억지스럽게 들릴 거라는 사실을 잘 알고 있을 터였다.

"그날 밤에는 아무도 만나지 않았습니다. 전화도…… 아마 오지 않았을 겁니다. 평소에도 전화가 오는 법은 좀처럼 없으니까요."

"그렇습니까?"

"죄송하군요. 일부러 찾아오셨는데 도움이 될 만한 말씀을 못 드려서요."

"아닙니다. 그런 건 신경 쓰시지 않아도 됩니다. 그런데,"

구사나기가 근무 기록이 적힌 종이를 집어 들었다.

"여기 보니까 선생님은 11일 오전에 수업을 쉬셨더군요. 출근을 오후에 하셨던데 무슨 일이 있었습니까?"

"아, 그날 말이군요. 별일은 아니었습니다. 몸이 좀 안 좋아서 쉬었지요. 3학기 수업도 거의 끝난 터라 별 영향이 없을 것 같고 해서요."

"병원에는 가셨습니까?"

"아니요. 그 정도는 아니었어요. 그래서 오후에는 출근했고요."

"아까 행정 직원에게 물었더니 이시가미 선생님은 쉬시는

일이 거의 없다고 하더군요. 다만 한 달에 한 번꼴로 오전에
만 쉬신다고요."

"휴가를 그런 식으로 사용하고 있습니다."

"직원 말로는 선생님이 수학 연구를 하느라 밤을 새우는 경
우가 종종 있는 것 같다고 했습니다. 그래서 그다음 날 오전
에 쉬시는 듯하다고요."

"직원에게 그렇게 얘기한 기억은 있습니다."

"그런데 그 빈도가 대체로 한 달에 한 번 정도라고 하던데
말이죠."

구사나기가 다시 근무 기록을 내려다보았다.

"11일 전날, 즉 10일에도 선생님은 오전 수업을 쉬셨습니
다. 10일에는 평소에도 있던 일이라 직원도 별로 신경을 쓰
지 않았는데 그다음 날도 쉬시겠다는 얘기를 듣고 약간 놀랐
다고 하더군요. 이틀 연속 쉬시는 건 여태껏 없었던 일이라
서요."

"그랬던가요……."

이시가미가 이마에 손을 댔다. 신중하게 대답해야 할 국면
이다.

"뭐, 별다른 이유는 없었습니다. 말씀하신 대로 10일은 전
날 밤을 새웠기 때문에 오후에 출근한 겁니다. 그런데 그날
밤에 열이 조금 나서 다음 날도 오전을 쉬게 되었지요."

"그래서 오후에 출근하셨다 이 말입니까?"

"그렇습니다." 하고 이시가미는 고개를 끄덕였다.

"흠……."

구사나기가 의심에 가득한 눈길로 이시가미를 바라보았다.

"제 말이 이상한가요?"

"아니요, 오후에 출근했다면 몸 상태가 많이 나쁘진 않으셨나 보다 생각했습니다. 다만 그런 정도라면 대개는 조금 무리해서라도 출근하지 않을까 싶어서요. 전날 오전에도 쉬었는데 말이죠."

구사나기의 말에는 이시가미를 노골적으로 의심하는 뉘앙스가 담겨 있었다. 그런 식으로 이시가미의 기분을 좀 건드려 봐도 좋지 않을까 하고 작정했는지도 몰랐다.

그런 도발에 걸려들 내가 아니지, 하고 이시가미는 쓴웃음을 지었다.

"그렇게 생각하실 수도 있겠지만 그때는 상태가 안 좋아서 도저히 일어날 수가 없었습니다. 그런데 점심때가 되자 의외로 편안해지더군요. 그래서 조금 무리해서 출근한 겁니다. 물론 말씀하신 대로 전날 쉬었다는 부담도 있었고 말이죠."

이시가미가 설명하는 내내 구사나기는 그 눈을 들여다보고 있었다. 용의자가 거짓말을 할 때는 반드시 눈에 당황한 기색이 나타나는 법이라고 믿기라도 하는 듯 날카롭고 집요한

313

시선이었다.

"그렇군요. 하기야 평소에 유도로 단련하셨으니 웬만한 병은 한나절이면 떨쳐 버릴 수 있을지도 모르겠습니다. 직원도 이시가미 선생님이 아프다고 하는 말을 여태껏 들어 본 적이 없다고 하더군요."

"그럴 리 있겠습니까. 저도 감기 정도는 걸립니다."

"그게 우연히도 그날이었다는 말씀이군요."

"우연히도, 라는 게 무슨 뜻이죠? 저로서는 아무 의미도 없는 날인데요."

"그렇군요."

구사나기는 수첩을 덮고 자리에서 일어섰다.

"바쁘신데 폐를 끼쳐 죄송합니다."

"저야말로 도움이 되지 못해서 죄송하군요."

"아닙니다. 이걸로 충분합니다."

두 사람은 응접실을 나왔다. 이시가미가 형사를 현관까지 배웅했다.

"유가와는 그 뒤로 만나신 적이 있습니까?"

걸어가면서 구사나기가 물었다.

"아니요, 그 후로는 한 번도 못 봤습니다. 형사님은 자주 만나시죠?"

"그게, 저도 바빠서 최근에는 못 만났어요. 셋이 같이 한번

만나면 어떨까요? 유가와에게 듣자 하니 이시가미 선생께서
도 술을 상당히 좋아하신다던데요."

구사나기가 술잔을 기울이는 시늉을 했다.

"그야 좋습니다만, 사건이 해결된 다음이 낫지 않을까요?"

"저희라고 쉬지 않고 일만 하는 건 아닙니다. 나중에 연락
드리겠습니다."

"그런가요? 그럼 기다리겠습니다."

"네, 꼭 연락드리죠."

그렇게 말하고 구사나기는 정면 현관을 통해 밖으로 나갔다.

이시가미는 복도로 돌아와 창가에서 형사의 뒷모습을 바라
보았다. 구사나기는 휴대 전화로 누군가와 통화하고 있었다.
그의 표정까지는 보이지 않았다.

형사가 알리바이를 조사하러 왔다……. 이시가미는 그 의
미를 생각해 보았다. 의심의 화살을 자신에게 돌린 데는 그
럴 만한 근거가 있을 것이다. 그게 대체 뭘까. 지난번에 구사
나기를 만났을 때는 그렇지 않았던 것 같은데.

다만 오늘 그가 한 질문으로 보아 구사나기는 아직 사건의
본질을 눈치채지 못한 듯하다. 진상과는 거리가 먼 곳에서
헤매고 있는 것이다. 그는 이시가미에게 알리바이가 없다는
사실에 어떤 가능성을 느꼈는지도 모른다. 하지만 그건 상관
없다. 거기까지는 이미 계산해 두었다.

문제는……

유가와 마나부의 얼굴이 떠올랐다. 그 사내가 어디까지 냄새를 맡았을까. 그리고 그 사건의 진상을 어디까지 파헤치려 하는가.

어제 야스코와 전화 통화를 하다가 야릇한 말을 들었다. 유가와가 그녀에게 이시가미를 어떻게 생각하느냐고 물었다는 것이다. 그는 이시가미가 야스코에게 호감이 있다는 사실을 꿰뚫어 본 것 같다.

이시가미는 유가와와 주고받은 말을 되새겨 보았지만 그녀에게 향한 마음을 드러내 보일 만큼 부주의한 말을 한 기억이 전혀 없었다. 그런데 그 물리학자는 어떻게 눈치를 챈 것일까.

돌아서서 교무실로 걸음을 옮기던 도중 예의 행정 직원과 마주쳤다.

"아니, 형사는요?"

"볼일을 마치고 방금 돌아갔어요."

"선생님은 퇴근 안 하세요?"

"아, 네. 잠깐 할 일이 남아서요."

형사가 왜 찾아왔는지 알고 싶어 하는 직원을 모른 체하고 이시가미는 잰걸음으로 교무실로 돌아왔다.

자기 자리에 앉은 그는 책상 밑을 들여다보았다. 그리고 거기에 보관해 둔 파일 몇 권을 꺼냈다. 그 파일에는 그가 몇 년 동안 어떤 수학의 난제를 붙들고 씨름해 온 성과의 일부가 담겨 있었다.

그것들을 가방에 넣어 가지고 그는 교무실을 나섰다.

"지난번에도 말하지 않았나. 고찰이라는 것은 생각하고 관찰한 내용이라고 말이야. 실험 결과가 예상대로 나와 다행이라고 말하는 건 단순한 감상에 지나지 않아. 게다가 처음부터 끝까지 모든 것이 예상대로 된 것도 아니잖아. 실험하는 과정에서 자기 나름으로 뭔가를 발견해야 하는 거야. 생각을 좀 더 해서 쓰도록."

유가와가 이렇게 화를 내는 건 보기 드문 일이었다. 그는 넋을 놓고 서 있는 학생에게 리포트 용지를 건네며 절레절레 고개를 흔들었다. 리포트 용지를 받아 든 학생이 고개를 꾸벅하고서 연구실을 나갔다.

"자네도 화를 낼 때가 다 있군."

가만히 그 모습을 지켜보던 구사나기가 말했다.

"화를 내는 게 아니야. 실험하는 자세가 야무지지 못해서 지도한 것뿐이지."

유가와는 자리에서 일어나 머그 컵에 인스턴트커피를 타기 시작했다.

"그래서, 그 후에 뭔가 알아냈어?"

"이시가미의 알리바이를 조사해 봤지……라기보다는 본인을 만나서 물어봤어."

"정면 공격인가?"

유가와는 큼지막한 머그 컵을 손에 든 채 개수대를 등지고 돌아섰다.

"그래서, 본인의 반응은?"

"그날 밤에는 내내 집에 있었다는 거야."

그러자 유가와가 얼굴을 찌푸리며 고개를 저었다.

"반응이 어땠느냐고 물었어. 뭐라고 대답했는지 물은 게 아니야."

"반응이라…… 뭐, 딱히 당황하는 것 같지는 않았어. 형사가 기다린다는 얘기를 듣고 마음을 어느 정도 가라앉혀서 왔을 테니까."

"알리바이를 왜 묻는지 의아해하지 않아?"

"아니, 이유는 묻지 않더군. 나도 직접적으로 묻는 방식을 취하지는 않았으니까."

"이시가미라면 알리바이를 물어볼 거라고 예상했을지도 몰라."

유가와가 혼잣말처럼 중얼거리고 나서 커피를 한 모금 머금었다.

"그날 밤엔 내내 집에 있었다고 했단 말이지?"

"그리고 열이 나는 바람에 다음 날은 오전 수업을 쉬었대."

구사나기는 학교 행정 직원한테 받은 이시가미의 근무 기록을 책상 위에 놓았다.

유가와가 구사나기 옆으로 다가와 의자에 앉은 후 그 근무 기록을 집어 들었다.

"다음 날 오전이라……."

"범행 후 이것저것 사후 처리를 해야 하지 않았겠어? 그래서 학교에 못 간 거야."

"도시락 가게 여자 쪽은 어때?"

"철저히 조사했지. 11일에 하나오카 야스코는 평소대로 출근했어. 딸도 학교에 갔을뿐더러 지각도 하지 않았고."

유가와가 근무 기록을 책상에 놓더니 팔짱을 끼었다.

"사후 처리라면 뭐가 있었을까?"

"그야 흉기를 처분한다든가……."

"그걸 하는 데 열 시간 넘게 걸릴까?"

"왜 열 시간인데?"

"범행이 10일 밤이었잖아. 다음 날 오전까지 쉬었다는 건 사후 처리에 열 시간 이상 걸렸다는 뜻이야."

"잠잘 시간도 필요하잖아."

"범행을 저지르고서 사후 처리도 끝나기 전에 자는 사람이 있겠어? 그리고 그것 때문에 잠잘 시간이 없었다고 근무를 쉬지도 않아. 대개는 무리를 해서라도 출근하지."

"그러니까, 쉴 수밖에 없는 이유가 있었다 이거군."

"그래. 그 이유를 생각해 보자는 거지."

유가와가 다시 머그 컵을 집어 들었다.

구사나기는 책상 위에 있던 근무 기록을 원래대로 잘 접었다.

"오늘은 자네에게 꼭 물어보고 싶은 게 있어. 이시가미를 의심하게 된 계기 말이야. 그걸 알아야겠어."

"이상한 걸 묻는군. 자네는 이시가미가 하나오카 야스코에게 호의를 품고 있다는 사실도 혼자서 알아냈잖아. 그럼 그 점에 관해서는 내게 더 물을 필요가 없을 텐데?"

"그런데 그게 그렇지 않아. 내게도 나름의 입장이란 게 있단 말이야. 상사에게 보고하는데 그저 어림짐작으로 이시가미를 의심하게 되었다고 할 수는 없잖아."

"하나오카 야스코 주변을 조사하다가 이시가미라는 수학 선생이 부각되었다. 그 정도면 충분하지 않아?"

"그렇게 보고했지. 그러고서 이시가미와 하나오카 야스코의 관계를 조사해 봤어. 하지만 지금으로서는 두 사람 사이에 밀접한 관계가 있다는 증거를 찾을 수가 없더란 말이야."

그러자 유가와가 머그 컵을 손에 쥔 채 몸을 흔들면서 웃었다.

"하긴 그럴 거야."

"무슨 뜻이야, 그게?"

"깊은 뜻은 없어. 그들 사이에 아무것도 없을 거라는 얘기일 뿐. 아무리 조사해 봐도 나오지 않을 거라고 단언할 수 있어."

"남의 일처럼 그러지 마. 우리 반장 같은 사람은 벌써 이시가미에게 흥미를 잃으려고 한단 말이야. 이대로 가다가는 내 마음대로 움직이기도 힘들어져. 그래서 자네가 이시가미를 의심하게 된 이유를 알고 싶은 거야. 이봐, 유가와. 이젠 말할 때도 되지 않았어? 도대체 왜 말해 주지 않는 거야?"

구사나기의 말투가 애원조로 변해서인지 유가와가 진지한 표정을 지으며 머그 컵을 내려놓았다.

"얘기를 해 줘도 아무 의미가 없기 때문이야. 자네에겐 도움이 안 될 거야."

"왜지?"

"내가 이 사건에 이시가미가 관련되지 않았을까 생각하게 된 계기도 자네가 아까부터 몇 번이나 말한 것과 같기 때문이야. 어떤 사소한 일을 통해 그가 하나오카 야스코에게 마음이 있다는 걸 알게 됐어. 그래서 그가 사건에 관련됐을 가능성에 대해 생각하게 된 거야. 호의를 품은 것 같다는 이유만으로 어떻게 그런 생각을 하게 되었느냐고 묻고 싶겠지만, 이건 말하자면 직감 같은 거야. 이시가미에 대해 어느 정도 아는 사람이 아니면 이해하기 힘들지. 자네도 '형사의 감'이 라는 말을 자주 하잖아. 그것과 마찬가지야."

"평소의 자네라면 상상할 수도 없는 발언이야, 직감이라니."

"가끔은 쓸 수도 있지, 뭘."

"그럼 야스코에 대한 이시가미의 마음을 알게 된 계기라도 가르쳐 줘."

"안 돼."

유가와는 단호하게 거절했다.

"아니, 이봐."

"그의 자존심과 관련된 것이기 때문이야. 다른 사람에게는 말하고 싶지 않아."

구사나기가 한숨을 내쉬는데 문을 노크하는 소리가 들리더니 학생 하나가 들어왔다.

"아, 자네 왔나!"

유가와가 큰 소리로 알은체를 했다.

"갑자기 불러서 미안해. 어제 제출한 리포트에 관해 하고 싶은 말이 있어서 말이지."

"무슨 말씀인데요?"

안경을 낀 학생이 똑바로 선 채 물었다.

"자네, 리포트를 꽤 잘 썼더군. 다만 한 가지 확인할 게 있어. 자네는 그걸 물성론으로 설명했는데, 왜지?"

학생의 눈빛에 당혹감이 어렸다.

"왜냐하면 그게 물성론 시험이라서……."

그러자 유가와가 쓴웃음을 짓더니 고개를 절레절레 흔들었다.

"그 시험의 본질은 소립자론에 있어. 그래서 그쪽으로도 접근해 주기를 바랐어. 물성론 시험이라고 해서 다른 이론은 전혀 소용없다고 단정 지으면 안 되지. 그래서는 훌륭한 학자가 될 수 없어. 선입견은 적이야. 보이는 것도 안 보이게 만드니까 말이지."

"알겠습니다."

학생은 순순히 고개를 끄덕였다.

"자네가 우수하니까 충고하는 거야. 수고했어. 가 봐."

감사합니다, 하고 인사한 후 학생은 연구실을 나갔다.

구사나기가 유가와의 얼굴을 빤히 바라보았다.

"왜 그래, 내 얼굴에 뭐 묻었어?"

"그게 아니라 학자는 다 똑같다는 생각이 들어서."

"왜 그런 생각을 했지?"

"이시가미에게도 비슷한 말을 들었거든."

구사나기는 이시가미가 시험 문제에 대해 한 말을 유가와에게 전했다.

"흠, 선입견에서 비롯되는 맹점을 찌르고 들어간다……, 그다운 말이군."

유가와가 히죽거리며 웃었다.

그러나 다음 순간 물리학자의 안색이 변했다. 그는 의자에서 벌떡 일어서더니 머리에 손을 얹고 창가로 걸어갔다. 그리고 하늘을 올려다보는 것처럼 시선을 위로 향했다.

"이봐, 유가와."

그러나 유가와는 생각을 방해하지 말라는 듯 손을 들어 보였다. 구사나기는 하는 수 없이 그런 친구의 모습을 바라보기만 했다.

"있을 수 없는 일이야."

유가와가 중얼거렸다.

"그런 게 가능할 리 없어."

"도대체 왜 그래?"

구사나기가 참지 못하고 물었다.

"아까 그 종이 좀 보여 줘 봐, 이시가미의 근무 기록 말이야."

유가와의 말에 구사나기는 재빨리 안주머니에서 접힌 종이를 꺼냈다. 그것을 받아 든 유가와가 한참이나 노려보듯이 들여다보다가 마침내 신음하듯 중얼거렸다.

"이런, 설마⋯⋯."

"이봐, 뭐라고 말을 좀 해 봐, 혼자서만 그러지 말고."

유가와가 근무 기록을 구사나기에게 도로 내밀었다.

"미안하지만 오늘은 이만 돌아가 줘."

"뭐라고? 정말 이러기야?"

구사나기가 항의했다. 그러나 유가와의 얼굴을 본 순간 더는 말을 할 수 없었다.

물리학자 친구의 얼굴이 슬픔과 고통으로 일그러져 있었다. 그런 그의 표정을 구사나기는 여태까지 한 번도 본 적이 없었다.

"돌아가 줘. 미안해."

유가와가 신음 같은 소리로 다시 한 번 말했다.

하는 수 없이 구사나기는 자리에서 일어섰다. 묻고 싶은 말이 산처럼 쌓여 있었다. 그러나 지금 자신이 할 수 있는 일이란 친구 앞에서 사라지는 것뿐이라고 생각했다.

15

시계가 오전 7시 30분을 가리키고 있었다. 이시가미는 가방을 끌어안고 집을 나섰다. 그 가방에는 그가 이 세상에서 가장 소중히 여기는 것이 들어 있었다. 현재 그가 연구하고 있는 수학 이론을 정리한 파일이다. 현재, 라고 하기보다는 오랜 세월 동안 줄곧 연구해 왔다고 표현하는 것이 정확할지도 모른다. 아무튼 그는 대학 졸업 논문에서도 그것을 연구 주제로 삼았다. 그리고 아직 완성에는 이르지 못했다.

그 수학 이론을 완성하기까지는 앞으로도 20년 이상 걸릴 것이라고 그는 예상하고 있다. 어쩌면 그보다 더 걸릴지도 모른다. 자신 말고는 그 누구도 완성하지 못할 것이라는 자부심도 있었다.

다른 것은 일절 생각할 필요가 없고 잡다한 일에 시간을 빼앗기지도 않으면서 오로지 난제를 푸는 데 몰두할 수 있다면 얼마나 좋을까. 이시가미는 때로 그런 망상에 사로잡히기도 한다. 과연 살아 있을 동안 이 연구를 완성할 수 있을까 싶어 불안이 엄습할 때면 그것과 아무 관계도 없는 일에 낭비하는 시간이 아깝기 그지없었다.

어디에 가든 이 파일만은 손에서 놓을 수 없다고 그는 생각했다. 촌음을 아껴서 한 걸음이라도 연구를 진전시켜야 한다. 종이와 연필만 있으면 가능한 일이다. 연구를 계속할 수만 있다면 다른 것은 바라지 않는다.

평소 지나던 길을 그는 기계적으로 걸어갔다. 신오하시교를 건너 스미다 강변을 따라간다. 오른쪽에는 파란 비닐 시트로 지은 오두막이 늘어서 있다. 백발 섞인 머리를 뒤로 묶은 남자가 냄비를 불 위에 올려놓는 참이었다. 냄비의 내용물은 알 수 없다. 남자 옆에는 옅은 갈색의 잡종 개가 묶여 있었다. 개는 주인 쪽으로 엉덩이를 들이민 채 지친 듯이 늘어져 있다.

'깡통남'은 여전히 깡통을 찌그러뜨리고 있었다. 그러면서 그는 뭐라고 혼잣말을 중얼거렸다. 그의 곁에는 벌써 빈 깡통으로 가득 찬 비닐 포대가 둘이나 놓여 있다.

'깡통남'을 지나 조금 더 걸어가니 벤치가 나왔다. 아무도 앉아 있지는 않았다. 이시가미는 그 벤치를 흘끗 보고는 다시 고개 숙인 자세로 돌아갔다. 그는 계속해서 일정한 속도로 걷는다.

앞에서 누군가 걸어오는 기척이 났다. 시간적으로 봐서는 개 세 마리를 거느린 노부인과 마주칠 때가 됐지만 그녀는 아닌 것 같았다. 이시가미는 무심코 얼굴을 들었다.

"아……"

그는 입 밖으로 소리를 내며 걸음을 멈췄다.

상대는 멈추지 않았다. 멈추기는커녕 싱글벙글 웃으며 그에게 다가오고 있었다. 그리고 이시가미의 코앞에 이르러서야 걸음을 멈췄다.

"잘 있었어?"

유가와가 먼저 말을 건넸다.

이시가미는 순간적으로 말문이 막혔다. 그는 혀로 입술을 축이고서야 겨우 입을 열었다.

"나를 기다린 건가?"

"물론이지."

유가와가 상냥한 표정으로 대답했다.

"하지만 단순히 기다렸다고 하는 건 틀린 표현일지도 몰라. 기요스바시 쪽에서 어슬렁어슬렁 걸어오는 참이야. 자네를 만날 수 있을 것 같아서."

"상당히 급한 용건이 있나 보군."

"급한 용건이라…… 글쎄, 그럴지도 모르지."

유가와는 고개를 갸웃했다.

"지금 꼭 얘기해야 하는 건가?"

이시가미가 손목시계를 보았다.

"시간이 별로 없어서 말이지."

"십 분에서 십오 분 정도면 돼."

"걸으면서 해도 돼?"

"그래도 되긴 하지만……."

유가와가 주위를 둘러보았다.

"여기서 잠깐 이야기하지. 이삼 분 안에 끝낼 테니까. 저 벤치에 앉지."

그렇게 말하고서 그는 이시가미의 대답도 듣지 않은 채 벤치로 걸어갔다.

이시가미는 숨을 후, 내쉰 후 친구를 따라갔다.

"전에도 한 번 이 길을 자네랑 걸은 적이 있어."

유가와가 말했다.

"그랬던가."

"그때 자네가 말했어. 노숙자들을 보고, 그들은 시계처럼 정확하게 살아가고 있다고. 기억나?"

"그래, 기억나. 그랬더니, 인간이 시계에서 해방되면 오히려 더 그렇게 되는 법이라고 자네가 말했지."

유가와가 만족스러운 듯이 고개를 끄덕였다.

"나나 자네나 시계에서 해방되는 건 불가능해. 둘 다 사회라는 시계의 톱니바퀴로 전락했기 때문이지. 톱니바퀴가 없어지면 시계는 작동하지 않게 돼. 그리고 아무리 톱니바퀴 하나가 제 마음대로 움직이려 해도 주위에서 그걸 허락하지 않지. 그래서 톱니바퀴가 되면 안정을 얻는 대신 자유를 잃게 돼. 그런 이유로 노숙자 가운데는 원래의 생활로 돌아가고 싶어 하지 않는 사람도 꽤 있는 모양이야."

"그런 쓸데없는 이야기로 이삼 분을 보낼 생각이야?"

이시가미가 시계를 보며 말했다.

"이것 보라고, 벌써 일 분이 지났잖아."

"이 세상에 쓸모없는 톱니바퀴란 없으며 그 쓰임새를 결정하는 것은 톱니바퀴 자신이다, 그런 말을 하고 싶었어."

그러고서 유가와는 이시가미의 얼굴을 똑바로 바라보았다.

"학교를 그만둘 생각인가?"

그 말에 이시가미가 놀라서 눈을 화들짝 떴다.

"왜 그런 말을 하지?"

"아니, 어쩐지 그런 느낌이 들어서. 자네도 자신에게 주어진 역할이 수학 선생이라는 이름의 톱니바퀴라고 믿지는 않을 테니까."

거기까지 말한 후 유가와는 벤치에서 일어섰다.

"자, 그만 갈까."

두 사람은 스미다강의 제방을 나란히 걷기 시작했다. 이시가미는 옆에 있는 옛 친구가 다시 말을 꺼내기를 기다렸다.

"구사나기가 자네를 찾아간 모양이더군. 알리바이를 확인한다면서 말이야."

"응, 지난주였을 거야."

"그는 자네를 의심하고 있어."

"그런 것 같아. 왜 그런 생각을 하게 되었는지 나로서는 도무지 짐작이 안 가지만 말이지."

그러자 유가와가 슬그머니 입가에 웃음을 머금었다.

"실은 그도 반신반의하고 있어. 내가 자네에게 신경 쓰는 모습을 보고 자네에게 관심을 가지게 된 데 지나지 않아. 이런 말을 해도 될지는 모르겠지만, 경찰은 자네를 의심할 만한 어떤 근거도 가지고 있지 않아."

이시가미가 걸음을 멈췄다.

"왜 내게 그런 말을 하지?"

유가와도 멈춰 서서 이시가미 쪽을 향했다.

"친구니까. 다른 이유는 없어."

"친구라서 이야기할 필요가 있다 이건가? 왜? 나는 사건과 아무 관계가 없는데. 경찰이 의심하든 말든 나랑은 상관없는 일이야."

유가와가 길고 깊은 숨을 내쉬는 것이 느껴졌다. 잠시 후 그는 천천히 고개를 저었다. 그의 표정에 깃든 슬픔이 이시가미를 초조하게 만들었다.

"알리바이는 상관이 없어."

유가와가 나지막이 내뱉었다.

"뭐라고?"

"구사나기를 비롯한 형사들은 용의자의 알리바이를 무너뜨리는 데 여념이 없어. 그들은 만일 하나오카 야스코가 범인이라면, 그녀의 알리바이의 허점을 파고든다면 언젠가는 사건의 진상에 도달하게 되리라고 믿고 있어. 자네가 공범이라면 자네의 알리바이도 조사해서 자네와 하나오카 야스코의 아성을 무너뜨릴 수 있을 거라고 생각하고 있어."

"자네가 왜 그런 말을 하는지 나로서는 도무지 이해가 안 가는군. 그건 형사로서 당연한 일 아닌가?"

그러자 유가와가 다시 살짝 미소를 지었다.

"구사나기에게서 재미있는 말을 들었어. 자네의 시험 문제 출제 방식에 대해서 말이야. 선입견에서 비롯되는 맹점을 찌른다고 했던가? 예를 들어 기하 문제처럼 보이지만 사실은 함수 문제라고 말이야. 역시 자네라고 생각했어. 수학의 본질을 이해하지 못한 채 매뉴얼에 따라 문제를 푸는 데 익숙한 학생에게는 아주 유효한 문제일 거야. 언뜻 보기에는 기하 문제로 여겨지니까 그 방향으로 문제를 푸는 데 있는 힘을 다하겠지. 그러나 시간만 흐를 뿐 문제는 풀리지 않아. 심술궂다면 심술궂다고 할 수도 있겠지만, 참된 실력을 측정하는 데는 효과적일 거야."

"무슨 말이 하고 싶은 거야?"

"구사나기는,"

유가와는 다시 진지한 표정으로 돌아갔다.

"이번 문제에 대해 알리바이 무너뜨리기라는 선입견을 갖고 있어. 물론 용의자가 알리바이를 내세우고 있으니 당연하다면 당연한 얘기겠지. 게다가 그 알리바이는 어떻게든 무너뜨릴 수 있을 것처럼 보이기도 해. 그런 상황에서 실마리가 보이면 거기서부터 파고들려고 하는 게 인지상정이지. 우리가 연구에 임할 때도 마찬가지야. 그런데 실마리라고 생각했던 것이 실은 완전히 착각인 경우도 연구의 세계에서는 드물지 않지. 구사나기 역시 지금 그런 함정에 빠졌어. 아니, 감쪽같이 걸려들었다고 해야 할까."

"수사 방침에 의문이 있으면 내게 말할 게 아니라 구사나기 형사에게 말해야 하는 거 아닌가?"

"물론. 언젠가는 그렇게 할 생각이야. 그렇지만 그 전에 자네에게 말해 주고 싶었어. 그 이유는 아까 말한 대로고."

"친구이기 때문이다, 이 말인가?"

"그래. 그리고 한 가지 덧붙이자면 자네의 재능을 잃고 싶지 않아서야. 이런 귀찮은 일은 깨끗이 정리하고 자네는 자네 할 일에 열중했으면 해. 그 좋은 두뇌를 쓸데없는 일에 낭비하지 않았으면 좋겠어."

"자네가 굳이 말하지 않아도 쓸데없는 일에 시간을 허비하거나 그러지는 않아."

그렇게 말하고 이시가미는 다시 걸음을 재촉했다. 그러나 그것은 출근 시간이 늦어서가 아니라 그 자리에 머무는 것이 괴로웠기 때문이다.

유가와가 그를 뒤따라왔다.

"이번 사건을 해결하려면 알리바이 무너뜨리기에 주력해서는 안 되지. 이건 완전히 다른 문제야. 기하와 함수 간의 차이보다 더 큰 차이가 있어."

"참고로 묻겠는데, 그럼 무슨 문제라는 거지?"

앞을 향해 걸어가면서 이시가미가 물었다.

"한마디로 말하기는 어렵지만 굳이 말하자면 위장의 문제랄까. 이건 위장 공작이야. 수사진은 범인들의 위장 공작에 속고 있어. 그들이 단서라고 생각하는 것은 하나같이 단서가 아니야. 힌트를 손에 넣었다고 생각하는 순간 범인의 술수에 말려들고 마는 장치에 불과해."

"복잡하군."

"복잡하지. 하지만 시각을 조금만 바꾸면 놀라울 정도로 간단한 문제야. 평범한 사람이 복잡한 은폐 공작을 벌이면 그 복잡함 때문에 도리어 제 무덤을 파는 결과를 낳고 말지만 천재는 그렇지 않아. 지극히 단순한 방법, 그러나 평범한 사람이라면 생각해 낼 수도 없고 절대로 선택하지 않을 방법으로 문제를 단숨에 복잡하게 만들어 버리지."

"물리학자는 추상적인 표현을 싫어하는 줄로 아는데."

"그럼 조금 더 구체적으로 말해 볼까? 시간 어때?"

"아직은 괜찮아."

"도시락 가게에 들를 시간은 있어?"

그러자 이시가미는 유가와를 흘끗 본 다음 다시 시선을 앞으로 돌렸다.

"매일 거기서 도시락을 사는 건 아니야."

"그래? 내가 듣기로는 거의 매일이라던데."

"자네가 예의 사건과 나를 연결시키려는 근거가 바로 그건가?"

"그렇다고 할 수도 있고 조금 다르다고 할 수도 있어. 자네가 매일 그 가게에서 도시락을 산다고 한들 문제 될 건 없겠지만 특정한 여성을 매일 보러 간다면 그냥 지나칠 수 없겠지."

이시가미가 발걸음을 멈추고 유가와를 노려보았다.

"옛 친구면 아무 말이나 해도 괜찮다고 생각해?"

유가와는 그 눈길을 피하지 않았다. 그는 눈에 힘을 주어 이시가미의 시선을 정면으로 받아 냈다.

"정말 화가 난 거야? 물론 마음이 편치 못하다는 건 알지만……."

"어이가 없군."

이시가미가 다시 걷기 시작했다. 그리고 기요스바시교에 가까워지자 바로 앞에 있는 계단을 올라갔다.

"사체가 발견된 현장으로부터 조금 떨어진 곳에서 피해자의 것으로 추정되는 타다 만 옷이 발견됐어."

유가와가 이시가미를 뒤따라가며 말했다.

"드럼통 속에서 말이야. 범인의 짓이겠지. 처음 그 말을 들었을 때 나는 범인이 왜 옷이 다 탈 때까지 기다리지 못하고 그 자리를 떴을까 생각했어. 수사 팀은 범인이 한시라도 빨리 현장을 떠나고 싶었을 거라고 했지만, 만일 그랬다면 일단 옷을 가져갔다가 나중에 천천히 처리하면 되지 않았을까 싶더군. 아니면 혹시 범인은 옷이 금방 타 버릴 거라고 생각한 걸까. 그런 생각이 들자 신경이 쓰여 견딜 수 없더군. 그래서 나는 실제로 옷을 한번 태워 보기로 했어."

이시가미가 다시 걸음을 멈췄다.

"옷을 태워 봤단 말이야?"

"그래. 드럼통에다 넣고 말이야. 점퍼, 스웨터, 바지, 양말, 그리고 팬티까지. 재활용 센터에서 샀는데 생각보다 돈이 들더군. 하지만 수학자와 달리 우리는 실험을 안 하고는 못 배기는 성격이라서 말이지."

"결과는?"

"유독 가스를 뿜어내면서 잘도 타더군. 눈 깜짝할 사이에 다 타 버렸어. 오 분도 안 걸렸을걸."

"그래서?"

"범인은 왜 오 분도 못 기다렸을까?"

"글쎄."

이시가미는 계단을 다 올라가자 기요스바시 거리에서 왼쪽으로 접어들었다. 벤텐테이와는 반대 방향이었다.

"도시락 안 사?"

예상대로 유가와가 물었다.

"거참, 집요하네. 매일 사는 건 아니라고 했잖아."

이시가미가 미간을 찌푸렸다.

"그래, 자네가 점심 식사를 하는 데 문제가 없다면 됐어."

그러고서 유가와는 이시가미 옆에 나란히 섰다.

"사체 옆에서 자전거도 발견됐어. 수사 결과 시노자키역에
세워져 있던 것이 도난당했다는 사실도 밝혀졌고. 자전거에
는 피해자의 것으로 보이는 지문이 묻어 있었어."

"그게 어쨌다는 거지?"

"사체의 얼굴까지 뭉개 놓고서 자전거의 지문을 안 지우다
니 무척 둔한 범인도 다 있다 이 말이지. 하지만 말이야, 지문
을 일부러 남겨 둔 거라면 얘기가 달라. 만일 그렇다면 그 목
적이 무엇이었을까?"

"뭐라고 생각하는데?"

"자전거와 피해자를 연결시키기 위해서랄까. 자전거가 사
건과 아무 관련이 없다고 여겨지면 범인으로서는 곤란하거
든."

"왜지?"

"피해자가 자전거를 이용해 시노자키역에서 현장으로 갔다

고 경찰이 판단하기를 바라기 때문이지. 그것도 보통 자전거가 아닌 것으로."

"발견된 건 보통 자전거가 아니야?"

"물론 어디서나 볼 수 있는 바구니 달린 자전거야. 하지만 한 가지 특징이 있지. 새것이나 다름없다는 거야."

이시가미는 온몸의 땀구멍이 열리는 느낌이 들었다. 그는 거칠어지는 호흡을 억누르느라 안간힘을 썼다.

그때였다. "안녕하세요?" 하고 인사하는 소리가 들려 이시가미는 움찔했다. 자전거를 탄 여고생이 그를 지나쳐 가려는 참이었다. 여학생은 이시가미를 향해 가볍게 고개를 숙였다.

"아, 안녕."

이시가미가 황망히 답례했다.

"감격스러운걸. 요즘 세상에 선생에게 인사하는 학생이 있다니 말이야."

"거의 찾아보기 힘들지. 그런데 있잖아, 자전거가 새것이나 다름없다는 게 무슨 의미가 있지?"

"경찰은 이왕이면 새것을 훔치는 게 당연하다고 생각하는 모양인데, 그런 단순한 이유가 아닐 거야. 범인이 중요시한 건 자전거가 언제부터 시노자키역에 세워져 있었느냐 하는 점이야."

"왜 그렇지?"

"범인으로서는 역에 며칠씩 방치된 자전거는 쓸모가 없었어. 자전거 주인이 나서 줘야만 했거든. 그러기 위해서는 새 자전거일 필요가 있었던 거야. 산 지 얼마 안 된 자전거를 무작정 방치해 두는 사람은 없으니까. 만일 그런 자전거를 도둑맞는다면 경찰에 신고할 가능성이 높단 말이지. 물론 지금 말한 것들이 범행을 위장하기 위한 절대 조건이라는 건 아니야. 범인의 입장에서는 잘되면 다행이라는 정도의 기분으로 되도록이면 성공할 확률이 높은 방법을 선택한 거지."

"흠⋯⋯."

이시가미는 유가와의 추리에 대해 아무 언급도 하지 않은 채 앞만 보고 걸었다. 이윽고 두 사람은 학교 가까이에 이르렀다. 보도에 학생들의 모습이 보이기 시작했다.

"이야기가 재미있어서 좀 더 듣고 싶지만,"

이시가미가 걸음을 멈추고 유가와를 향해 돌아섰다.

"그만하는 게 좋겠어. 학생들에게 들려주고 싶지는 않으니까 말이야."

"그게 좋겠지. 나도 하고 싶었던 말은 얼추 한 것 같아."

"상당히 재미있었어."

이시가미가 말했다.

"전에 자네가 이런 문제를 낸 적이 있었지. 사람이 풀기 힘든 문제를 만드는 것과 그 문제를 푸는 것 중 어느 쪽이 더 어렵겠느냐, 라는. 기억해?"

"기억하고말고. 내 대답은 문제를 만드는 쪽이 어렵다는 거였어. 문제를 푸는 사람은 출제자에게 늘 경의를 표해야 한다고 생각해."

"그렇군. 그럼 P≠NP 문제는? 스스로 생각해서 해답을 이끌어 내는 것과, 다른 사람의 답이 옳은지 그른지를 판단하는 것 중 어느 쪽이 더 간단할까?"

이시가미의 물음에 유가와는 어리둥절한 표정을 지었다. 이시가미가 그런 말을 하는 의도를 알 수 없었기 때문이다.

"자네는 자신의 답을 먼저 내놓았어. 다음은 남이 내놓은 답을 들어 줄 차례야."

그렇게 말하고 그는 유가와의 가슴을 손가락으로 가리켰다.

"이시가미……."

"그럼 이만."

이시가미가 유가와에게 등을 보이고 걸어갔다. 가방을 끌어안은 팔에 힘이 잔뜩 들어가 있었다.

결국 여기까지인가, 하고 그는 생각했다. 저 물리학자는 모든 것을 알아 버렸다.

디저트로 우유 젤리를 먹는 동안에도 미사토는 입을 꾹 다물고 있었다. 역시 데리고 오지 말 걸 그랬나 싶어 야스코는 마음이 불안했다.

"많이 먹었어, 미사토 쨩?"

구도가 말을 걸었다. 그는 오늘 저녁 시종일관 미사토에게 신경을 기울이고 있었다.

미사토는 그에게 눈길조차 주지 않은 채 디저트를 입에 넣으며 고개를 끄덕였다.

세 사람은 긴자에 있는 중화요리 집에 와 있었다. 구도가 반드시 미사토와 함께 오라고 신신당부하는 바람에 내키지 않아 하는 미사토를 억지로 끌고 온 참이었다. 중학생만 돼도 맛있는 걸 사 준다는 말로는 아무 효과를 볼 수 없다. 결국 야스코는 너무 부자연스럽게 행동하면 경찰이 의심한다는 말로 겨우 미사토를 설득했다.

그러나 이래 가지고는 구도를 불쾌하게 만들고 말겠다며 야스코는 후회했다. 구도가 식사하는 내내 미사토에게 열심히 말을 걸었지만 미사토는 끝내 한 번도 제대로 대답하지 않았다.

우유 젤리를 다 먹은 미사토가 야스코 쪽으로 고개를 돌렸다.

"화장실에 갔다 올게."

"응, 그래."

미사토가 돌아오기를 기다리는 동안 야스코는 구도에게 사과의 말을 했다.

"구도 씨, 미안해요."

"뭐가?"

그는 영문을 모르겠다는 표정을 지었다. 물론 연기일 것이
다.

"저 아이, 낯을 가려요. 특히 어른 남자를 대하는 게 서투르
죠."

구도가 미소를 지었다.

"사이가 금방 좋아질 거라고는 기대하지 않아. 나 역시 중
학생 때는 저런 식이었어. 오늘은 일단 만났다는 사실만으로
충분해."

"고마워요."

구도는 고개를 끄덕이더니 의자에 걸쳐 놓은 웃옷 주머니
에서 담배와 라이터를 꺼냈다. 식사 중에는 미사토 때문에
참았을 것이다.

"그런데…… 그 뒤로는 별일 없었어?"

담배를 한 모금 빨아들이고 나서 구도가 물었다.

"뭐가요?"

"사건 말이야."

아, 하고 야스코는 눈을 살짝 내리깔았다가 다시 그의 얼굴
을 바라보았다.

"특별한 일은 없었어요. 그저 평범한 일상이죠."

"그렇다면 다행이고. 형사는 이제 안 와?"

"요즘은 본 적이 없어요. 가게에도 안 오고요. 구도 씨한테는요?"

"응, 나한테도 안 와. 아무래도 의심이 풀린 모양이야."

구도가 담뱃재를 재떨이에 떨었다.

"다만 한 가지 마음에 걸리는 게 있어."

"그게 뭔데요?"

"흠⋯⋯."

구도는 잠시 망설이는 표정을 짓다가 입을 열었다.

"실은 요즘 누군가 전화를 해 놓고 아무 말도 안 하는 일이 자주 있어. 집 전화로 말이야."

"어머, 기분 나빠라."

야스코가 미간을 찡그렸다.

"그리고,"

구도가 머뭇거리면서 웃옷 주머니에서 메모지 같은 것을 꺼냈다.

"이런 게 우편함에 들어 있었어."

야스코는 메모지에 적힌 글을 보고 깜짝 놀랐다. 자신의 이름이 적혀 있었기 때문이다. 그 내용은 다음과 같았다.

'하나오카 야스코에게 접근하지 말도록. 그녀를 행복하게

해 줄 사람은 당신 같은 남자가 아니다.'

워드 프로세서로 쓴 듯했다. 물론 보낸 사람의 이름은 없었다.

"우편으로 온 건가요?"

"아니야, 누군가 직접 우편함에 넣은 것 같아."

"짐작 가는 사람이 있어요?"

"전혀 없어. 그래서 야스코한테 물어보려고 가져온 거야."

"저도 짚이는 데는 없는데……."

야스코는 핸드백을 끌어당겨 안에서 손수건을 꺼냈다. 손바닥에 땀이 흥건했기 때문이다.

"우편함에 이 편지만 들어 있었어요?"

"아니, 사진도 한 장 있었어."

"사진이라고요?"

"전에 야스코와 시나가와에서 만났을 때 호텔 주차장에서 찍힌 모양이야. 전혀 눈치채지 못했는데 말이지."

야스코는 저도 모르게 주위를 둘러보았다. 설마 여기서도 누군가에게 감시당하고 있는 건 아니겠지 하며.

미사토가 돌아오는 바람에 얘기는 거기서 중단됐다.

야스코와 미사토는 중국집을 나오자마자 구도와 헤어져 택시를 탔다.

"음식, 맛있었어?"

야스코가 딸에게 물었다.

그러나 미사토는 부루퉁한 표정을 지은 채 아무 말도 하지 않았다.

"계속 그런 표정으로 있는 건 실례잖아."

"그러니까 안 데려왔으면 좋았잖아. 그렇게 싫다고 했는데."

"모처럼 초대하는데 어떻게 거절하겠어."

"엄마 혼자 가면 되잖아. 이제 다시는 안 갈 거야."

야스코는 한숨을 내쉬었다. 구도는 언젠가 미사토가 마음을 열 날이 올 거라고 믿고 있지만 도무지 그런 날이 올 것 같지 않았다.

"엄마, 그 아저씨랑 결혼할 거야?"

느닷없이 미사토가 물었다.

야스코는 시트에 기대고 있던 몸을 벌떡 일으켰다.

"애가 무슨 말을 하는 거야."

"진지하게 묻는 거야. 결혼하고 싶은 거 아니야?"

"결혼 안 해."

"정말이야?"

"당연하지. 가끔 만나는 것뿐이야."

"그럼 다행이고."

미사토가 창 쪽으로 얼굴을 돌렸다.

"하고 싶은 말이 뭐야?"

"아니야, 아무것도."

그렇게 말해 놓고서 미사토는 다시 천천히 야스코를 향해 고개를 돌렸다.

"그 아저씨를 배신하면 안 될 거라는 생각이 들어."

"그 아저씨라니……."

미사토는 엄마의 눈을 빤히 들여다보며 말없이 턱을 끌어 당겼다. 옆집 아저씨를 말하는 듯했다. 그걸 입 밖으로 내지 않는 것은 택시 운전사 때문일 것이다.

"넌 그런 거 신경 쓰지 않아도 돼."

야스코는 다시 시트에 몸을 기댔다.

미사토가 한숨을 내쉬었다. 엄마의 말을 믿는 것 같지 않다.

야스코는 머릿속에 이시가미를 떠올렸다. 미사토가 말하지 않아도 야스코는 그에게 신경이 쓰였다. 구도에게 들은 수상쩍은 이야기도 마음에 걸렸다.

야스코로서는 짐작 가는 인물이 단 한 사람뿐이었다. 야스코가 구도와 함께 택시를 타고 집으로 왔을 때 그 모습을 지켜보던 이시가미의 어두운 눈을 지금도 잊을 수 없다.

야스코가 구도를 만난다는 사실을 알고 이시가미가 질투심에 사로잡혀 있으리라는 것은 충분히 짐작할 수 있었다. 그가 범행을 은폐하는 데 협력하고 하나오카 모녀를 경찰의 손에서 지켜 주고 있는 것은 오로지 야스코를 향한 연정 때문일 것이다.

구도를 협박하고 있는 사람 역시 이시가미일까. 만일 그렇다면 그는 나를 어떻게 할 작정일까. 그런 생각을 하자 야스코는 마음이 불안해졌다. 공범이라는 사실을 내세워 그녀의 생활을 지배하려는 것인가. 그녀가 다른 남자와 결혼하는 것은 물론이고 만나는 것조차 두고 보지 않을 생각일까.

도가시를 죽인 야스코가 이시가미 덕분에 경찰의 추적을 피하고 있는 것은 사실이다. 그 점에 대해서는 야스코도 고마워하고 있었다. 그러나 그것 때문에 평생 그의 지배에서 벗어나지 못한다면 과연 무엇을 위한 은폐 공작이었단 말인가. 이런 상태라면 도가시가 살아 있을 때와 별로 다를 바가 없었다. 상대가 도가시에서 이시가미로 바뀌었을 뿐이다. 게다가 이번에는 절대로 도망칠 수도 배신할 수도 없는 상대다.

택시가 집 앞에서 멈췄다. 택시에서 내린 야스코는 연립 주택의 계단을 올랐다. 이시가미의 집에 불이 켜져 있었다.

집에 들어온 야스코는 옷을 갈아입었다. 그 직후 옆집 현관문이 열렸다 닫히는 소리가 들렸다.

미사토가 "거봐, 아저씨가 오늘 밤에도 우리를 기다리고 있었단 말이야."라고 속삭였다.

"알아, 나도."

야스코는 그만 퉁명스럽게 되받고 말았다.

몇 분 후 휴대 전화가 울렸다.

야스코가 전화를 받았다.

"네."

"이시가미입니다."

예상했던 목소리였다.

"통화, 괜찮습니까?"

"네, 괜찮아요."

"오늘도 별일 없었습니까?"

"네, 아무 일도요."

"그래요? 다행입니다."

이시가미가 한숨을 내쉬는 것이 느껴졌다.

"실은 하나오카 씨에게 꼭 해 드릴 말씀이 있습니다. 하나는 댁 우편함에 편지 세 통을 넣어 두었으니 나중에 확인해 보시라는 겁니다."

"편지……라고요?"

야스코가 현관문을 바라보았다.

"그 편지는 앞으로 쓰일 곳이 있을 테니 소중하게 보관해 주세요. 아시겠습니까?"

"아, 네."

"편지의 용도에 대해서는 메모를 적어 같이 넣어 두었습니다. 말할 것도 없이 그 메모는 읽는 즉시 없애 주시고요."

"알겠어요. 지금 확인해 보겠습니다."

"천천히 하셔도 됩니다. 그리고 중요한 이야기가 또 하나 있습니다."

거기까지 말하고서 이시가미는 잠시 틈을 두었다. 야스코는 그가 뭔가를 주저하고 있다고 느꼈다.

"그게 뭔가요?"

참다못한 그녀가 물었다.

"이런 식으로 연락하는 건,"

그가 다시 입을 열었다.

"이 전화가 마지막이 될 겁니다. 제가 연락하는 일은 앞으로 없을 거예요. 물론 야스코 씨도 제게 연락해서는 안 됩니다. 제게 무슨 일이 일어난다 해도 야스코 씨나 따님은 방관자로 머물러야 합니다. 그것이 두 사람을 구할 수 있는 유일한 길입니다."

이야기를 듣던 야스코의 가슴이 격하게 뛰기 시작했다.

"이시가미 씨, 그게 대체 무슨 얘기죠?"

"언젠가는 아시게 되겠지만 지금은 듣지 않는 편이 좋아요. 어쨌든 이상의 내용을 절대로 잊어서는 안 됩니다. 아시겠습니까?"

"잠깐만요. 좀 자세히 설명해 주세요."

야스코의 기색이 심상치 않다고 느꼈는지 미사토가 다가
왔다.

"설명할 필요는 없다고 생각합니다. 그럼 이만."

"아니, 하지만……."

그녀의 말이 끝나기도 전에 전화는 이미 끊겨 있었다.

구사나기의 휴대 전화가 울린 것은 그가 기시타니와 둘이
서 차로 이동하고 있을 때였다. 뒤로 한껏 젖혀진 조수석 의
자에 앉아 있던 구사나기는 그 상태로 전화를 받았다.

"네, 구사나기입니다."

"나야, 마미야."

반장의 탁한 목소리가 들려왔다.

"지금 곧장 에도가와 경찰서로 와."

"뭔가 찾아냈습니까?"

"그게 아니라 손님이야. 자네를 만나고 싶다는 사람이 와
있어."

"손님이요?"

그는 일순 유가와인가 하고 생각했다.

"이시가미라는 사람이야. 하나오카 야스코의 옆집에 사는
고등학교 선생."

"이시가미가 저를 만나러 왔어요? 전화로 얘기하면 안 될

까요?"

"전화로는 안 돼."

마미야의 말투가 강경했다.

"중요한 용건인 모양이야."

"내용을 들으셨어요?"

"자세한 건 자네한테 말하겠다는 거야. 그러니까 빨리 와."

"그래요? 그럼 가야겠군요."

구사나기는 휴대 전화 송화구를 손으로 막은 채 기시타니를 향해 "에도가와 경찰서로 오래." 하고 말했다.

그 순간 "자기가 죽였대."라는 마미야의 목소리가 전화기에서 흘러나왔다.

"네, 뭐라고요?"

"도가시를 죽인 사람이 자신이라는 거야. 다시 말하자면 이시가미가 자수를 하러 온 거야."

"설마……!"

구사나기가 상체를 벌떡 일으켰다.

16

이시가미는 완전히 무표정한 얼굴로 구사나기를 바라보고

있었다. 아니, 어쩌면 시선만 구사나기를 향했을 뿐 시각 인식은 없을지도 몰랐다. 혹은 마음의 눈으로 어딘가 먼 곳을 응시하고 있는 그의 앞에 구사나기가 우연히 앉아 있을 뿐인지도 모른다. 이시가미는 감정이라는 감정은 모두 걷어 낸 얼굴을 하고 있었다.

"그 남자를 처음 본 것은 3월 11일이에요."

그는 억양 없는 목소리로 진술을 시작했다.

"학교에서 돌아와 보니 그가 집 앞에서 서성거리고 있었어요. 그러다가 하나오카 씨 집 현관문에 달린 우편함에 손을 넣어 뒤지는 걸 봤죠."

"잠깐, 그 남자라는 건……."

"도가시라는 남자 말입니다. 물론 그때는 이름을 몰랐지만요."

이시가미는 가까스로 입가에 미소를 떠올렸다.

취조실에는 구사나기와 함께 기시타니도 있었다. 기시타니는 바로 옆 책상에서 기록을 하고 있었다. 그 외에 다른 형사들이 들어오는 것은 이시가미가 거부했다. 여러 사람이 각기 다른 질문을 하면 얘기가 잘 정리되지 않을 것 같다는 게 이유였다.

"신경이 쓰이기에 말을 걸었어요. 그러자 남자는 당황하며 '하나오카 야스코에게 볼일이 있다'고 대답하더군요. 그리고 자기가 별거 중인 남편이라고 했어요. 나는 그 말이 거짓말이라는 걸 알고 있었지만 그가 마음을 놓도록 믿는 척했어요."

"잠깐만요. 거짓말이라는 걸 어떻게 알았습니까?"

구사나기가 물었다. 이시가미는 숨을 살짝 들이쉬고 나서 대답했다.

"나는 하나오카 야스코에 대해 뭐든지 다 알고 있으니까요. 그녀가 이혼했다는 사실도, 헤어진 전남편을 피하고 있다는 사실도 모두 알고 있습니다."

"어떻게 그렇게 자세히 알게 되었죠? 그녀의 이웃에 산다고는 해도 대화를 나눈 적도 거의 없고 단지 그녀가 일하는 도시락 가게의 단골일 뿐이라고 들었는데요."

"물론 표면적으로야 그렇죠."

"표면적이라고요?"

그러자 이시가미는 등을 쭉 펴고 가슴을 조금 뒤로 젖혔다.

"나는 하나오카 야스코의 보디가드 같은 사람입니다. 그녀에게 접근하는 이상한 남자들로부터 그녀를 지키는 것이 내 역할이죠. 하지만 그런 사실을 세상에는 별로 알리고 싶지 않았어요. 어쨌든 내게는 고등학교 교사라는 얼굴이 있으니까요."

"그래서 처음에 저희에게 잘 모르는 사이라고 말한 겁니까?"

구사나기의 물음에 이시가미가 숨을 살짝 토해 냈다.

"댁이 나를 찾아온 건 도가시 살해 사건에 대해 조사하기 위해서였잖아요. 그런데 내가 사실대로 말할 리 있겠습니까? 그 즉시 의심을 받을 텐데 말이에요."

"그건 그렇겠군요."

구사나기가 고개를 끄덕였다.

"그러니까 보디가드라서 하나오카 야스코 씨의 일이라면 뭐든지 알고 있다, 이 말씀이로군요."

"그렇습니다."

"그럼 그전부터 그녀와 밀접한 관계가 있었다는 건가요?"

"그렇습니다. 물론, 다시 말씀드리지만, 다른 사람들에게는 비밀이었죠. 그녀의 딸조차 눈치채지 못하도록 신중하고도 교묘하게 연락을 주고받았습니다."

"구체적으로 어떻게 한 겁니까?"

"거기에는 여러 가지 방법이 있습니다. 그걸 먼저 이야기하는 게 좋을까요?"

구사나기는 뭔가 묘한 느낌에 사로잡혔다. 하나오카 야스코와 비밀스런 관계였다는 것은 실로 당돌하고도 그 배경이 모호한 이야기였다. 그러나 구사나기로서는 전체적인 사건을 빨리 파악하는 게 우선이었다.

"그 부분에 대해서는 나중에 듣도록 하지요. 그때 도가시 씨와 무슨 대화를 나눴는지 좀 더 자세히 말씀해 주세요. 그가 하나오카 야스코 씨의 남편이라고 한 말을 일단 믿는 척 했다는 것까지 들었습니다."

"그가 하나오카 야스코가 어디 갔는지 아느냐고 묻더군요. 그래서 이렇게 대답했습니다. 그녀는 지금 여기 살지 않는다, 직장 때문에 얼마 전에 이사했다고요. 그랬더니 좀 놀라는 눈치였습니다. 그리고 지금 그녀가 어디 사는지 아느냐고 물었습니다. 저는 알고 있다고 대답했습니다."

"어디 산다고 했습니까?"

구사나기의 물음에 이시가미는 빙그레 웃었다.

"시노자키요. 구 에도 강변에 있는 연립 주택이라고 알려 줬습니다."

여기서 시노자키가 나오는 건가, 하고 구사나기는 생각했다.

"그것만으로 도가시가 물러서던가요?"

"그럴 리가요. 도가시는 상세한 주소를 알고 싶어 했습니다. 저는 놈을 기다리게 해 놓고 방으로 들어가서 지도를 보면서 주소를 메모했습니다. 그 주소라는 것은 하수 처리장이 있는 곳이었죠. 메모를 건네자 놈이 무척 기뻐하더군요. 고맙다면서요."

"왜 그런 주소를 주셨죠?"

"그야 물론 인적이 드문 곳으로 놈을 유인하기 위해서죠.

그 하수 처리장 부근의 지리는 전부터 잘 알고 있었습니다."

"잠깐만요. 그럼 도가시를 만난 순간부터 그를 죽이기로 결심했다는 건가요?"

질문하면서 구사나기는 이시가미의 얼굴을 뚫어져라 바라보았다. 실로 놀라운 얘기였다.

"물론 그렇습니다."

이시가미는 담담하게 대답했다.

"좀 전에도 말했듯이 나는 하나오카 야스코를 지켜야 합니다. 그녀를 괴롭히는 남자가 나타나면 한시라도 빨리 제거해야 하죠. 그것이 나의 역할입니다."

"도가시가 하나오카 씨를 괴롭힌다고 확신한 건가요?"

"확신한 게 아니라 알고 있었던 거예요. 하나오카 야스코는 그 남자 때문에 고통 받고 있었습니다. 그놈에게서 도망쳐 내 곁으로 온 겁니다."

"그 같은 사실을 하나오카 씨에게 직접 들었습니까?"

"그건…… 특수한 연락 방법으로 알았어요."

이시가미는 한 점 망설임 없이 대답했다. 말할 것도 없이 이곳에 출두하기까지 머릿속으로 충분히 정리했을 것이다. 그러나 그의 말에는 부자연스러운 부분이 많았다. 적어도 지금까지 구사나기가 그에 대해 가졌던 이미지와는 거리가 멀었다.

"메모를 건넨 다음에는 어떻게 했죠?"

구사나기는 일단 이야기를 계속 들어 보기로 했다.

"하나오카 야스코가 일하는 곳을 아느냐고 놈이 묻더군요. 장소는 모르지만 음식점으로 알고 있다고 대답했습니다. 그리고 일이 끝나는 시각은 열한 시경이고 그때까지 그녀의 딸도 가게에서 기다리는 것 같다고 했습니다. 물론 전부 거짓말이지만요."

"그런 거짓말을 한 이유가 뭡니까?"

"놈의 행동을 제한하기 위해서입니다. 아무리 인적이 드문 장소라 해도 너무 이른 시간에 가면 곤란하니까요. 하나오카 야스코의 근무 시간이 열한 시까지고 그때까지는 딸도 돌아오지 않는다고 하면 녀석도 그 시각까지는 가르쳐 준 주소지로 찾아가지 않을 거 아닙니까."

"아니, 지금 말한 내용을 전부 순간적으로 생각해 냈단 말입니까?"

"그렇습니다. 그게 이상한가요?"

"아니…… 순식간에 그 모든 걸 생각해 내다니 너무 놀라워서요."

"별것도 아닙니다."

이시가미가 진지한 표정으로 말했다.

"놈은 어떻게든 하나오카 야스코를 만나고 싶어 안달이 나 있었습니다. 그러니 나로서는 그 마음을 이용하기만 하면 되는 거였지요. 어려운 일이 아니에요."

"당신에게는 그럴지도 모르지요."

구사나기는 혀로 입술을 축였다.

"그래서, 그런 다음에는요?"

"마지막으로 내 휴대 전화 번호를 가르쳐 주었죠. 만일 집을 찾지 못하겠으면 연락하라면서요. 그렇게까지 친절을 베풀면 대개는 수상하게 여기기 마련인데 그 남자는 조금도 의심하지 않았어요. 근본적으로 머리가 나쁜 게 아닐까 싶었습니다."

"처음 보는 사람이 느닷없이 살의를 품으리라고는 아무도 생각지 않을 겁니다."

"처음 보는 사람이니까 더욱이 수상하다고 생각했어야지요. 그런데 그 남자는 엉터리 주소를 적은 메모지를 소중한 듯 주머니에 넣더니 가벼운 발걸음으로 사라졌습니다. 난 그 즉시 집으로 들어가 준비를 시작했습니다."

거기까지 말한 후 이시가미는 천천히 찻잔으로 손을 뻗었다. 다 식었을 녹차를 그는 맛있게 마셨다.

"어떤 준비를 하셨죠?"

구사나기가 다음 얘기를 재촉했다.

"별건 아닙니다. 움직이기 편한 옷으로 갈아입고 시간이 되기를 기다렸습니다. 그러면서 어떻게 하면 놈을 확실하게 죽일 수 있을지 궁리했죠. 여러 가지 방법을 검토한 결과 교살을 선택했습니다. 그것이 가장 안전하다고 생각했기 때문입니다. 칼로 찌르거나 무기로 가격하는 것은 피를 뒤집어쓸 위험이 있으니까요. 한 방에 끝낼 자신도 없었고요. 게다가 교살은 흉기도 간단합니다. 물론 튼튼한 것이어야겠지만요. 그래서 고타쓰의 코드를 사용하기로 한 겁니다."

"왜 하필이면 코드죠? 튼튼한 끈이라면 다른 것도 얼마든지 있었을 텐데요."

"넥타이나 포장용 비닐 끈 등도 생각해 보았습니다. 하지만 그런 것들은 손에서 미끄러지기 쉽겠더군요. 늘어날 염려도 있고요. 고타쓰의 코드가 제일 적합했습니다."

"그렇다면 그걸 가지고 현장으로 간 건가요?"

이시가미가 고개를 끄덕였다.

"밤 열 시경에 집을 나섰습니다. 흉기 외에 커터 나이프와 일회용 라이터도 준비했죠. 그리고 역으로 향하던 도중에 쓰레기장에 파란 비닐 시트가 버려져 있는 걸 보고 주워서 접은 후 가지고 갔습니다. 전철을 타고 미즈에역까지 간 후 거기서 택시를 잡아타고 구 에도강 근처까지 갔죠."

"미즈에역이라고요, 시노자키가 아니라?"

"시노자키에서 내렸다가 그 남자와 마주치면 곤란하잖아요."

이시가미가 대답을 이어 갔다.

"택시에서 내린 곳도 놈에게 가르쳐 준 장소와는 상당히 떨어진 곳이었습니다. 어쨌든 목적을 달성할 때까지 놈에게 발견되지 않도록 주의해야 하니까요."

"택시에서 내린 다음에는요?"

"사람들 눈에 띄지 않도록 주의하면서 놈이 나타날 장소를 향해 걸어갔습니다. 물론 그렇게 주의하지 않아도 지나가는 사람 하나 없었습니다만."

거기까지 말하고 이시가미는 다시 차를 한 모금 마셨다.

"제방에 도착하자마자 휴대 전화가 울렸습니다. 그 남자였죠. 메모해 준 주소지까지 왔는데 연립 주택이 보이지 않는다는 거예요. 지금 어디 있냐고 물었더니 그놈이 아주 또박또박 대답을 잘하더군요. 내가 전화를 받으면서 접근하고 있다는 것도 눈치채지 못하고 말입니다. 주소를 다시 확인해 볼 테니 잠깐만 기다리라고 하고서 전화를 끊었지만 그땐 이미 그놈이 있는 장소를 확인한 후였습니다. 제방 옆 풀밭에 퍼질러 앉아 있더군요. 나는 발소리를 죽이고 천천히 접근했습니다. 놈은 전혀 눈치를 못 채다가 내가 바로 뒤에 섰을 때에야 비로소 알아차렸어요. 그러나 그때는 이미 내가 전기 코드로 녀석의 목을 감은 후였죠. 놈은 저항했지만 내가 있는 힘껏 목을 조르자 이내 축 늘어지고 말았습니다. 정말 간단했습니다."

이시가미가 찻잔으로 눈길을 떨어뜨렸다. 눈빛이 공허했다.

"한잔 더 마셔도 되겠습니까?"

기시타니가 일어서서 주전자에 있는 차를 따랐다. 고맙습니다, 라며 이시가미는 고개를 숙였다.

"피해자는 아직 사십 대인 데다 체격도 좋아요. 필사적으로 저항했다면 그리 간단히 끝나지 않았을 텐데요."

구사나기가 말했다. 이시가미는 표정의 변화 없이 눈만 가늘게 떴다.

"나는 유도부 고문입니다. 뒤에서 습격하면 상대가 덩치 큰 남자라 해도 간단히 제압할 수 있어요."

구사나기는 고개를 끄덕이며 이시가미의 귀를 바라보았다. 귀의 모양이 뭉그러져 있었다. 유도를 오래 한 사람에게는 일종의 훈장 같은 것이다. 경찰 가운데도 그런 귀 모양을 한 사람이 많았다.

"죽인 다음에는요?"

"무엇보다 중요한 건 시체의 신원을 숨기는 일이었습니다. 신원이 밝혀지면 분명 하나오카 야스코에게 의심의 화살이 돌아갈 테니까요. 우선 옷을 벗겼습니다. 가지고 온 커터 나이프로 자르면서 벗겼죠. 그런 다음 얼굴을 뭉갰습니다."

이시가미는 담담한 어투로 말했다.

"얼굴을 비닐 시트로 덮어씌운 다음 커다란 돌로 수차례 내리쳤습니다. 몇 번인지는 기억나지 않습니다. 아마 열 번 정도였을 거예요. 그런 다음 일회용 라이터로 지문을 태웠습니다. 그러고 나서 벗겨 낸 옷을 들고 그 자리를 떴습니다. 그런데 제방을 벗어날 무렵 드럼통이 하나 보이더군요. 거기에 옷을 넣고 불을 붙였습니다. 그렇지만 생각보다 불길이 너무 세서 이러다가는 사람들 눈에 띌지 모른다는 생각이 들어 다 타는 것도 보지 못하고 급히 그 자리를 피했습니다. 큰길까지 나와 택시를 타고 일단 도쿄역으로 간 다음 다른 택시로 갈아타고 집으로 돌아왔습니다. 집에 도착했을 때는 열두 시가 넘었던 것 같습니다."

거기까지 말한 후 이시가미는 후, 하고 숨을 크게 내뿜었다.

"이상입니다. 사용한 전기 코드와 커터 나이프, 일회용 라이터는 모두 집에 있습니다."

내용을 기록하고 있는 기시타니를 곁눈으로 바라보면서 구사나기는 담배를 물었다. 불을 붙이고 연기를 내뿜으며 이시가미의 얼굴을 바라보았다. 그의 눈에서는 아무런 감정도 읽을 수 없었다.

이시가미가 이야기한 내용에 별다른 의문점은 없었다. 사체의 상태나 현장 상황도 경찰이 파악한 내용과 일치했다. 그런 것들은 보도된 적이 없으므로 지어낸 이야기라고 생각하는 게 오히려 부자연스러웠다.

"당신이 죽었다는 사실을 하나오카 야스코 씨에게 말했습니까?"

구사나기가 물었다.

"말했을 리 없지요. 그랬다가 혹시 그녀가 다른 사람에게 말하기라도 하면 큰일 아닙니까. 여자란 비밀을 잘 지키지 않는 존재예요."

"그렇다면 사건에 대해 그녀와 이야기를 나눈 적도 없다는 겁니까?"

"물론입니다. 그녀와의 관계를 당신들 경찰이 눈치채면 곤란할 것 같아 접촉을 피해 왔습니다."

"아까 말씀하시길 하나오카 야스코 씨와 특수한 방법으로 연락을 주고받았다고 했는데 그게 어떤 방법입니까?"

"몇 가지가 있습니다. 그중 하나는 그녀가 말하고 내가 듣는 거죠."

"그렇다면 어디선가 만난다는 얘기인데요."

"그렇지 않습니다. 사람들 눈에 띄면 안 되니까요. 그녀는 자신의 방에서 말하고 그것을 내가 기계로 듣습니다."

"기계라니요?"

"그녀의 집과 맞닿은 내 방 벽에 집음기를 붙여 두었습니다. 그걸로 듣는 겁니다."

기시타니가 기록하던 손을 멈추고 고개를 들었다. 그가 무슨 말을 하고 싶은지 구사나기도 알 것 같았다.

"그렇다면 도청이네요."

그러자 이시가미가 말도 안 된다는 듯 미간을 찌푸리며 고개를 저었다.

"도청을 하는 게 아니라 그녀가 내게 하는 말을 듣는 겁니다."

"그럼 하나오카 씨도 그 기계의 존재를 알고 있다는 겁니까?"

"기계 자체에 대해서는 모를 수도 있습니다. 하지만 벽을 향해 말을 합니다."

"당신에게 말을 한다는 겁니까?"

"그렇습니다. 물론 집에 딸이 있으니까 노골적으로 나를 향해 말을 할 수는 없겠지요. 딸과 대화하는 척하면서 실은 내게 메시지를 보내는 겁니다."

구사나기의 손가락에 끼운 담배가 반 이상 재로 변해 있었다. 그는 담뱃재를 재떨이에 떨다가 기시타니와 눈이 마주쳤다. 후배 형사는 당혹스런 표정을 지으며 고개를 갸웃했다.

"하나오카 야스코 씨가 당신에게 그렇게 말했나요, 딸과 대화하는 척하면서 실은 당신에게 말을 하는 거라고요?"

"말하지 않아도 알 수 있어요. 그녀의 일이라면 뭐든지."

"다시 말해, 그녀가 당신에게 그렇게 말한 건 아니군요. 당신이 마음대로 그렇게 생각한 거죠."

"그렇지 않습니다."

무표정하던 이시가미의 안색이 살짝 변했다.

"헤어진 전남편에게 괴롭힘을 당한다는 것도 그녀의 하소연을 듣고 알았습니다. 그녀가 그걸 딸에게 하소연한들 무슨 소용이 있겠어요. 내게 들려주려고 그런 말을 한 겁니다. 도와 달라고 내게 부탁한 거라고요."

구사나기는 그를 달래듯이 손을 흔들면서 다른 손으로는 담배를 껐다.

"또 어떤 방법으로 연락했습니까?"

"전화요. 매일 밤 전화를 겁니다."

"그녀에게 말입니까?"

"그녀의 휴대 전화로요. 그렇지만 전화로 이야기를 하는 건 아니에요. 난 그저 신호만 보낼 뿐이죠. 만일 그녀에게 긴급한 용건이 있을 때는 전화를 받습니다. 용건이 없으면 받지 않아요. 나는 신호음이 다섯 번 울린 후 전화를 끊습니다. 둘 사이에 그렇게 정해 두었어요."

"둘 사이에요? 그럼 그녀도 그런 사실을 알고 있다는 겁니까?"

"그래요. 예전부터 그렇게 하기로 약속해 두었습니다."

"좋습니다. 하나오카 씨에게 확인해 보도록 하지요."

"그게 좋겠어요. 확실하게 해 두는 게 좋죠."

이시가미는 자신만만한 말투로 그렇게 말하고 고개를 크게 끄덕했다.

"지금까지 제게 하신 얘기는 앞으로도 여러 번 더 하셔야 할 겁니다. 진술서도 정식으로 작성해야 하고요."

"네, 몇 번이라도 하겠습니다. 어쩔 수 없는 일이죠."

"그럼 마지막으로 묻겠습니다."

구사나기는 책상 위에서 손깍지를 끼었다.

"왜 자수를 하신 겁니까?"

이시가미가 숨을 크게 들이마셨다.

"자수하지 말 걸 그랬나요?"

"그런 얘기가 아닙니다. 자수하신 데에는 나름의 이유나 계기가 있지 않겠습니까? 그걸 알고 싶습니다."

그러자 이시가미가 홍, 콧방귀를 뀌었다.

"그런 건 당신들과 아무 관계가 없지 않나요? 범인이 양심의 가책을 느껴 자수를 했다, 그걸로 충분하지 않을까요? 그 밖에 무슨 이유가 필요하겠습니까."

"당신을 보고 있자니 양심의 가책을 느끼고 있다고는 생각되지 않아서 그럽니다."

"죄의식이 있느냐고 묻는다면, 그런 것과는 조금 다르다고 하는 게 옳겠죠. 그렇지만 후회하고 있습니다. 그런 짓을 하는 게 아니었어요. 그렇게 배신을 당할 줄 알았다면 살인은 하지 않았을 겁니다."

"배신을 당하다니요?"

"그 여자는…… 하나오카 야스코는,"

이시가미가 턱을 살짝 들어 올렸다.

"나를 배신했어요. 다른 남자와 사귀고 있습니다. 내가 전 남편을 정리해 주었는데 말이죠. 그녀가 자신의 괴로움을 들려주지 않았다면 결코 그런 짓은 하지 않았을 거예요. 그녀가 말했습니다. 그 남자를 죽이고 싶다고요. 난 그녀를 대신해서 놈을 죽인 겁니다. 말하자면 그녀도 공범이에요. 경찰은 하나오카 야스코도 체포해야 합니다."

이시가미의 진술을 뒷받침할 증거를 찾기 위해 수사 팀이 그의 집을 수색하게 되었다. 그러는 동안 구사나기는 기시타니와 함께 하나오카 야스코의 이야기를 듣기로 했다. 집으로 가니 그녀는 미사토와 함께 있었다. 다른 형사가 미사토를 밖으로 불러냈다. 미사토에게 자극적인 얘기를 들려주지 않기 위해서가 아니라 미사토를 따로 조사하기 위해서였다.

이시가미가 자수했다는 말을 전해 들은 야스코는 눈을 휘둥그레 뜨고 숨을 멈춘 채 아무 소리도 하지 못했다.

"전혀 몰랐습니까?"

구사나기가 그녀의 표정을 관찰하면서 물었다.

야스코는 고개를 젓고 나서 잠시 후 간신히 입을 열었다.

"상상도 못했어요. 그 사람이 왜 도가시를……."

"동기에 대해 짚이는 바가 전혀 없습니까?"

구사나기의 물음에 야스코는 주저하는 듯 복잡한 표정을 지었다. 말하고 싶지 않은 무언가가 있는 듯했다.

"이시가미는 야스코 씨를 위해서 그랬다고 하더군요. 야스코 씨를 위해서 죽였다고요."

그 말을 들은 야스코가 괴로운 듯이 미간을 찌푸리더니 하아, 하고 숨을 크게 내쉬었다.

"역시 짐작 가는 바가 있으시군요."

그녀가 천천히 고개를 끄덕였다.

"그 사람이 제게 특별한 감정을 가졌다는 건 알고 있었습니다. 그렇지만 설마 그런 일을 저지를 줄은……."

"그는 야스코 씨와 줄곧 연락을 취해 왔다고 하던데요."

"저하고요?"

야스코의 표정이 굳어졌다.

"그런 일은 없었어요."

"하지만 전화가 걸려 온 건 맞지 않습니까? 그것도 매일 밤 말이죠."

구사나기는 이시가미가 한 얘기를 야스코에게 전했다. 그
녀의 얼굴이 일그러졌다.

"역시 그 사람이 전화를 했었군요."

"모르셨습니까?"

"그럴지도 모르겠다는 생각을 한 적은 있었지만 확신은 없
었어요. 저쪽에서 밝히지 않았으니까요."

야스코에 따르면 처음 전화가 걸려 온 것은 석 달쯤 전인
듯했다. 상대는 자신이 누군지도 밝히지 않은 채 다짜고짜
야스코의 사생활을 간섭하는 듯한 말을 했다. 그 내용이 평
소에 그녀를 관찰하지 않으면 알 수 없는 것들뿐이었다. 그
녀는 상대가 스토커라고 생각하고 겁을 먹었다. 그 후로도
몇 번이나 전화가 왔지만 그녀는 받지 않았다고 한다. 그러
다가 어느 날 무심코 전화를 받고 말았는데 상대 남자가 이
렇게 말했다는 것이다.

"당신이 바빠서 전화를 받지 못하는 건 이해하겠어. 그렇다
면 이렇게 하면 어떨까. 내가 매일 밤 전화를 걸 테니 용건이
있으면 받는 거야. 신호음을 다섯 번 울리도록 할 테니까 그
안에 받으면 돼."

야스코는 승낙했다. 그때부터 정말로 매일 밤 전화가 걸려
왔다. 상대는 공중전화로 거는 모양이었다. 전화를 받지는 않
았다.

"목소리를 들었는데도 이시가미라는 사실을 모르셨습니까?"

"그때까지는 직접 대화를 나눈 적이 별로 없어서 알 수 없었어요. 전화로 이야기를 나눈 것도 처음 한두 번뿐이라 이제는 그 목소리조차 기억할 수 없고요. 게다가 그 사람이 그런 짓을 하리라고는 상상도 못했어요. 고등학교 선생님이잖아요."

"요즘은 교사 중에도 별사람이 다 있습니다."

옆에서 기시타니가 말했다. 그러고서 그는 끼어들어서 미안하다는 듯 고개를 숙였다.

구사나기는 이 후배 형사가 사건 발생 초기부터 하나오카 야스코를 비호해 왔다는 사실을 떠올렸다. 기시타니는 이시가미가 자수해서 안도하고 있음에 틀림없었다.

"전화 외에 다른 일은 없었습니까?"

구사나기의 물음에 야스코가 "잠깐만요." 하고 일어서더니 서랍에서 봉투를 꺼냈다. 모두 세 통이었다. 보낸 사람 이름은 없고 '하나오카 야스코 씨께'라고만 적혀 있었다. 주소도 쓰여 있지 않았다.

"이게 뭡니까?"

"우편함에 들어 있었어요. 이것 말고도 더 있었는데 버렸습니다. 그래도 혹시 무슨 일이 있으면 증거물을 남겨 두는 편이 유리할 것 같아, 기분은 나빴지만 이 세 통만은 보관하고 있었어요."

"좀 보겠습니다." 하고 구사나기는 봉투를 열었다.

각 봉투마다 편지지 한 장씩이 들어 있고 편지지에는 간단한 문장이 프린트되어 있었다. 다음과 같은 내용이었다.

'요즘 화장이 점점 짙어지고 있어. 옷도 너무 화려하고. 그건 당신답지 않아. 좀 더 소박한 모습이 당신에게는 어울려. 그리고 귀가 시간이 늦는 것도 신경이 쓰이는군. 일이 끝나면 곧장 돌아오도록 해.'

'무슨 고민이라도 있는 건가? 만일 그렇다면 망설이지 말고 내게 말해. 그러라고 매일 밤 전화를 하는 거니까. 나는 당신에게 이런저런 조언을 해 줄 수 있어. 나 말고 다른 인간을 믿어서는 안 돼. 내 말만 들으면 돼.'

'불길한 예감이 드는군. 당신이 나를 배신하고 있는 건 아닌가 싶어서 말이지. 절대 그렇지 않을 거라고 믿지만, 만일 그게 사실이라면 당신을 결코 용서할 수 없어. 왜냐하면 이 세상에 당신 편은 오로지 나뿐이니까. 당신을 지킬 사람은 나밖에 없어.'

내용을 다 읽은 구사나기는 편지지를 도로 봉투에 넣었다.

"이 편지를 제가 가져가도 될까요?"

"네, 그러세요."

"이와 비슷한 일이 또 있었습니까?"

"제게는 딱히 없지만……."

야스코가 말꼬리를 흐렸다.

"그럼 따님에게?"

"아니요, 그게 아니라 구도 씨에게 있었어요."

"구도 구니아키 씨 말씀이죠? 그분에게 무슨 일이 있었습니까?"

"어제 만났을 때, 이상한 편지를 받았다고 하더군요. 보낸 사람 이름은 없고, 저한테 접근하지 말라는 내용이었대요. 몰래 촬영한 사진도 들어 있고요."

"구도 씨한테 말이죠……."

지금까지의 흐름으로 보아 그 편지를 보낸 사람도 이시가미라고밖에 생각할 수 없었다. 구사나기는 유가와 마나부를 떠올렸다. 그는 학자로서의 이시가미를 존경하고 있는 것 같았다. 그런 친구가 이렇게 스토커 짓을 했다는 걸 알면 얼마나 충격이 클까.

그때 노크 소리가 들렸다. 야스코가 네, 라고 대답하자 문이 열리고 젊은 형사가 얼굴을 들이밀었다. 이시가미의 집을 수색하고 있는 형사 중 하나다.

"구사나기 선배, 잠깐만요."

"알았어."

구사나기가 자리에서 일어나 옆집으로 가니 마미야가 의자에 앉아서 그를 기다리고 있었다. 책상 위에 전원이 켜진 컴퓨터가 있고 그 주위에서 젊은 형사들이 종이 상자에 증거품들을 담고 있었다.

마미야가 책장 옆쪽의 벽을 가리켰다.

"저것 좀 봐."

"아!"

구사나기는 저도 모르게 소리를 내뱉었다.

그곳에는 사방 20센티미터 크기로 벽지가 벗겨져 있고 그 안쪽 벽의 판자를 잘라 낸 흔적이 보였다. 그리고 거기서 가느다란 코드가 나와 있었다. 코드 끝에는 이어폰이 달려 있었다.

"이어폰을 귀에 꽂아 봐."

마미야가 시키는 대로 구사나기는 이어폰을 귀에 꽂았다. 그러자 이어폰에서 말소리가 들려왔다.

'이시가미의 진술을 뒷받침할 증거가 수집되면 수사가 급물살을 탈 겁니다. 그 후로는 하나오카 씨에게 폐를 끼칠 일도 별로 없을 거고요.'

기시타니의 목소리였다. 잡음이 약간 섞여 있긴 했지만 벽 너머에서 들려오는 소리라고 생각하기 힘들 정도로 선명했다.

'이시가미 씨는 어떤 처벌을 받게 되나요?'

'그건 재판을 해 봐야 압니다. 살인죄인 만큼 사형까지는 아니더라도 절대 쉽게 나올 수는 없을 겁니다. 그러니 더는 하나오카 씨를 괴롭히는 일도 없겠죠.'

형사가 말을 너무 많이 한다고 생각하면서 구사나기는 이어폰을 뺐다.

"나중에 하나오카 야스코에게도 보여 줘. 이시가미 말로는 그녀도 용인했다고 하는데 설마 그렇지는 않겠지."

"이시가미가 무슨 짓을 하고 있었는지 하나오카 야스코가 전혀 몰랐다는 겁니까?"

"자네와 하나오카 야스코의 대화를 이걸로 들었어."

마미야가 벽의 집음기를 보며 히죽 웃었다.

"이시가미는 전형적인 스토커야. 야스코와 마음이 통한다고 제멋대로 생각하고 다른 남자가 그녀에게 접근하는 걸 전부 차단하려고 했어. 아마도 전남편이 가장 증오스러운 존재였을 거야."

"흠……."

"이봐, 왜 그렇게 떨떠름한 표정이야? 뭐가 마음에 안 들어?"

"그런 건 아니지만, 이시가미라는 남자에 대해 나름 파악하고 있었다고 생각했는데 진술 내용이 제가 알던 것과 너무나 동떨어져서 당황스럽네요."

"인간이란 여러 개의 얼굴을 가지고 있는 법이야. 스토커의 정체도 대개는 의외의 인물이지."

"그건 저도 알고 있지만……. 집음기 외에 또 발견된 게 있습니까?"

마미야는 크게 고개를 끄덕였다.

"고타쓰 코드가 발견됐어. 고타쓰와 함께 상자에 들어 있더군. 그것도 면직물로 감싸인 코드. 교실에 사용된 것과 똑같은 것이지. 만일 코드에 피해자의 피부가 일부라도 붙어 있다면 결정적이야."

"다른 것은요?"

"이런 걸 발견했어."

마미야가 컴퓨터 마우스를 움직였다.

모니터에 문서 하나가 나타났다. 거기에는 다음과 같은 글이 적혀 있었다.

'당신이 자주 만나는 남자의 정체를 알아냈다. 사진을 찍어 두었으니 당신도 보면 알 것이다.

당신에게 묻고 싶다. 이 남자와는 어떤 관계인가?

만일 연애 관계라면 그것은 절대 있어서는 안 될 배신행위다.

내가 당신을 위해 무슨 짓을 했는지 생각해 보라.

나는 당신에게 명령할 권리가 있다. 즉시 이 남자와 헤어지기 바란다.

그러지 않으면 내 분노는 이 남자에게 향할 것이다.

이 남자를 도가시와 똑같은 운명으로 몰아넣는 것은 내게는 지극히 쉬운 일이다. 나는 이미 각오했고 방법도 생각해두었다.

거듭 말하지만, 만일 이 남자와 남녀 관계라면 나는 그런 배신행위를 절대 용서할 수 없다. 기필코 보복할 것이다.'

17

유가와는 창가에 서서 물끄러미 바깥을 내다보고 있었다. 그 등에는 허무감과 고독이 감돌았다. 오랜만에 만난 옛 친구의 범행을 알고 충격을 받은 것 같기도 하지만 구사나기의 눈에는 뭔가 다른 감정이 그를 지배하고 있는 것처럼 보였다.

"그래서."

유가와가 낮은 소리로 말했다.

"자네는 그 말을 믿었어? 이시가미의 진술을 말이야."

"경찰로서는 의심할 이유가 없어."

구사나기가 대답했다.

"이시가미의 증언을 기초로 다양한 각도에서 증거를 수집

하고 있어. 오늘 나는 이시가미의 집에서 조금 떨어진 곳에 있는 공중전화 부스 주변에서 탐문 수사를 벌였어. 이시가미의 말로는 매일 밤 거기서 하나오카 야스코에게 전화를 했다더군. 공중전화 부스 옆에 잡화점이 있는데, 그곳 주인이 이시가미처럼 생긴 인물을 본 기억이 있다고 했어. 최근에는 공중전화를 이용하는 사람이 별로 없어서 인상에 남은 모양이야. 전화하는 모습을 여러 번 목격했대."

유가와가 천천히 구사나기 쪽으로 돌아섰다.

"경찰이라고 뭉뚱그려서 애매하게 표현하지 마. 내가 물어본 건 자네가 그 진술을 믿느냐는 거야. 수사 방침이야 어떻든 그건 나랑 상관이 없어."

구사나기는 고개를 끄덕이며 한숨을 내쉬었다.

"솔직하게 말해서 개운치가 않아. 물론 진술에는 모순이 없어. 일관성도 있고. 그렇지만 뭔가 석연치 않은 구석이 있어. 간단히 말하자면, 이시가미가 그런 짓을 했을 것 같지 않다는 거야. 하지만 상사에게 그렇게 말했다가는 상대도 안 해줄 거야."

"경찰 양반들이야 무사히 범인을 검거했으니 그걸로 만족하겠지."

"뚜렷한 의문점이 하나라도 있다면 얘기가 달라질 텐데 그런 게 전혀 없어. 완벽하단 말이야. 예를 들어 자전거의 지문을 지우지 않은 점에 대해서는 애당초 피해자가 자전거를 타고 왔다는 사실 자체를 몰랐다고 주장하고 있어. 여기에도 의심할 여지는 없어. 모든 정황이 이시가미가 범인이라고 가리키고 있단 말이야. 그런 마당이니 내가 무슨 말을 해도 수사를 원점으로 되돌릴 수는 없어."

"요컨대 납득하기는 힘들지만 수사가 그렇게 흘러가니까 이시가미를 이번 사건의 범인으로 결론 내린다는 거군."

"그런 식으로 비꼬지 마. 애초에 감정보다 사실을 중시하는 건 자네의 신조 아니야? 논리가 통하는 이상 납득하기 힘들어도 받아들여야 하는 게 과학자의 기본 태도라며. 자네가 늘 하는 말이잖아."

그러자 유가와가 가볍게 고개를 저으며 구사나기의 맞은편에 앉았다.

"마지막으로 이시가미를 만났을 때 그가 내게 수학 문제를 하나 내놓았어. P≠NP 문제라고 불리는 건데, 스스로 생각해서 해답을 이끌어 내는 것과, 다른 사람의 답이 옳은지 그른지를 판단하는 것 중 어느 쪽이 더 간단한가 하는 거야. 유명한 문제지."

그의 말에 구사나기가 얼굴을 찌푸렸다.

"그게 수학 문제야? 철학 문제같이 들리는데."

"어쨌든 이시가미는 자네들에게 답을 하나 제시했어. 바로 그의 자수이자 진술 내용이지. 어느 모로 보나 옳다고밖에 여겨지지 않는 답을 자신의 두뇌를 총동원해서 고안해 낸 거야. 그걸 '아, 그렇군요.' 하고 받아들이는 건 자네들의 패배를 의미해. 제대로 하자면 이번에는 그가 제시한 답이 옳은지 그른지를 자네들이 전력을 다해 확인할 차례야. 자네들은 지금 도전 받고 있는 거야. 시험 당하고 있단 말이지."

"그래서 여러 가지로 보강 수사를 하는 거 아니야."

"자네들은 지금 그의 증명 방법을 그대로 따라가고 있을 뿐이야. 하지만 진짜 자네들이 해야 할 일은 다른 대답이 있는지 없는지를 밝혀내는 거야. 그가 제시한 대답 이외의 답이 있을 수 없다는 것까지 증명해야 비로소 그 대답이 유일한 해답이라고 단언할 수 있어."

유가와의 강경한 말투에서 구사나기는 그가 초조해하고 있다는 것을 느꼈다. 늘 침착하고 냉정한 이 물리학자가 이런 모습을 드러내는 건 좀처럼 보기 힘든 일이었다.

"이시가미가 거짓말을 하고 있다는 말이군. 범인은 이시가미가 아니라는 거지?"

구사나기의 말에 유가와가 미간에 주름을 세우더니 눈을 내리떴다. 그 얼굴을 바라보면서 구사나기가 말을 이었다.

"그렇게 단언하는 근거가 뭐야? 자네 나름의 추리가 있다면 말을 해 봐. 아니면 단순히 옛 친구라서 살인범이라고 생각하기 싫다는 건가?"

그러자 유가와가 자리에서 일어서더니 구사나기에게 등을 보이고 돌아섰다. 구사나기가 "유가와." 하고 그를 불렀다.

"믿고 싶지 않은 건 사실이야."

유가와가 등을 돌린 채 대답했다.

"지난번에도 말했지만, 그는 논리성을 중시해. 감정은 나중 문제야. 문제를 해결하는 데 유효하다는 판단이 서면 무슨 일이든 할 수 있는 사람이란 말이지. 하지만 아무리 그렇다고 살인이라니, 그것도 자신과는 아무런 관계가 없는 사람을 죽이다니, 상상 밖의 일이야."

"근거라는 게 그것뿐이야?"

그 말에 유가와는 뒤돌아서서 구사나기를 노려보았다. 그러나 그의 눈에서는 분노보다 슬픔과 고통의 빛이 짙게 배어나왔다.

"믿고 싶지는 않지만 사실로 받아들이지 않을 수 없는 일이 세상에는 있지. 그건 나도 잘 알아."

"그런데도 여전히 이시가미는 결백하다는 거야?"

유가와가 얼굴을 찡그리며 살살 고개를 저었다.

"아니, 그런 말은 아니야."

"자네가 무슨 말을 하고 싶은지는 알겠어. 도가시를 죽인 사람은 어디까지나 야스코이고 이시가미는 그녀를 비호하고 있을 뿐이라는 거지? 하지만 조사를 하면 할수록 그럴 가능성이 점점 줄어들고 있어. 이시가미가 스토커 행위를 했다는 물증이 한두 가지가 아니란 말이야. 아무리 비호하기 위해서라도 그렇게까지 위장하는 건 불가능하다고 봐. 다 떠나서, 살인죄를 대신 뒤집어쓸 인간이 이 세상에 있을까? 이시가미에게 야스코는 형제도 아내도 아니야. 사실은 연인이라고도 할 수 없는 여자지. 아무리 비호해 주고 싶고 더 나아가 실제로 범행을 은닉하는 데 도움을 줬다 하더라도 상황이 여의치 않으면 체념하는 게 일반적이야. 그게 인간이라고."

그 순간 유가와가 문득 뭔가를 깨달았다는 듯이 눈을 크게 떴다.

"상황이 여의치 않으면 체념한다……, 그래, 그게 보통의 인간이지. 끝까지 비호한다는 건 지극히 어려운 일이야."

유가와는 아득한 눈길을 하고 중얼거렸다.

"이시가미 역시 그랬을 거야. 이시가미가 자신이 그 사실을 잘 알고 있었어. 그래서……."

"그래서 뭐?"

"아니야."

유가와가 고개를 저었다.

"아무것도 아니야."

"나로서는 이시가미를 범인이라고 생각하지 않을 수 없어.

뭔가 새로운 사실이 나오지 않는 한 수사 방침이 바뀌지도 않을 거야."

유가와는 구사나기의 말에 아무런 대답 없이 자신의 얼굴을 문질렀다. 그리고 숨을 길게 토해 냈다.

"이시가미가 교도소에서 지내는 길을 선택한 건가……"

"사람을 죽였다면 그건 당연한 일이야."

"그런가……"

유가와는 고개를 숙인 채 움직이지 않았다. 그리고 잠시 후 그 자세 그대로 입을 열었다.

"미안하지만 오늘은 이만 돌아가 줘. 조금 피로하군."

아무리 봐도 유가와의 태도가 이상했다. 구사나기는 더 묻고 싶은 걸 참고 자리에서 일어섰다. 유가와의 말마따나 그가 몹시 지쳐 보였기 때문이다.

구사나기가 제13연구실을 나와 어두컴컴한 복도를 걸어가는데 젊은이 하나가 맞은편에서 계단을 올라왔다. 다소 여위고 조금은 신경질적으로 생긴 그 젊은이를 구사나기는 알아봤다. 유가와의 지도를 받고 있는 도키와라는 대학원생이었다. 일전에 유가와가 자리를 비운 사이 찾아갔을 때 유가와의 행선지가 시노자키인 것 같다고 가르쳐 준 젊은이다.

도키와도 구사나기를 알아보고 가볍게 인사하며 지나치려 했다.

"아, 잠깐만."

구사나기가 그를 불렀다. 약간 놀란 표정으로 뒤돌아보는 도키와에게 구사나기는 미소를 지어 보였다.

"물어보고 싶은 게 있는데, 잠깐 시간을 내줄 수 있을까?"

도키와는 손목시계를 내려다보더니 잠깐이라면 괜찮다고 대답했다.

그들은 물리학 연구실이 있는 건물을 나와 주로 이과 계열 학생들이 사용하는 식당으로 들어갔다. 자동판매기에서 커피를 뽑은 두 사람은 테이블을 사이에 두고 마주 앉았다.

"자네들의 연구실에서 마시는 인스턴트커피보다 이게 훨씬 맛있어."

종이컵에 담긴 커피를 한 모금 마신 후 구사나기가 말했다. 대학원생의 긴장을 풀어 주기 위한 것이었다.

도키와는 웃어 보였지만 뺨에 아직 긴장의 빛이 남아 있었다.

시시한 얘기라도 조금 더 나눠 볼까 생각했지만 이런 분위기에서는 무의미하다고 판단한 구사나기는 본론으로 들어가기로 했다.

"내가 물어보고 싶은 건 유가와 교수에 대해서야."

그는 그렇게 운을 뗐다.

"최근에 뭔가 이상한 일 없었나?"

도키와가 당황한 표정을 지었다. 구사나기는 자신의 질문 방식이 잘못되었다고 생각했다.

"유가와 교수가 대학의 일과는 무관하게 어떤 조사를 받았다거나 자주 어디를 간다거나 말이야. 그런 일 없었어?"

도키와가 고개를 갸웃했다. 표정이 무척 진지했다.

그 모습을 보고 구사나기가 미소를 지었다.

"물론 그 친구가 무슨 사건에 관련되었다든가 하는 뜻은 아니야. 설명하기는 좀 어렵지만 아무래도 유가와 교수가 나를 배려해서 뭔가를 숨기고 있는 것 같아서 말이지. 자네도 알겠지만 저 사내는 좀 삐딱한 구석이 있잖나."

이 정도의 설명으로 질문하는 의도가 얼마나 전달됐는지는 알 수 없었지만 대학원생은 표정을 조금 누그러뜨리고 고개를 끄덕였다. 삐딱하다는 말에 공감하는 건지도 모를 일이었다.

"뭘 조사하시는 건지는 잘 모르겠지만, 며칠 전에 선생님이 도서관에 전화를 하신 적이 있어요."

"도서관? 대학 도서관 말인가?"

도키와가 고개를 끄덕였다.

"신문이 있는지 문의하시는 것 같았어요."

"신문이라……, 도서관이니까 신문이야 당연히 비치해 둘 텐데."

"그건 그런데, 지나간 신문을 어느 정도 보관하고 있는지 알고 싶으셨던 모양이에요."

"지나간 신문이라고?"

"네. 그렇다고 아주 오래된 신문은 아니고 이번 달 신문을 전부 읽을 수 있느냐고 물어보셨어요."

"이번 달 신문이란 말이지. 그래서?"

"도서관에 다 있다는 대답을 들으셨나 봐요. 선생님이 그 길로 도서관에 가셨으니까요."

구사나기는 잠시 고개를 끄덕이다가 도키와에게 고맙다고 인사한 후 커피가 반쯤 남은 종이컵을 들고 자리에서 일어섰다.

데이토 대학 도서관은 조그만 3층 건물이었다. 구사나기는 이 대학 학생이었던 시절에도 고작 두세 번밖에 도서관에 가 보지 않았다. 그래서 보수 공사를 했는지 어떤지는 알 수 없지만 새 건물처럼 보였다.

안으로 들어서자 바로 앞 카운터에 여직원이 앉아 있었다. 구사나기는 그녀에게 유가와 마나부 교수의 신문 조사 건에 대해 문의했다. 그녀가 미심쩍은 표정을 지었으므로 구사나기는 하는 수 없이 경찰수첩을 펼쳐 보였다.

"유가와 교수에게 무슨 문제가 있는 건 아닙니다. 다만 그때 그가 어떤 기사를 읽었는지 알고 싶습니다."

구사나기는 자신의 질문이 부자연스럽게 들릴 수 있다는 걸 알았지만 달리 표현할 방법이 없었다.

"3월 치 기사를 읽고 싶다고만 하셨던 것 같아요."

그녀가 신중한 태도로 말했다.

"어떤 기사였죠?"

"글쎄요, 그건 잘……"

그러다가 그녀는 문득 기억이 났는지 다시 입을 열었다.

"아, 사회면만 보면 된다고 하셨을 거예요."

"사회면이란 말이죠. 그 신문이 어디 있습니까?"

이쪽으로 오세요, 라며 여자가 안내한 곳은 널찍한 책장이 죽 늘어서 있는 방이었다. 책장마다 신문이 켜켜이 쌓여 있었다. 한 칸에 열흘 치씩 들어 있다고 여자가 알려 주었다.

"이쪽에는 지난 한 달 치 신문밖에 없어요. 그보다 오래된 것은 처분해 버리고요. 예전에는 다 보관해 두었는데 이제는 인터넷 검색이 가능해서 지난 기사를 쉽게 볼 수 있으니까요."

"유가와는…… 유가와 교수는 한 달 치면 된다고 했단 말이죠?"

"네, 3월 10일 이후 것만 있으면 된다고 하셨어요."

"3월 10일이라고요?"

"네, 분명히 그러셨어요."

"신문을 잠시 봐도 될까요?"

"그러세요. 다 읽고 나면 저를 부르세요."

여자가 뒤돌아서는 것과 동시에 구사나기는 재빨리 신문 뭉치를 꺼내 옆에 있는 테이블에 펼쳐 놓았다. 3월 10일 사회 면부터 읽어 나가기로 했다.

3월 10일이라면 말할 것도 없이 도가시 신지가 살해당한 날이다. 역시 유가와는 그 사건에 대해 조사하러 도서관에 왔던 것이다. 그런데 신문에서 뭘 확인하려 했을까.

구사나기는 사건에 관한 기사를 찾아보았다. 처음 실린 것은 3월 11일 석간이었다. 그 후 사체의 신원이 판명됐다는 사실이 13일 조간에 실려 있었다. 그것을 마지막으로 더는 속보가 보이지 않았다. 그다음에 실린 것은 이시가미가 자수했다는 사실을 알리는 기사였다.

유가와는 그 기사들 중 어느 부분을 보고 싶었던 것일까.

구사나기는 몇 안 되는 기사를 여러 번 꼼꼼하게 읽었다. 어느 것이나 별다른 내용이 없었다. 유가와는 이런 기사들보다는 구사나기의 입을 통해 훨씬 많은 정보를 얻어 왔을 터였다. 새삼스레 기사를 읽을 필요는 없었을 것이다.

구사나기는 신문을 앞에 둔 채 팔짱을 꼈다.

애당초 유가와 정도 되는 사람이 사건에 대해 조사하는 데 신문 기사에 의지하리라고는 보기 힘들었다. 매일같이 살인 사건이 일어나는 마당에 수사에 획기적인 진전이라도 있지 않는 한 신문이 사건을 계속해서 보도하는 일은 없다. 도가시 살해 사건도 세간에서 보면 희귀한 일은 아니다. 유가와가 그런 사실을 모를 리 없었다.

그러나 그 사내는 결코 무의미한 행동을 할 사람이 아니다.

유가와에게는 그런 식으로 말했지만 구사나기 역시 이시가미를 범인으로 단정하기에는 찜찜한 구석이 남아 있었다. 자신을 비롯한 수사진이 잘못된 길로 들어선 것 아닌가 하는 불안이 가시지 않았다. 그런데 무엇이 어떻게 잘못되었는지 유가와는 알고 있는 듯한 느낌이 들었다. 지금까지도 그 물리학자는 몇 번이나 경찰 수사에 도움을 주었다. 이번에도 역시 유효한 힌트를 가지고 있는 것은 아닐까. 만일 가지고 있다면 왜 그것을 말해 주지 않는 것일까.

구사나기는 신문을 정리하고 나서 도서관 여자를 불렀다.

"목적은 달성하셨어요?"

여자가 불안한 표정으로 물었다.

"네, 뭐……."

구사나기는 모호하게 대답했다.

그런데 그가 자리를 뜨려는 참에 여자가 말했다.

"유가와 교수님이 지방 신문도 찾으셨어요."

"뭐라고요?"

구사나기가 뒤돌아섰다.

"지방 신문이라고 하셨습니까?"

"네, 지바나 사이타마 지역의 신문이 있는지 물으셨어요.
없다고 대답했지만요."

"그리고 또요?"

"물어보신 건 그것뿐이었어요."

"지바나 사이타마라⋯⋯."

구사나기는 의문을 안고 도서관을 나섰다. 유가와가 도대
체 무슨 생각을 하는지 도무지 알 수가 없었다. 지방 신문은
왜 필요했을까. 어쩌면 그가 사건에 대해 조사하고 있다는
건 구사나기의 착각일 뿐 사건과는 아무런 관계도 없는 행동
을 하고 있는 건지도 모른다.

이런 생각 저런 생각을 하면서 구사나기는 주차장으로 돌
아왔다. 그는 오늘 자신의 차를 타고 왔다.

운전석에 올라 시동을 걸려고 했을 때였다. 눈앞의 건물에
서 유가와 마나부가 나오고 있었다. 흰 가운이 아니라 짙은
감색 재킷 차림이었다. 그는 골똘히 생각에 잠긴 표정으로
주변에는 전혀 눈길을 주지 않은 채 정문을 향해 똑바로 걸
어가고 있었다.

정문을 나선 유가와가 왼쪽으로 돌아드는 것을 지켜본 후
구사나기는 차를 출발시켰다. 천천히 정문을 빠져나가는데

유가와가 택시를 잡아타는 모습이 보였다. 택시가 출발하는 것과 동시에 구사나기도 도로로 나섰다.

독신인 유가와는 하루의 태반을 대학에서 지낸다. 집에 들어가 봐야 할 일도 없고 독서나 운동도 학교에서 더 수월하게 할 수 있다는 것이 그의 지론이었다. 심지어 밥 먹는 것조차 학교가 편하다고 말한 적도 있다.

시계를 보니 아직 5시 전이었다. 그가 이렇게 이른 시간에 귀가할 리 없었다.

유가와를 미행하면서 구사나기는 택시의 회사 이름과 차 번호를 기억해 두었다. 만에 하나 도중에 놓치더라도 나중에 유가와가 어디서 내렸는지 알아볼 수 있기 때문이었다.

택시는 동쪽으로 향했다. 길이 조금 붐볐다. 구사나기 앞으로 몇 대가 끼어들었다 나갔다 했지만 다행히 유가와가 탄 택시를 놓치지는 않았다.

이윽고 택시가 니혼바시를 지났다. 그리고 잠시 후 스미다 강을 건너기 직전에 멈춰 섰다. 신오하시교 바로 앞이다. 거기서 조금만 가면 이시가미가 사는 연립 주택이 나온다.

구사나기는 길가에 차를 세우고 눈으로 유가와를 좇았다. 유가와가 다리 옆에 있는 계단을 내려갔다. 이시가미의 집 쪽으로 가는 것 같지는 않았다.

구사나기는 주위를 두리번거리며 주차할 장소를 찾았다.

다행히 노상 주차장에 빈자리가 있어 그곳에 차를 세운 후 서둘러 유가와를 뒤쫓아 갔다.

유가와는 스미다강의 하류를 향해 천천히 걸어가고 있었다. 용건이 있어서라기보다 그저 산책하는 듯한 걸음걸이였다. 그는 때로 노숙자들에게 눈길을 주었다. 그러나 걸음을 멈추지는 않았다.

그가 멈춰 선 곳은 노숙자들의 주거지가 끝나는 지점이었다. 그는 강변에 있는 난간에 기대어 서더니 다음 순간 구사나기 쪽으로 고개를 돌렸다.

구사나기는 흠칫했다. 그러나 유가와는 놀라는 기색을 보이지 않았다. 놀라기는커녕 슬그머니 미소를 짓기까지 했다. 아무래도 진즉부터 눈치를 채고 있었던 모양이다.

구사나기가 성큼성큼 그에게 다가갔다.

"알고 있었어?"

"자네 차는 눈에 잘 띄니까. 요즘은 저렇게 오래된 스카이라인을 찾아보기 힘들어."

"내가 따라붙은 걸 눈치채고 이런 데서 내린 거야, 아니면 처음부터 여기가 목적지였던 거야?"

"양쪽 다 맞는다고 할 수도 있고 조금 틀렸다고 할 수도 있어. 처음 목적지는 저 앞이었어. 그렇지만 자네 차를 발견하고 내리는 장소를 조금 변경했지. 자네를 여기로 데려오고 싶었거든."

"나를 이런 곳에 데려와서 뭘 하려고?"

구사나기가 주위를 휘휘 둘러보았다.

"내가 이시가미와 마지막으로 대화를 나눈 곳이 여기야. 그 때 난 그에게 이렇게 말했지. 이 세상에 쓸모없는 톱니바퀴란 없으며 그 쓰임새를 결정하는 것은 톱니바퀴 자신이라고."

"톱니바퀴?"

"그러고 나서 사건에 관한 몇 가지 의문을 그에게 제시했 어. 그때는 그의 반응이 노코멘트였지만 나와 헤어진 후 그 는 답을 주었어. 그것이 그의 자수야."

"자네의 말을 듣고 체념해서 자수했다 이 말이야?"

"체념이라…… 뭐, 어떤 의미에서는 체념인지도 모르지. 하지만 그로서는 최후의 카드를 던진 게 아닐까 싶어. 그 최 후의 카드를 아주 치밀하게 준비하고 있었던 것 같거든."

"이시가미에게 무슨 말을 했는데?"

"방금 얘기했잖아, 톱니바퀴에 대해서."

"그런 다음 몇 가지 의문을 제시했다면서. 그걸 묻는 거야."

그러자 유가와는 쓸쓸하게 미소 지으며 천천히 고개를 저 었다.

"그건 상관이 없어."

"상관이 없다고?"

"중요한 건 톱니바퀴 이야기니까. 이시가미는 그 이야기를 듣고 자수를 결심했어."

구사나기가 한숨을 내쉬었다.

"자네, 학교 도서관에서 신문을 조사했다면서? 목적이 뭐지?"

"도키와 군에게 들었나? 내 행동까지 추적하기 시작한 모양이군."

"나도 이러고 싶지는 않아. 그렇지만 자네가 말해 주지 않으니 어쩌겠어?"

"기분이 나쁘다는 얘기는 아니야. 그게 자네의 일이잖아. 나에 대해 무엇을 조사하든 난 괜찮아."

구사나기가 유가와의 얼굴을 똑바로 바라보면서 고개를 저었다.

"부탁이야, 유가와. 제발 그렇게 변죽만 울리지 말고 진실을 말해 줘. 자네는 뭔가 알고 있지? 그걸 가르쳐 달란 말이야. 이시가미는 진범이 아니지? 그런데 그가 죄를 뒤집어쓰는 건 부당하다고 생각하지 않아? 옛 친구를 살인범으로 만들고 싶어?"

"구사나기."

유가와의 얼굴이 괴로움으로 일그러졌다. 그는 이마에 손을 얹더니 눈을 감았다.

"물론 나도 그를 살인범으로 만들고 싶지는 않아. 그렇지만 더는 어쩔 수 없어. 대체 왜 이렇게⋯⋯."

"도대체 뭘 그렇게 괴로워하는 거야. 왜 내게 밝히지 않는 거지? 우린 친구잖아."

"친구인 동시에 형사지."

유가와의 대답에 구사나기는 할 말을 잃었다. 그리고 이 오랜 친구와의 사이에 처음으로 벽을 느꼈다. 형사이기 때문에 이토록 고뇌에 찬 표정을 보이는 친구에게 그 이유조차 들을 수 없단 말인가.

"지금부터 하나오카 야스코를 찾아갈 거야. 같이 가겠어?"

유가와가 물었다.

"내가 가도 괜찮아?"

"상관없어. 다만 끼어들지는 말아."

"알았어."

유가와가 돌아서더니 앞장서서 걷기 시작했다. 구사나기가 그 뒤를 따라갔다. 유가와의 당초 목적지는 도시락 가게 '벤텐테이'였던 것이다. 하나오카 야스코를 만나 무슨 얘기를 할 작정이냐고 당장이라도 묻고 싶었지만 구사나기는 입을 다물고 조용히 따라갔다.

기요스바시 바로 앞에서 유가와가 계단을 올라갔다. 그는 구사나기가 다 올라올 때까지 위에서 기다렸다.

"저기 오피스 빌딩 보이지?"

유가와가 앞쪽에 있는 건물을 손가락으로 가리켰다.

"그 입구에 있는 유리문 보여?"

구사나기는 그가 가리키는 곳으로 눈을 돌렸다. 유리문에 두 사람의 모습이 비쳤다.

"보여. 그게 왜?"

"사건 직후 이시가미를 만났을 때 그와 둘이서 저 유리문에 비친 우리의 모습을 본 적이 있어. 사실 난 우리가 거기에 비치고 있다는 것도 몰랐어. 이시가미가 말해 줘서 알았지. 그때까지만 해도 나는 그가 사건에 관여했으리라고는 생각도 못했어. 그저 오랜만에 호적수와 재회했다는 기쁨에 도취되어 있었을 뿐이지."

"유리문에 비친 모습을 보고 그에 대한 의심이 싹텄다는 거야?"

"그가 나보고 이런 말을 하더군. '자네는 하나도 안 늙었어. 나랑은 완전 다르군, 머리숱도 많고 말이야.'라고. 그러면서 자신의 머리를 의식하는 듯한 모습을 보이는 거야. 그게 나는 놀라웠어. 왜냐하면 이시가미라는 인물은 용모 따위에 신경을 쓰는 남자가 아니거든. 인간의 가치는 그런 것으로 평가할 수 없고 그런 것을 필요로 하는 인생은 선택하지 않는다는 게 그의 한결같은 주장이었지. 그런 그가 겉모습에 신경을 쓰는

거야. 물론 그의 머리가 상당히 벗어진 건 사실이지만 이제
와서 어쩔 수 없는 일을 그는 한탄하고 있었어. 그래서 눈치
채게 됐지. 이시가미가 용모에 신경을 쓰지 않을 수 없는 상
황에 놓였다는 걸. 즉 사랑에 빠졌다고 말이야. 그런데 그는
왜 하필이면 이런 곳에서 느닷없이 그런 말을 했을까?"

유가와가 하고 싶은 말이 무엇인지 구사나기는 깨달았다.

"이제 곧 자신이 반해 버린 여자를 만나니까?"

유가와가 고개를 끄덕였다.

"나도 그렇게 생각했어. 도시락 가게에서 일하는 여자, 이
웃이자 전남편이 살해당한 그 여자가 바로 이시가미가 마음
에 품은 상대가 아닐까 하고. 하지만 그렇다면 또 큰 의문이
생겨. 사건에 대한 그의 태도 말이야. 당연히 마음에 걸려 어
쩔 줄 몰라 해야 하는데 그저 방관만 하고 있거든. 그렇다면
역시 그가 사랑에 빠졌다는 건 나의 착각에 지나지 않는 걸
까. 의문이 풀리지 않아서 나는 다시 이시가미와 함께 도시
락 가게에 가 보았어. 그의 태도를 보면 뭔가 알 수 있을지도
모른다고 기대하면서 말이야. 그런데 그곳에 생각지도 않은
인물이 나타난 거야. 하나오카 야스코도 아는 남자였지."

"구도 말이지? 현재 야스코와 사귀는 사람."

"그래. 그 구도라는 사람과 그녀가 이야기를 나누는 동안
그 모습을 지켜보던 이시가미의 표정이라니……."

유가와가 미간에 주름을 세우고 고개를 저었다.

"그 순간 난 확신했어. 그녀가 바로 이시가미의 상대라고. 그때 이시가미의 얼굴에 떠오른 건 질투의 빛이었어."

"하지만 그렇게 되면 아까 자네가 제기한 의문이 여전히 남는데?"

"그래. 그 모순을 해결해 줄 설명은 단 하나뿐이야."

"이시가미가 사건에 관련되어 있다 이거지? 자네가 그를 의심하게 된 데에는 그런 연유가 있었군."

구사나기는 새삼 빌딩의 유리문을 바라보았다.

"무서운 사내야, 자네는. 이시가미로서는 한 줄기 상처가 치명타가 된 셈이군."

"그의 강렬한 개성은 몇 년이 지났어도 내 기억에 남아 있어. 그렇지 않았다면 나도 눈치채지 못했을 거야."

"어찌 됐든 그가 운이 없었던 거지."

구사나기는 큰길을 향해 걸음을 옮기기 시작했다. 그러나 유가와가 따라오지 않는다는 것을 알고 다시 멈춰 섰다.

"벤텐테이에 가는 거 아니었어?"

유가와가 시선을 바닥으로 향한 채 말없이 구사나기에게 다가왔다.

"자네에게는 좀 잔혹할 수도 있는 일을 부탁하려고 하는데 괜찮겠어?"

구사나기가 쓴웃음을 지었다.

"그건 내용에 따라서."

"친구로서 내 이야기를 들어 줄 수 있겠어? 형사의 입장을 버리고 말이야."

"그게 무슨 뜻이야?"

"자네에게 얘기해 두고 싶은 게 있어. 단, 친구에게 하는 말이지 형사에게 하는 말이 아니야. 따라서 내게 들은 내용을 절대로 다른 사람에게 말해서는 안 돼. 자네의 상사나 동료에게도, 심지어 가족에게도 말이야. 약속할 수 있겠어?"

안경 너머로 보이는 유가와의 눈동자에 절박감이 흐르고 있었다. 벼랑 끝의 결단을 내려야만 하는 사정이 유가와에게 있다고 느껴졌다.

구사나기는 '내용에 따라서'라고 재차 말하고 싶었지만 그 말을 삼키고 말았다. 지금 그 말을 입에 담는다면 앞으로 이 사내에게 친구로 인정받지 못할 것 같았기 때문이다.

"알았어. 약속하지."

18

닭튀김 도시락을 산 손님이 가게를 나간 후 야스코는 시계를 보았다. 앞으로 몇 분만 있으면 오후 6시다. 그녀는 숨을 내쉬고서 흰 모자를 벗었다.

점심때 구도에게서 전화가 왔다. 일이 끝난 뒤 만나자는 것이었다. 목소리가 들떠 있었다. 그는 축하한다고 말했다.

뭘 축하하느냐고 묻자 그는 "몰라서 물어?"라고 반문했다.

"범인이 체포되었으니 축하해야지. 이것으로 야스코도 사건에서 해방됐잖아. 나도 괜한 신경을 쓸 필요가 없어졌고 말이야. 이제 형사가 따라다닐 걱정도 없으니 건배 한번 해야지."

구도의 목소리가 무척이나 경쾌했다. 사건의 배경을 알 리 없으니 당연한 일이지만 야스코로서는 그를 만나는 게 내키지 않았다.

그녀는 그럴 기분이 아니라고 했다.

구도가 왜냐고 물었지만 야스코가 대답을 하지 않자 그는 "아아, 그렇군." 하면서 나름대로 이해한다는 듯이 말을 이었다.

"헤어졌다고는 하지만 피해자와는 한때 부부였으니…….
축하한다는 말은 경솔했어. 내 사과하지."

얼토당토않은 말이었지만 야스코는 잠자코 있었다. 그러자 그가 말했다.

"그 일과는 별개로 긴히 할 이야기가 있어. 오늘 밤 꼭 만나고 싶은데, 안 될까?"

거절할까도 생각했다. 그럴 기분이 아니었다. 자신을 대신해 자수한 이시가미에게 너무나 미안한 마음이 들었다. 그러나 거절의 말이 나오지 않았다. 긴히 할 얘기라는 게 뭘까.

결국 6시 30분으로 약속 시간을 정했다. 구도는 미사토도 함께 오라고 했지만 그것만은 완곡히 거절했다. 이런 상황에서 미사토를 구도와 만나게 할 수는 없었다.

야스코는 집 전화 자동 응답기에 저녁에 늦을 거라는 말을 남겼다. 그걸 들은 미사토가 무슨 생각을 할지 상상하니 마음이 무거웠다.

6시가 되어 야스코는 앞치마를 벗었다. 그리고 안에 있는 사요코에게 퇴근한다고 알렸다.

"아니, 시간이 벌써 이렇게 됐어?"

일찌감치 저녁을 먹고 있던 사요코가 시계를 들여다보며 말했다.

"수고했어. 뒷정리는 내가 할게."

"네, 그럼 저는 이만."

야스코가 앞치마를 접어 한쪽에 놓았다.

"구도 씨 만나러 가지?"

사요코가 조그만 목소리로 속삭이듯 물었다.

"네?"

"점심때 전화가 온 것 같던데, 데이트하자는 거 아니었어?"

야스코가 대답하기 곤란해하자 사요코는 무슨 오해를 했는지 "잘됐네."라며 매우 기쁜 듯이 반응했다.

"찜찜한 사건도 잘 정리되고 구도 씨같이 좋은 사람도 만나게 되고. 이제야 운이 틔는 모양이야."

"글쎄요……."

"틀림없이 그럴 거야. 여태껏 고생했으니 이제부터라도 행복해져야지. 미사토를 위해서도 그렇고."

사요코의 말은 여러 의미에서 야스코의 가슴을 울렸다. 그녀는 마음 깊이 야스코의 행복을 빌고 있다. 야스코가 살인을 저질렀으리라고는 꿈에도 생각하지 못하는 것이다.

인사를 하면서도 야스코는 사요코의 얼굴을 똑바로 볼 수 없었다.

벤텐테이를 나선 그녀는 집으로 돌아가는 길과는 반대 방향으로 걸어갔다. 모퉁이에 있는 패밀리 레스토랑이 구도와의 약속 장소였다. 실은 그곳으로 정하고 싶지 않았다. 도가시와 만난 곳도 그 가게였기 때문이다. 그러나 구도가 그곳이 제일 찾기 쉬우니 거기서 만나자고 하는 바람에 다른 말을 할 수 없었다.

도중에 수도 고속도로 밑을 지나갈 때였다. 뒤에서 누군가 하나오카 씨, 하고 불렀다. 남자 목소리였다.

멈춰 서서 돌아보니 낯익은 남자 둘이 다가오고 있었다. 한쪽은 유가와라는 남자로 이시가미의 오랜 친구라던 사람이다. 다른 한 사람은 구사나기라는 형사였다. 왜 저 두 사람이 같이 나타난 건지 야스코는 이해할 수 없었다.

"저를 기억하십니까?"

유가와가 물었다.

야스코는 두 사람의 얼굴을 번갈아 바라보며 고개를 끄덕였다.

"시간 좀 내주실 수 있을까요?"

"아, 그게……."

야스코는 시계를 보는 척했다. 그러나 사실은 마음에 동요가 일어 시간을 볼 여유 따위는 없었다.

"약속이 있는데요."

"삼십 분만 이야기를 들어 주실 수 없겠습니까? 중요한 이야기입니다."

"아니요, 그건……."

야스코는 고개를 저었다.

"십오 분은요? 아니, 십 분이라도 괜찮습니다. 저기 벤치에서요."

유가와가 바로 앞에 보이는 조그만 공원을 가리켰다. 고속도로 밑의 공간을 공원으로 꾸민 곳이었다.

말투는 부드러웠지만 거기에는 거절할 수 없는 완강함이 있었다. 뭔가 심각한 이야기를 하려는가 보다고 야스코는 직감했다. 이 대학교수라는 자는 지난번에 만났을 때도 가벼운 어투로 굉장한 압박을 그녀에게 주었다.

도망치고 싶은 마음이 드는 한편 무슨 이야기를 하려는 것인지 마음에 걸리기도 했다. 그 내용이 이시가미에 관한 것임에는 틀림없었다.

"그럼 십 분만……."

"좋습니다."

유가와가 미소를 지어 보이고 앞장서서 공원으로 들어갔다.

야스코가 주저하는 모습을 보이자 구사나기가 "자, 이쪽으로." 하며 손을 뻗어 공원 쪽을 가리켰다. 그녀는 고개를 끄덕인 후 유가와를 뒤따랐다. 형사가 잠자코 있다는 것이 왠지 께름칙했다.

2인용 벤치 한쪽에 앉은 유가와는 야스코에게도 자리를 권했다.

"자네는 그냥 거기 있어. 둘이서 할 이야기가 있으니까."

유가와의 말에 구사나기는 잠시 불만스러운 표정을 짓더니 턱을 쓰윽 내밀고서 공원 입구 근처로 돌아가 담배를 꺼냈다.

야스코는 구사나기 쪽에 슬며시 신경을 쓰면서 유가와 옆에 앉았다.

"저분, 형사 아닌가요? 이래도 괜찮아요?"

"아, 괜찮습니다. 원래는 저 혼자 올 생각이었어요. 그리고 저 사람은 형사이기 이전에 제 친구입니다."

"친구라고요?"

"대학 동창이죠."

유가와가 그렇게 말하고서 하얀 이를 드러냈다.

"그러니까 이시가미와도 동창입니다. 물론 그 두 사람은 이번 일이 있기 전까지 일면식도 없었던 모양이지만요."

야스코는 '그랬구나.' 하며 납득했다. 왜 이 사람이 사건을 계기로 이시가미를 만나러 왔었는지 이제야 알 것 같았다.

이시가미는 그런 말을 하지 않았지만, 이시가미의 계획이 틀어지고 만 것은 이 유가와라는 인물이 끼어들었기 때문이 아닐까 하고 야스코는 짐작했다. 형사가 자신과 같은 대학 출신에다 공통의 친구까지 있다는 사실은 계산 밖의 일이었을 것이다.

그런데 이 남자는 도대체 무슨 이야기를 하려는 것일까.

"이시가미가 자수를 하다니, 참으로 애석한 일입니다."

유가와가 갑자기 핵심으로 들어갔다.

"그토록 재능이 뛰어난 친구가 교도소에서 두뇌를 썩혀야 하다니, 같은 연구자로서 정말 가슴이 아파요."

야스코는 아무런 대꾸도 하지 않은 채 무릎 위에 놓인 손에 힘을 꽉 주었다.

"하지만 전 도저히 믿기지 않습니다. 그가 댁에게 그런 짓을 하다니 말입니다."

유가와가 자신을 바라보고 있다는 것을 느낀 야스코는 몸이 굳었다.

"아니, 믿기지 않는다는 표현은 적절치 않아요. 그보다 훨씬 강한 확신이 있지요. 그는, 이시가미는 거짓말을 하고 있습니다. 왜 거짓말을 하는지, 살인범의 오명을 쓰면서까지 그런 거짓말을 하는 데 무슨 의미가 있는지는 모르겠지만 말입니다. 하지만 그가 거짓말을 하고 있는 건 분명해요. 이유는 한 가지밖에 생각할 수 없습니다. 이시가미 자신을 위해서가 아니라는 거죠. 그는 다른 누군가를 위해 진실을 숨기고 있어요."

야스코는 마른침을 삼켰다. 동시에 있는 힘을 다해서 숨을 고르려고 노력했다.

이 남자는 진상을 어렴풋이 눈치채고 있다. 이시가미는 누군가를 지켜 주려 하고 있으며 진범이 따로 있다는 사실을. 그래서 어떻게든 이시가미를 구하려는 것이다. 그러려면 어떻게 해야 할까. 가장 빠른 길은 진범을 자수시키는 것이다. 모든 것을 사실대로 자백하게 만드는 것이다.

야스코는 주뼛거리며 유가와의 표정을 살폈다. 예상 밖으로 그는 웃고 있었다.

"야스코 씨는 제가 야스코 씨를 설득하러 왔다고 생각하는 모양이군요."

"아니, 그렇지는……."

야스코는 고개를 저었다.

"저를 설득하다니, 대체 뭘 설득한다는 거죠?"

"아, 제가 생뚱맞은 말을 했군요. 사과드리겠습니다."

유가와가 고개를 숙였다.

"다만 저로서는 야스코 씨가 꼭 알아 주셨으면 하는 게 있었습니다. 그래서 이렇게 찾아온 겁니다."

"그게 뭔데요?"

"그건,"

유가와는 잠시 틈을 두었다가 말했다.

"야스코 씨는 진실을 전혀 모른다는 것입니다."

야스코는 놀라서 눈을 동그랗게 떴다. 이제 유가와는 웃고 있지 않았다.

"야스코 씨의 알리바이는 아마도 사실일 겁니다. 실제로 영화관에도 갔겠죠. 댁도 따님도요. 그렇지 않았다면 형사들의 집요한 추궁에 야스코 씨는 물론이고 중학생인 따님도 견뎌 냈을 리 없어요. 댁들은 거짓말을 하지 않았습니다."

"네, 그래요. 저희는 거짓말을 하지 않았습니다. 그게 어쨌다는 건가요?"

"그렇지만 이상하다고 느끼고 있을 테죠. 어째서 거짓말을 하지 않아도 되는지 말입니다. 왜 경찰의 추궁이 이토록 느슨한가. 그는, 이시가미는 당신들이 형사의 질문에 사실만을 대답해도 되도록 일을 꾸며 두었습니다. 경찰이 아무리 수사를 펼쳐도 야스코 씨에게 결정타가 가해지지 않도록 손을 써 놓은 거죠. 그 장치가 무엇인지는 아마 야스코 씨도 모를 겁니다. 이시가미가 뭔가 대단한 트릭을 사용했나 보다 생각할 뿐 그 내용은 모르고 있어요. 제 말이 틀렸나요?"

"무슨 말씀을 하시는 건지 전혀 모르겠어요."

야스코는 웃어 보였다. 그러나 뺨에 경련이 일고 있다는 것이 스스로도 느껴졌다.

"그는 야스코 씨를 지키기 위해 큰 희생을 치렀습니다. 나나 야스코 씨 같은 보통 사람은 상상도 할 수 없는 엄청난 희생을요. 아마도 그는 사건이 일어난 그 순간부터 최악의 경우 댁들을 대신할 각오를 했을 겁니다. 모든 계획이 그것을 전제로 이루어졌죠. 거꾸로 말하면 그 전제만은 절대 무너뜨릴 수 없었습니다. 그러나 그 전제라는 것이 너무도 가혹했습니다. 누구라도 흔들리지 않을 수 없는 것이었죠. 이시가미도 그런 사실을 알고 있었어요. 그래서 그 어떤 경우라도 돌이킬 수 없도록 자신의 퇴로를 완전히 차단해 버렸습니다."

유가와의 말에 야스코는 혼란을 일으키기 시작했다. 유가와가 무슨 말을 하는지 전혀 이해할 수 없었기 때문이다. 그러면서도 뭔가 엄청나게 충격적인 사실이 드러날 것이라는 예감에 사로잡혔다.

분명히 이 남자의 말대로였다. 이시가미가 어떤 트릭을 썼는지 야스코는 전혀 알지 못했다. 아울러 왜 자신들에 대한 형사들의 공격이 생각보다 느슨한지 의아했다. 심지어 그녀는 형사들의 계속되는 질문이 진실을 완전히 빗나가고 있다고까지 생각했다.

그 비밀을 유가와는 알고 있다.

유가와가 시계를 봤다. 시간이 얼마나 남았는지 신경 쓰고 있는 듯했다.

"이런 사실을 야스코 씨에게 알리는 일은 실로 괴롭기 그지없습니다."

그는 실제로 고통스러운 듯 얼굴을 일그러뜨렸다.

"이시가미가 절대로 바라지 않는 일이기 때문이지요. 무슨 일이 있어도 야스코 씨에게만은 진실을 알리고 싶어 하지 않을 겁니다. 자기 자신을 위해서가 아니라 야스코 씨를 위해서요. 만일 진상을 알게 되면 댁이 지금보다 훨씬 큰 고통을 안고 살아가게 될 테니까요. 그래도 저는 알리지 않을 수 없습니다. 그가 너무도 야스코 씨를 사랑하고, 그래서 자신의 인생 모두를 걸었다는 사실을 댁에게 알리지 않는다면 그가 벌인 이런 일이 너무 가슴 아프니까요. 그는 이러는 걸 바라지 않겠지만, 댁이 아무것도 모르고 있다는 걸 저는 견딜 수 없습니다."

야스코의 가슴이 격렬히 고동쳤다. 숨이 가빠 금방이라도 정신을 잃을 것만 같았다. 유가와가 무슨 말을 하려는지 짐작조차 가지 않았다. 그러나 그의 태도로 보아 상상을 뛰어넘는 일이라는 것만은 알 수 있었다.

"도대체 뭐죠? 하고 싶은 말씀이 있으면 빨리 해 보세요."

말투는 강경했지만 목소리가 떨리고 있었다.

"그 사건, 구 에도 강변에서 일어난 살인 사건의 진범은,"

그러고서 유가와는 심호흡을 한 번 했다.

"이시가미입니다. 야스코 씨도 아니고 야스코 씨의 딸도 아닌 이시가미입니다. 이시가미가 죽였어요. 그는 아무 죄도 없이 자수한 게 아닙니다. 그가 바로 진범입니다."

무슨 말인지 알 수 없어 멍하니 있는 야스코에게 유가와는 "다만," 하고 덧붙였다.

"그 사체는 도가시 신지의 것이 아닙니다. 댁의 전남편이 아니에요. 그렇게 보였을 뿐 전혀 다른 사람입니다."

야스코가 미간을 찌푸렸다. 여전히 유가와가 하는 말을 이해할 수 없었다. 그러나 안경 너머에서 슬프게 깜빡거리는 그의 눈을 본 순간 모든 것이 한꺼번에 깨달아졌다. 그녀는 숨을 크게 들이쉬고 손으로 입을 막았다. 너무 놀라 비명을 지를 뻔했다. 온몸의 피가 술렁대더니 다음 순간 그 피가 모조리 빠져나가는 느낌이었다.

"이제야 제 말을 이해하신 모양이군요. 그렇습니다. 이시가미는 야스코 씨를 지키기 위해 또 하나의 살인을 저질렀습니다. 그것이 3월 10일의 일입니다. 진짜 도가시 신지가 죽은 다음 날이지요."

야스코는 어지러워 쓰러질 것 같았다. 앉아 있는 것조차 고통스러웠다. 손발이 차가워지고 온몸에 소름이 돋았다.

하나오카 야스코의 모습을 바라보며 구사나기는 그녀가 유가와에게 진실을 들은 모양이라고 짐작했다. 그녀의 얼굴이 새파랗게 질려 있는 것을 멀리서도 확연히 알 수 있었다. 무리도 아니지, 라고 그는 생각했다. 그런 이야기를 듣고 놀라지 않을 사람이 있을까. 하물며 그녀는 당사자다.

구사나기조차 아직도 완전히 믿는 것은 아니었다. 유가와에게 그 말을 처음 들었을 때는 설마 하고 생각했다. 그런 상황에서 그가 농담을 할 리 없었지만 그럼에도 그것은 너무나 비현실적인 얘기였다.

그럴 리 없어, 라고 구사나기는 말했었다. 하나오카 야스코의 살인을 은폐하기 위해 또 하나의 살인을 저지르다니, 말도 안 되는 일이다.

"자네 말이 맞는다고 쳐. 그럼 대체 죽은 사람은 누구란 말이야?"

그렇게 묻자 유가와는 몹시 슬픈 표정으로 고개를 저었다.

"누군지는 몰라. 다만 어디 있던 사람인지는 알아."

"그게 무슨 말이야?"

"이 세상에는 설령 갑자기 행방을 감추더라도 누가 찾지도 않고 걱정하지도 않는 사람이 있게 마련이야. 심지어 실종 신고조차 하지 않는 경우도 있지."

거기까지 말하고 유가와는 그들이 걸어온 제방을 가리켰다.

"자네도 봤잖아, 그런 사람들을."

그 순간에는 유가와가 하는 말을 알아듣지 못했다. 그러나 그가 가리키는 방향을 한동안 바라보던 구사나기의 머릿속에 번쩍 스치는 것이 있었다.

"저기 있는 노숙자들?"

유가와는 그 물음에 대답하지 않고 말을 이었다.

"빈 깡통을 모으는 사람이 있었지? 그는 저 일대에서 살아가는 노숙자에 관한 일이라면 모르는 게 없어. 그에게 물어봤더니 한 달쯤 전에 그곳에 들어온 사람이 있었대. 그 사람은 오두막도 짓지 않고, 종이 박스를 이불 삼아 자는 데에도 아직은 저항감을 느끼는 상태였나 봐. 깡통 모으는 사람도 처음에는 누구나 그렇다고 그러더군. 인간이란 좀처럼 자존심을 버리기 힘든 존재라면서. 하지만 그것도 시간문제라고 말하더군. 그런데 그 새로 들어온 사람이 어느 날 갑자기 사라졌다는 거야. 아무런 예고도 없이. 깡통 모으는 사람은 신경이 좀 쓰였지만 그러고 말았나 봐. 다른 노숙자들 역시 마찬가지였겠지만 아무도 그 얘기를 입밖에 꺼내지 않았고. 그들의 세계에서는 어느 날 갑자기 누군가 사라지는 일이 일상다반사니까."

거기까지 말하고 유가와는 잠시 숨을 고른 후 이야기를 계속했다.

"그 인물이 자취를 감춘 날이 3월 10일 전후인가 봐. 나이는 쉰 정도. 약간 퉁퉁한 것이 평균적인 중년 남자의 체격이래."

구 에도 강변에서 사체가 발견된 날짜가 3월 10일이다.

"어떤 경위로 알게 됐는지는 모르지만 이시가미는 하나오카 야스코의 범행을 알고나서 그것을 은폐하는 데 힘을 빌려주기로 했을 거야. 사체를 처분하는 것만으로는 안 된다고 생각했겠지. 사체의 신원이 드러나면 경찰이 틀림없이 그녀를 찾아갈 테니까. 그렇게 되면 그녀나 그녀의 딸이 언제까지 시치미를 뗄 수 있을지 알 수 없다고 판단한 거지. 그래서 세운 계획이 타살체를 하나 더 마련해서 경찰이 그걸 도가시 신지라고 여기도록 만드는 거였어. 경찰은 피해자가 언제 어디서 어떻게 살해됐는지를 차츰 밝혀 나가겠지. 그런데 수사가 진행될수록 하나오카 야스코의 용의가 약해지는 거야. 당연하지. 그 사체는 그녀가 죽인 것이 아니니까. 그 사건은 도가시 신지를 살해한 사건이 아니야. 자네들 경찰은 전혀 다른 살인 사건을 수사하고 있었던 거야."

유가와가 담담하게 말하는 내용이 전혀 현실처럼 느껴지지 않았다. 구사나기는 이야기를 들으면서도 계속 고개를 저었다.

"그런 말도 안 되는 계획을 생각해 낸 것도 이시가미가 평소에 저 제방을 지나다녔기 때문이겠지. 노숙자들을 날이면 날마다 바라보면서 그가 무슨 생각을 했을까. 저들은 대체 무엇을 위해 살까, 저대로 죽는 날만을 기다리는 것일까, 설령 죽는다 해도 아무도 신경 쓰지 않고 아무도 슬퍼하지 않을 것이다, 이런 것들 아니었을까? 물론 내 상상이지만 말이야."

"그러니까 죽여도 된다, 이시가미가 그렇게 생각했다는 거야?"

구사나기가 확인하듯 물었다.

"죽여도 된다고 생각하지는 않았을 거야. 그렇지만 이시가미가 그런 계획을 고안해 낸 배경에 그들의 존재가 있었다는

413

사실만은 부정할 수 없을 것 같아. 전에 자네에게 이런 말을 한 적이 있지? 이시가미는 논리적이기만 하다면 그 어떤 잔혹한 일이라도 해낼 수 있는 친구라고 말이야."

"살인이 논리적인 건가?"

"그에게 필요했던 건 타살체라는 조각이었어. 퍼즐을 완성하기 위해서는 그 조각이 반드시 있어야 했지."

도무지 이해할 수 없는 얘기였다. 그런 내용을 대학 강의라도 하듯이 얘기하는 유가와 역시 구사나기의 눈에는 정상으로 보이지 않았다.

"하나오카 야스코가 도가시 신지를 죽인 다음 날 아침, 이시가미는 노숙자 하나와 접촉했어. 무슨 말을 주고받았는지는 모르지만 아르바이트를 제안했던 것만은 확실해. 그 아르바이트라는 것의 내용은 우선 도가시 신지가 빌린 렌털 룸으로 가서 밤까지 시간을 보내라는 것이었지. 그 방에 남아 있던 도가시 신지의 흔적은 전날 밤에 이미 이시가미에 의해 지워졌을 거야. 방에 남은 것은 노숙자의 지문과 머리카락뿐. 밤이 되자 그는 이시가미가 준비해 준 옷을 입고 약속된 장소로 갔어."

"시노자키 역 말인가?"

구사나기의 물음에 유가와는 고개를 저었다.

"아니. 아마 그 전 역인의 미즈에 역일 거야."

"미즈에역이라고?"

"이시가미는 시노자키역에서 자전거를 훔친 뒤 미즈에역에서 그 남자를 만났을 거야. 그때 이시가미는 또 한 대의 자전거를 준비했을 가능성이 높아. 둘이서 구 에도강 제방까지 이동한 후 이시가미는 거기서 남자를 살해했어. 얼굴을 뭉개버린 이유는 말할 것도 없이 사체가 도가시 신지의 것이 아니라는 사실을 숨기기 위해서지. 그러나 사실 지문은 없앨 필요가 없었어. 렌털 룸에 살해당한 남자의 지문이 남아 있을 테니 그대로 두어도 경찰은 사체의 신원을 도가시 신지로 오인했을 거야. 그렇지만 얼굴을 뭉갠 이상 지문도 지우지 않으면 범인의 행동에 일관성이 없어지지. 그래서 하는 수 없이 지문을 태운 거야. 그런데 그렇게 되면 경찰이 신원을 확인하는 데 애를 먹을 우려가 있지 않겠어? 그래서 자전거에 지문을 남겨 둔 거지. 옷을 어중간하게 태운 것도 같은 이유에서고."

"그렇다면 자전거가 굳이 새것이어야 할 필요는 없지 않았을까?"

"새 자전거를 훔친 이유는 만에 하나를 생각해서였어."

"만에 하나라니?"

"이시가미에게 중요한 것은 경찰이 범행 시각을 정확히 계산해 내는 것이었어. 결과적으로는 해부에 의해 비교적 정확하게 추정할 수 있었지만 사체의 발견이 늦어지거나 해서 범행 추정 시각의 폭이 넓어지는 것을 가장 염려한 거지. 자칫 잘못해서 전날 밤, 즉 9일 밤까지 범행 추정 시각이 확대되면 아주 곤란해지거든. 그날 밤은 실제로 하나오카 모녀가 도가시를 죽인 날이기 때문에 그녀들의 알리바이가 없잖아. 그런 일을 방지하기 위해서는 자전거가 도난당한 날이 적어도 10일 이후라는 증거를 남겨야 했어. 그래서 새 자전거여야 했지. 24시간 이상 방치될 염려가 없고, 도둑맞았을 경우 주인이 그날로 알아차릴 테니까."

"그 자전거에 그렇게 여러 가지 의미가 있었단 말이야?"

구사나기는 자신의 이마를 주먹으로 두드렸다.

"자전거가 발견될 당시 바퀴 두 개에 모두 구멍이 나 있었다고 하더군. 그것도 이시가미다운 배려야. 아마도 누군가가 타고 가 버리는 걸 막기 위해서였을 거야. 그는 하나오카 모녀의 알리바이를 만들기 위해 아주 세심한 주의를 기울였어."

"하지만 모녀의 알리바이가 그리 확실한 건 아니었잖아. 영화관에 갔었다는 결정적인 증거조차 아직 발견되지 않았는걸."

"영화관에 가지 않았다는 증거도 발견하지 못했을 텐데?"

유가와가 구사나기를 손가락으로 가리켰다.

"무너질 듯하면서 무너지지 않는 알리바이, 그것이야말로 이시가미가 설치한 덫이었어. 만일 철벽같은 알리바이를 준비해 두었다면 경찰은 트릭이 사용됐을 가능성을 의심했을 거야. 그 과정에서 어쩌면 피해자가 도가시 신지가 아닐지도 모른다는 발상이 나올 수도 있고. 이시가미는 그것을 두려워했어. 죽은 사람은 도가시 신지, 수상한 사람은 하나오카 야스코, 그런 구도를 만들어 냄으로써 경찰이 그 고정관념에서 벗어나지 못하도록 한 거야."

구사나기가 신음을 흘렸다. 유가와의 말대로였다. 사체의 신원이 도가시 신지로 판명되자 경찰은 곧바로 하나오카 야스코에게 의심의 눈길을 돌렸다. 그녀가 주장하는 알리바이에 어중간한 점이 있었기 때문이다. 경찰은 그녀를 계속 의심했다. 그러나 그녀를 의심한다는 것은 곧 사체가 도가시 신지라는 사실을 믿어 의심치 않는다는 뜻이 된다.

"무서운 남자군."

구사나기가 중얼거렸다. 동감이야, 하며 유가와가 고개를 끄덕였다.

"내가 이 가공할 트릭을 눈치챈 것은 자네의 말에서 힌트를 얻었기 때문이야."

"내 말에서?"

"이시가미가 수학 시험 문제를 내는 방법에 대해 자네가 얘

기한 적 있지? 선입견의 맹점을 찌른다고 말이야. 기하 문제
처럼 보이지만 실은 함수 문제라고."

"그게 어떻게 힌트가 됐는데?"

"같은 패턴이었어. 알리바이 트릭으로 보이지만 사실은 사
체의 신원을 숨기는 부분에 트릭의 핵심이 있었다는 거."

아, 하고 구사나기가 탄식했다.

"그 후 자네가 이시가미의 근무 기록을 내게 보여 줬던 일
기억나? 그 기록에 의하면 그는 3월 10일 오전에 학교를 쉬
었어. 자네는 그것이 사건과 관계가 없다고 생각하고 중요하
게 여기지 않았지만 나는 그걸 보는 순간 깨달았어. 이시가
미가 숨기고 싶어 하는 사건은 그 전날 밤에 일어났다는 사
실을."

이시가미가 숨기고 싶어 하는 사건, 그것은 하나오카 야스
코가 도가시 신지를 살해한 일이다.

유가와의 추리는 하나에서 열까지 앞뒤가 맞아떨어졌다.
생각해 보면 구사나기 자신이 집착했던 자전거나 타다 남은
옷은 모두 사건의 진상을 크게 왜곡시키는 데 필요한 장치였
다. 자신들 경찰이 이시가미에게 놀아났다는 사실을 인정하
지 않을 수 없었다.

그러나 비현실적이라는 느낌은 여전했다. 하나의 살인을 은
폐하기 위해 또 하나의 살인을 저지르다니, 그런 생각을 할

수 있는 인간이 과연 있을까? 아무도 생각해 내지 못하는 것이기 때문에 그야말로 트릭이라고 한다면 할 말이 없지만.

"이 트릭에는 또 하나의 커다란 의미가 있어."

유가와가 구사나기의 심정을 꿰뚫어 보기라도 한 듯이 말했다.

"만에 하나 진상이 드러날 경우 자신이 모든 것을 뒤집어쓰고 자수한다는 이시가미의 결의가 흔들리지 않도록 한다는 거야. 단지 대신하는 것뿐이라면 여차하면 결심이 흔들릴 위험이 있거든. 형사의 집요한 추궁을 견디다 못해 진실을 털어놓을 수도 있으니까. 하지만 지금의 그에게는 그런 불안감이 없을 거야. 누가 어떻게 공략하더라도 그의 결의가 흔들릴 수 없을 테니까. 그는 자신이 살인을 저질렀다고 주장할수밖에 없어. 왠지 알아? 구 에도 강변에서 발견된 사체의 살인범이 실제로 자신이기 때문이야. 이시가미는 살인범이고, 따라서 교도소에 들어가는 것도 당연해. 그 대신 그는 완벽하게 지킬 수 있지, 그가 마음 깊이 사랑하는 사람을."

"자신의 트릭이 탄로 났다는 사실을 이시가미가 알았어?"

"내가 말해 줬어, 트릭을 알아냈다고. 물론 이시가미만이 알아들을 수 있는 방식으로 말이야. 아까 자네에게 말한 것과 똑같은 내용이야. 이 세상에 쓸모없는 톱니바퀴란 없으며 그 쓰임새를 결정하는 것은 톱니바퀴 자신이다…… 톱니바퀴가 무얼 의미하는지는 이제 자네도 깨달았을 테지."

"이시가미가 퍼즐 조각으로 사용한 무명의 노숙자 말이야?"

"이시가미는 용서 받을 수 없는 짓을 저질렀어. 자수하는 게 당연해. 내가 그에게 톱니바퀴 얘기를 한 것도 그가 한시 빨리 사실을 깨닫도록 하기 위해서였어. 하지만 그런 식으로 자수할 줄은 몰랐어. 자신을 스토커로 만들면서까지 그녀를 비호할 줄은 말이야. 트릭의 또 다른 의미를 깨달은 것은 그 소식을 들었을 때였지."

"진짜 도가시 신지의 사체는 어디에 있을까?"

"그건 나도 몰라. 이시가미가 처분했겠지. 이미 어느 현경이 발견했을지도 모르고. 또 아직 발견되지 않았을지도 몰라."

"현경이라고? 우리 관내가 아니고?"

"경시청 관내는 피했을 거야. 도가시 신지 살해 사건과의 연관성이 부각돼서는 안 될 테니까."

"그래서 도서관에서 신문을 살펴보았던 거군. 신원 불명의 사체가 발견됐다는 기사가 있는지 확인하려고 말이야."

"내가 조사한 범위에서는 그런 사체가 발견되지 않은 것 같아. 그렇지만 언젠가는 발견되겠지. 그다지 공들여서 감추지는 않았을 거야. 설령 발견된다 한들 그 사체가 도가시 신지로 추정될 염려는 없을 테니까."

서둘러 조사해 보겠노라고 구사나기는 말했다. 그러자 유가와가 고개를 저었다.

"그러면 약속이 다르잖아. 처음에 내가 말했지, 나는 친구로서 자네에게 말할 뿐 형사에게 얘기하는 게 아니라고? 내얘기를 근거로 수사에 착수한다면 그걸로 자네와 나의 친구관계는 끝날 거야."

유가와의 눈빛이 어찌나 진지한지 구사나기는 반론을 할수 없었다.

"나는 그녀에게 걸어 보려고 해."

유가와가 그렇게 말하고 벤텐테이를 가리켰다.

"그녀는 아마도 모를 거야. 이시가미가 얼마나 큰 희생을 치렀는가를 말이야. 내가 얘기해 주려고 해. 그런 다음 그녀의 판단을 기다리고 싶어. 이시가미는 그녀가 아무것도 모른채 행복하게 살기만을 바라겠지만 그건 내게는 참을 수 없는일이야. 나는 그녀가 반드시 알아야 한다고 생각해."

"이야기를 듣고 나면 그녀가 자수할까?"

"모르겠어. 난 그녀가 반드시 자수해야 한다고 생각하지는않아. 이시가미를 생각하면 그녀 하나만이라도 구해 주고 싶기도 해."

"만일 끝까지 하나오카 야스코가 자수하지 않는다면 나로서는 수사를 시작할 수밖에 없어. 설령 자네와 나 사이의 친구 관계가 끝난다 해도."

"그렇겠지."

유가와가 고개를 끄덕였다.

하나오카 야스코에게 이야기하는 자신의 친구를 바라보면서 구사나기는 연거푸 담배를 피워 댔다. 야스코는 여전히 고개를 숙인 채 조금도 자세를 바꾸지 않았다. 유가와도 입술만 움직일 뿐 표정에 별다른 변화가 없었다. 그러나 두 사람을 둘러싼 긴장감은 구사나기가 서 있는 곳까지 전해졌다.

마침내 유가와가 자리에서 일어섰다. 그는 야스코를 향해 가볍게 고개를 숙인 다음 구사나기가 있는 쪽으로 걸어왔다. 그럼에도 야스코는 여전히 같은 자세였다. 마치 움직일 수 없는 사람처럼 보였다.

"많이 기다렸지?"

"얘기는 잘됐어?"

"응, 할 얘기는 다 했어."

"어떻게 할 거래?"

"글쎄. 나는 그저 이야기를 해 줬을 뿐이야. 어떻게 할 거냐고 묻지도 않았고 어떻게 해야 한다고 말하지도 않았어. 모든 건 그녀 스스로 결정할 문제야."

"아까도 말했지만 만일 그녀가 끝끝내 자수하지 않는다면……."

"잘 알고 있어."

유가와는 손을 들어 구사나기의 말을 제지하고 걸음을 옮기기 시작했다.

"더 말하지 않아도 돼. 그보다, 자네에게 부탁할 게 있어."

"이시가미를 만나고 싶다는 거겠지."

구사나기의 말에 유가와의 눈이 살짝 커졌다.

"잘도 아는군."

"알고말고. 친구로 지낸 세월이 얼만데."

"이심전심이라 이거야? 하기야 아직까지는 친구니까."

그렇게 말하고 유가와는 쓸쓸하게 웃었다.

19

벤치에 앉은 채 야스코는 꼼짝도 할 수 없었다. 그 물리학자의 이야기가 그녀의 온몸을 덮쳐누르고 있었다. 내용이 너무도 충격적이고 무거웠다. 그 무게에 그녀의 마음이 찌부러질 것만 같았다.

그 사람이 그렇게까지……. 야스코는 옆집에 사는 수학 교사를 떠올렸다.

도가시의 시체를 어떻게 처리했는지에 대해 야스코는 이시가미에게 아무 말도 듣지 못했다. 그런 건 생각할 필요가 없다고 그가 말했다. 전부 자신이 알아서 처리할 테니 아무 걱정 하지 말라고 수화기 저편에서 담담하게 말하던 것을 그녀는 기억한다.

이상했다. 경찰이 왜 자꾸 범행 다음 날의 알리바이를 묻는지 도무지 알 수 없었다. 그러기 이전에 이시가미는 야스코에게 3월 10일 밤의 행동을 지시했다. 영화관, 라면집, 노래방, 그리고 심야의 전화. 모두 다 그의 지시에 따른 것이었지만 그 의미는 몰랐다. 형사에게 알리바이에 대해 질문을 받았을 때는 사실 그대로 대답하는 한편으로 오히려 묻고 싶었다. 왜 3월 10일인지.

이제야 모든 것을 알 수 있었다. 경찰의 이해할 수 없는 수사가 모두 이시가미의 장치에 의한 것이라는 사실을. 그러나그 장치라는 것이 너무도 무시무시했다. 유가와에게 얘기를듣고 그 외의 다른 방법은 생각할 수 없다는 것을 알았으면서도 여전히 믿기지 않았다. 아니, 믿고 싶지 않았다. 이시가미가 그렇게까지 했으리라고는. 자신과 같이 평범하고 별다른 매력도 없는 중년 여자를 위해 스스로의 인생을 포기하려했다고는 생각하고 싶지 않았다. 그리고 그 모든 사실을 받아들일 만큼 자신이 강하지 못하다고 야스코는 생각했다.

그녀는 손바닥에 얼굴을 묻었다. 아무 생각도 하고 싶지 않았다. 유가와는 경찰에게 말하지 않겠다고 했다. 모든 것은 추론일 뿐 아무 증거가 없으므로 이제부터 어떤 길을 선택할지는 야스코의 자유라고 하면서. 참으로 잔혹한 선택이 아닐 수 없었다.

일어설 기력조차 없어 돌처럼 몸을 동그랗게 만 채 앉아 있는데 누군가 어깨를 건드렸다. 그녀는 깜짝 놀라 고개를 들었다.

곁에 누군가 서 있었다. 올려다보니 구도가 걱정스런 눈길로 그녀를 내려다보고 있었다.

"왜 그래?"

구도가 왜 여기 있는지 얼른 이해가 가지 않았다. 그러나 그의 얼굴을 잠시 바라보고 있자니 만나기로 약속했던 사실이 떠올랐다. 약속 장소에 나타나지 않자 걱정이 되어 찾으러 나섰을 것이다.

"미안해요. ……좀 피곤해서요."

달리 할 말이 없었다. 그리고 실제로도 몹시 피곤했다. 물론 몸이 아니라 정신이.

"어디 아픈 거 아니야?"

구도가 상냥하게 묻는다.

그러나 그 상냥한 울림도 지금의 야스코에게는 얼빠진 소리로밖에 들리지 않았다. 진실을 알지 못한다는 것이 때로는 큰 죄악이 된다는 것을 그녀는 뼈저리게 느끼고 있었다. 자신도 조금 전까지 그랬다는 생각이 들었다.

괜찮아요, 라고 말하며 자리에서 일어서던 야스코가 조금 비틀거리자 구도가 손을 내밀었다.

"고마워요."

"무슨 일 있어? 안색이 안 좋아 보이는군."

야스코는 고개를 저었다. 사정을 설명할 수 있는 상대가 아니다. 아니, 그럴 만한 상대는 이 세상에 없다.

"아무 일도 아니에요. 컨디션이 좀 안 좋아서 쉬고 있었던 것뿐이에요. 이젠 괜찮아요."

좀 더 힘 있는 소리를 내려 했지만 도무지 기력이 나지 않았다.

"차가 저 앞쪽에 있는데…… 조금 더 쉬었다가 갈까?"

구도의 말에 야스코는 그의 얼굴을 올려다보았다.

"가다니, 어디를요?"

"레스토랑을 예약해 두었어. 일곱 시로 했지만 삼십분 정도는 늦어도 괜찮을 거야."

"아……."

레스토랑이라는 말도 다른 세상의 것처럼 들렸다. 이 마당에 그런 곳에서 식사를 하다니. 이런 기분으로 억지웃음을 떠올리며 고상한 몸짓으로 포크와 나이프를 움직이란 말인가. 그러나 물론 구도에게는 아무런 잘못이 없었다.

"죄송해요."

야스코가 속삭이듯이 말했다.

"도저히 그럴 기분이 아니에요. 식사는 컨디션이 좀 나아진 다음에 하는 게 좋을 것 같아요. 오늘은 좀 뭐랄까……."

"아, 알았어."

구도가 그녀를 제지하듯이 손을 내밀었다.

"아무래도 그러는 편이 좋을 것 같군. 여러 가지 일을 겪었으니 피곤한 것도 당연해. 오늘은 여유 있게 쉬는 게 좋겠어. 생각해 보니 불안정한 나날들이 계속돼 온 것 같아. 쉬도록 해 줬어야 하는데 내가 미처 신경을 못 썼어. 미안해."

진심으로 사과하는 구도를 보며 야스코는 새삼 참 좋은 사람이라고 생각했다. 마음 깊이 야스코를 소중히 여기고 있다. 이토록 사랑해 주는 사람이 많은데 자신은 어째서 행복하지 못할까. 그런 생각을 하니 허탈하기 짝이 없었다.

구도에게 등을 떠밀리다시피 하며 걸었다. 구도의 차는 몇십 미터 떨어진 노상에 세워져 있었다. 그가 "바래다줄게."라고 말했다. 머릿속으로는 거절해야 한다고 생각했지만 받아들이고 말았다. 집까지 가는 길이 아득하게 느껴졌던 것이다.

"정말 괜찮은 거야? 무슨 일이 있으면 숨기지 말고 얘기해 줬으면 좋겠어."

차에 올라타자 구도가 다시 말했다. 지금 야스코의 얼굴로 봐서는 신경이 쓰이는 게 당연할지도 몰랐다.

"네, 괜찮아요. 미안해요."

야스코는 구도에게 웃어 보였다. 있는 힘을 다 쥐어짠 연기였다.

여러 의미에서 미안한 마음이 가득했다. 그리고 그 마음이 어떤 기억을 떠올리게 했다. 바로 구도가 오늘 만나자고 한 이유였다.

"저, 긴히 할 이야기가 있다고 하지 않았나요?"

"응, 그렇긴 한데……."

그가 시선을 아래로 떨어뜨렸다.

"다음에 하지."

"그러실래요?"

"응."

구도가 차의 시동을 걸었다.

그가 운전하는 차에 몸을 맡긴 채 야스코는 창밖을 멍하니 바라보았다. 날이 저물어 거리가 밤의 얼굴로 변하고 있었다. 이대로 모든 것이 어둠 속에 묻힌 채 세상이 끝나 버린다면 얼마나 좋을까.

이윽고 구도가 연립 주택 앞에서 차를 세웠다.

"그럼 편히 쉬어. 또 연락할게."

네, 하고 고개를 끄덕이던 야스코가 차 문을 열려고 했을 때였다. 구도가 "잠깐만." 하고 그녀를 불렀다.

야스코가 뒤돌아보자 그는 혀로 입술을 축이더니 핸들을 탁탁 두드렸다. 그리고 곧 양복 주머니에 손을 넣었다.

"역시 지금 이야기하는 게 좋겠어."

"뭘요?"

구도가 주머니에서 조그만 케이스를 꺼냈다. 그게 무엇인지 야스코는 한눈에 알 수 있었다.

"이런 거 말이야, 텔레비전 드라마 같은 데 자주 나오는 거라 별로 하고 싶지 않았지만, 그래도 형식은 지키고 싶어서……"

거기까지 말하고 그는 야스코의 눈앞에서 케이스를 열었다. 반지였다. 커다란 다이아몬드가 화려한 빛을 뿜어내고 있었다.

"구도 씨……"

야스코는 아연한 표정으로 구도의 얼굴을 바라보았다.

"지금 당장 대답하지 않아도 돼. 미사토의 마음도 생각해야 하니까. 물론 그 이전에 야스코 본인의 마음이 더 중요하지만 말이야. 다만 한 가지, 내가 일시적인 기분으로 이러는 게 아니라는 것만은 알아 줬으면 해. 난 야스코와 미사토를 행복하게 해 줄 자신이 있어."

그는 야스코의 손을 잡고 그 위에 케이스를 올려놓았다.

"이걸 받았다고 해서 부담을 느낄 필요는 없어. 이건 그저 선물일 뿐이니까. 하지만 만일 야스코가 앞으로의 인생을 나와 함께하겠다고 결심한다면 이 반지는 의미를 지니게 될 거야. 어때, 생각해 보겠어?"

조그만 케이스의 무게를 손바닥으로 느끼면서 야스코는 망연자실했다. 너무 놀란 나머지 구도의 고백은 절반도 그녀의 귀에 들어오지 않았다. 그럼에도 구도가 의도하는 바는 충분히 알 수 있었고 그것은 그녀를 혼란에 빠지게 했다.

"미안해. 너무 갑작스럽지?"

구도가 겸연쩍게 웃었다.

"서둘러 대답할 필요는 없어. 미사토와 의논해 봐도 좋고."

그렇게 말하고 그는 야스코의 손바닥 위에 놓인 케이스의 뚜껑을 닫았다.

"기다릴게."

야스코는 할 말이 떠오르지 않았다. 온갖 상념이 머릿속을 스쳤다. 그중에는 이시가미에 대한 것도, 아니, 그게 거의 전부인지도 몰랐다.

"생각해 보겠어요."

그렇게 대답하는 것이 고작이었다.

구도가 알았다는 듯이 고개를 끄덕였다. 그 모습을 보며 야스코는 차에서 내렸다.

구도의 차가 멀어지는 것을 지켜본 후 야스코는 돌아서서 집으로 향했다. 현관문을 열려던 그녀의 눈길이 이시가미의 집 쪽으로 향했다. 우편함에 우편물이 넘쳐 나고 있었지만 신문은 없었다. 경찰에 출두하기 전에 이시가미가 해지했을 것이다. 그 정도의 치밀함은 그에게는 아무것도 아니다.

미사토는 아직 들어와 있지 않았다. 야스코는 바닥에 주저앉아 길게 한숨을 토했다. 그러다가 문득 떠오르는 게 있어 옆에 있는 서랍을 열었다. 그리고 맨 안쪽에 들어 있던 과자 상자를 꺼내어 뚜껑을 열었다. 상자 안에는 우편물들이 들어 있었다. 그 맨 밑에서 봉투 하나를 빼냈다. 아무것도 쓰여 있지 않은 그 봉투에는 글자가 빼곡히 적힌 리포트 용지가 한 장 들어 있었다.

그것은 이시가미가 마지막 전화를 걸기 전에 야스코의 집 우편함에 넣어 둔 것이었다. 그 문서와 함께 편지 3통이 들어 있었다. 3통 모두 그가 야스코의 스토커였다는 것을 입증하는 내용이었다. 현재 그 3통의 편지는 경찰이 보관하고 있다.

문서에는 편지의 사용 방법과, 조만간 그녀를 찾아올 형사들에 대한 대응 요령 등이 상세히 적혀 있었다. 야스코뿐 아니라 미사토에 대한 지시 사항도 있었다. 앞으로 일어날 일들을 내다보고 하나오카 모녀가 어떤 질문을 받더라도 흔들리지 않게 하려는 배려의 마음이 그 정성 들인 글에는 들어 있었다. 덕분에 야스코도 미사토도 허둥대지 않고 당당하게 형사들을 대할 수 있었다. 야스코는 이제 와서 서투르게 대응해 거짓말이 탄로 나면 이시가미의 이 모든 고생이 물거품이 되고 말 거라는 생각이 들었다.

문서 말미에 다음과 같은 대목이 있었다.

"구도 구니아키 씨는 성실하고 믿을 수 있는 사람인 것 같습니다. 그와 결합한다면 당신과 미사토가 행복해질 가능성이 높습니다. 나에 대해서는 모두 잊으시기 바랍니다. 결코 죄책감 같은 걸 가져서는 안 됩니다. 당신이 행복해지지 않는다면 나의 행위는 모두 허사가 되고 말 테니까요."

글을 다시 읽은 야스코는 눈물을 흘렸다.

지금까지 이토록 깊은 애정에 감싸여 본 적이 없었다. 아니, 애당초 그런 것이 이 세상에 존재하는지조차 모르고 살아왔다. 이시가미의 저 무표정한 얼굴 아래 평범한 사람은 도저히 그 깊이를 알 수 없는 애정이 자리하고 있었던 것이다.

그가 자수했다는 사실을 처음 알았을 때는 단지 자신들을 대신해 출두했다고만 생각했다. 그러나 유가와의 얘기를 듣고 난 지금, 이 문서에 담긴 이시가미의 마음이 야스코의 가슴을 세차게 찔렀다.

경찰에 가서 모든 것을 말해 버릴까도 생각했다. 그러나 그런다 한들 이시가미를 구할 수는 없을 것이다. 그가 살인을 저지른 것 또한 사실이므로.

구도에게 받은 반지 케이스가 눈에 들어왔다. 뚜껑을 열고 반지의 영롱한 빛을 바라보았다.

이렇게 된 이상 이시가미의 희망대로 행복을 거머쥐는 것이 현명한지도 몰랐다. 그가 문서에 썼듯이 여기서 꺾이면 그의 고생은 모두 허사가 되고 마는 것이다.

물론 진실을 숨긴다는 것은 괴로운 일이다. 진실을 숨기고 행복을 거머쥔다 한들 진정한 행복감을 느낄 수는 없을 것이다. 평생 자책감을 안고 살아가야 하는 것은 물론 마음의 평안을 누리는 일조차 없을 것이다. 그러나 그것을 참고 견디는 것이 이시가미에게는 최소한의 위로가 될지도 모른다고 야스코는 생각했다.

반지를 약지에 끼어 보았다. 다이아몬드가 아름답게 빛났다. 구름 한 점 없는 마음으로 구도 곁으로 달려갈 수 있다면 얼마나 행복할까. 그러나 그것은 이룰 수 없는 꿈이다. 자신에게 맑은 날은 찾아오지 않을 것이다. 오히려 마음에 구름 한 점 없는 사람은 이시가미일 것이라고 야스코는 생각했다.

반지를 케이스에 넣고 있는데 휴대 전화가 울렸다. 액정 화면을 보니 모르는 번호가 표시되어 있었다.

네, 하고 전화를 받았다.

"여보세요, 하나오카 미사토 양의 어머니이십니까?"

들어 본 적 없는 남자의 목소리였다.

"네, 그런데요."

불길한 예감이 들었다.

"저는 모리시타 미나미 중학교의 사카노라고 합니다. 불쑥 전화 드려 죄송합니다."

미사토가 다니는 학교였다.

"저, 미사토에게 무슨 일이 있나요?"

"실은, 조금 전에 미사토가 체육관 뒤에 쓰러져 있는 것을 발견했습니다. 그런데 그게, 저…… 아무래도 손목을 칼로 그은 것 같습니다."

"네에?"

심장이 쿵, 내려앉으며 숨이 멎는 듯했다.

"출혈이 심해서 병원으로 곧장 옮겼습니다. 그렇지만 생명에는 지장이 없다고 하니 안심하세요. 다만, 저, 자살 미수의 가능성이 있으니 그 점을 알아 두십사 하고……."

상대가 하는 말의 뒷부분은 야스코의 귀에 전혀 들어오지 않았다.

눈앞의 벽에 무수히 얼룩이 져 있다. 그중 몇 개의 점을 선택해 머릿속에서 직선으로 연결한다. 삼각형과 사각형과 육각형을 조합한 도형이 만들어졌다. 그것을 네 가지 색으로 나누어 칠한다. 이웃한 도형이 같은 색이어서는 안 된다. 물론 이 모든 것은 머릿속에서 이루어지는 작업이다.

그 과제를 이시가미는 1분 안에 해치웠다. 그는 머릿속 그 도형을 지우고 다른 점들을 선택해 똑같은 작업을 반복했다. 단순한 작업이지만 아무리 반복해도 지겨워지는 법은 없다. 만일 이 4색문제에 싫증이 나면 이번에는 벽의 점들을 이용해 해석 문제를 만든다. 벽에 있는 모든 얼룩의 좌표를 계산하는 것만으로도 상당히 시간이 걸릴 것이다.

신체를 구속당하는 건 아무것도 아니라고 그는 생각했다. 종이와 펜만 있으면 수학 문제와 씨름할 수 있다. 만일 손발이 묶인다면 머릿속에서 그런 작업을 하면 된다. 아무것도 보이지 않고 아무것도 들리지 않아도. 그 누구도 그의 두뇌까지 손을 뻗을 수는 없다. 그곳은 그에게 무한의 낙원이다. 수학이라는 광맥이 잠들어 있으니 그것을 모두 채굴하는 데는 평생이라는 시간도 짧다.

남에게 인정받을 필요도 없다고 그는 생각했다. 논문을 발표해 평가받고 싶은 욕망은 있다. 그러나 그것은 수학의 본질이 아니다. 누가 최초로 그 산을 오르느냐도 중요하지만 그것 역시 본인만 알면 그만이다.

물론 그런 생각을 갖기까지는 이시가미도 시간이 필요했다. 얼마 전까지만 해도 살아갈 의미를 잃고 있었다. 수학밖에 모르는 자신이 그 길을 가지 않는다면 더는 존재 가치가 없지 않을까 싶었다. 매일 죽음만 생각했다. 자신이 죽는다 한들 누구 한 사람 슬퍼하지 않고 곤란에 빠지지도 않으며 심지어 자신이 죽었다는 사실조차 모를 것 같았다.

1년 전의 일이다. 이시가미는 방에서 로프 한 가닥을 들고 서 있었다. 그것을 걸 만한 장소를 찾고 있었던 것이다. 그러나 그의 연립 주택에는 그럴 만한 장소가 없었다. 결국 그는 기둥에 커다란 못을 박았다. 거기에 둥글게 고리를 지은 로프를 걸고 체중을 싣기로 했다. 미련 같은 건 눈곱만큼도 없었다.

죽는 데에 이유는 없었다. 다만 살아갈 이유가 없었을 뿐이다.

받침대에 올라가 목을 로프에 거는 순간 현관 벨이 울렸다.

운명의 벨이었다.

그것을 무시하지 않은 것은 누구에게도 폐를 끼치고 싶지 않았기 때문이다. 문 바깥에 있는 누군가는 뭔가 급한 용건이 있어서 왔을지도 모른다.

문을 열자 두 여자가 서 있었다. 모녀 같았다.

이웃에 이사 왔다며 엄마로 보이는 여자가 인사했다. 딸도 함께 고개를 숙였다. 두 사람을 본 순간 무언가가 이시가미의 몸을 관통했다.

모녀가 어쩌면 이렇게 예쁜 눈을 가졌을까. 그때까지 그는 아름다운 것에 눈길을 빼앗기거나 감동해 본 적이 없었다. 예술의 의미조차 몰랐다. 그러나 그 순간 모든 것을 이해했다. 그것은 수학 문제가 풀릴 때 느끼는 아름다움과 본질적으로 다르지 않았다.

그녀들이 무슨 인사말을 했는지는 거의 기억나지 않는다. 그러나 그를 바라보는 두 사람의 눈의 움직임이나 눈을 깜빡이는 모습 등은 지금도 생생히 떠올릴 수 있었다.

하나오카 모녀를 만난 후로 이시가미의 생활은 백팔십도 달라졌다. 자살하고 싶다는 마음이 사라지고 삶의 기쁨을 얻었다. 두 사람이 어디서 무엇을 하는지 상상하는 것만으로도 즐거웠다. 세계라는 좌표에 야스코와 미사토라는 두 개의 점이 존재한다. 그에게는 그것이 기적처럼 여겨졌다.

일요일은 더할 수 없이 행복했다. 창을 열면 두 사람이 대화하는 소리가 들려왔다. 그 내용까지는 알 수 없었지만, 바람에 실려 오는 그 속삭이는 듯한 목소리는 이시가미에게 천상의 음악과 같았다.

그녀들과 어떻게 되고자 하는 욕망은 전혀 없었다. 자신이 그들에게 손을 뻗어서는 안 된다고 생각했다. 동시에 그는 깨달았다, 수학도 똑같다는 것을. 숭고한 것에는 관여하는 것만으로도 행복하다. 명성을 얻으려 하는 것은 그 존엄성에 상처를 입히는 일이다.

모녀를 돕는 것은 이시가미로서는 당연한 일이었다. 그녀들이 없었다면 지금의 자신도 없었다. 이건 그녀들을 대신하는 것이 아니라 은혜를 갚는 것이라고 생각했다. 모녀는 영문을 모를 것이다. 그래도 좋다. 사람은 때로 이 세상을 살아가는 것만으로 누군가를 구원할 수도 있는 것이다.

도가시의 사체를 본 순간 이시가미의 머릿속에서는 이미 프로그램 하나가 구체화되고 있었다.

사체를 완벽하게 처리한다는 것은 거의 불가능한 일이다. 아무리 교묘하게 처리해도 신원이 판명될 가능성을 제로로 만들기는 어렵다. 설령 운 좋게 숨긴다 해도 하나오카 모녀의 마음이 편안해지지는 않을 것이다. 언제 발견될지 몰라 두려움에 떨면서 살아가게 될 것이다. 그녀들이 그런 고통속에서 살아야 한다는 것이 이시가미에게는 견디기 힘든 일이었다.

모녀가 평안을 누리도록 하는 방법은 하나뿐이었다. 사건을 그녀들과 완전히 분리시키는 것이다. 언뜻 보기에는 연결되어 있는 것 같지만 결코 만날 수 없는 별개의 직선상에 옮겨 버리면 된다.

그래서 그는 '기사'를 이용하기로 했다.

'기사'란 그 무렵 신오하시교 근처에서 노숙자 생활을 시작한 남자다.

3월 10일 이른 아침, 이시가미는 '기사'에게 접근했다. '기사'는 평소처럼 다른 노숙자들에게서 조금 떨어진 곳에 앉아 있었다.

'일을 맡기고 싶다'며 이시가미는 그에게 말을 붙였다. 며칠간 하천 공사에 입회해 줬으면 좋겠다는 것이었다. '기사'가 건축 관련 일을 했었다는 사실을 그는 알고 있었다.

왜 내게, 라며 '기사'는 의아해했다. 이시가미는 사정이 있나고 대답했다. 원래 그 일을 맡은 남자가 사고로 일할 수 없게 되었는데 입회인이 없으면 공사 허가가 나지 않으므로 대신할 사람이 필요하다고 했다.

계약금으로 5만 엔을 건네자 '기사'는 승낙했다. 이시가미는 그를 데리고 도가시가 생전에 빌린 렌털 룸으로 갔다. 거기서 도가시의 옷으로 갈아입히고, 밤이 될 때까지 그 자리에 있으라고 했다.

밤이 되자 미즈에역으로 '기사'를 불러냈다. 그에 앞서 이시가미는 시노자키역에서 자전거를 훔쳤다. 가능한 새 자전거를 선택한 것은 자전거 주인이 되도록이면 소란을 피워 줬으면 해서였다.

사실 이시가미는 자전거 한 대를 더 준비해 두었다. 그 자전거는 미즈에역 바로 전 역인 이치노에역에서 훔쳐 온 것이었다. 그쪽은 낡아서 자물쇠조차 채워 놓지 않은 상태였다.

새 자전거에 '기사'가 타고 둘이서 현장으로 향했다. 구 에도 강변에 있는 예의 장소다.

그 후의 일은 기억을 떠올릴 때마다 마음이 암울했다. '기사'는 숨이 끊어질 때까지 자신이 왜 죽어야 하는지 그 이유를 몰랐을 것이다.

제2의 살인에 대해서는 아무도 몰라야 했다. 특히 하나오카 모녀에게는 절대로 들키면 안 되는 일이었다. 그래서 굳이 같은 흉기를 사용해 똑같이 목 졸라 죽였던 것이다.

도가시의 사체는 욕실에서 여섯 등분으로 자른 다음 각각의 조각에 돌을 매달아 스미다강 세 군데에 사흘에 걸쳐 던져 넣었다. 언젠가는 발견되겠지만 그건 아무 상관 없었다. 경찰은 사체의 신원을 절대 알아낼 수 없을 것이다. 그들의 기록상으로 도가시는 이미 죽은 존재였기 때문이다. 같은 인간이 두 번 죽을 수는 없다.

그런데 유가와가 트릭을 눈치챈 것 같았다. 그래서 이시가미는 경찰에 자수하는 길을 택했다. 처음부터 그럴 각오를 하고 준비해 온 일이었다.

유가와는 아마도 그런 사실을 구사나기에게 말했을 것이

다. 그리고 구사나기는 상사에게 알렸겠지. 그러나 경찰은 움직이지 않을 것이다. 피해자의 신원이 다르다는 것을 이제 와서 증명할 길이 없기 때문이다. 자신은 머지않아 기소될 것이라고 이시가미는 생각했다. 아무도 돌이키지 못할 것이다. 천재 물리학자의 추리가 아무리 훌륭하다 해도 범인의 자백을 이길 수는 없다.

내가 이겼다. 이시가미는 그렇게 생각했다.

그때 부저 소리가 들렸다. 누군가 유치장을 출입할 때 나는 소리다. 간수가 자리에서 일어섰다.

짤막한 대화가 들린 후 누군가 다가왔다. 이시가미가 있는 독방 앞에 와서 선 사람은 구사나기였다.

간수의 명령으로 이시가미는 독방을 나섰다. 몸수색을 받은 다음 그는 구사나기에게 인계되었다. 그러는 동안 구사나기는 한마디도 하지 않았다.

유치장을 나서자 구사나기가 이시가미를 돌아보았다.

"몸 상태는 어떤가요?"

이 형사는 여전히 존댓말을 쓴다. 특별한 이유가 있는 건지, 아니면 그의 방침이 그런 건지 이시가미로서는 알 길이 없다.

"조금 피곤합니다. 될 수 있는 대로 법적 조치를 서둘러 주셨으면 합니다."

"그럼 취조는 이번을 마지막으로 하지요. 만나게 해 드릴 사람이 있습니다."

이시가미는 미간을 찌푸렸다. 누굴까. 설마 야스코는 아니겠지.

취조실 앞에 이르자 구사나기가 문을 열었다. 안에 있는 사람은 유가와 마나부였다. 그는 침통한 표정으로 이시가미를 뚫어져라 바라보았다.

최후의 난관이다. 그는 정신을 가다듬었다.

두 천재는 책상을 사이에 두고 한동안 침묵했다. 구사나기는 벽에 기대선 채 그들의 모습을 지켜보고 있었다.

"조금 여윈 것 같군."

유가와가 침묵을 깼다.

"그런가……. 식사는 제대로 하고 있는데 말이지."

"그렇다면 다행이야. 그런데."

유가와가 혀로 입술을 축였다.

"스토커라는 꼬리표가 붙을 텐데 억울하지 않아?"

"나는 스토커가 아니야."

이시가미가 대답했다.

"나는 숨어서 하나오카 야스코를 지켜 준 사람이야. 몇 번이나 말했잖아."

"그건 잘 알고 있어. 지금도 자네는 그녀를 지켜 주고 있지."

그 말에 이시가미는 불쾌한 표정으로 구사나기를 바라보며 말했다.

"이런 대화가 수사에 무슨 도움이 된다는 겁니까?"

구사나기가 침묵하자 유가와가 대답했다.

"내 추리를 저 친구에게 말했어. 자네가 실제로 무슨 짓을 했는지, 누구를 죽였는지 말이야."

"추리를 말하는 건 자유지."

"그녀에게도 얘기했어, 하나오카 야스코 씨에게도."

그 말에 이시가미의 뺨이 꿈틀했다. 그러나 그는 이내 옅은 미소를 머금었다.

"그 여자가 조금은 반성하는 눈치던가? 내게 감사한대? 귀찮은 놈을 처리해 주었더니 기껏 한다는 소리가 자신은 아무 관계도 없다고 하지?"

입술을 비틀며 악당을 연기하는 그의 모습에 구사나기는 가슴이 미어지는 것 같았다. 인간이 이토록 다른 사람을 사랑할 수 있다는 사실이 감탄스러울 따름이었다.

"자네는 자네가 진실을 털어놓지 않으면 진상이 밝혀지지 않을 거라고 믿는 모양이지만 그건 착각이야."

유가와가 말했다.

"3월 10일에 한 남자가 행방불명됐어. 아무 죄도 없는 사람이지. 그 사람의 신원을 밝혀서 가족을 찾아내면 DNA 감정이 가능해. 그 결과를 도가시 신지로 추정되는 사체와 비교해 보면 사체의 정체가 드러날 거야."

"무슨 말을 하는지 모르겠군."

이시가미가 히죽거리며 말했다.

"그 남자에게 과연 가족이 있을까? 설령 다른 방법이 있다해도 사체의 신원을 밝히려면 엄청난 시간이 필요할 거야. 그때쯤이면 내 재판은 끝나 있겠지. 물론 어떤 판결이 나온다 해도 나는 항소하지 않을 거고, 결심 공판으로 사건은 종료야. 도가시 신지 살해 사건 종료. 경찰은 손대지 않을 거야. 아니면 혹시,"

이시가미가 구사나기를 바라보았다.

"유가와의 얘기를 듣고 경찰이 태도를 바꿀까? 하지만 그렇게 되면 나를 석방해야 해. 그런데 그 이유가 뭐지? 내가 범인이 아니니까? 하지만 나는 범인이야. 이 자백은 또 어떻게 할 거지?"

구사나기는 고개를 숙였다. 그의 말대로였다. 그의 자백 내용이 거짓이라는 사실을 증명하지 못하는 한 지금의 흐름을 멈출 수 없다. 경찰 시스템이란 그런 것이다.

"자네에게 한 가지 해 둘 말이 있어."

유가와가 말했다. 뭔데, 하는 표정으로 이시가미는 유가와를 쏘아보았다.

"그 두뇌를, 그 엄청난 두뇌를 그런 데 사용할 수밖에 없었다니, 정말 애석한 일이야. 슬프기 짝이 없어. 이 세상에 단 하나뿐인 나의 호적수를 영원히 잃어야 하다니 말이야."

그 말에 이시가미가 입을 꾹 다물고 눈을 감았다. 무언가를 참고 있는 모습이었다.

이윽고 그가 구사나기를 올려다보았다.

"이 친구, 할 말이 끝난 것 같은데 이만 들어가도 되겠습니까?"

구사나기는 유가와를 보았다. 그는 말없이 고개를 끄덕였다.

가시죠, 라고 말하고 구사나기가 문을 열었다. 이시가미가 먼저 나가고 유가와가 그를 뒤따라 나갔다.

유가와를 남겨 둔 채 이시가미를 유치장으로 데리고 가려 했을 때였다. 통로 저편에서 기시타니가 나타났다. 그 뒤를 한 여자가 따라오고 있었다.

하나오카 야스코였다.

"무슨 일이야?"

구사나기가 기시타니에게 물었다.

"그게…… 이분이 할 얘기가 있다고 연락을 하셨어요. 그래서 지금, 그게 저…… 엄청난 얘기를……."

"혼자서 들었어?"

"아닙니다. 반장님도 같이 들었습니다."

구사나기는 이시가미를 보았다. 그의 안색이 잿빛으로 변해 있었다. 야스코를 바라보는 그의 눈은 벌겋게 핏발이 서 있었다.

"왜 이런 곳에……."

이시가미가 중얼거렸다.

얼어붙은 듯 움직임이 없던 야스코의 얼굴이 차츰 무너져 내렸다. 그리고 두 눈에서 눈물이 쏟아지기 시작했다. 그녀는 이시가미의 앞까지 걸어오더니 갑자기 바닥에 엎드렸다.

"죄송해요. 정말 죄송해요. 저희를 위해서…… 저 같은 사람을 위해서……."

그녀의 등이 심하게 요동쳤다.

"무슨 말을 하는 거야, 당신? 무슨 그런 터무니없는 말을…… 그런……."

이시가미의 입에서 주문 같은 소리가 새어 나왔다.

"저희만 행복해지는 일은 있을 수 없어요. 저도 대가를 치르겠습니다. 벌을 받겠어요. 이시가미 씨와 함께 벌을 받겠습니다. 제가 할 수 있는 일은 그뿐입니다. 당신을 위해서 할 수 있는 일은 그것뿐이에요. 죄송해요. 죄송해요."

야스코가 양손으로 바닥을 짚고 머리를 바닥에 댔다.

이시가미는 고개를 저으며 뒤로 물러섰다. 얼굴이 고통으로 일그러져 있었다.

다음 순간 그가 뒤로 휙 돌아서더니 두 손으로 머리를 감쌌다.

우우우우우, 짐승이 포효하듯 울부짖는 소리가 들렸다. 그 것은 절망과 혼란이 마구 뒤섞인 비명이기도 했다. 거기에는 듣는 사람 모두의 마음을 뒤흔드는 울림이 있었다.

경찰관이 달려와 그를 붙잡으려 했다.

"그를 건드리지 마!"

유가와가 경찰을 가로막고 섰다.

"울기라도 하도록 놔두게."

그리고 유가와는 이시가미의 뒤에서 그의 양어깨에 손을 얹었다.

이시가미의 절규가 계속됐다. 그 모습이 구사나기에게는 마치 혼을 토해 내는 것처럼 보였다.